Ren Dhark

Weg ins Weltall

Band 120

Der Multiversal-Transporter

Herausgegeben von
Anton Wollnik

Unitall

Lieferbare Ren Dhark-Bücher

Ren Dhark Classic-Zyklus
Die Heftserie
Paperback/Hardcover
HJB-Ausgabe/Lizenzausgabe
je 352 Seiten, € 16,90
Lieferbar: Bände 1-16

Ren Dhark Drakhon-Zyklus
Die Fortführung der Heftserie bei HJB
Buchausgabe, 352 Seiten, € 16,90
Lieferbar: Bände 1-24

Ren Dhark Bitwar-Zyklus
Buchausgabe, 352 Seiten, € 16,90
Lieferbar: Bände 1-12

Ren Dhark – Weg ins Weltall
Die aktuellen Abenteuer
Buchausgabe, 352 Seiten, € 16,90
ab Band 79: 272 Seiten, € 17,90
ab Band 102: 272 Seiten, € 18,90
ab Band 112: 272 Seiten, € 19,90
Zuletzt erschienen:
Band 94 »Rückkehr zur Sternenbrücke«
Band 95 »Rexos verborgenes Talent«
Band 96 »Reise ins blassblaue Universum«
Band 97 »Die Geheimnisse von ERRON-3«
Band 98 »Gedankenkontrolle«
Band 99 »Der Herrscher von Oxin«
Band 100 »Durch Raum und Zeit«
Band 101 »Das Ultimatum«
Band 102 »Stählerne Hölle«
Band 103 »Feinde an Bord!«
Band 104 »Durchbruch nach Terra«
Band 105 »Ein besonderes Geschenk«
Band 106 »Verborgen im Eis«
Band 107 »Der Zeittorus«
Band 108 »Angriff der Supersoldaten«
Band 109 »Flucht von Dafzone«
Band 110 »Die Balduren-Ebene«
Band 111 »Zurück nach Nal«
Band 112 »Die schwarze Statue von Cyrus«
Band 113 »Der Göttliche von Strak«
Band 114 »Gefangen in Maffei 1«
Band 115 »INSTANZ in Gefahr«
Band 116 »Eine sichere Heimkehr?«
Band 117 »Der goldene Verräter«
Band 118 »Der Schwarzen Macht auf der Spur«
Band 119 »Eine unheimliche Entdeckung«
Band 120 »Der Multiversal-Transporter«

Unitall-Reihe
Neue, abgeschlossene Einzelromane
Hardcover, 192 Seiten, lieferbar: Bände 1, 3-18, 20-38, € 11,90; ab Band 18 € 12,90
Band 15 »Welt aus dem Gestern«
Band 16 »Der Flug der JULES VERNE«
Band 17 »Kriegsgrund: Tarnit«
Band 18 »Sternenhaie«
Band 20 »Feind ohne Gnade«
Band 21 »Absturz im Eis«
Band 22 »Hundert Jahre Krieg«
Band 23 »Herrschaft des Wahnsinns«
Band 24 »Flug der SPACE QUEEN«
Band 25 »Raumschiffsfalle gelber Hyperriese«
Band 26 »Das Vermächtnis der Heriten«
Band 27 »Verborgene Erkenntnis«
Band 28 »Das Geheimnis von Iondru«
Band 29 »Das Capgras-Syndrom«
Band 30 »Ewiger Winter«
Band 31 »Das Elektrische Zeitalter«
Band 32 »Goguls Armee«
Band 33 »Iondrus Suche«
Band 34 »Willkommen im Dagmeer!«
Band 35 »Das Rätsel von Hallwa«
Band 36 »Bollwerk der Worgun«
Band 37 »Tod der Schwarzen Garde!«
Band 38 »McAustins große Stunde«

Ren Dhark Sternendschungel Galaxis
Paperback, 96 Seiten, € 6,50
Lieferbar: Bände 1-54
Band 36 »Im Zentrum Drakhons«
Band 37 »Rückkehr zu den Rags«
Band 38 »Plünderer!«
Band 39 »Jahrtausendschiff«
Band 40 »Die Erleuchteten«
Band 41 »Einschlag!«
Band 42 »Galaktische Notare«
Band 43 »Höllenfeuer«
Band 44 »Das Volk der Erwachten«
Band 45 »Die Macht der Symbionten«
Band 46 »Ein verlorener Haufen«
Band 47 »Die Flotte der Verlorenen«
Band 48 »Die Schlacht über Odour«
Band 49 »Die stille Stadt«
Band 50 »Vorstoß nach Kurnuk«
Band 51 »Unglaubliche Lösung«
Band 52 »Weltuntergangsprogramm«
Band 53 »Geheimwaffe Kurnuk«
Band 54 »Drakhon für immer?«

Der Multiversal-Transporter

von

Gabriel Wiemert
(Kapitel 1 bis 7)

Alfred Bekker
(Kapitel 8 bis 10 sowie 16 bis 17)

Gary G. Aldrin
(Kapitel 11 bis 15)

und

Anton Wollnik
(Exposé)

1. Auflage

HJB Verlag & Shop KG
Fritz-Schäffer-Straße 1
D-53113 Bonn
www.ren-dhark.de

Herausgeber: Anton Wollnik
Titelbild: Ralph Voltz
Printed in EU

Prolog

Am 21. Mai 2051 startet die GALAXIS von Terra aus zu einer schicksalhaften Reise in den Weltraum. Durch eine Fehlfunktion des »Time«-Effekts, eines noch weitgehend unerforschten Überlichtantriebs der Terraner, springt das Raumschiff über beispiellose 4.300 Lichtjahre. Genau einen Monat später erreicht es das Col-System, wo es auf dem Planeten Hope landet. Weil ein Weg nach Hause unmöglich erscheint, beschließen die Raumfahrer, auf dem Planeten zu siedeln, und gründen die Stadt Cattan.

Rico Rocco schwingt sich zum Diktator auf und lässt sämtliche Kritiker verfolgen und auf den Inselkontinent Deluge verbannen. Dieses Schicksal trifft auch den zweiundzwanzigjährigen Ren Dhark, seinen besten Freund Dan Riker sowie eine Reihe weiterer Terraner. Doch damit endet die Geschichte nicht. In einer Höhle entdecken die Verbannten nicht nur Artefakte einer mysteriösen fremden Hochkultur, sondern auch ein unvollendetes Raumschiff, das eine prägnante Ringform aufweist.

Nachdem Rico Rocco bei einem Angriff der Amphi umgekommen ist, wird Ren Dhark zum neuen Stadtpräsidenten Cattans gewählt. Er lässt den Ringraumer reparieren, welcher später von Pjetr Wonzeff auf den Namen POINT OF INTERROGATION, kurz POINT OF, getauft wird. Im April 2052 bricht der Ringraumer unter Dharks Kommando zu seinem Jungfernflug zur Erde auf. Damit beginnt ein neues Kapitel in der terranischen Raumfahrt. Nicht zuletzt dank Dharks Forscherdrang entdecken die Menschen weitere Hinterlassenschaften der Mysterious, die es ihnen ermöglichen, neue Ringraumer zu bauen und immer weiter in die Tiefen des Weltraums vorzudringen. Die POINT OF jedoch bleibt trotz allem einzigartig, was nicht zuletzt am Checkmaster liegt, dem eigenwilligen Bordgehirn dieses Raumschiffes.

Ren Dhark bleibt der Kommandant der POINT OF und erforscht mit seiner Mannschaft in den folgenden Jahren nicht nur das Weltall, sondern rettet auch immer wieder die Menschheit und sogar ganze Galaxien. Im Mai 2074 lässt sich der unvermutet aktivierte Schutzschirm um Terra nicht mehr abschalten. Die Erde ist damit vom Rest des Universums isoliert. Niemand ahnt, dass es sich in Wahrheit um einen von den Thanagog installierten Zweitschirm handelt, um Ren Dhark zu einer Reise nach ERRON-3 zu bewegen. Dort wollen sie in den Besitz des Schebekaisen gelangen, eines Artefakts, das mutmaßlich von den Balduren stammt. Ihr Plan geht auf.

Zurück in der Milchstraße zeigen die Thanagog ihr wahres Gesicht: Dabei kommt nicht nur die Wahrheit über den angeblich entarteten Schutzschirm um Terra heraus, sondern auch, dass die transitierende Sonne eigentlich das Mutterschiff der Schemenhaften ist. Bei dem Versuch, das Artefakt der Balduren von den Thanagog zurückzuholen, wird Ren Dhark Zeuge davon, wie die Wächter den Kern des Sonnenschiffes und damit die Lebensgrundlage eines ganzen Sternenvolkes zerstören. Shamol, der Herrscher der Thanagog, vernichtet das Schebekaisen und wendet sich in seiner Verzweiflung an Dhark. Er habe das alles nur getan, um sein Volk vor der buchstäblichen Auflösung zu bewahren. Weil die Erde nicht mehr in Gefahr schwebt, willigen der Commander und seine Experten ein zu helfen. Die Thanagog können gerettet werden, indem sie zu einem Megawesen verschmelzen, und fliegen in die Weiten des Weltraums hinaus.

Wenig später taucht unvermittelt die Schwarze Macht im Sol-System auf und droht damit, die Sonne auszuschalten. Zum Glück ziehen die Keilschiffe friedlich wieder ab, nachdem Ren Dhark den finsteren Robotern wie verlangt das Schebekaisen von Nicondo ausgehändigt hat. Nach dem Angriff der Schwarzen Macht auf ERRON-2 und dem Abschalten der Sonne des terranischen Planeten Cyrus begreift auch das letzte Sternenvolk der Milchstraße, dass niemand mehr sicher ist. In einer ausrangierten ARKAN-Station, unterstützt von der INSTANZ, gelingt es Ren Dharks Experten sowie einigen Meeg, ein Portal in das Universum der Schwarzen Macht zu öffnen …

1.

Ungläubig starrte Lek auf die Anzeigen seiner Analyse- und Überwachungsgeräte, die wild ausschlugen. Digitale Zahlen verschwammen auf dem Bildschirm und fügten sich für einen weniger genialen Verstand als den seinen zu einem unüberschaubaren chaotischen Tanz zusammen.

Für einen Moment hielt er den Atem an, dann begann er hektisch Anweisungen in das Gerät zu tippen und aktivierte die Bildschirmaufzeichnung.

Sein Herz raste dabei, und er spürte, wie sich jedes einzelne Haar an seinem Körper aufrichtete. Seine Augen verengten sich, während er die wild tanzenden Anzeigen verfolgte, die ihm offenbar eine verborgene Botschaft übermitteln wollten. Eine Mischung aus Aufregung und Triumph durchzog seine Adern. Endlich, nach all dieser Zeit ein Fortschritt. Er war mit seinen Experimenten auf der richtigen Spur. Obwohl er das immer gewusst hatte, ließ ihn die greifbare Erkenntnis, zusammen mit der unerwarteten Intensität des Moments, beinahe das Gleichgewicht verlieren. Dies hier war der Wendepunkt, nach dem er gesucht hatte. Es war der Beweis. Der Durchbruch, auf den er gewartet hatte und der ihm all seine Probleme endgültig vom Hals schaffen würde. Einschließlich des unsäglichen Rateken, dem es nur um seine läppischen Credits ging. Was war schon Geld im Gegensatz zu der Forschung? Zu diesen unglaublichen …

Genauso plötzlich, wie der Anzeigensturm eingesetzt hatte, kehrte die Ruhe auf den Bildschirm zurück. Die Werte normalisierten sich, als hätte die Realität einen Seufzer der Erleichterung ausgestoßen.

Lek hingegen seufzte nicht. Er brüllte!

»Was? Warum? Nein! Nein! Nein! Nein!«

Er klopfte auf das Gerät, musste sich beherrschen, um nicht mit Wucht darauf zu schlagen.

Was war passiert? Wo war der Auslöser? Was hatte er überhaupt ausgelöst? Und vor allem, wie?

Er gab Befehle in der digitalen Maske ein, änderte die Einstellungen.

»Steh nicht so blöd in der Gegend herum!«, herrschte er Tag Tager an, der außer seinen abnorm breiten Schultern und seiner Kraft völlig unnütz war und nur dastand und ihn angaffte. »Überprüfe die Energieversorgung!«

Leks Fingerspitzen kribbelten vor Aufregung, während er das Handgerät fester umklammerte, als könnte er dadurch die Werte wieder zurückholen, die Anzeigen erneut in Schwingungen versetzen und die Antworten bekommen, nach denen er sich sehnte.

Während er auf das Ergebnis der Überprüfung wartete, dehnte sich die Zeit wie Klebemasse, wobei die Fragen ohne Unterlass durch seinen Kopf stoben.

»Es gab keinerlei Störungen im Energiefluss«, berichtete Tag Tager endlich. »Alles lief normal.«

»Normal?«, keifte Lek. »Es ist wirklich beeindruckend, wie du die Vielschichtigkeit dieses erstaunlichen Vorfalls übersiehst!«

Noch während er sprach, ging er im Geiste die möglichen Ursachen der Anomalie durch, in dem Versuch, die Bedeutung dieses unerwarteten Ereignisses herauszufinden. Doch zu komplex waren die Veränderungen. Nicht einmal sein überragender Intellekt konnte sie auf die Schnelle auswerten. Zudem war ihm klar, wie gründlich er würde vorgehen müssen.

Daher beschloss er, Kol Kolum mit den ersten Auswertungen zu betrauen. Er benötigte dafür jemanden, der die Aufzeichnungen genauestens durchging, innovativ war und wusste, dass ein Intervallfeld keine Version eines Glücksspiels war.

Ohne weitere Zeit zu verschwenden, kontaktierte Lek Kol, wobei er darauf achtete, dass weder die Gefangene noch seine Apparate vor die Kamera geraten würden.

»Wie kann ich dich unterstützen, Gre Grema?«, fragte Kol Kolum, ohne sich mit der Zeitverschwendung einer Begrüßung aufzuhalten.

»Gerade haben sich außerordentliche Entwicklungen ergeben, die auf meiner Forschung beruhen«, erwiderte Lek. »Doch sie haben sich als instabil erwiesen.«

»Das ist bedauerlich«, erwiderte Kol. »Aber ich bin mir sicher, du wirst die Ursache finden und eine Stabilität erwirken können.«

Lek nickte. »Natürlich werde ich das. Allerdings benötige ich dazu gründlichste Analysen, bei denen du mich unterstützen wirst. Ich sende dir sofort meine Aufzeichnungen. Du wirst alles mit einbeziehen. Beginnend mit der Beobachtung der Umgebung, über die Werte auf den Anzeigen, etwaige Geräusche, Temperaturänderungen bis hin zu jeglichen anderen physikalischen Veränderungen. Ich werde in der Zwischenzeit versuchen, eine Wiederholung der Werte zu erzielen.«

»Ich werde dich nicht enttäuschen.«

»Davon gehe ich aus.« Lek zeigte seine Zähne und beendete die Verbindung.

Anschließend riss er seinen Blick von dem Bildschirm los und heftete ihn auf die Terranerin, die gefesselt auf ihrem Stuhl saß und ihn mit funkelndem Blick anstarrte.

Die Anomalie könnte von einer bestimmten Form der Energie ausgelöst worden sein. Von einem physikalischen Phänomen. Oder einer völlig anderen, bisher unberücksichtigten Variablen. Und davon gab es hier nur eine einzige.

»Was hast du getan?«, schnarrte er. »Wie hast du das gemacht?«

Sie blinzelte verwirrt und zerrte an ihren Fesseln. »Wie soll ich irgendetwas gemacht haben?«, fragte sie. »Ich kann mich ja kaum bewegen.«

Konnte sie ihre Unkenntnis wirklich spielen? Immerhin war sie nur ein Mensch. Zugegeben, sie verfügte über einen guten Geschmack, was ihre Kleidung betraf, aber ihr Umgang war abscheulich und ihr Intellekt … nein, nicht ansatzweise mit dem seinen zu vergleichen.

»Du solltest mich schleunigst freilassen!«, zeterte sie.

»Du scheinst sowohl deine Zunge als auch deine Tapferkeit wiedergefunden zu haben. Offenbar legst du keinen Wert darauf, beides zu behalten.«

Er nickte Tag Tager zu, der Suzi Forty daraufhin erneut ins Gesicht schlug.

Lek war kein Experte im Deuten der menschlichen Mimik, doch die Art, wie sie ihre Lippen verzog, zusammen mit dem Ausdruck in ihren Augen, ließen ihn ahnen, dass sie sich fürchtete. Gut, das sollte sie auch.

»Du kannst mich hier nicht festhalten«, jammerte sie. »Es gibt eine Menge Leute, die mich vermissen und nach mir suchen werden.«

»Oh bitte, das setzt voraus, jemand würde wissen, wo du deinen angeblichen Informanten treffen wolltest. Ich bin nicht unvorbereitet, werte Forty. Du hast noch nie eine Quelle preisgegeben. Dennoch ist klar, dass du eine an Bord der POINT OF hast. Streite es ruhig ab.« Lek deutete auf seine Apparatur. »Ich werde es schon herausfinden. Und so lange, wie ich mich um den Durchbruch meiner Forschung kümmere, werde ich die Moleküle aus dem Universum der Schwarzen Macht sowie die andersartigen Partikel aus deinem Körper extrahieren.« Er wedelte mit der Hand Richtung Tag Tager. »Beginne auf Stufe drei.«

»Stufe drei?« Tag grinste. »Das wird schmerzhaft für sie.«

»Ein wenig. Aber da sie sich weigert, mir Informationen zu liefern, hat sie sich das selbst zuzuschreiben.« Dass Lek vermutete, die Anomalie könnte etwas mit den fremdartigen Partikeln zu tun haben, die er im Körper der Terranerin entdeckt hatte, verschwieg er.

Stattdessen ermahnte er Tag: »Du wirst sämtliche Fremdstoffe möglichst unbeschädigt aus ihr herausholen, während ich mich mit weiteren Untersuchungen beschäftige.«

»Was? Nein! Was wird das mit mir machen?«, schrie Forty, deren langsam funktionierender Verstand vermutlich erst jetzt begriff, in welcher Lage sie sich befand. »Wagt es nicht, mich anzufassen! Ihr wisst ja nicht, mit wem ihr euch anlegt!«

Ein Nicken von Lek reichte aus, damit Tag ein weiteres Mal zuschlug.

Suzi Forty schrie auf, schluchzte dann: »Ren Dhark wird kommen und mich befreien, und dann werdet ihr bereuen, je Hand an mich gelegt zu haben.«

»Ren Dhark?« Lek tat, als würde er nachdenken, obwohl die bloße Möglichkeit, sie könnte recht haben, seine Haut prickeln ließ. Aber wozu hatte er Rhurk? Der Rateke würde nicht zulassen, dass Dhark einfach so auf Danlechraa einfiel. Und auch der vermaledeite Dan Riker nicht.

Die beiden hatten Leks Pläne in der Vergangenheit bereits zu oft durchkreuzt und wären womöglich in der Lage, es ein weiteres Mal zu tun. Etwas, das er nicht zulassen durfte! Nicht jetzt, wo er solch gewaltige Fortschritte gemacht hatte.

»Wenn ich es mir recht überlege«, wandte er sich an Tag, »beginne gleich mit Stufe vier. Aber geh langsam vor. Wir wollen ja nicht, dass die Moleküle und Partikel beschädigt werden. Oder dass unser Gast letztendlich nicht mehr sprechen kann. Denn ich möchte zu gern mehr über die Pläne des berühmten Ren Dhark erfahren.«

Er tätschelte Fortys Arm. »Und da du ihn ja so gut kennst, wirst du ja auch etwas darüber wissen. Immerhin habt ihr Speichel miteinander getauscht, wie du den ganzen Welten in deinem Video gezeigt hast. Ich übrigens«, er drückte den Rücken durch und stellte sich auf die Zehenspitzen, um seine Imposanz zu steigern, »habe die Anweisung gegeben, sofort das Feuer auf Dhark und seine Leute zu eröffnen, sollte er sich tatsächlich hier blicken lassen.«

Mit diesen Worten wandte er sich ab und gab Tag ein Zeichen, mit der Extraktion zu beginnen.

Dieser holte ein etwa unterarmlanges rechteckiges Kästchen hervor, das von einem silbernen Schimmer umgeben war. An den Stirnseiten blinkten verschiedene Lichter, die einem geübten Auge Auskunft über Lagerinhalt sowie Zustand des absorbierten Materials gab.

»Verbindung baut sich auf«, berichtete Tag. »Druckausgleich eingeleitet. Stufe vier erreicht in zwei … eins … jetzt.«

Für einen Augenblick ließ Lek sich tatsächlich ablenken und beobachtete, wie Tag mit dem Absorber über Fortys Körper hielt. Die Haut unter dem Apparat dehnte sich, gleichzeitig bäumte sich die Terranerin in ihren Fesseln auf.

»Das tut weh!«, schrie sie. »Aufhören, bitte aufhören!«

Lek verdrehte die Augen. Konnte sie nicht einfach einmal still sein?

In diesem Stadium waren die Schmerzen gedämpft und somit gut auszuhalten. Die Viskoelastizität würde schon dafür sorgen, dass die Haut nach der Belastung wieder zu ihrem ursprünglichen Zustand zurückfand. Vermutlich jedenfalls. Es wäre interessant, das irgendwann einmal genauer zu betrachten. Die morphischen Möglichkeiten könnten nützlich sein.

Aber offenbar hatte er mit Suzi Forty ein hyperempfindliches Versuchstier erwischt. Oder ein überaus dramatisches. Denn sie dachte gar nicht daran, mit ihrem Gejammer aufzuhören.

Er seufzte und trat erneut vor den Stuhl. »Du könntest dir das ersparen, indem du die Moleküle freiwillig abstößt«, bot er an.

Dafür wurde er mit weit aufgerissenen Augen angestarrt. Im Inneren schien etwas beschädigt worden zu sein, denn das Weiße darin hatte einen hübschen Rosaton angenommen, welcher der Terranerin viel besser zu Gesicht stand.

»Ich weiß nicht, wie«, schluchzte sie.

»Oh. Nun, dann … Falls dir Antworten zur POINT OF oder Ren Dhark einfallen, musst du nur rufen.«

»Er wird kommen!«, kreischte Forty erneut. »Ich bin seine Freundin. Er wird alles tun, um mich zu retten!«

Lek schüttelte den Kopf. »Ich habe Dhark und seine Mannschaft studiert. Er geht eine Menge Wagnisse ein. Immer zum Wohle irgendwelcher Individuen. Aber bei dir? Anmaßend, Aufmerksamkeit heischend, weder optisch noch intellektuell ansprechend, dafür überaus fordernd. Nein, ich glaube nicht, dass Dhark ausgerechnet wegen jemandem wie dir herkommen wird. Ich glaube nicht einmal, dass er tatsächlich so dumm gewesen sein soll, mit dir mehr als ein flüchtiges Amüsement zu teilen.« Er gluckste. »Allerdings ist die Vorstellung überaus erheiternd, wie du ihn mit deinen überzogenen Forderungen, deiner Wehleidigkeit und deinem niedrigen Intellekt mehr und mehr in den Wahnsinn treibst. Eine Vorstellung, von der ich mich in meiner Freizeit gerne unterhalten lassen werde.

Doch nun habe ich zu arbeiten.« Schulterzuckend wandte sich Lek ab und gab Tag einen Wink, weiterzumachen. »Dämpfe die

Akustikleistung auf ein erträgliches Maß, damit ihr Geschrei mich nicht ablenkt, und vergiss nicht, alles genau aufzuzeichnen«, ermahnte er ihn, bevor er sich wieder seiner eigentlichen Aufgabe zuwandte.

*

Die nächsten Stunden verbrachte Lek mit dem Überprüfen der Daten und Spekulationen. Er studierte jede Kurve, jede Zahl, als ob sie ihm den Schlüssel zu einem geheimen Universum verschaffen könnte.

Er verglich die Daten, die er während des unerwarteten Ereignisses gesammelt hatte, mit früheren Messungen und experimentellen Ergebnissen. Dabei musste er feststellen, dass das Ergebnis wirklich neu und signifikant war und es sich nicht um einen Messfehler gehandelt hatte.

Doch er kam nicht darauf, was es ausgelöst hatte oder wie es zu steuern war. Also beauftragte er weitere Mitarbeiter damit, sämtliche relevante wissenschaftliche Literatur zu durchsuchen, um herauszufinden, ob ähnliche Ergebnisse bereits irgendwann irgendwo erwähnt wurden. Alles in der Hoffnung, den Kontext der Anomalie besser zu verstehen.

Er veränderte die Parameter und testete Dutzende verschiedene Szenarien, während er versuchte, das Phänomen zu reproduzieren.

Lek war gefangen in einem Strudel aus Theorien, Euphorie und Frustration. Jeder scheinbare Durchbruch wurde von einem Rückschlag verfolgt, doch er ließ nicht locker. Sein Verstand arbeitete wie eine tickende Uhr, ständig auf der Suche nach der Antwort. Die Welt um ihn herum trat in den Hintergrund, während er experimentierte, prüfte, verwarf und von vorne begann.

Er spürte Energie und Entschlossenheit durch seine Adern fließen und war bereit, bis zum äußersten Limit zu gehen, um das Rätsel zu lösen.

Dafür scheute er sich auch nicht, die von der Terranerin extrahierten Moleküle einzubinden. Was diese mit weiterem Gejammer quittierte. Wehklagen, Tränen und ständig dieses ermüdende

»Ren Dhark wird kommen. Er wird mich retten. Ich bin seine Freundin, er wird mich nicht im Stich lassen«.

Bla, bla, bla.

Er ließ ihr von Tag Akustikdämpfer verpassen, doch selbst das half nicht vollständig, so fiel sie ihm mit jedem Lidschlag mehr auf die Nerven.

Schließlich fuhr er zu ihr herum. »Halt endlich die Klappe!«, fauchte er. »Sei still, und ich erwäge, dich gehen zu lassen, wenn ich mit der Extraktion fertig bin.«

Seine Lüge zeigte Erfolg, denn sie verstummte tatsächlich. Allerdings nicht für lange.

»Du hattest nie vor, mich gehen zu lassen«, wimmerte sie. »Du bist ein gewissenloser Verbrecher.«

»Das stimmt nicht. Ich bin Wissenschaftler. Ein Entdecker des Unbekannten. Ein Forscher, der sich nicht von Widrigkeiten aufhalten lässt und der immer tiefer in die Geheimnisse der Natur eindringt.« Lek begann auf und ab zu laufen, um den Unwillen loszuwerden, den ihre Behauptung in ihm hervorgerufen hat. »Selbstverständlich ist es unumgänglich, dass hin und wieder eines der Versuchstiere sein Leben im Dienste der Wissenschaft lassen muss.«

»Ich bin kein Versuchstier«, schluchzte Forty.

Überrascht blieb er stehen und sah sie an. »Natürlich nicht. Du bist niedriger als das. Lediglich ein Mensch. Dennoch beabsichtige ich nicht, dich zu töten.«

Genau genommen hatte er gar keine Pläne hinsichtlich des Verbleibs der Terranerin. Sicher, er hatte an die Moleküle in ihrem Körper kommen wollen. Die zusätzlichen Partikel waren über dem hinaus eine willkommene Überraschung gewesen. Doch er hatte auch gedacht, Suzi Forty könnte ihm darüber hinaus nützlich sein. Inzwischen aber hatte sie bewiesen, dass ihre einzige Zweckdienlichkeit darin bestand, an seinen Nerven zu zerren und ihn aus seiner Konzentration zu reißen.

Vermutlich würde er sie tatsächlich hier zurücklassen, wenn er mit allem fertig war. Immerhin wusste sie weder, wo sie sich befand, noch kannte sie seinen echten Namen. Unter Umständen könnte er ihr die Erinnerung nehmen. Bei Menschen gab es ja einige Möglichkeiten, den Geist zu manipulieren, etwa mit einem Sensorium.

Möglicherweise würde sich auch jemand finden, der bereit war, einen anständigen Preis für ihre Freilassung zu zahlen.

»Was willst du dann?«, jammerte sie und riss ihn damit erneut aus seinen Überlegungen.

»Für den Anfang? Dass du still bist. Ich muss …«

Die Anzeigetafeln begannen erneut wild zu blinken, und die Grafiken auf den Bildschirmen zeigten plötzliche Aktivitätsausbrüche.

Lek fuhr herum, eilte zu dem Bedienfeld und begann mit fiebriger Intensität zu arbeiten. Sein Blick war fest auf die Anzeige- und Analysegeräte gerichtet, die Zahlen und Kurven darstellten, die den Fortschritt seiner Arbeit verrieten. Das Licht flackerte, ein tiefes Summen lag in der Luft, ließ Knochen vibrieren.

Gleich war es so weit. Jeden Moment musste die Verbindung zum Universum der Schwarzen Macht entstehen.

Leks Hände zitterten vor Aufregung, als er die Daten genau analysierte. Die Kurven zeigten eine beispiellose Reaktion innerhalb der entropischen Gravitation, eine Harmonie zwischen den Komponenten, die er nie zuvor erreicht hatte. Die Maschinen bestätigten, dass endlich die erhoffte Verbindung entstanden war, die er so lange gesucht hatte.

Ein Schauer lief über seinen Körper, als Lek einige Sensorfelder berührte und Tasten drückte, woraufhin seine Geräte begannen, die genauen Eigenschaften der neu entstandenen Verbindung zu analysieren. Die Daten strömten in Echtzeit auf die Bildschirme, und jede Ziffer, jede Linie schien wie ein Versprechen für eine neue Chance.

»Es ist wahr«, flüsterte Lek atemlos. »Ich habe es tatsächlich geschafft.«

Die Erleichterung war überwältigend, während eine Last von seinen Schultern genommen wurde.

In diesem Moment hörte er Schritte draußen auf dem Flur. Nicht ausgerechnet jetzt! Er hatte strengste Anweisungen gegeben, nicht gestört zu werden. War er denn nur von unfähigen, minderbemittelten Schwachköpfen umgeben?

Er fuhr herum, zuckte zusammen, und Klarheit sickerte in seinen Verstand, brachte sein Herz aus anderen Gründen als zuvor dazu, wie wild gegen seine Brust zu pochen.

Rhurk, sein Geldgeber, der seine letzte Hoffnung und zugleich sein größter Fluch war, stand im Türrahmen.

2.

Unwillkürlich fragte Lek sich, ob die Luft im Laborraum schon immer so stickig gewesen war. Gesättigt von einer Mischung aus metallischem Geruch, dem Schweiß der Terranerin und – seit Rhurks Erscheinen – erfüllt von einer Spannung, die sich wie ein unsichtbares Band durch den Raum zog. Das Summen der auf Hochtouren laufenden Maschinen klang unvermittelt unheilvoll, obwohl noch immer Zahlenreihen samt diversen Daten von den Bildschirmen funkelten. Nichts davon war so beeindruckend wie die massige, drei Meter hohe Gestalt des Rateken.

Es kostete Rhurk nicht mehr als die Andeutung einer Handbewegung, und Tag Tager wandte sich ab und eilte aus dem Raum, wobei er die Tür hinter sich schloss.

Lek schluckte. Noch immer war es nicht vollständig gelungen, die Verbindung in das andere Universum herzustellen. Weder sichtbar noch unsichtbar. Aber der Ausschlag bedeutet bestimmt irgendetwas!

Trotzdem fühlte sich sein Hals an wie zugeschnürt. Er war gefangen zwischen der verzweifelten Notwendigkeit, seine Forschung voranzutreiben, und der quälenden Angst vor den Konsequenzen, sollte er nicht sofort etwas vorweisen können. Da beruhigte es ihn auch nicht, dass Rhurks Atmungsschlitze nur etwas weiter als üblich geöffnet waren.

Die Apparaturen um ihn herum begannen zu brummen, und die Bildschirme flackerten.

Nein! Nein, nicht jetzt! Die Verbindung durfte nicht abbrechen!

»Wir sind nahe dran, sehr nahe«, flüsterte Lek, räusperte sich und zwang sich, lauter zu sprechen. »Die Ergebnisse werden atemberaubend sein, sie werden alles verändern!«

»Ergebnisse?«, drang es aus nur einem von Rhurks vier Mündern, was seine Worte trügerisch ruhig erscheinen ließ. »Wo sind sie, deine Ergebnisse, du Genie?«

»Nun, hier.« Lek machte eine Geste, die den ganzen Raum umfasste. »Schau dir diese Anzeigen an. Die Schleifenquantengravitation ...«

»Was soll mir all das Gepiepe und Gedudel sagen?«, grollte Rhurk und trat näher. Die Facetten des Sehkranzes schimmerten so ausdruckslos und kalt wie üblich, dennoch umgaben ihn seine Zweifel wie eine greifbare Schicht, während seine Finger ungeduldig auf der glänzenden Oberfläche einer größeren Apparatur trommelten. »Hast du einen Kontakt herstellen können, oder nicht?«

Lek senkte den Blick – unfähig, den Rateken anzusehen, der turmhoch neben ihm aufragte. »Nicht vollständig«, musste er kleinlaut zugeben. »Aber ich arbeite mit Hochdruck daran, den Weg zu öffnen und die Verbindung herzustellen. Alles, was ich brauche, ist etwas mehr Zeit zur Auswertung. Ich weiß, dass ich dir viel versprochen habe, und ich werde alles tun, um es wahrzumachen.«

Rhurks gewaltige Pranken mit den sechs nagellosen Fingern ballten sich zu Fäusten. »Zeit ist das, was wir nicht mehr haben!«, grollte er. »Nachdem die Reportage dieses Schmierenreporters Ker Kermag über die Korruption im utarischen Flottenverband und Verbindungen zur Unterwelt veröffentlicht wurde, erst recht nicht! Nicht nur stehen darin jede Menge überaus brisante Anschuldigungen, er behauptet sogar, er könne Beweise dafür liefern!« Seine Atemschlitze weiteten sich, und die sonst graue, lederartige Haut bekam einen Stich ins Violette.

Lek traute sich kaum zu atmen, während Rhurk ihn mit seinem Blick an Ort und Stelle festnagelte.

»Die utarischen Behörden stecken ihre Nase mittlerweile überall hinein, und sie sind überaus gründlich«, wütete der Rateke weiter. »Sag mir, wie soll ich unter diesen Umständen meine Geschäfte abwickeln? Noch ist mein Name nicht öffentlich genannt worden, aber was denkst du, wie lange das noch so bleiben wird?«

Rhurk beugte sich vor. Die warme Luft aus seinen Atmungs- und Geruchsschlitzen traf Lek, dem es dennoch erschien, als würde er in Eiswasser getaucht.

»Wie lange, bis sie auf Zusammenhänge stoßen? Obwohl ich gründlich darin war, meine Spuren zu verwischen, hast du alles ruiniert, indem du auffällig wie ein dortanischer Leuchtkäfer durch die Gegend gestolpert bist!«, brüllte der Rateke mit allen vier Mündern zugleich in einer Lautstärke, dass Lek überzeugt war, seine Tolle würde nach hinten geweht. »Ich habe ein Vermögen in dein angeblich so sicheres Projekt investiert, in die Zukunft, die du versprochen hast! Und anstatt deine Arbeit zu erledigen, tust du was? Überfällst ein terranisches Raumschiff und vernichtest es, verlierst ein weiteres, und wofür? Für eine simple Möglichkeit!

Und als ob du damit nicht schon genug Mist gebaut hättest, du ach so unfehlbares Genie, entführst du ausgerechnet in dieser Situation eine berühmte Terranerin! Währenddessen rennt mir die Zeit davon! Ich habe keine Geduld mehr für leere Versprechungen!«

Die Worte durchdrangen die Luft wie eisige Stacheln, und Lek spürte, wie ihm der Boden unter den Füßen zu entgleiten drohte. Er blickte auf die Apparaturen, die vor ihm aufgebaut waren, und dann wieder zu Rhurk. »Aber …«

»Es stimmt. Ich bin eine berühmte Person«, kreischte Forty, deren Anwesenheit Lek schon fast vergessen hatte, mit einem Mal. »Sehr wichtig und berühmt. Ich habe Verbindungen bis ganz nach oben, denn ich bin eine sehr gute Freundin von dem noch berühmteren Ren Dhark. Wartet nur ab, bis er kommt, um mich zu retten! Dann kan…«

Rhurk wandte sich der Terranerin zu. »Berühmt?«, schnaubte er, wobei er sich ihrem Stuhl näherte. »Schwächlinge seid ihr, nichts weiter!«, grollte er.

Suzi Forty gab endlich Ruhe. Ihr Körper hingegen bebte. Jeder ihrer Muskeln schien in Bewegung.

Diesmal sah Lek ihr die Furcht und den Wunsch, entkommen zu können, tatsächlich an. Aber vielleicht projizierte er auch nur seine eigenen Emotionen auf sie. Denn tatsächlich fühlte Lek sich für einen flüchtigen Augenblick ebenso ausgeliefert, wie die Terranerin es war.

»Terraner, Nogk oder auch Tel … Sie alle sind nichts weiter als Schatten im Angesicht der Rateken.« Rhurk sprach mit drei seiner Münder und so klangen seine Worte fast wie das Grollen eines gewaltigen Berges, der sich über die Kleinheit der Welt unter ihm lustig machte. »Die Rateken sind das krönende Meisterwerk der Evolution. Unsere Stärke ist unerreicht, unsere Intelligenz überwältigend. Terraner und die anderen Sternenvölker sind kaum mehr als neugierige Kinder, die mit ihren Spielzeugen hantieren.« Er hielt inne, gab ein Brummen aus zweien seiner Münder von sich. »Den Kraval mag ich vielleicht zugestehen, an uns Rateken heranzureichen. Aber alle anderen? Sie werden immer Schwächlinge bleiben, unfähig, sich auf Augenhöhe mit uns zu bewegen. Es ist an der Zeit, der Galaxis die Erhabenheit unserer Präsenz vor Augen zu führen. Selbst die mächtigsten Sternenvölker werden erzittern vor unserer Technologie, unserer Kultur, unserer Macht, die alles übertreffen wird, was diese schwächlichen Wesen je erreichen könnten.« Rhurks Stimme wurde tiefer, seine Atemschlitze weiteten sich. »Und du, Gre Grema, hast mir versichert, mir die nötigen Mittel zu liefern.«

Lek brach seine Starre, indem er sich nervös über die Tolle strich. »Das werde ich«, sagte er und legte seine ganze Überzeugung in seine Stimme. »Eine endlose Energiequelle, die ohne Unterlass fließt. Stell dir vor, was du mit einer solchen Macht tun könntest! Deine Raumschiffe könnten die Grenzen des Universums durchbrechen, du könnest ganze Planeten beherrschen, über ihre Rohstoffe entscheiden und somit den kompletten galaktischen Markt kontrollieren.«

Erneut ertönte Rhurks tiefes Brummen. »Und doch redest du lediglich von Utopien! Nichts als leere Versprechungen, du Genie!«

»Nein, Rhurk, hör mich an!«, rief Lek, begierig darauf, dem Rateken die Neuigkeiten zu präsentieren. »Wirf einen Blick auf die Daten. Ich bin kurz vor dem Durchbruch. Solche Werte haben wir nie zuvor erreicht. Sobald wir diese Technologien für uns nutzbar gemacht haben, wirst du noch mächtiger werden, als du es dir je vorgestellt hast.« Lek zwang ein zuversichtliches Lächeln auf seine Lippen. »Stell dir nur einmal vor, wie verzweifelt sie alle sein werden, wenn sie feststellen, dass selbst ihre scheinbar überlegenen Entdeckungen nichts gegen deine Macht sind. Du wirst die unbestrittene Spitze des Kosmos sein, und niemand wird es je wieder wagen, dich herauszufordern. Weder die Presse noch die Behörden. Ganz gleich ob utarisch, ratekisch oder kravalsch. Selbst der vielgepriesene Ren Dhark wird es nicht wagen, sich dir in den Weg zu stellen.«

»Ren Dhark wird euch büßen la…«

Rhurk brachte die Terranerin zum Schweigen, indem er ihr eine seiner Pranken über den Mund legte. So riesig wie sie waren, verschwand ihr ganzer Kopf darunter.

Sie zuckte, versuchte offensichtlich verzweifelt, sich aufzubäumen.

»Schau hin, Gre. Präge dir dieses Beispiel für die Schwäche der Terraner ein. Sie sind so leicht zu erschrecken, so schnell aus der Fassung zu bringen.«

Während er sprach, zog Rhurk die Hand wieder zurück, beugte sich vor, sodass sein massiger Körper mit dem Kopf über Suzi Forty aufragte. »Nun, Terranerin, hast du genug gehört, um zu verstehen, wie unterlegen deine Art ist? Du bist nicht mehr als ein Staubkorn in meinem Schatten.«

Die Gefangene wimmerte und hustete dann. Lek sah, wie sie hektisch schluckte, wobei sie fest die Augen zusammenkniff.

Rhurk zog jedoch Leks Aufmerksamkeit sofort wieder auf sich.

»Zeig sie mir«, forderte Rhurk. »Zeig mir den Zugang zu dem Reich der Schwarzen Macht. Präsentiere mir ihre Waffentechnologie.«

Lek hatte Mühe, dem kalten Blick der Facetten standzuhalten. »Das kann ich nicht«, brachte er stockend hervor. »Jedenfalls noch nicht. Ich habe eine interessante Verbindung gefunden, aber …«

»Wirklich? Ich war der Annahme, du hättest hier bislang nur Kritzeleien gemacht.«

»Du irrst dich! Die heutigen Ergebni…«

»Ich vergaß, dass wir hier im Wunderland der irrationalen Ideen sind.« Rhurk ließ den Kopf kreisen. »Vielleicht solltest du deinen Ansatz noch einmal überdenken.«

Es war nicht nur die Demütigung, die Lek den Atem nahm und seine Beine taub werden ließ. Etwas in dem Tonfall bewirkte, dass heiße Angst in ihm emporschoss.

»Ich verstehe deine Frustration, Rhurk. Aber ich bitte um etwas mehr Zeit. Die Entwicklungen sind komplex, und es ist wichtig, dass wir nichts überstürzen.«

Rhurks Münder schlossen sich, doch zu Leks Überraschung stieß er ein tiefes Brummen aus. »Gut, Lek. Ich bin nicht blind und sehe, dass hier etwas Neues vor sich geht. Du hast noch eine letzte Chance, die Ergebnisse zu liefern, die ich erwarte. Aber sei dir im Klaren, dass meine Geduld endlich ist.«

»Natürlich, ich …«

Wieder ließ Rhurk ihn nicht aussprechen. »Befindet sich an dieser so hochwichtigen Terranerin noch etwas, das dir die Tore öffnen wird, an denen du so verzweifelt rüttelst?«, fragte er beinahe liebenswürdig.

»Äh, nein. Aber …«

Sämtliche Münder des grauen Grobians verzogen sich zu der Karikatur eines Lächelns. Dann umfasste er das Gesicht der Terranerin mit Daumen und Zeigefinger. »Mach deine Augen wieder auf.«

Es dauerte, bis die Gefangene gehorchte und den kalten Blick des Rateken erwiderte, ohne auch nur zu blinzeln. In Erwartung des Kommenden verkrampfte sich ihr Körper.

»Ich habe euch alles gesagt, was ich weiß«, wisperte sie, durch das Zittern in ihrer Stimme kaum verständlich. »Bitte, tötet mich nicht.«

»Alles gesagt, was du weißt?« Ehrliches Erstaunen schwang in Rhurks Worten mit. »Warum sollte mich dein Wissen interessieren? Du missverstehst die Situation. Ich war nie an Informationen von dir interessiert. Aber wie du vielleicht bemerkt hast, bin ich von unfähigen Mitarbeitern umgeben.« Während er sprach, bewegte er den Kopf der Terranerin hin und her, als wollte er ihre angespannten Muskeln lockern, und kam schließlich erneut mit der Handfläche auf ihrem Gesicht zum Liegen. »Ich führe ein Geschäft, musst du wissen. Tagein, tagaus kommen Angestellte zu mir. Geschäftsfreunde, Handelspartner. Sie alle haben Forderungen oder sie bitten mich um etwas. Entscheidungen müssen getroffen, Bündnisse geschlossen werden. Bisweilen strengt es mich an. Aber nichts ist so ermüdend wie ein unzuverlässiger Untergebener.« Beim Sprechen hob Rhurk den Kopf. Der Blick seines Facettenkranzes lag fest auf Lek und ließ den Utaren zurückzucken.

Die Münder des Rateken zuckten amüsiert, als er die Reaktion bemerkte.

Die Terranerin kreischte nun, was Lek dazu brachte, den Blick auf sie zu lenken. Das wenige, was er von ihrem Kopf sehen konnte, war dunkel verfärbt. Als Rhurk seine Hand von ihrem Kopf entfernte, sah Lek, dass Blut aus Fortys Nase lief. Ebenso aus ihren Augen, die ein Stück weit aus ihren Höhlen getreten waren.

Rhurk zeigte sich davon unbeeindruckt. »Es gibt keinen Grund zur Verzweiflung«, grollte er, was in der Ratekenversion ein Raunen war. »Ich krümme niemandem ein Haar, solange er mir nützlich ist. Ein Versager jedoch sollte bereit sein, den Preis für die Enttäuschung zu zahlen, die er mir bereitet hat.«

Er senkte seine Finger wieder und ein Knacken mischte sich unter das Summen der Geräte. Die Terranerin zuckte am ganzen Körper. Ein letztes deutliches Knacken – und das Zucken hörte auf.

»Ich habe in dich investiert, Gre« drang die Stimme des Rateken an Leks Ohren. »Enttäusche mich besser nicht noch einmal.«

Leks Herz setzte einen Schlag aus, um anschließend doppelt so schnell in seiner Brust zu hämmern. Obwohl er eine halbe Raumlänge von dem Rateken entfernt stand, schien er ihm viel zu nah. Er zuckte zusammen, als Rhurk seine Faust von der blutigen Masse löste, die Sekunden zuvor noch der Kopf der Terranerin gewesen war. So als wäre nichts gewesen, ging der Rateke dann zum Flüssigkeitsspender, um sich die Hände zu reinigen.

»Wie du sicher weißt, ist das Universum ein erbarmungsloser Ort«, sagte er dabei, nun mit zwei Mündern, wobei der eine einen

Bruchteil einer Sekunde später zu sprechen schien. Das erzeugte ein merkwürdiges Fast-Echo, was das ganze Geschehen noch surrealer machte. »Die Starken überleben, die Schwachen werden verschlungen. Das gilt für Nationen genauso wie für Einzelpersonen. Du hast noch achtundvierzig Stunden, Gre. Dann lieferst du mir die Ergebnisse. Greifbare, sichtbare, nutzbare Ergebnisse. Ansonsten werde ich nicht so sanft zu dir sein, wie ich es zu deinem Gast war.« Er trocknete sich gründlich die Hände, bevor er sich umwandte. »Hast du mich verstanden?«

Leks Herz raste, sein Atem ging schnell und flach, sein Verstand war von einer Mischung aus Faszination und Angst überflutet. Dennoch war er geistesgegenwärtig genug, um zu nicken.

»Gut.« Rhurk schlenderte auf ihn zu und Lek, immer noch unfähig, auch nur den kleinen Finger zu krümmen, hörte voller Scham, wie ihm ein wimmernder Laut über die Lippen wich.

»Bis zum nächsten Mal, Gre«, sagte Rhurk, während er an ihm vorbeischritt. »Oh, und du solltest hier dringend einmal saubermachen und den Müll entsorgen.« Noch einmal hielt er inne, ganz so, als hätte er etwas vergessen. Halb wandte er sich um und dieses Mal wusste Lek, dass all seine Münder breit grinsten. »Hast du jetzt endlich begriffen, wie das Leben in der Schattenwelt tatsächlich ist, du kleines Genie?«

Wieder nickte Lek mechanisch. Das hatte er. Unvorhersehbar und gnadenlos …

Doch das hatte er bereits vorher gewusst, nicht wahr? Er war ohne Zweifel in einigen unangenehmen, ja gefährlichen Situationen gewesen, die ohne Weiteres mit seinem Ableben hätten enden können. Und doch war es heute etwas anderes gewesen. Auf rohe, intensive und schwer zu beschreibende Art unmittelbarer.

Die Gedanken rasten in seinem Kopf, bis Übelkeit und Verzweiflung zu einem bizarren Gefühl von Leere verschmolzen. Nicht einmal die noch immer wie wild ausschlagenden Anzeigen konnten ihn da herausreißen.

Er wusste nicht, wie lange er so dastand und ins Nichts starrte. Seine Beine taub, sein Kopf auf seltsam unbekannte Weise wie mit sich verflüchtigendem Gas gefüllt, sein Körper bebend vor innerer Kälte.

Achtundvierzig Stunden ...

Erbärmlich wenig Zeit, um seinen Kopf aus der Schlinge zu ziehen.

3.

Die kühle Luft des Versuchslabors strich über Ker Kermags schweißnasse Haut, während er sich in den dunklen Ecken des Ganges verbarg.

Als seine Kamera das erste Mal ausgefallen war, hatte er es noch hingenommen. Zuzusehen, wie die Terranerin misshandelt wurde, war schwer genug gewesen. Aber zumindest hatte er nun eine Aufzeichnung, die weitere von Leks Verbrechen bewiesen. Ein weiterer Schritt zu seiner Enthüllungsstory über die fragwürdigen Praktiken einiger Rateken und ihre Zusammenarbeit mit dem verbrecherischen Utaren.

Ker schauderte beim Gedanken, demselben Volk anzugehören wie dieser gewissenlose Verbrecher, der sich Wissenschaftler nannte.

Noch immer erstaunte es ihn allerdings, wie anfällig sich Lek für subtile Schmeicheleien zeigte. Als Leks vermeintlicher Assistent hatte Ker Kermag einen verblüffend weitreichenden Zugang zu den Aktivitäten im Labor. Er verbrachte Stunden damit, Informationen zu sammeln, Dokumente zu durchforsten, Gespräche heimlich mitzuhören. Jeder kleinste Hinweis auf die dunklen Machenschaften, die hier vor sich gingen, trieb ihn weiter voran. Er wusste, dass er Beweise brauchte – Beweise, die stark genug waren, um auch gegen Rhurk anzutreten. Denn den Einfluss dieses Rateken zu unterschätzen, wäre ein tödlicher Fehler. Einer, den Ker nicht ebenfalls begehen wollte.

Die Gedanken an die drohende Enthüllung seiner Tarnidentität als Kol Kolum trieben ihn an, seine Ängste zu überwinden. So kämpfte er gegen die Furcht an, die in ihm aufstieg, wenn er an Rhurk dachte – an die bedrohliche Aura, die dieser ausstrahlte. Aber er wusste, dass er sich nicht von dieser Angst kontrollieren lassen durfte und stark bleiben musste, um die Wahrheit zu enthüllen. Und hatte er nicht schon eine Menge aufgedeckt?

Leks Unsummen verschlingende Experimente, die riskanten Entwicklungen, weil Rhurk Ergebnisse erwartete, und ja, er wusste auch von dem Druck, den der Rateke auf Lek ausübte.

Die Furcht des Wissenschaftlers verstand er nur zu gut. Warum er aber dennoch blieb …

Ker spürte, wie sich ein bitteres Lächeln auf seine Züge legte.

Warum bist du eigentlich noch hier?, fragte seine Vernunft.

Um die Puzzleteile zu suchen, antwortete Ker Kermag in Gedanken, *sie nach und nach zusammenzufügen, um das Gesamtbild zu erkennen – das Bild von einem gefährlichen Spiel, bei dem unzählige Leben auf dem Spiel standen – und es der Öffentlichkeit enthüllen.*

Dass Lek ausgerechnet ihm die neusten Ergebnisse geschickt und um Unterstützung gebeten hatte, zeigte Ker, dass er einiges richtig gemacht hatte.

Dennoch durfte er nicht unvorsichtig werden. So hatte er vorerst darauf verzichtet, die Geschehnisse weiter über die Kamera zu verfolgen. Dann aber war Rhurk im Labor erschienen. Eine Gelegenheit, die Ker sich auf keinen Fall hatte entgehen lassen können.

So hatte er sich in sein Büro geschlichen und versucht, die Kamera wieder in Gang zu setzen. Vergeblich! Dabei wäre es so unglaublich wichtig gewesen, den Rateken zusammen mit Lek aufzuzeichnen. Also hatte Ker entschieden, es persönlich zu tun. So stand er nun in dieser Nische, nahe dem Laborraum vier, darauf hoffend, Rhurk im Gehen zusammen mit Lek filmen zu können. Vielleicht würden sie sogar über eines ihrer dubiosen Geschäfte reden?

Das wäre wirklich die Praline auf dem Sauertee und …

Die Tür zum Laborraum wurde geöffnet, und Rhurk trat heraus.

Kers Herz begann schneller zu schlagen, als sein Blick auf den riesenhaften Rateken traf. Die Gefahr, die von Rhurk ausging, war selbst auf die Entfernung zu spüren, wodurch Ker sich wie ein verängstigtes Tier fühlte, das einem Raubtier gegenüberstand.

Nicht bewegen!

Denn wie ebendieses wilde Tier auch würde der Graue Grobian ihn durch jedes unachtsame Geräusch aufspüren und dann …

Nein! Steigere dich nicht in deine Angst hinein!

Nichtsdestotrotz besaß Ker die Geistesgegenwart, mit seinem Hand-Suprasensor aufzuzeichnen, wie Rhurk sich von der Tür des Laborraums abwandte und gelassen den Gang Richtung Ausgang entlangschritt.

Erst, als die Schritte des Rateken längst verklungen waren, wagte Ker sich aus seinem Versteck. Die Tür zum Laborraum stand noch offen, und Lek musste noch darin sein.

Unschlüssig wanderte Kers Blick von der Tür zum Gang und wieder zurück. Würde es ihm gelingen, ungesehen an dem Laborraum vorbeizukommen? Doch was, falls Tag Tager zurückkam? Oder schlimmer noch: Rhurk selbst?

Eine Entscheidung musste getroffen werden, bevor sein Fehlen jemandem auffallen würde. Also entschied sich Ker für das kleinere Übel, trat aus seinem Versteck hervor und näherte sich dem Laborraum.

»Es tut mir leid, Gre«, begann er, sich unterwürfig gebend. »Ich weiß, ich hatte die Anweisung, niemanden zu dir zu lassen, aber Rhurk war plötzlich da und ließ sich nicht abwimmeln. Er akzeptierte einfach kein N…«

Lek reagierte nicht, was ungewöhnlich genug war. Doch als Ker zwei Schritte in den Raum hineinmachte, erkannte er, warum der Wissenschaftler so still war.

Der kopflose Torso der Terranerin war noch immer an den Stuhl geschnallt, um den herum sich eine Lache Blut angesammelt hatte.

Ker weigerte sich, genau hinzuschauen. Aber ihm wurde klar, was das zu bedeuten hatte. Rhurk hatte die Gefangene getötet – und so, wie es aussah, nicht aus Versehen, sondern absichtlich. Ein eiskalter Schauer rann Ker über den Rücken. Wenn Lek auch nur glaubte, Ker wäre ein unliebsamer Zeuge …

Schnell wandte er sich seinem Vorgesetzten zu, registrierte in dem Augenblick das Summen der Geräte und die Zahlenreihen, die über die Bildschirme flackerten.

»Haben wir einen Durchbruch erzielt, Gre? Die Testergebnisse, die ich ausgewertet habe, zeigen vielversprechende Entwicklungen. Die Ergebnisse sind überaus positiv.«

Endlich wandte Lek seinen finsteren Blick von dem toten Körper ab und wandte sich Ker zu.

Die Spannung im Raum war greifbar, und Ker wusste, dass die Stimmung zwischen ihnen in diesem Moment brüchig war. Etwas Großes und Gefährliches lag zwischen ihnen, etwas mit grauer Haut und vier Mündern.

Dann blinzelte Lek, und die Luft schien ein wenig dünner und besser atembar zu werden.

»Natürlich sind die Ergebnisse positiv«, schnappte er, wobei seine Stimme jedoch klang wie das Quietschen eines Linoleumbodens unter Gummisohlen. »Ich habe viel zu lange auf solche Resultate gewartet. Diese Experimente sollten längst erfolgreich verlaufen. Und doch ist die Verbindung noch immer nicht stark genug.«

Leks Blick flackerte, und Ker bemerkte, dass der Wissenschaftler es vermied, in Richtung des Stuhls zu sehen.

Ist es das, was uns alle erwartete, sollte Lek nicht bald einen Durchbruch erzielen? Wird Rhurk das Projekt abstoßen – und damit auch alle daran Beteiligten?

Eine naheliegende Schlussfolgerung, wie ihm bewusst wurde. Die Übelkeit in seinem Magen quittierte diese Erkenntnis mit einer weiteren Umdrehung.

»Wir werden unsere Arbeit auf der Stelle fortsetzen«, beschloss Lek und klang unvermittelt wieder ganz wie der Alte.

Doch Ker konnte die Kraftanstrengung, die es diesen kostete, die Fassade aufrechtzuerhalten, beinahe sehen.

»Sei so gut und räum hier auf«, wies Lek ihn an. »Ich habe Wichtigeres zu erledigen und kann mir keine weitere Ablenkung erlauben. Notfalls hole dir Tag Tager zur Unterstützung.«

Noch mehr Mitwisser?

Ker war klug genug, diese Frage nicht laut zu stellen. Allerdings, so wie Tag die Gefangene behandelt hatte, schien es nicht, als würde der breitschultrige Utare sich groß an einem Mord stören. Daher überwand sich Ker und kontaktierte den zweiten Assistenten, der derart schnell antwortete, als hätte er nur darauf gewartet, in den Laborraum kommen zu dürfen.

Zu unruhig, um einfach abzuwarten, wandte Ker sich wieder der Leiche der Terranerin zu.

Sein Herz raste, als er sich der leblosen Gestalt näherte. Die Kälte des Todes schien aus ihr zu strömen, und Ker hatte Schwierigkeiten, seine Fassung zu wahren. Seine Hände zitterten, als er die Fesseln löste, die den toten Körper umschlossen.

Vielleicht konnte er die Leiche in einem der Versuchscontainer verstecken und später, wenn er einen Moment der Ablenkung fand, dokumentieren, was er vorgefunden hatte? Sicher hatte die Terranerin Angehörige gehabt. Freunde, jemanden, der wissen wollen würde, was aus ihr geworden war.

So bemühte er sich, behutsam zu sein, nachdem Tag endlich erschienen war und sie den erkaltenden Leib gemeinsam aufhoben und auf eine Antigravtrage legten.

*

Der Wind strich über Kers Gesicht, als er neben Tag ins Freie trat, die regungslose Gestalt der Terranerin zwischen ihnen, als wäre sie nicht mehr als Laborabfall. Tief atmete er ein. Im Vergleich zu der frischen Luft hier draußen fühlte sich die im Labor stickig an. Trotz aller Filter und Lüftungsanlagen.

Das dunkle Grau der hereingebrochenen Dämmerung umgab ihn und machte die Situation noch unwirklicher. Selbst Tag Tager war angesichts ihrer Aufgabe stumm geblieben. So wurde die Stille um sie herum lediglich vom Geräusch ihrer Schritte und dem Klopfen von Kers Herzen durchbrochen. Seine Gedanken hingegen waren noch immer in Aufruhr und wirbelten in einem chaotischen Strudel aus Angst, Entschlossenheit und Abscheu durcheinander. Er hatte nicht erwartet, jemals in eine solche Lage zu geraten. Sicher, es war nicht der erste Mord, den er beobachtet hatte, aber nun selbst die Leiche entsorgen?

Er zwang sich, seine Emotionen unter Kontrolle zu halten, und konzentrierte sich auf die Aufgabe vor ihm. Wie sich herausstellte, war sie schneller erledigt als angenommen.

Tag Tager ging ein wenig schneller und führte sie zu dem kaum einsehbaren Bereich links. Dort erwarteten sie weitere Utaren.

Beim Näherkommen musste Ker sich beherrschen, um nicht stehen zu bleiben. Mit jedem Schritt, den er in ihre Richtung machte, schienen die Minuten in Zeitlupe zu verstreichen. Sein Atem war flach, seine Sinne geschärft. Er hatte diese Gruppe schon einmal gesehen.

Vor nicht allzu langer Zeit, als sie den ermordeten Mor Morste aus dem Lagerhaus abgeholt hatten, in dem sich Leks Unterschlupf befunden hatte.

Da waren es bestimmt zwanzig Utaren gewesen. Heute waren es nicht einmal halb so viele.

Doch sie alle waren bewaffnet. Ker sah verschiedene Strahlenwaffen, doch auch Stich- und Projektilwaffen. Die Utaren machten sich nicht einmal die Mühe, sie unter ihrer Kleidung zu verbergen, sondern präsentierten sie ganz offen, als wären es Trophäen.

Nun, vielleicht waren sie das ja auch. Auf jeden Fall eine Ausrüstung, die jedem verdeutlichen sollte, sich besser nicht mit ihnen anzulegen.

Ker versuchte sich ihre Gesichter einzuprägen, spielte sogar kurz mit dem Gedanken, sie zu filmen, verwarf diesen aber sofort wieder als zu gefährlich, als er den Anführer der Gruppe bemerkte.

Dieser stand etwas abseits, und im Gegensatz zu den anderen in seiner Truppe, die miteinander sprachen, von einem Bein aufs andere traten, sich kratzten oder auf andere Weise in Bewegung waren, stand er vollkommen reglos da. Um ihn herum ein Kreis aus Leere, denn alle hielten einen respektvollen Abstand zu ihm.

»Interessante Fracht«, kommentierte er die Ankunft von Tag und Ker. »Dann ladet sie mal um.«

Schweigend trat Ker beiseite, überließ den toten Körper Rhurks Schlägertrupp. Er hatte keinen Zweifel, dass sie im Dienst des Rateken standen.

Tag Tager hingegen packte nicht nur mit an, er ging danach sogar zu dem Transporter.

Zusammen mit den anderen stieg er ein. Zuletzt der Anführer, der Ker mit einem spöttischen Blick musterte. Ganz so, als wollte er sagen: »Na, Interesse? Überleg es dir.«

Natürlich tat Ker das nicht. Stattdessen warf er einen letzten Blick auf die ermordete Terranerin, die wie ein Gepäckstück verladen worden war. Dann wandte er sich um und atmete erneut tief durch.

Er konnte nicht leugnen, dass es verlockend war, all dem den Rücken zuzuwenden und einfach zu gehen. Jetzt wäre der beste Zeitpunkt dafür. Er war allein, niemand beobachtete ihn. Was also hinderte ihn daran, es Tag Tager gleichzutun und zu verschwinden? Wenn er ehrlich zu sich selbst war, dann befand er sich ohnehin in einem steten Wechsel zwischen Hoffnung und Zweifel.

Sicher, die Verbindung zu Lek gab ihm Zugang zu Informationen, aber er wusste, dass er vorsichtig sein musste. Jeder Schritt musste gut durchdacht sein, jede Entscheidung abgewogen werden, und die Angst war allgegenwärtig. Die Angst vor Rhurk, die Angst davor, aufzufliegen, die Angst davor, zu scheitern. Und er spürte, wie er sich mit jedem Tag mehr in diesem gefährlichen Netz verstrickte.

Doch die Macht der Wahrheit trieb ihn an, gab ihm die Kraft, weiterzumachen. In den Momenten der Verzweiflung dachte Ker an die Utaren da draußen, an all diejenigen, die von seinen innovativen Reportagen sprachen – an die Veränderungen, die er bewirken, die Gerechtigkeit, die er erreichen könnte. Und er wusste, er musste die Wahrheit ans Licht bringen, diejenigen zur Verantwortung ziehen, die im Dunkeln agierten.

Hatte Bert Stranger etwa je aufgegeben, wenn es schwierig oder gefährlich wurde?

Nein!

Der Terraner war unbeirrbar seinen Weg gegangen. Hatte im Dienst der Wahrheit allem getrotzt und war so der erfolgreichste Reporter von Terra-Press geworden. Sogar an Bord der legendären POINT OF hatte er gehen dürfen. So etwas erreichte man nicht, wenn man sich die Tolle stutzen ließ und sich seiner Furcht ergab. Genau das würde er nicht tun, beschloss Ker.

Er würde weiterhin mutig an der Sache dranbleiben, also bis zum bitteren Ende ausharren und in diesem gefährlichen Spiel bleiben – nicht nur für die Wahrheit, sondern auch für sich selbst. Denn zugegeben, auch die galaxisweite Anerkennung, die ihm winkte, trieb ihn an.

Bereits seit der Veröffentlichung seiner Reportage strömten Nachrichten an ihn herein. Journalisten und Medien aus der ganzen Galaxis wollten mit ihm sprechen und suchten nach ihm. Doch Ker blieb unsichtbar und antwortete niemandem. Zu viel stand auf dem Spiel, als dass er sich aus seiner Deckung würde wagen können.

Er musste vorsichtig bleiben. Jeder Schritt, den er gesetzt, jede Information, die er gesammelt hatte, war ein Risiko, aber er war entschlossen, es weiterhin einzugehen. Jeden Tag, jede Nacht – für die Wahrheit, für die Gerechtigkeit und für den Namen, den er sich hart erarbeitet hatte.

*

Als er in das Labor zurückkehrte, bemerkte Ker sofort, dass etwas nicht stimmte. Die Stille war erdrückend, die normalerweise geschäftliche Aktivität wie ausgelöscht. Ein unbehagliches Gefühl machte sich in ihm breit, als er durch die verlassenen Räume schritt.

Im Laborraum vier entdeckte er Lek, der nun wieder so ruhig und gefasst wirkte wie sonst auch. Vollkommen vertieft schien er in seine Arbeit zu sein und sah nicht einmal auf, als Ker hereinkam.

Auch hier ließ der Reporter seinen Blick im Raum herumschweifen. Es waren tatsächlich alle verschwunden.

Ker spürte, wie sich sein Magen zusammenzog. War Rhurk etwa zurückgekommen?

»Gre, was ist passiert?«, fragte er und verfluchte den Hauch Nervosität, den er in seiner Stimme wahrnahm. »Wo sind alle?«

Endlich sah Lek auf. Sein Blick traf auf den von Ker, und in seinem dunklen Glanz konnte er eine Mischung aus Trostlosigkeit und Entschlossenheit sehen.

»Rhurk ist passiert!« Lek spie die Worte förmlich aus. »Mit seinem Auftauchen und seiner Überreaktion hat er alles auf den Kopf gestellt! Die anderen haben das Weite gesucht. Sie sind einfach gegangen! Und der verflixte Rateke will Ergebnisse. Wie denn, wenn er alle vertreibt? Wie, Kol? Ich weiß nicht, was jetzt passieren wird.«

Ker konnte die Wut spüren, die in Lek brodelte, den Zorn auf Rhurk, dessen Erscheinen offenbar eine Lawine von Ereignissen ausgelöst hatte. Auf die Situation, auf die Ungerechtigkeit.

Aber er sah auch die Besessenheit in Leks Augen, die ihn immer wieder dazu brachte, jede Grenze zu überschreiten. Zusammen mit der Überzeugung, dass er kurz vor dem großen Durchbruch stand. Obwohl ihm Assistenten zur Auswertung fehlten, Mitarbeiter zur Recherche, fähige Köpfe, die ihm bei seinen Forschungen halfen.

Und genau darin lag seine Chance, wie Ker begriff.

Entschieden trat er auf Lek zu. »Ich glaube an dich, Gre«, sagte er fest, wobei er alle Überzeugung in seine Stimme legte, die er aufbringen konnte. »Du musst weitermachen. Ich spüre, wie nahe du vor dem ganz großen Durchbruch stehst, und ich werde dich nach wie vor unterstützen.«

»Du willst nicht gehen?« Lek beantwortete sich die Frage gleich selbst mit einem Kopfschütteln. »Wieder beweist du, wie überlegen dein Verstand dem der anderen ist. Niemand von ihnen konnte begreifen, was ich erreicht habe.«

Ker nickte. »Ja, Gre, ich bin überzeugt, dass du etwas erreichen wirst, das die Galaxis verändern kann. Daher werde ich an deiner Seite bleiben.«

*

Im Laborraum herrschte eine angespannte Atmosphäre, während Lek konzentriert an den komplexen Geräten hantierte. Er war voll und ganz in seine Arbeit vertieft.

Ker Kermag alias Kol Kolum hatte er damit beauftragt, die Skizzen und mathematischen Gleichungen anzupassen und die Formeln zu vergleichen.

Immer wieder warf Lek einen Blick auf seine Aufzeichnungen, um die Anpassung der Reaktionsgleichungen zwischen den physikalischen Gesetzen in Verbindung mit den chemischen Formeln zu überwachen. Die orbitale, räumliche und energetische Nähe musste immerfort sichergestellt sein.

Seine Augen huschten über die Anzeigen, die vor ihm aufblinkten und Ausschläge anzeigten. Mit jedem Durchgang näherte er sich der Lösung, stieg sein Verständnis des Ungewöhnlichen.

Ein leises Summen lag in der Luft, signalisierte die Energie, die durch die Apparaturen floss, während Lek verschiedene Parameter justierte.

Ein Kribbeln der Vorfreude durchzog ihn, denn die Anzeigen schlugen weiter aus, die Zahlen erreichten bisher unerreichte Höhen.

Leks Herz klopfte schneller, sein Atem war flach vor Aufregung, als er die letzten Einstellungen vornahm.

Die Zahlen flogen förmlich über die Monitore, die Kurven zeigten einen beeindruckenden Anstieg. Lek konnte sein Glück kaum fassen. Es schien, als stünde er kurz davor, den Durchbruch zu erzielen, nach dem er so lange gesucht hatte, und einen Weg in das Universum der Schwarzen Macht zu öffnen.

Ein triumphierendes Lächeln huschte über Leks Gesicht, während er die Daten genau verfolgte. Die Apparaturen um ihn herum vibrierten förmlich, als die Energie in der Luft zu knistern schien.

Doch plötzlich, mitten in der Euphorie, fielen die Werte auf das Normalniveau zurück. Die Anzeigen, die zuvor so ausschlugen, als könnten sie jeden Moment explodieren, sanken immer weiter.

Lek starrte fassungslos auf die Bildschirme, spürte, wie sich seine Augen vor Schreck weiteten. Er konnte es nicht fassen, was gerade passiert war.

Entsetzt stieß er einen Wutschrei aus, während er versuchte, die Kontrolle über die Apparaturen zurückzugewinnen. Er drehte an den Reglern, überprüfte die Verbindungen, doch die Werte blieben unverändert.

»Nein! Das kann nicht sein!«, rief er frustriert aus. »Ich kann es nicht fassen! Ich war kurz davor, den Durchbruch zu erzielen, die Energiequelle zu finden, die uns revolutionieren würde! Und dann bricht alles zusammen!«

Seine Hände zitterten noch immer, doch dieses Mal vor Wut. Wie hatte es nur geschehen können, dass alles wieder in weite Ferne gerückt zu sein schien? Wieder einmal!

In dem Moment legte sich eine Hand auf seine Schulter.

Er schrie auf, wirbelte herum. Doch anstelle von Rhurk, den er zu sehen erwartet hatte, blickte er in das von Mitgefühl gezeichnete Gesicht von Kol Kolum.

»Es tut mir so leid, Gre. Es schien, als wärst du so nah dran, und jetzt …«

Unwillig schüttelte Lek die Hand ab. Er wollte keinen Trost, keine hohlen Worte. Er wollte Ergebnisse! Unvermittelt konnte er sogar Rhurks Wut nachvollziehen.

»Wie kann das sein?«, fragte er tonlos. »Ich dachte, ich hätte endlich die Lösung gefunden. Und dann … alles umsonst.«

»Ich kann mir vorstellen, wie frustrierend das für dich sein muss. Aber du darfst nicht aufgeben. Die Wissenschaft ist ein ständiger Prozess, und manchmal gibt es eben Rückschläge. Du hast so viel erreicht. Ich bin mir sicher, dass du bald eine Lösung finden wirst. Vielleicht braucht es nur einmal eine Pause, um mit frischer Kraft weiterzumachen und einen neuen Ansatz zu finden.«

Lek ließ den Kopf sinken. »Wie willst du nachvollziehen können, wie es sich anfühlt, am Rand des Durchbruchs zu stehen, der sich dann lediglich als eine Illusi…« Unvermittelt sah er auf. »Ein neuer Ansatz?« Er spürte, wie sich eine Idee in seinem Kopf festsetzte, und ein Lächeln breitete sich auf seinem Gesicht aus. »Du hast recht, Kol. Ich darf nicht aufgeben.« Er lachte auf, eine Mischung aus Erleichterung und Begeisterung schoss durch ihn hindurch. »Du hast gerade meine Gedanken in eine völlig neue Richtung gelenkt.«

Kol sah ihn überrascht an. »Eine Idee? Ich freue mich, wenn ich helfen konnte. Falls du eine neue Herangehensweise gefunden hast, bin ich gespannt darauf, sie zu hören.«

Doch Lek schüttelte den Kopf. »Oh nein, Kol. Das wird eine Überraschung. Du wirst es sehen, wenn es so weit ist. Es ist an der Zeit, neue Wege zu beschreiten.«

4.

Zweiundsechzig Stunden später

Der Pyramidenraumer glitt lautlos durch den endlosen Weltraum. In seinem Inneren herrschte eine gespannte Stille, während Lek auf die Bildschirme starrte.

Die Mannschaft ging ihren Aufgaben nach und ignorierte ihn weitgehend. Aber er wusste, dass sie Fragen hatte. Fragen nach dem Ziel und dem Grund für diese Reise.

Er hatte angegeben, er würde den Raumer mieten, um Frachtgut zu bergen, aber die Utaren waren nicht dumm. Die Koordinaten, die er dem Kapitän gegeben hatte, lagen weit weg von den Hoheitsgebieten der bekannten galaktischen Sternenvölker – zu weit, als dass der Ort regelmäßig von Frachtschiffen besucht werden würde. Daher hatte Lek die Neugierde der Mannschaft mit zusätzlichen Credits gestillt.

Ein Hauch von Aufregung durchzog ihn, gepaart mit einer Prise Unsicherheit. Er hatte viel aufs Spiel gesetzt: sein Ansehen, sein Budget und seine eigene Sicherheit.

Der Miete des Raumers samt Mannschaft war extrem kostspielig gewesen. Lek hatte einen beträchtlichen Teil der Credits aus dem Forschungsbudget genommen, das Rhurk ihm zur Verfügung gestellt hatte. Er hoffte inständig, dass die riskante Reise es wert sein würde.

Eigentlich hätte er dafür Rücksprache mit dem Rateken halten müssen, aber er hatte kein Verlangen nach einer erneuten Diskussion gehabt, in der er sich nur wieder ständig hätte rechtfertigen müssen.

Das Geld aus Rhurks Budget war allerdings jetzt so gut wie erschöpft, und Lek konnte sich nur zu gut vorstellen, wie dieser reagieren würde, wenn er davon erfuhr. Er konnte also gar nicht mehr zurück.

Ein Gefühl der Isolation überkam ihn, und er ertappte sich dabei, wie er immer wieder mit den Fingerspitzen über die glatte Oberfläche des zwei Hand großen schwarzen Kästchens strich, das er auf seinem Schoß hatte. Obwohl es ihm hätte peinlich sein sollen, einen leblosen Gegenstand zu streicheln, als wäre er ein Haustier, hörte er damit nicht auf, denn auf schwer zu fassende Art und Weise beruhigte ihn die gleichbleibende Bewegung.

Stunde um Stunde verstrich, in denen Lek schweigend die Anzeigen auf den Bildschirmen betrachtete, von denen er den Sinn nur bei den wenigsten begriff. Aber es störte ihn nicht, immerhin war er Wissenschaftler, kein Pilot. Sie dienten ihm sowieso nur zur Ablenkung von den Grübeleien, was Rhurk mit ihm anstellen mochte, würde der unwahrscheinliche Fall eines weiteren Scheiterns eintreten.

Endlich erreichte der Pyramidenraumer die Koordinaten und verlangsamte seine Geschwindigkeit. Vor ihm erstreckte sich ein schwarzes Nichts.

Während die Mannschaft die Ortungsinstrumente rekalibrierte und die Umgebung analysierte, füllten sich die Bildschirme mit Daten.

Wieder verging die Zeit quälend langsam, während der Raumer mit Bedacht durch den leeren Sektor navigiert wurde. Das nächste Sonnensystem war Lichtjahre entfernt.

Plötzlich wurde die Stille von einem schrillen Alarm unterbrochen. Leks Herzschlag beschleunigte sich, als sich die unverkennbaren Formen von Keilschiffen – markant und bedrohlich – wie aus dem Nichts heraus um sie herum materialisierten. Sie waren ein untrügliches Zeichen, dass die Schwarze Macht sie gefunden hatte.

Die Mannschaft des Pyramidenraumers erkannte dies ebenfalls. Ein kollektiver Atemzug, dann für den Bruchteil eines Lidschlags Stille, als sammelte sich alles für den Panikausbruch, der folgen sollte.

Die Instrumente des Pyramidenraumers schrien ihre Alarme heraus, eine Kakofonie aus Tönen, welche die Luft mit Spannung und Verzweiflung erfüllte. Die Anwesenden in der Zentrale gerieten in Aufruhr. In ihren Gesichtern spiegelten sich Furcht und Verwirrung wider. Gleich darauf erwachte der Fluchtinstinkt. Fieberhaft wurden Befehle gegeben.

»Ausweichmanöver einleiten!«, befahl der Kapitän.

Hektisch versuchte der Pilot die Anweisung auszuführen und den Pyramidenraumer aus der Gefahrenzone zu bewegen. Doch die Keilschiffe umzingelten diesen mit Leichtigkeit, als wären sie hungrige Raubtiere auf der Jagd nach ihrem Abendessen; ihre Bewegungen waren präzise und bedrohlich.

Selbst Lek spürte den steigenden Puls in seinen Schläfen pochen.

Um ihn herum ertönten Geflüster, gemurmelte Flüche und harsche Kommandos, während der Hauptantrieb in einem weiteren Versuch, zu entkommen, aufheulte. Doch die Keilschiffe waren schneller, geschickter und zogen die Schlinge enger um den Raumer.

Ihre bedrohlichen Silhouetten nahmen den gesamten Sichtschirm ein, und die Anzeigen auf den Bildschirmen leuchteten in alarmierendem Rot.

»Weg hier!«, schrie jemand, die Worte überschlugen sich vor Hast. »Steuerbord, volle Kraft!«

Die Steuerungen wurden hektisch bedient, während das Schiff zu einer rasanten Manöverfolge gezwungen wurde.

Nur Lek saß an seinem Platz und lächelte. In diesem Moment vergaß er seine Sorgen um das Budget und Rhurks mögliche Reaktion. Denn er wusste, dass er Teil von etwas Größerem werden würde.

»Sie drohen damit, uns zu vernichten, sollten wir weiterhin versuchen zu fliehen«, meldete der Funker.

Der Kapitän runzelte die Stirn. »Warum haben sie das nicht schon längst getan? Die Schwarze Macht ist nicht gerade bekannt dafür, ihre Beute entkommen zu lassen.«

»Oder dafür, Gefangene zu machen«, pflichtete ihm ein weiteres Besatzungsmitglied bei.

Lek verdrehte die Augen. Von Deeskalation oder einem Versuch, die Mannschaft zu beruhigen, hielt hier offenbar niemand etwas. Zeit zu handeln, bevor das Ganze hier noch aus dem Ruder lief.

Entschlossen erhob er sich.

»Wo zum Teufel glaubst du, jetzt hinzuwollen, Gro Groma?«, zischte der Kapitän, seine Stimme ein Mix aus Feindseligkeit und Misstrauen, was Lek tatsächlich nachvollziehen konnte.

Zumindest bis zu einem gewissen Grad, denn immerhin war er es gewesen, der den Raumer zu dieser Position geführt hatte. Dennoch legte er Kälte in seinen Blick. »Mach das Beiboot startklar. Ich werde mit der Schwarzen Macht verhandeln.«

»Verhandeln mit der Schwarzen Macht? Bist du verrückt geworden?«, rief der Kapitän. Kurz presste er die Lippen zu einer dünnen Linie zusammen. »Sie verhandelt nicht, sondern nimmt sich, was sie will! Die haben keine Skrupel, uns alle auszulöschen.«

Lek zwang sich, ruhig zu bleiben. »Umso wichtiger ist es, dass ich zu ihnen gehe, und zwar schnell. Ich habe etwas, das die Aufmerksamkeit der Schwarzen Macht auf sich zieht, und ich glaube, ich kann es zu unserem Vorteil nutzen.«

Die Augen des Kapitäns verengten sich. »Dann bist du schuld an ihrem Erscheinen?«

Vermutlich, aber Lek gedachte nicht, dies seinem Gegenüber auf die Nase zu binden. »Wie könnte ich?«, fragte er ruhig. »Glaubst du wirklich, die Schwarze Macht lässt sich einfach so herbeirufen oder nimmt Befehle von mir entgegen?«

Der Kapitän schnaubte verächtlich, während er ihn musterte. »Genauso wenig wie ich. Aus welchem Grund sollte ich also gerade dir eines unserer Beiboote opfern?«

Lek blickte ihm fest in die Augen, seine Haltung stolz und arrogant. »Ich habe genug Credits auf den Tisch gelegt, um das zu fordern. Also mach, was ich sage, oder ihr werdet es alle bereuen. Ich weiß, was auf dem Spiel steht. Aber ich habe Informationen, die für die Schwarze Macht von Interesse sein könnten. Informationen, die sie ablenkt und uns die Möglichkeit gibt, ohne Verluste aus dieser Sache herauszugehen.«

Die Augen des Kapitäns funkelten vor Zorn, aber er antwortete nicht mehr, sondern gab widerwillig den Befehl, das Beiboot vorzubereiten. Anschließend schüttelte er den Kopf. »Ich werde dich rauslassen, aber was dann passiert, unterliegt nicht mehr meiner Verantwortung. Und ich werde sicher nicht in der Nähe sein, wenn du auf die Schwarze Macht triffst.«

Lek konnte nicht sagen, ob der Kapitän sich der Autorität der Credits beugte oder ob seine Nachgiebigkeit daran lag, dass die Bedrohung der Schwarzen Macht mit jedem Lidschlag realer wurde und er schlicht keine Zeit für Machtkämpfe verschwenden wollte. Lek vermutete Letzteres, aber letztendlich war es egal. Wichtig war nur, dass der Kapitän beiseitetrat und ihn passieren ließ.

Schnellen Schrittes verließ Lek die Zentrale und eilte durch die schmalen Korridore des Pyramidenraumers, das kleine Kästchen fest unter den Arm geklemmt. Er wusste, dass er keine Zeit mehr verschwenden durfte.

*

Sein Herz schlug rasend, als er den Hangar erreichte, wo sich ein pyramidenförmiges Beiboot befand. Die metallischen Wände des Hangars glänzten im fahlen Licht, während das Beiboot vor ihm in seiner majestätischen Schlichtheit ruhte.

Lek zögerte einen Moment, holte dann ein letztes Mal tief Luft, bevor er entschlossen darauf zuging. Er wusste, dass seine nächsten Schritte von entscheidender Bedeutung sein würden. Die Schwarze Macht war gefährlich und unberechenbar, so konnte er nicht mit absoluter Gewissheit sagen, wie sie reagieren würde.

Nichtsdestotrotz ließ er sich in den Pilotensitz fallen. Der Antrieb erwachte zum Leben, und das Beiboot schwebte langsam vom Boden des Hangars empor. Dann öffneten sich die Tore des Hangars, und Lek glitt hinaus in die unendliche Weite des Weltraums.

Die Schwarze Macht hatte den Pyramidenraumer vollends umzingelt, ihre Keilschiffe bildeten eine undurchdringliche Barriere. Die Anzeigen im Beiboot blinkten auf, als die feindlichen Raumer ihre Waffen einsatzbereit machten.

Lek spürte den Puls des Adrenalins in seinen Adern. Ein riskanter Weg lag vor ihm, eine Wette mit dem Schicksal.

Er hatte den ersten Schritt gewagt, doch die eigentliche Herausforderung befand sich noch vor ihm: die Konfrontation mit der Schwarzen Macht und die Verhandlung, die über Leben und Tod entscheiden würde. So umgab ihn ein Hauch von Unsicherheit, während er sich weiter und weiter den Keilschiffen näherte, die bedrohlich vor seinem kleinen Beiboot aufragten.

Er versuchte, über den Funkkanal Kontakt zu den Robotern an Bord der Keilschiffe aufzunehmen. Er spürte dabei die Spannung in seinen Schultern und musste seine Anfrage noch zweimal wiederholen.

Dann antwortete eine monotone künstliche Stimme: »Identifikation bestätigt.«

Jetzt hieß es, zielgerichtet vorzugehen.

»Ich möchte Verhandlungen führen«, erwidere Lek daher knapp. »Ich bitte um die Erlaubnis, an Bord eines eurer Schiffe kommen zu dürfen, um über die Modalitäten unseres Handels zu sprechen.«

Ein Moment der Stille folgte, bevor erneut die Stimme aus den Lautsprechern kam: »Anlandung autorisiert. Anweisungen werden übermittelt.«

»Verstanden. Ich …«

»Bereite dich auf den Transfer vor. Die Bedingungen werden mitgeteilt, sobald du an Bord bist. Ein Empfangstrupp wird dich erwarten.«

Die Verbindung wurde getrennt, bevor Lek antworten konnte, aber er spürte dennoch, wie sich seine Anspannung für einen Moment in Erleichterung verwandelte. Die erste Hürde war genommen. Endlich hatte er die Chance, in die Zentrale des Keilschiffs zu gelangen.

Kurz darauf überraschte ihn eine ungewohnte Vibration des Beiboots und ihm wurde klar, dass es sich in einer Art Schleppstrahl befinden musste, der ihn unnachgiebig auf das Keilschiff zuzog.

Kurz bevor er drohte mit dem Schiff zu kollidieren, öffnete sich ein Schott und verschluckte Lek samt Beiboot.

Für einen Augenblick blieb er reglos sitzen. Dann stand er auf, ging zum hinteren Teil seines Schiffes, um einen Raumanzug aus der Versorgungsnische zu nehmen. Schließlich wusste er, dass die Keilschiffe von Robotern gesteuert wurden, die bekanntlich nicht auf eine atembare Atmosphäre angewiesen waren. Rasch zog er ihn an, während er sich in Gedanken bereits darauf konzentrierte, sich auf die Verhandlung vorzubereiten, die vor ihm lag.

Kurz darauf setzte das Beiboot sanft auf einem Landeplatz im Inneren des Keilschiffs auf. Die Luftschleuse öffnete sich mit einem zischenden Geräusch und während Lek hindurchtrat, beschleunigte sich unwillkürlich sein Atem.

Die Atmosphäre im Inneren des fremden Raumschiffs war ungewohnt. Lek spürte die Beklemmung, die durch den Raumanzug verstärkt wurde. Ebenso glaubte er, die Kälte, die ihn umgab, auf der Haut spüren zu können. Die Stille dröhnte ihm in den Ohren, bis er sich vorwärtsbewegte und seine Schritte auf dem metallischen Boden widerhallten.

Der Hangar des Keilschiffs wirkte steril und emotionslos. Ein dünner Lichtpfad am Boden wies ihm den Weg zu einer zweiten Schleuse, die sich diesmal lautlos öffnete.

Lek schluckte schwer, als er hindurchschritt. Kaum hatte er das getan, schloss sich das Schott wieder, und er wurde das Gefühl nicht los, dass er sich gerade in völlige Isolation begab. Abgeschnitten von allem, was er kannte und was ihm vertraut war.

Er spürte die Leere um sich herum, was ihm verriet, dass der Raum, in dem er sich befand, gewaltig sein musste. Möglicherweise war es ja nur eine einzige Fläche, die sich über die gesamte Ebene erstreckte. Immerhin benötigten Roboter weder Kabinen noch Betten. Dennoch stieg die Aufregung in ihm. Nur wenigen war bisher das Privileg gewährt worden, einen Keilraumer der Schwarzen Macht zu betreten.

Obwohl seine Umgebung kaum beleuchtet war – er konnte lediglich zwei, drei Körperlängen weit sehen –, versuchte er, sie mit Blicken zu durchdringen. Alles, was er sah, alles, was er berührte, alles, was er sensorisch überprüfen konnte, würde ihm unter Umständen später bei seinen Forschungen weiterhelfen können.

Er blinzelte, wartete, bis sich seine Augen an das diffuse Licht gewöhnt hatten, und machte erst dann zaghaft einen weiteren Schritt nach vorn.

Dabei erkannte er, dass er sich geirrt hatte. Bei seiner Umgebung handelte es sich nicht um eine einzelne leere Fläche, denn er bemerkte diverse nischenartige Vertiefungen, um die herum die Schwärze sich verdichtet zu haben schien.

Langsam drehte Lek sich im Kreis, doch alles blieb still, dunkel, verlassen.

Sollte er noch einmal versuchen, den Verbindungsroboter zu kontaktieren? Immerhin, sie hatten ihm eine Schleuse geöffnet. Schwer vorstellbar, dass sie ihre Außenhülle einfach aus Langeweile freigaben, daher würde die Mannschaft wissen, dass er hier war.

Handelte es sich vielleicht um eine Art Probe? Wollten sie wissen, wie er reagierte? Seine Reaktionen wie bei einem minderbemittelten Versuchstier beobachten, messen und auswerten? Und das vermutlich gründlicher als je zuvor, denn sicherlich verfügte die Schwarze Macht über noch umfangreichere und leistungsstärkere Messinstrumente, als der Rest der Galaxie auch nur erahnen konnte.

Lek wusste zwar alles, was bisher über ihre weit fortgeschrittene Technologie bekannt war, doch er würde seine linke Hand verwetten, dass dies nur die Staubschicht auf dem Schatz ihres Wissens war. Wie faszinierend wäre es, könnte er eine ihrer Forschungseinrichtungen mit eigenen Augen sehen.

Als wäre dieser Gedanke ein Auslöser gewesen, schälten sich vier Schemen aus der Dunkelheit. Ein jeder über zwei Meter groß, mit Schultern, so breit, dass sie fast schon missgestaltet wirkten. Die drei zu einem Dreieck angeordnete Ringe – das Hoheitszeichen der Schwarzen Macht – auf der linken Brustseite eines jeden bildete den einzigen Fixpunkt auf ihren ansonsten schwarzen, metallenen Körpern.

Die Roboter näherten sich ihm im Gleichschritt. Jede ihrer Bewegungen vollkommen synchron.

Unschlüssig, wie er sich verhalten sollte, blieb Lek einfach stehen und wartete ab.

Beinahe bei ihm angekommen, teilte sich die geschlossene Front aus massigen Körpern. Zwei von ihnen blieben vor Lek stehen, während die anderen sich je rechts und links von ihm in einigem Abstand positionierten. Obwohl sie gesichtslos waren, fühlte sich Lek, als würden abschätzige Blicke auf ihm liegen.

»Identifikation bestätigt«, sagte schließlich der Linke der beiden vorderen. »Das Objekt aushändigen!«

Lek umklammerte seinen Kasten fester. »Ich bin hier, um Verhandlun…«

»Übergib das Objekt!«

»So war es nicht vereinbart. Ich will …«

Höflichkeit war den Robotern offensichtlich fremd, denn wieder ließen sie Lek nicht aussprechen. Stattdessen schoss der Arm des Rechten vor und entriss ihm das Kästchen. Zeitgleich verwandelte sich der Arm des Linken zu einem rötlich schimmernden Waffenlauf.

Und auch die seitlich stehenden Roboter blieben nicht untätig, sondern fuhren je einen Teleskoparm aus und packten Lek mit den gefährlich aussehenden klauenartigen Greifwerkzeugen, die sie anstelle von Händen hatten.

Der Waffenarm richtete sich auf ihn, und Lek erstarrte.

Dann riss der wortführende Roboter das Kästchen auf, als bestünde die massive Hülle aus dünnem Papier. Obwohl er äußerlich keinerlei Sinnesorgane besaß, schien der Roboter den Gegenstand darin eingehend zu analysieren.

Lek beobachtete, wie der Roboter den Gegenstand regungslos in seinen Greifhänden hielt, während seine eigenen Hände feucht wurden und sein Herzschlag sich weiter beschleunigte. Er wusste, sein weiteres Schicksal hing von diesem Moment ab.

Erst nach einer gefühlten Ewigkeit sprach der Roboter: »Artefakt bestätigt. Bedeutung erkannt.«

Leks Angst wich einem Hauch von Erleichterung. Er wagte es, einen Atemzug zu nehmen, und kratzte seinen ganzen Mut zusammen.

Mit zitternder Stimme sagte er: »Ich kann mehr Artefakte der Balduren organisieren. Doch dafür verlange ich etwas im Gegenzug.«

Er spürte sich weiterhin der geballten Aufmerksamkeit ausgesetzt und konnte nicht einmal erahnen, was in den Schaltkreisen der Roboter vorging. Vermutlich irgendwelche Analysen oder Rücksprachen.

»Erkläre, wie du diese Artefakte beschaffen wirst!«, forderte der Sprecher schließlich.

Lek schluckte, bevor er antwortete: »Ich habe Kontakte in den entlegensten Ecken der Galaxis. Ich kann Informationen beschaffen, über Schätze und Geheimnisse, die die Balduren hinterlassen haben.«

Der Roboter reagierte nicht sofort. Leks Angst verstärkte sich erneut. Doch er wusste, dass er jetzt nicht zurückweichen konnte. Er musste den Roboter – oder wer auch immer durch diesen die Entscheidungen fällte – mit sorgfältig ausgewählten Worten überzeugen. Sein Puls pochte in seinen Schläfen, als er fortfuhr: »Ich kann euch Zugang zu Wissen verschaffen, das ihr vielleicht noch nicht besitzt.«

Die Roboter reagierten weiterhin nicht, und Leks Unsicherheit wuchs. Doch er konnte nicht aufgeben.

»Ich kann euch weitere Artefakte beschaffen. Aber ich brauche eure Unterstützung, eure Technologie, um an ebendiese Informationen zu gelangen.«

Endlich ließen ihn die Roboter los, auch der Waffenarm verschwand, und Lek spürte, wie sich die Anspannung in seinen Muskeln langsam löste.

Seine Gedanken arbeiteten auf Hochtouren, während er darüber nachdachte, wie er die Roboter von seiner Nützlichkeit überzeugen konnte. Er vermutete, dass sie die Artefakte selbst besorgen wollten, um ihre eigene Macht zu stärken.

»Ich verstehe eure Bedenken hinsichtlich der Beschaffung der Artefakte. Aber ich möchte betonen, dass die Informanten, die Zugang zu den Balduren-Artefakten haben, äußerst wählerisch sind. Sie sind Sammler von Geheimnissen und immer auf der Suche nach versteckten Schätzen und Wissen, das andere nicht haben. Doch sie vertrauen niemandem leichtfertig und sind Meister darin, sich vor fremden Blicken zu verbergen. So wie sie sich auch den euren entzogen haben.«

»Erkläre, warum sie nur dir vertrauen und wir nicht die Information aus dir heraus extrahieren sollen.«

Hätte ihn nicht ein Instinkt gewarnt, dass er nun keine Schwäche zeigen durfte, hätte sich Lek vor Angst zusammengekrümmt. Ein bitterer Geschmack breitete sich in seinem Mund aus, und er musste mehrfach schlucken. »Diese Leute sind Einzelgänger, die ihre eigenen Interessen verfolgen. Sie sind vorsichtig und werden nur mit jemandem verhandeln, den sie kennen.« Er deutete auf die Überreste des Kästchens. »Wie ihr seht, habe ich bereits mit ihnen in Kontakt gestanden. Ich habe ihr Vertrauen gewonnen. Die meisten von ihnen haben wertvolle Schätze und Geheimnisse entdeckt, und sie sind nur bereit, diese zu teilen, wenn die Belohnung hoch genug ist. Sie wissen, dass ich bereit bin, für ihre Dienste großzügig zu zahlen.«

»Die Informanten könnten uns auch nützliche Informationen verschaffen, wenn wir ihre Kooperation erzwingen«, hielt der Roboter dagegen.

»Ihr könntet vielleicht einen oder auch zwei aufspüren. Aber die anderen wüssten dann, dass ihre Geheimnisse bedroht sind. Sie würden ihre Spuren verwischen und sich in den tiefsten Ecken der Galaxis verstecken, wo es unendlich lange dauern kann, sie aufzuspüren. Warum dieses Risiko eingehen und Zeit verschwenden, wo ihr doch auf meine Hilfe zurückgreifen könnt?«

Die Roboter blieben still, und Lek konnte nicht einschätzen, wie seine Worte aufgenommen worden waren. Doch er hatte das Gefühl, dass er auf dem richtigen Weg war. Daher fuhr er fort: »Ich kann euch garantieren, dass sie für die richtige Summe kooperieren werden.«

»Was genau erwartest du im Gegenzug für diese Dienste?«

»Zugang zu eurer Technologie. Besonders zu den Reißern, von denen ich im Hyperfunknetz so viel gehört habe.«

»Die Richtigkeit deiner Behauptungen wird geprüft. Dein Angebot wird analysiert.«

Das war zwar definitiv nicht die Zustimmung, die Lek erhofft hatte, aber es war ein Schritt in die richtige Richtung. »Ich danke euch für eure Überlegungen. Ich bin bereit, weitere Schritte zu unternehmen, um euer Vertrauen zu gewinnen und eine erfolgreiche Zusammenarbeit zu ermöglichen.«

»Zugang zu unseren Technologien zu gewähren, ist nicht ohne Risiko.«

Lek nickte eifrig. »Ich verstehe das. Aber unsere Zusammenarbeit könnte für beide Seiten von Vorteil sein.«

Der Roboter blieb regungslos, und Lek wusste, dass seine Argumente noch immer auf die Probe gestellt wurden. Doch er war entschlossen, alles zu tun, um die Roboter davon zu überzeugen, dass seine Rolle in dieser Situation von entscheidender Bedeutung war.

»Deine Forderung nach Zugang zu den Reißern wird nicht erfüllt.«

Die Ablehnung traf Lek wie ein Schlag ins Gesicht und die Enttäuschung legte sich schwer auf seine Brust. Dennoch war er fest entschlossen, sich nicht entmutigen zu lassen und weiter für seine Ziele zu kämpfen. »Ihr versteht sicherlich, wie nützlich die Reißer für meine Mission wären. Sie könnten mir helfen, euch schneller weitere Artefakte zu liefern.«

Der Arm des Roboters wandelte sich erneut zu einem Waffenlauf. »Deine Anfrage wurde abgelehnt. Bestätige deine Akzeptanz.«

Lek verkrampfte, seine Beine wurden taub. Rasch hob er die Hände. Er erkannte in diesem Augenblick mit jeder Konsequenz, wie schmal der Grat zwischen Erfolg und Niederlage, zwischen Überleben und Sterben war.

»Ich akzeptiere, dass die Reißer nicht verfügbar sind«, stieß er eilig hervor. »Aber es wird meine Mission unter Umständen verlangsamen.«

»Du sagtest, die Informanten würden von dir bezahlt werden. Also bezahle sie. Dafür sind keine Reißer nötig.«

Insgeheim verfluchte Lek sich. Er hatte sich selbst ins Aus manövriert. Gleichzeitig wusste er, dass er nun äußerst behutsam vorgehen musste. »Es sind unvorstellbar viele Credits dazu nötig. Es wird etwas dauern, sie zu beschaffen. Gibt es vielleicht andere Ressourcen, die ihr mir zwischenzeitlich zur Nutzung überlassen könntet?«

Erneut legte sich Schweigen über ihn, was sein Herz dazu brachte, davongaloppieren zu wollen. Dann vollführte der wortführende Roboter eine kaum merkliche Bewegung, die Lek zusammenzucken ließ, da er sie nicht erwartet hatte. Ebenso wenig wie das, was darauf folgte.

Vor ihm materialisierte sich eine kleine Holografie, die eine dreidimensionale Darstellung eines Keilschiffs zeigte.

Lek starrte auf die Holografie, während der Roboter zu sprechen begann: »Wir sind bereit, dir ein kleines Keilschiff zur Verfügung zu stellen. Es ist mit moderner Tarn- und Täuschungstechnologie ausgestattet, die es dir ermöglichen wird, unauffällig zu agieren. Außerdem verfügt es über eine Antriebstechnologie, die der deines Volkes überlegen ist.«

Lek war überrascht von dem Angebot, aber er verstand schnell, welche Möglichkeiten sich ihm dadurch eröffneten. Ein kleines Keilschiff war vielleicht nicht die Waffe, die er sich erhofft hatte, aber es war eine wertvolle Ressource, die seine Handlungsfreiheit erweitern konnte. Somit würde es ihm helfen, seinen Zielen näherzukommen und vor allem Rhurk bei Laune zu halten. Immerhin war das Ultimatum von achtundvierzig Stunden längst abgelaufen. Zudem bot ihm das Keilschiff auch die Gelegenheit, sich mit der Technologie der Schwarzen Macht vertraut zu machen.

»Ich akzeptiere das Angebot.«

»Dann folge uns.«

Der Roboter vor ihm setzte sich in Bewegung, und Lek musste einen Schritt beiseite machen, um nicht einfach niedergewalzt zu werden.

Eilig folgte er, wobei er feststellte, dass nur ein weiterer Roboter sich anschloss, während die anderen zwei zurückblieben.

Und noch etwas besiegelte die neu gewonnene Allianz: Es gab Licht. Lediglich ein weiterer schmaler Streifen am Fußboden, der Lek vorauszueilen schien und hinter ihm erlosch, wie er mit einem Blick zurück feststellte. Noch immer sehr schwach, kaum hell genug, um Einzelheiten zu erkennen, aber immerhin hell genug, um nicht länger Gefahr zu laufen, mit einem Hindernis zusammenzustoßen.

Nicht, dass es mehr zu sehen gäbe als dunkle Silhouetten verschiedener Größen und in diversen Formen, die er nicht näher spezifizieren konnte …

*

Nur wenig später standen der Utare und die Roboter in einer Art Hangar, in dem Lek die geöffnete Bodenschleuse des versprochenen Keilraumers erwartete. Wie ein schimmernder Steg aus Finsternis führte die Antigravrampe hinauf und schien im Schiff zu verschwinden.

Unwillkürlich blieb Lek stehen. Überwältigt von einer Mischung aus Emotionen. Der Unglaube darüber, dass er tatsächlich ein so mächtiges Raumschiff erhalten hatte, durchzuckte ihn wie ein Blitz. Die Aufregung flammte in ihm auf, als er die glatten Linien des Raumers betrachtete. Er schätzte dessen Länge auf vierzig bis fünfzig Meter und die Höhe auf dreißig. Die Nervosität in seiner Magengrube jagte ein permanentes Kribbeln durch seinen Körper.

Das hier war seine Chance, seine Mission voranzutreiben und vielleicht einen Schritt näher an die Erfüllung seiner Ziele zu gelangen. Nun galt es sicherzustellen, dass er die volle Kontrolle darüber behielt.

Er wandte sich an den Roboter, der ihm folgte, und sagte mit aller Entschlossenheit, die er aufbringen konnte: »Es gibt eine Bedingung, bevor ich dieses Schiff betrete. Kein einziger Roboter der Schwarzen Macht darf an Bord bleiben. Ich muss meinen Geschäftspartnern absolute Verschwiegenheit garantieren. Einer von euch an Bord würde ihr Misstrauen schüren.«

»Deine Forderung ist zur Kenntnis genommen, aber es ist nicht möglich. Damit du dieses Schiff nutzen kannst, muss zumindest einer von uns an Bord bleiben, um die technologischen Systeme zu überwachen und sicherzustellen, dass alles ordnungsgemäß funktioniert«, kam die Antwort mit kühler, mechanischer Stimme, die allmählich an Leks Nerven zerrte.

Aber er wollte keine Schwachstelle in seiner Kontrolle zulassen. »Das ist keine Option, sondern ein unnötiges Risiko, das ich nicht eingehen kann. Es muss eine Möglichkeit geben, das Schiff ohne eure Anwesenheit zu steuern. Ihr könnt mir alle notwendigen Informationen geben, um es selbst zu bedienen.«

»Die Technologie des Keilschiffs ist hochkomplex und erfordert spezielle Kenntnisse. Du könntest das Schiff nicht allein steuern. Es gibt keine Verhandlungsmöglichkeit in dieser Angelegenheit.«

Vor Frustration ballte Lek die Fäuste, wissend, dass er keine andere Wahl hatte. »Gut, dann sei es so«, sagte er. »Einer von euch kann bleiben. Aber er soll sich im Hintergrund halten und sich nicht in meine Verhandlungen einmischen.«

Es war eine unangenehme Vorstellung, mit einem feindlichen Roboter an Bord zu sein, aber er würde schon noch einen Weg finden, dessen Fähigkeiten so weit wie möglich für sich zu nutzen. Denn trotz allem besaß er nun tatsächlich sein eigenes Raumschiff, auch wenn es wesentlich kleiner war als die mächtigen Keilschiffe der Schwarzen Macht.

Nichtsdestotrotz war es ein Werkzeug, das ihm neue Möglichkeiten eröffnete.

Mitten in diesen Gedanken trat der zweite Roboter einen Schritt vor. »Ich werde an Bord bleiben, um sicherzustellen, dass das Schiff seinen Zweck erfüllt.«

Lek nickte, auch wenn er das Gefühl hatte, dass er von diesem Moment an ständig beobachtet werden würde, obwohl der Roboter keine äußerlich sichtbaren sensorischen Merkmale hatte.

Der erste Roboter ergriff erneut das Wort. »Du wirst uns über deine Fortschritte auf dem Laufenden halten.«

»Natürlich, ich werde euch über alles informieren. Das ist doch selbstverständlich.«

Mit einer knappen Bewegung trat der Roboter zwei Schritte zurück, und Lek folgte dem anderen in das Keilschiff.

Als er es betrat, konnte er die pulsierende Energie förmlich spüren.

Auch im Inneren des Schiffes gab es viele Nischen und Vertiefungen an den Wänden, die aus demselben Material zu bestehen schienen wie die Außenwände. Sie waren ebenso glatt und kühl, wie sie dunkel waren, und die Schritte des Roboters hallten zwischen ihnen wider. Sie wiesen Lek zusammen mit der dünnen, auch hier aufflammenden Leuchtspur den Weg.

Im Zusammenspiel mit dem dunklen Metall wirkte es für Lek beinahe so, als würden sich die Schatten bewegen und zum Leben erwachen, während sich das dreieckige Eingangsschott mit einem satten Laut hinter ihm schloss.

*

Das kleine Keilschiff schwebte geschickt in den Hangar des Pyramidenraumers, und Lek fühlte sich wie ein Weltraumabenteurer. Sein Kommen mit dem Keilschiff hatte er per Funk angekündigt, was der Mannschaft offenbar die Sprache verschlagen hatte. Denn außer einer knappen Bestätigung hatte Lek nichts weiter zu hören bekommen. Daher hatte sich seine Nervosität nicht gelegt, sondern war im Gegenteil mit jedem Herzschlag intensiver geworden.

Was, wenn jemand den Roboter an Bord des Keilschiffes entdeckte?

Nein, das wollte er sich lieber nicht vorstellen. Besser, er sorgte dafür, dass es nicht so weit kam.

Noch während das Schiff auf den Boden des Hangars aufsetzte, drehte Lek sich um und wandte sich an den Roboter, der schweigend die Steuersysteme bedient hatte. »Ich verlasse nun dieses Schiff. Du wirst alle Schotts verriegeln und niemandem außer mir Zutritt gewähren.«

Die Antwort kam sofort. »Akzeptiert.«

Misstrauisch, ob eine solch knappe Bestätigung ausreichte, musterte Lek den Roboter noch einmal, wobei der den Kopf in den Nacken legen musste.

Doch wie üblich war auf dem glatten Nichtgesicht keinerlei Regung zu erkennen.

Letztendlich seufzte Lek, drehte sich um und verließ das kleine Keilschiff.

Kaum waren alle lamellenartigen Komponenten der Gangschleusen vor Lek in ihrem Spalt verschwunden, sah er direkt in die Läufe mehrerer Blaster. Die Atmosphäre greifbarer Nervosität lag in der Luft, war aufgeladen durch die wütende Erregung der Mannschaft.

Der Kapitän des Pyramidenraumers stand mit Feindseligkeit in den Augen vor Lek und schrie: »Bist du komplett verrückt geworden? Mit einem Keilschiff zurückzukommen! Und wo ist mein Beiboot? Du hast es doch wohl nicht der Schwarzen Macht im Austausch überlassen!«

Lek, der überzeugt war, dass das Keilschiff ein guter Tausch war, zuckte mit den Schultern und sagte ungerührt: »Nun ja, Kapitän, manchmal muss man Gelegenheiten ergreifen, wenn sie sich bieten. Die Situation war so hektisch, dass ich das Beiboot einfach vergessen habe.«

Der Kapitän trat einen Schritt auf Lek zu, sein Gesicht vor Wut violett. »Hektisch? Das ist keine Entschuldigung! Du hast lediglich an dich selbst gedacht! Keinen Moment lang an die Sicherheit der Mannschaft oder unseres Schiffes. Damit hast du uns alle in Gefahr gebracht!«

Lek spürte, wie sich sein Puls beschleunigte, aber er versuchte, äußerlich ruhig zu bleiben. Diese Mission war zu wichtig, um sie jetzt zu gefährden. »Ich habe alles getan, um sicherzustellen, dass niemand einen Schaden davonträgt«, behauptete er. »Und nun sollen deine Leute endlich die Waffen wegstecken. Davon hatte ich heute mehr als genug.«

Der Kapitän schnaubte verächtlich. »Du hättest zumindest darüber nachdenken sollen, wie dein Plan den Rest von uns betreffen könnte. Denn du wusstest genau, was du tust! Daher auch diese Koordinaten, die uns so weit weg von den üblichen Wegen gebracht haben.«

Lek schüttelte den Kopf und spürte, wie der Ärger auch in ihm hochstieg. »Das ist nicht wahr. Ich habe diese Aktion nicht leichtfertig durchgeführt. Im Gegenteil habe ich alles getan, um sicherzustellen, dass wir keinen Schaden davontragen.«

»Indem du das Risiko in Kauf genommen hast, dass die Schwarze Macht auf uns aufmerksam wird!«

Der Kapitän und Lek starrten einander an, die Spannung war zwischen ihnen greifbar. Es war ein gefährlicher Moment, und Lek wusste, dass er sich auf dünnem Eis bewegte.

»Ich werde für den Verlust des Beibootes aufkommen«, versprach er daher, obwohl er inzwischen nicht einmal mehr ansatzweise genug Credits dafür hatte.

Aber er besaß ein Keilschiff. Das musste Rhurk doch etwas wert sein.

5.

Die Rückkehr nach Danlechraa war für Lek von großer Bedeutung, denn nun galt es, seinen wertvollen Trumpf möglichst lange geheim zu halten. So ließen Anspannung und Nervosität keinesfalls nach, sondern begleiteten ihn permanent auf dem Weg zurück und erreichten ihren Höhepunkt, als er sich der Freihandelswelt näherte.

Lek, der den Pyramidenraumer bereits an der Grenze des Yaga-Systems verlassen hatte, beobachtete durch den Außenbildschirm des Keilschiffes – *seines* Keilschiffes – den Anflug auf den Planeten, aber seine Gedanken waren auf die bevorstehende Aufgabe gerichtet.

Die Anflugkontrollen würden Fragen stellen, wenn sie ein unbekanntes Raumschiff in den Luftraum von Danlechraa eindringen sahen. Mit Sicherheit würde ein Alarm ausgelöst werden. Aufmerksamkeit, die Lek nicht gebrauchen konnte. Daher hatte er sich akribisch darauf vorbereitet, wie er dieses Problem lösen konnte. Zwar hatte ihm der Roboter der Schwarzen Macht, dessen Anwesenheit Lek noch immer wie ein Störfeld wahrnahm, das sein Denken beeinträchtigte, versichert, das Schiff würde über eine ausreichende Tarnfähigkeit verfügen, sodass es nicht einmal auffallen würde, sollte es direkt über Rutekan schweben, dennoch hatte Lek eine Identifikationssignalvorrichtung installiert, die das Keilschiff als ein reguläres Transportfahrzeug auswies, sollte seine Signatur irgendwie sichtbar werden.

Nun konnte er nur hoffen, dass diese Maßnahmen ausreichen würden.

Als das Keilschiff in die Atmosphäre von Danlechraa eintrat, spürte Lek eine Mischung aus Erleichterung und Nervosität. Jetzt gab es kein Zurück mehr.

Zu seiner Überraschung passierten sie anstandslos die Sicherheitskontrollen und steuerten wenig später einen der abgelegenen Hangars von Rhurks Lagerhallenkomplex an. Dort sendete Lek das vorbereitete Identifikationssignal und hielt den Atem an. Doch die Landung verlief reibungslos, und der Roboter setzte das Keilschiff sicher in dem Hangar auf. Die Tarnung hatte funktioniert, niemand schien Verdacht zu schöpfen. Aber Lek wusste, dass er noch nicht am Ziel war.

Er instruierte den Roboter erneut, alles zu verriegeln und nur ihm Zugang zu gewähren, verließ dann das Keilschiff und durchquerte den Hangar, sorgsam darauf bedacht, nicht aufzufallen.

Schließlich erreichte er den Kontrollraum des Hangars, wo die Überwachungskameras und Sensoren der Anlage gesteuert wurden. Lek kannte die Systeme gut, so bereitete es ihm keine Probleme, sich in das System zu hacken und die Kameras und Sensoren für den Hangar so umzuprogrammieren, dass das Keilschiff für sie unsichtbar blieb.

Als er schließlich den Kontrollraum verließ, konnte Lek ein erleichtertes Lächeln nicht unterdrücken. Ihm war ein entscheidender Schritt vorwärts gelungen. Er hatte das Keilschiff unbemerkt auf Danlechraa gebracht. Rhurk würde erfahren, welchen Schatz er mitgebracht hatte. Sobald Lek beschloss, dass es günstig wäre.

*

Eine schwer greifbare Aufregung hatte sich auf Danlechraa ausgebreitet. Es wurde getuschelt, spekuliert und gemutmaßt. Die Gerüchteküche brodelte, und die Bewohner von Danlechraa waren in heller Aufregung. Hieß es doch, die Besatzung eines Pyramidenraumers wäre auf einer abgelegenen Route auf ein Geschwader der gefürchteten Schwarzen Macht gestoßen.

Eine Nachricht, die Rhurk mitbekam, ohne dass er ihr besondere Aufmerksamkeit widmete. Denn Berichte über solche Zusammenstöße kamen zumeist nach ausgiebigem Genuss von Zücol, einem Getränk, das bisweilen Merkwürdiges mit dem Verhalten und dem Erinnerungsvermögen eines Utaren anstellte.

Besser wäre es, die Besatzung ließe ihre Pfoten von dem bewusstseinstrübenden Getränk, dann wäre vermutlich auch die Glaubwürdigkeit ihrer Aussagen höher.

So zumindest dachte Rhurk, bis ihn eine Nachricht erreichte, die den Rateken förmlich aus seinem Bürostuhl katapultierte.

Gro Groma, ein Utare, sollte unter nicht näher geklärten Umständen angeblich in den Besitz eines Keilschiffes gelangt sein!

Gro Groma?

Rhurk knurrte.

Was hatte sich Lek bloß dabei gedacht? Dass ein derart lächerlich ähnlicher Name zu »Gre Grema« tatsächlich dessen wahre Identität verbergen würde? Hielt dieser vermaledeite Utare Rhurk etwa für unterbelichtet?

In letzter Zeit hatte Rhurk sowieso vermehrt den Eindruck, dass Lek immer mehr Unabhängigkeit beanspruchte, seine eigenen Wege ging und sich von den eigentlichen Zielen ihres Abkommens entfernte. Tatsächlich hatte er zunehmend die Geduld mit Lek verloren. Die Ergebnisse, die der Utare bisher geliefert hatte, waren lachhaft und nicht ansatzweise zufriedenstellend. Dafür waren dessen Versprechungen umso größer, riefen aber seit geraumer Zeit lediglich Rhurks Misstrauen und seine Skepsis hervor.

Das Problem war nur, dass er keine andere Wahl hatte, als darauf zu hoffen, dass endlich ein Durchbruch gelingen würde. Denn durch seine mehr als großzügige Unterstützung Leks hatte sich Rhurk finanziell etwas übernommen. Er brauchte also den Erfolg, denn ansonsten …

Unwillig schüttelte er den Kopf und damit auch den Gedanken ab. Lek war nicht so unfassbar dumm, ihn erneut zu enttäuschen! Nicht nach der letzten Lektion!

Falls Lek also tatsächlich an einen Keilraumer herangekommen war, hatte er es ihm beim Sor noch mal nicht zu verschweigen!

In Rhurk tobten Emotionen. Wut, Frustration und Enttäuschung vermischten sich zu einem brennenden Cocktail. War Lek erneut seiner eigenen Agenda gefolgt und hatte tatsächlich riskante Geschäfte mit der gefürchteten Schwarzen Macht abgeschlossen? Ohne ihn darüber in Kenntnis zu setzen? Das war Verrat! Mehr noch: Rhurk fühlte sich betrogen.

Er stand auf; seine großen, massiven Hände ballten sich zu Fäusten. Er war entschlossen, sich über die Details dieser Angelegenheit zu informieren und herauszufinden, was Lek wirklich vorhatte. Denn seine Autorität und seine Stellung als führender Händler auf Danlechraa standen auf dem Spiel!

Einen Keilraumer, selbst wenn es angeblich nur ein kleiner war, versteckte man nicht einfach so unter dem Bett. Lek musste also einen Ort gefunden haben, der über genug Platz verfügte und ihm zudem zugänglich war.

Rhurk knurrte erneut. Das hatte diese kleine, blaue Schrugratte nicht gewagt! Er würde doch nicht …

Rhurk setzte sich wieder und rief die Übersicht über seine Hangars auf. Dabei legte er besonderes Augenmerk auf die, die eher selten benutzt wurden, da sie in den Außenbezirken der Stadt lagen. Sein Blick huschte über die Aufzeichnungen, bis er an einem Punkt hängenblieb.

Hangar 23/65/bva war vor siebenunddreißig Stunden geöffnet worden. Aber bisher gab es keine Aufzeichnung darüber, dass darin ein Raumschiff gelandet war.

Rhurk spürte, wie sich seine Münder zu einem grimmigen Lächeln verzogen.

Na warte, du Genie!

*

Als Rhurk den Hangar erreichte, war er überrascht über die Leere. Hier war tatsächlich nichts gelandet, zumindest nichts, was er auf den ersten Blick sehen konnte.

Nun, es war auch schwer zu glauben, dass Lek tatsächlich einen Keilraumer in seinen Besitz gebracht hatte. Dies wäre eine Leistung, die bisher als unmöglich gegolten hatte. Und ausgerechnet Lek sollte nun erreicht haben, was bisher niemandem gelungen war?

Rhurk schnaubte, während seine Hoffnungen erloschen wie Zirtakefunken im Wüstenwind. Dann aber fiel sein Blick auf eine

Konsole, welche die hinterste Ecke des Hangars einnahm. Dahinter eine kaum wahrnehmbare Bewegung.

Rhurk trat näher und entdeckte neben mehreren Datenkonsolen und Bildschirmen, über die Zahlen und Buchstabenreihen flirrten, auch Lek. Beinahe reglos stand der Utare da, nur seine Augen huschten in unmöglich anmutender Geschwindigkeit umher. Neben ihm sein Assistent Kol Kolum, der ständig mit irgendwelchen Reglern hantierte und emsig umherflitzte. Er war es auch, der Rhurk als Erster entdeckte.

Der Utare fuhr zusammen, seine Augen weiteten sich, bevor er zu vollkommener Reglosigkeit erstarrte.

Lek hingegen beschäftigte sich weiter mit seinen Daten, offensichtlich derart intensiv in seine Arbeit vertieft, dass er weder Kols Reaktion noch Rhurks Ankunft bemerkt hatte.

Rhurk verdrängte die Frage, wie Lek die Ausrüstung hierhergeschafft und was ihn das gekostet hatte, und räusperte sich laut.

Daraufhin fuhr auch Lek zusammen, hob den Kopf und blickte ihn an wie ein Waldhoppler eine Welttraumnatter. Sein Gesichtsausdruck war eine Mischung aus Überraschung und Unbehagen.

»Rhurk, du bist hier?«, stammelte Lek, wobei seine Hände leicht zu zittern begannen.

Rhurk grunzte knapp und trat näher. »Ja, ich bin hier. Ich habe von deinen kleinen Abenteuern gehört und wollte mir das Ganze mal genauer ansehen.«

Lek schluckte und rieb sich die Hände. »Ich hätte dich natürlich informieren sollen, aber die Zeit war knapp, und ich war so vertieft in die Analysen des Keilraumers.«

Rhurk beugte sich vor und stieß die Luft durch seine Atemschlitze aus, was die Tolle des Utaren noch weiter in Unordnung brachte und diesen zurückweichen ließ. Währenddessen deutete Rhurk auf die unzähligen Bildschirme und Datenkonsolen um sie herum. »Ein Keilraumer? Ich sehe hier keinen!«

»Oh, Moment, ich muss eben …« Was Lek musste, führte er nicht näher aus. Stattdessen huschten seine Finger mit atemberaubendem Tempo über die Regler.

»Sieh selbst!«, sagte der Utare schließlich und deutete auf etwas hinter Rhurk.

Der drehte sich um und vergaß tatsächlich zu atmen, als er dem Keilraumer vor sich sah, der im Hangar hockte wie eine bizarre Dreiecksspinne, die in ihrem Netz auf Beute lauerte.

»Das ist … bemerkenswert.« Zum ersten Mal in seinem Leben stammelte Rhurk. Sofort riss er sich zusammen. »Wie hast du das geschafft?« Vor Überraschung sprach er mit allen vier Mündern gleichzeitig, sodass seine Stimme heterophon durch den Hangar dröhnte.

Lek schluckte und vermied es, Rhurks Blick zu erwidern. »Nun ja, du bezahlst mich schließlich dafür, das Unmögliche möglich zu machen. Und wie du siehst, habe ich mein Bestes gegeben. Ganz so, wie ich es dir versprochen habe. Es hat nur ein bisschen länger gedauert als die achtundvierzig Stunden, die du mir großzügigerweise gewährt hast …«

Rhurk konnte die Unsicherheit in Leks Stimme hören und ahnte, dass dieses kleine Blaugesicht mehr wusste, als es preisgeben wollte. Doch er beschloss, zunächst nicht weiter nachzuhaken. Stattdessen sagte er: »Du wirst mir alle Daten und Informationen über den Keilraumer geben! Das ist ein Durchbruch, den wir nutzen müssen.«

Lek nickte eifrig, offensichtlich erleichtert darüber, dass Rhurk nicht weiter nachbohrte. »Natürlich, ich werde alles zusammenstellen, was ich habe. Das könnte unser Ticket zu ungeahntem Reichtum und Einfluss sein.«

Rhurk stimmte zu, doch seine Gedanken wanderten bereits weiter. Er war entschlossen, die Waffentechnologie der Schwarzen Macht auszunutzen und sich einen exklusiven Vorteil auf dem Markt zu verschaffen. Die Zukunft war voller Möglichkeiten, und er hatte nicht vor, sie an sich vorbeiziehen zu lassen.

»Nein«, brummte er schließlich. »Du wirst mir *alles* zeigen.« Er deutete auf den Keilraumer. »Dort drinnen.«

Er genoss das hastige Nicken des Utaren, auch wenn er ahnte, dass ein gewisser Besitzerstolz darin lag. Nun, wem dieses Schiff gehörte, würde das Blaugesicht schon noch einsehen. Zuerst aber galt es, seine Geheimnisse zu entdecken.

Kol Kolum schien das ähnlich zu sehen, denn er wollte sich ihnen anschließen. Doch noch bevor Rhurk einschreiten konnte, hatte Lek seinen Assistenten bereits mit erhobener Hand gestoppt. »Du bleibst hier und passt auf, dass sich kein Unbefugter dem Hangar nähert.«

Zwar schien der kleine Helfershelfer enttäuscht, aber er war gut genug dressiert, um nicht zu widersprechen. Sehr gut. Rhurk schätzte Personal, welches keine Probleme bereitete.

*

»Dir ist aber schon bewusst, dass dieser Hangar mir gehört und somit niemand ohne meine Erlaubnis hier eintreten wird?«, fragte Rhurk, als Lek und er Seite an Seite durch das Außenschott das Keilschiff betraten.

»Sicher. Ebenso wie mir klar ist, dass du nicht allein gekommen bist. Aber meiner Meinung nach gebührt dir vor allen anderen die Ehre, das Schiff zu inspizieren. Bedienstete sollten wir vorerst außen vor lassen.«

Es kribbelte Rhurk an allen Mündern, Lek darauf hinzuweisen, dass auch er nichts anderes als ein Bediensteter war, aber er schwieg. Es könnte noch amüsant werden, zu sehen, wie weit der Utare dieses Spiel zu führen gedachte.

Zunächst aber genoss er den verdrießlichen Gesichtsausdruck des Utaren, als sie nebeneinander durch den Korridor des Schiffs schritten. Wobei es sich bei Lek eher um ein Laufen handelte. Denn für jeden Schritt, den Rhurk tat, benötigte der nur einen Meter große Forscher vier.

Die Decke war gerade hoch genug, damit Rhurk aufrecht stehen konnte, obwohl er nur knapp an den Deckenverstrebungen vorbeikam. Lek hingegen wirkte neben ihm in dieser Umgebung noch kleiner, als er es ohnehin schon war.

Das Innere des Keilschiffs war eine Mischung aus technologischer Praxis und minimalistischer Effizienz. Die Wände bestanden aus einem matten, dunklen Material, welches das Licht zu absorbieren schien. Denn obwohl Lek Rhurk versichert hatte, dass die Beleuchtung überall aktiviert sei, entsprach die Helligkeit im Inneren des Schiffes eher einer Dämmerung statt einer Mittagssonne.

Nirgends gab es Markierungen oder Symbole, die ihnen die Richtung wiesen oder einen Anhaltspunkt gaben, was sich in den von den zahlreichen Gängen abzweigenden Räumen verbarg. Stattdessen bemerkte Rhurk eine Vielzahl an Nischen – eher Vertiefungen – entlang der Wände, deren Verwendung ihm schleierhaft blieb. Zumindest bis sie hinter einem schweren Schott einen Raum entdeckten, in dem in mehreren Reihen an der Decke eine Art Aufhängevorrichtung installiert war.

»Das ist gar nicht mal so dumm«, kommentierte Rhurk, dem die Oberarmklammern sofort aufgefallen waren. »So haben die Roboter der Schwarzen Macht ihre Verstärkung stets in der Nähe.«

Lek, der den Kopf in den Nacken legen musste, nickte. »Offensichtlich transportieren sie ihre Kampfeinheiten auf diese Art und schalten sie nach Bedarf ein. Das spart Ressourcen.«

»Merke dir das Prinzip!«, befahl Rhurk. »Falls sich das übertragen lässt, könnten ganze Armeen in Hyperschlafkammern transportiert werden.«

»Und das auf kleinstem Raum und ohne Nahrung zu verbrauchen!«

Rhurk verkniff sich den Hinweis, dass auch einem Lebewesen in den Schlafkammern Nahrung zugeführt werden musste, denn es bestand die Möglichkeit, dass der Utare auch dafür eine Lösung finden könnte.

»Es gibt noch so viel andere Verwendungsmöglichkeiten«, gab er stattdessen zu bedenken. »Wir haben hier drin eine atembare Atmosphäre.«

»Das ist richtig. Und wie ich inzwischen herausgefunden haben, kann diese für verschiedene Lebensformen angepasst werden.«

»Das wirft ein neues Licht auf die Schwarze Macht«, meinte Rhurk nachdenklich.

»Allerdings. Diese Schiffe wurden nicht primär für Roboter gebaut«, stimmte Lek zu. »Was die Steuerung betrifft, bin ich mir noch nicht ganz sicher, ob sie auch von anderen Lebensformen ausgeführt werden kann. Aber alles spricht dafür, dass auch andere Wesen außer den Robotern diese Schiffe zumindest theoretisch nutzen können. Es sind also bei der Rekonstruktion weniger Anpassungen nötig als gedacht.«

Rhurk horchte auf. »Rekonstruktion?«

»Sicher«, meinte Lek eifrig nickend. »Die Räumlichkeiten, die Atmosphäre, der Platz. All das ist so leicht anpassbar und kann auf unzählige Arten genutzt werden.«

Rhurk wandte sich langsam zu ihm um und sah mit einem spöttischen Lächeln zweier seine Münder auf ihn herab. »Du weißt, dass es sich hierbei nur um ein Beiboot handelt?«

Lek erstarrte bei Rhurks Worten, blinzelte lediglich hektisch. »Ein Beiboot?«

Rhurk schnaubte derart laut, dass das Geräusch von den Wänden zurückgeworfen wurde. »Nicht mehr und nicht weniger. Die Schwarze Macht hat dir vielleicht ein Geschenk gemacht, aber es ist bei Weitem nicht so mächtig wie ein vollwertiges Keilschiff. Es ist ja auch kaum halb so groß.«

Er konnte förmlich dabei zusehen, wie sich die Enttäuschung in Lek breitmachte. So wie er den Forscher kannte, hatte der vermutlich gehofft, dass dieses Keilschiff ihm einen entscheidenden Vorteil verschaffen würde, der Narr, der er war.

Rhurk trat näher an Lek heran und fixierte ihn mit einem überlegenen Blick. »Du musst lernen, keine voreiligen Schlüsse zu ziehen, du kleines Genie. In dieser Galaxis gibt es keine Geschenke. Alles hat seinen Preis.«

*

Obwohl Lek Rhurks spöttische Bemerkungen kaum ertragen konnte, schwieg er, denn er wusste, dass er sich jetzt keine Schwäche erlauben durfte.

Es schien so, als wäre der Rateke nicht bereit, weitere Forschungen zu finanzieren, allerdings hatte sich bisher noch nicht die Notwendigkeit ergeben, ihm berichten zu müssen, wofür das restliche Forschungsgeld draufgegangen war. Warum auch? Beiboot hin oder her, es war ein Keilschiff und somit der Schlüssel zur Technologie der Schwarzen Macht. Wenn Rhurk die Finanzierung einstellen wollte, sollte er das doch tun.

Lek war sich sicher, dass viele andere eine Menge zahlen würden, um an die Erkenntnisse zu gelangen, die er gewinnen würde. Zudem war das Raumschiff nicht sein einziger Trumpf. Die eigentliche Überraschung wartete im Kontrollraum. Genauer gesagt in einem davon.

»Lass mich dir die Kommandozentrale zeigen«, sagte er und erklärte gleich darauf: »So wie ich das sehe, handelt es sich dabei nicht um eine Kommandozentrale im klassischen Sinne. Vielmehr sind zwei weitere Räume im Schiff so aufgebaut, dass sie jederzeit die Funktion einer Kommandozentrale übernehmen können.«

»Mehrere Befehlszentren also?«, fragte der Rateke. »Und das selbst in einem Beiboot? Wozu mag dann erst ein vollwertiges Raumschiff imstande sein?«

Lek nickte, obwohl er sich ziemlich sicher war, dass Rhurk die Möglichkeiten dieses Beibootes unterschätzte. »Es ist kein größeres Schiff notwendig, um die Waffentechnologie der Schwarzen Macht zu entschlüsseln«, behauptete er daher.

Rhurk musste das doch auch sehen? Die Faszination für die Technologie des Keilschiffs? Die Aussicht auf unermesslichen Reichtum und überwältigenden Einfluss? Die Anerkennung?

Doch auch als sie im Kontrollraum ankamen, schien es, als läge es mehr in Rhurks Interesse, Lek seinen Größenvorteil erneut in die Tolle zu reiben.

Die Unterschiede zwischen ihnen wurden in dieser Umgebung noch deutlicher und führten zu einigen unübersehbaren Herausforderungen. Die Konsolen und Bedienelemente wirkten enorm im Vergleich zu Leks Statur. Kontroll- und Bildschirmelemente waren alle auf die standardmäßige Größe von zwei Meter großen Robotern ausgerichtet. Das führte zu einer frustrierenden Situation.

Rhurk überragte Lek um zwei Meter, daher waren die Bildschirme für ihn beinahe auf Brusthöhe angebracht. Ebenso konnte er problemlos auf die Bedienelemente und Kontrollelemente zugreifen, auch wenn er sich dafür bücken musste.

Für Lek hingegen waren die meisten Bedienelemente außer Reichweite. Um sie zu nutzen, musste er sich auf Zehenspitzen stellen, sich strecken und sich manchmal sogar auf den Kontrollen abstützen. Alle Bedienelemente zu erreichen war eine akrobatische Herausforderung, die ihn ins Schwitzen brachte.

Rhurk konnte sich ein amüsiertes Lächeln nicht verkneifen, als er sah, wie Lek sich bemühte.

So blieb der Blaue schließlich einfach neben dem Rateken stehen, der sodann mit nachdenklichem Blick auf die Instrumente starrte, während seine Finger beinahe andächtig über die verschiedenen Bedienungselemente strichen.

»Wie genau hast du dieses Beiboot gesteuert, Lek? Die Kontrollen sind auf Roboter ausgelegt. Vielleicht können wir die Steuerung modifizieren oder spezielle Anpassungen vornehmen?«

Lek spürte, wie sich seine Nervosität verstärkte. Obwohl er sich bemühte, beherrscht zu wirken, konnte er nicht verhindern, dass sein Atem flacher wurde. Es war eine Mischung aus Ehrfurcht und Unsicherheit, die ihn erfüllte, als er ein weiteres Schott öffnete.

Rhurk wandte seinen massiven Kopf in Richtung des Schotts und erstarrte, als er sich dem Roboter der Schwarzen Macht gegenübersah.

»Bei allen Schwarzen Löchern, Lek!«, dröhnte Rhurk und trat einen Schritt zurück. »Hast du mich in eine Falle gelockt?«

Obwohl der Gedanke, sich auf diese Art seines ungeliebten Geldgebers zu entledigen, verlockend war, schüttelte Lek den Kopf, konnte aber nicht verhindern, dass ein Grinsen über sein Gesicht huschte. »Nein, ganz im Gegenteil, Rhurk. Ich habe diesen Roboter gehackt und kontrolliere ihn jetzt.«

Rhurk, der normalerweise emotionslos und gleichgültig wirkte, konnte seine Verblüffung nicht verbergen. Drei seiner Münder standen offen, während der vierte sich verzerrte. Ob vor Überraschung oder Angst wusste Lek nicht zu sagen, aber er hoffte inständig auf Letzteres.

Die Macht und Bedrohlichkeit des Roboters waren unübersehbar, aber gleichzeitig war da auch ein Hauch von Faszination. Und Lek würde lügen, würde er es nicht genießen, dass es ausnahmsweise einmal der Rateke war, der Furcht verspürte.

»Du hast einen Roboter der Schwarzen Macht gehackt?«, entfuhr es Rhurk. »Das ist unmöglich!«

»Nichts ist unmöglich! Ich habe nun mal einige Tricks auf Lager.«

Genauer gesagt Informationen in petto.

Die Garaseen hatten ihm verraten, wie sie in der fremden Welt die Roboter der Schwarzen Macht mit einer Mischung aus Stromschlägen und Magnetismus ausgeschaltet hatten. Die nötige Stärke zu berechnen, war anschließend einfach gewesen.

Rhurk trat vorsichtig an das Schott heran und betrachtete den Roboter genauer, der regungslos dastand und auf Befehle wartete.

»Was genau kannst du mit ihm machen?«, fragte Rhurk, immer noch hörbar misstrauisch.

Lek deutete auf eine Konsole neben sich, auf der eine Vielzahl von Schaltern und Tasten angeordnet war. »Ich kann seine Bewegungen steuern und auf seine Sensoren zugreifen. Er wird uns Informationen über die Technologie der Schwarzen Macht liefern, die wir dringend benötigen. Zudem wird er dieses Keilschiff steuern, ohne dass die Schwarze Macht kontrollieren kann, wo wir uns aufhalten.«

Rhurk starrte auf die Konsole, als versuchte er, die Bedeutung der Symbole zu verstehen. »Das ist beeindruckend, Lek. Aber wie hast du das geschafft? Diese Roboter sind für ihre Sicherheitsstrukturen bekannt.«

Lek lächelte geheimnisvoll. »Es war eine Menge harter Arbeit, und ich habe einige Zeit damit verbracht, seine Sicherheitsprotokolle zu analysieren und Schwachstellen zu finden. Anschließend habe ich den Roboter mit Kol Kolums Hilfe außer Gefecht gesetzt und seine Protokolle geändert. Dieser Roboter ist nur der erste Schritt auf einer langen Reise von Erfolgen.«

Rhurk schien skeptisch. »Das klingt, als hättest du Erfahrung im Hacken. Hast du das schon einmal zuvor gemacht?«

Lek zuckte mit den Schultern, nicht gewillt, dem Rateken von den Hinweisen zu berichten, die er durch die Befragungen der Garaseen erhalten hatte. »Nun, ich habe gelernt, wie man sich Informationen beschafft. Manchmal erfordert das eben unkonventionelle Methoden.«

»Dann nutze diese Methoden und beschaffe mir endlich das, was du mir schon vor ewigen Zeiten versprochen hast!«, forderte Rhurk. »Ich werde mich nun zurückziehen und meinen anderen Arbeiten nachgehen. Du bist verantwortlich für dieses Keilschiff. Wenn du diese Mission vermasselst, wirst du die Konsequenzen zu spüren bekommen.«

Leks Kiefermuskulatur spannte sich an, und er unterdrückte den Impuls, Rhurk eine sarkastische Antwort entgegenzuschleudern. Stattdessen antwortete er knapp: »Ich werde mein Bestes tun, Rhurk.«

»Dein ›Bestes‹ sollte besser ausreichen. Du bist nicht hier, um Fehler zu machen. Du bist hier, um Ergebnisse zu liefern. Wenn du das nicht verstehst, dann wird das deine letzte Mission gewesen sein.«

Die Worte trafen Lek wie ein Schlag, und er konnte die Wut in sich aufsteigen spüren. Doch er biss die Zähne zusammen und zwang sich zur Ruhe. »Ich werde eine umfassende Analyse des Waffensystems durchführen, Rhurk. Du kannst dich darauf verlassen.«

Ohne ihm eine Antwort zu gönnen, wandte Rhurk sich ab und verließ das Keilschiff. Lek blieb allein zurück. Aber er war auch entschlossen, den Erfolg dieser Mission für sich selbst zu nutzen, koste es, was es wolle.

*

Die nächsten Tage verstrichen in einem wabernden Nebel aus Datenanalysen, Auswertungen und frustrierenden Versuchen.

Lek hatte sich mithilfe seines Assistenten Kol Kolum tief in die Technologie des Keilschiffs der Schwarzen Macht vorgewagt, um das Waffensystem des Keilraumers gründlich zu analysieren, damit er es später in größerem Stil würde nachbauen können. Doch sie fanden nur hochkomplexe Konstruktionen, undurchsichtige Schaltalgorithmen und verschlüsselte Codes vor, die selbst Lek vor ein Rätsel stellten.

Die Wut, die in ihm aufstieg, war körperlich spürbar. Immer öfter hämmerte sein Herz in seiner Brust, wenn er wieder einmal auf eine Sackgasse stieß. Er konnte nicht glauben, dass die Technologie der Schwarzen Macht derart undurchschaubar war, dass er nicht einmal einen Ansatz fand. Deren Roboter hingegen hatte ihn vor keine nennenswerten Herausforderungen gestellt. Den hatte er ziemlich schnell übernehmen können.

Kol Kolum saß ihm gegenüber, die Stirn in Falten gelegt, und starrte auf den Bildschirm vor sich. »Gre, ich fürchte, wir werden hier nicht weiterkommen. Diese Technologie ist einfach zu fortschrittlich. Es wird Monate, wenn nicht gar Jahre brauchen, sie zu entschlüsseln. Zu zweit könnten wir kaum Fortschritte erzielen.«

Lek ballte die Fäuste noch fester und atmete tief durch, um seine aufsteigende Frustration zu kontrollieren. »Wir können nicht aufgeben, Kol. Rhurk erwartet Ergebnisse von uns, und wir müssen liefern. Es muss einen Weg geben, diese Technologie zu verstehen.«

Kol seufzte und schüttelte den Kopf. »Ich zweifle daran, Gre. Diese Technologie ist nicht aus diesem Universum. Es ist, als würden wir versuchen, ein Buch zu lesen, dessen Sprache und Schrift wir nicht kennen.«

Leks Gedanken rasten. Keine Barriere war wirklich unüberwindlich. Vor allem nicht, da er sich keine Niederlage erlauben konnte. »Ich werde alles daran setzen, diese Technologie zu entschlüsseln, selbst wenn es bedeutet, dass ich dieses verflixte Keilschiff auseinandernehmen muss!«

Kol nickte zwar, aber Lek konnte sehen, dass dieser die Aussicht auf Erfolg für äußerst gering hielt. Dennoch setzten sie ihre Arbeit fort, und Stunden wurden zu Tagen, in denen die Frustration mit jedem verstrichenen Moment wuchs.

Die unermüdliche Suche nach Antworten zerrte an Leks Nerven. Der Schlafmangel und die anhaltende Frustration hinterließen Spuren auf seinem Gesicht, selbst die sonst so akkurat modellierte Tolle war zerzaust.

Eine weitere Nacht brach an, und Lek und Kol Kolum hatten ihre Arbeit immer noch nicht beendet. Leks Finger tanzten über die Eingabefelder, während er verzweifelt versuchte, einen Einblick in die Funktionsweise der Technologie zu gewinnen.

»Gre, das ist viel komplexer, als wir gedacht haben«, murmelte Kol mutlos.

Lek starrte auf den Bildschirm, auf dem wieder einmal kryptische Symbole und Zeichen tanzten. Kol Kolums Worte schienen wie ein Echo in seinem Kopf widerzuhallen. Die immerwährende Frustration und der Druck, der auf Lek lastete, hatten seine Nerven zermürbt, und so brach sich seine Wut Bahn.

»Komplexer als gedacht? Bist du völlig nutzlos, Kol? Ich dachte, du wärst schlau genug, um mir zu helfen, aber stattdessen verschwendest du meine Zeit!«

Kol Kolums Gesicht verzog sich, aber er blieb ruhig. »Gre, das ist hochentwickelte Technologie. Selbst die klügsten Köpfe der Galaxis würden Monate benötigen, um sie zu verstehen.«

Lek fletschte die Zähne. »Ich habe keine Zeit für Monate, du Gehirnzellen-Diarrhoetiker! Rhurk wird ungeduldig, und ich kann es mir nicht leisten, ihn zu verärgern.«

Kol seufzte und versuchte, Leks Zorn zu besänftigen. »Wir müssen Geduld haben, Gre. Diese Technologie ist mindestens Jahrtausende alt, und sie wurde von einer Hochzivilisation aus einem anderen Universum entwickelt.«

Aber Lek war nicht zu beruhigen. Die Aussicht auf eine weitere Verzögerung trieb ihn zur Verzweiflung. »Geduld? Was bist du? Einer, der den ganzen Tag Luftschlösser baut oder Konzepte entwickelt, die eigentlich niemand braucht? Wie soll ich Ergebnisse liefern, eingesperrt mit einer Intelligenzamöbe wie dir?«

Kol trat einen Schritt auf ihn zu. »Gre, du musst dich beruhigen«, sagte er mit besänftigender Stimme. »Das hier bringt uns nicht weiter.«

Lek schnaubte vor Wut, aber er wusste, dass Kol recht hatte. Die Frustration und der Zorn, die ihn ergriffen hatten, verlangsamten sein Denken und lähmten ihn. Daher atmete er tief durch, bis er spürte, wie die Hitze in seinem Inneren langsam nachließ.

»Ich brauche einen Moment«, gestand er dann und verließ das behelfsmäßige Labor, um vor dem Hangarkomplex frische Luft zu schnappen.

Die kühle Brise und der Anblick des Himmels halfen ihm, sich zu beruhigen. Doch als er nach einigen Augenblicken auf sein

Armbandvipho blicken wollte, bemerkte er, dass er es im Hangar vergessen hatte.

Ein Seufzen entwich seinen Lippen, und er drehte sich um, um es zu holen.

6.

Ker Kermag bewegte sich leise wie ein Schatten durch den Hangar. Sein Herz pochte vor Aufregung, und Adrenalin durchströmte seine Adern. Dies war die Chance seines Lebens, und er würde sie sich nicht entgehen lassen. Dies war eine Geschichte, die die Galaxis erschüttern würde.

Mit seinem Hand-Suprasensor bewaffnet nahm er das Keilschiff der Schwarzen Macht ins Visier und begann, jeden Winkel davon zu filmen. Doch gerade als Kermag sich in Bewegung setzen und weiter in das Raumschiff eindringen wollte, hörte er Schritte hinter sich. Sein Pulsschlag beschleunigte sich, und er erstarrte.

Langsam drehte er sich um – und stand Lek gegenüber, der ihn finster anstarrte.

»Was haben wir denn hier, Kol? Eine kleine Entdeckungsreise?«

Kers Gedanken rasten, während er einen Ausweg suchte. Er konnte die Wahrheit nicht leugnen, aber er musste seine Identität schützen, sollte nicht alles, was er in den letzten Wochen getan hatte, vergebens sein.

Langsam drehte er sich vollends zu Lek um, sein Armbandvipho dabei demonstrativ erhoben. »Gre, ich dachte, du …«

»… wärst aus dem Weg, damit die Luft rein ist zum Herumschnüffeln?«

Ker tat so, als wäre er überrascht von Leks Reaktion, und versuchte, seine Nervosität zu verbergen. Langsam senkte er den Hand-Suprasensor. »Nein, das siehst du falsch. Warum sollte ich herumschnüffeln wollen, wo ich doch jedes Detail des Raumschiffes zusammen mit dir studiert habe?« Er zwang sich zu einem selbstsicheren Lächeln, obwohl sein Herz wie wild schlug.

»Doch was wir vergessen haben, sind die visuellen Aufzeichnungen. Gre, ein Keilschiff der Schwarzen Macht! In unseren Händen! Das ist eine wissenschaftliche Sensation! Es ist unsere Pflicht, das zu dokumentieren, jede Einzelheit, jedes noch so kleine Detail. Irgendwann, wenn alle Probleme hinsichtlich der Technologie gelöst sind, muss die Galaxis doch erfahren, wem sie diesen Fortschritt zu verdanken hat.«

»Das sollte sie. Aber wenn Rhurk davon erfährt …«

Bei der Erwähnung des Rateken lief ein Schauer über Kers Rücken, und seine Kehle fühlte sich plötzlich zu eng an. »Er muss es ja nicht erfahren. Aber du, Gre, du musst mit auf die Aufnahmen. Damit dein Name auf ewig mit diesem Fortschritt verbunden sein wird. Damit wir deinen Fortschritt dokumentieren und dich ehren können.«

Leks Stirn runzelte sich, als er Kers Worte hörte. »Ehren? Dokumentieren? Was meinst du damit?«

Ker lächelte, als ob er ein großes Geheimnis enthüllen würde. »Dieses Keilschiff hast du bekommen. Du hast erreicht, was niemandem vor dir gelungen ist. Du wirst es auch sein, der diese Technologie entschlüsseln wird. Das ist so wichtig für die Wissenschaft und die Geschichte unseres Volks. Ich wollte nur sicherstellen, dass deine Entdeckung die Anerkennung erhält, die sie verdient. Ich werde diese Aufnahmen verwenden, um deine Entdeckung zu dokumentieren und der Galaxis zu präsentieren. Du wirst als der große Forscher gefeiert werden, der du bist.«

Lek sah ihn einen Moment lang skeptisch an, bevor sich ein kleines Lächeln auf seinem Gesicht abzeichnete. »Das meinst du ernst?«

»Absolut.«

Er wusste, dass er vorerst aus dem Schneider war, als Leks Augen anfingen, vor Vorfreude zu glänzen. »Das wäre wirklich fantastisch, Kol. Ich habe so hart gearbeitet, um bis hierherzukommen …«

Ker unterbrach ihn, als ob er Leks Euphorie teilen würde. »Genau das, Gre! Deine Forschung wird die Galaxis verändern. Ich bin nur froh, dass ich hier sein konnte, um Zeuge davon zu sein.«

Kurz nickte Lek, dann fiel sein Lächeln in sich zusammen. »Rhurk darf nichts von diesen Aufnahmen erfahren!«

Innerlich aufatmend stimmte Ker ihm zu. »Das wird er nicht.«

»Du wirst mir die Aufnahmen aushändigen, damit ich sie gut vor dem Rateken verbergen kann.«

Kolum lächelte unschuldig. »Selbstverständlich.«

Gleich, nachdem ich eine Kopie zu einem sicheren Server gesendet habe, fügte er in Gedanken hinzu.

*

Die Sonne stand im Zenit, und Lek nutzte die Zeit, um sich vor dem Hangarkomplex eine kurze Atempause von der ständigen Anspannung im Labor zu gönnen. Er hatte sich dazu entschlossen, etwas zu essen zu bestellen, und gerade auf seinem Hand-Suprasensor die gewünschten Speisen ausgewählt. Nun schloss er die Augen für einen Moment, um das Gefühl der Entspannung zu genießen. Die Anspannung im Labor und die stetige Bedrohung durch Rhurk hatten ihn erschöpft. Er sehnte sich nach einem Augenblick der Ruhe und Normalität.

Doch seine Ruhepause war von kurzer Dauer.

Ein Schatten fiel auf ihn und nahm Helligkeit und Wärme fort.

Lek öffnete die Augen, blinzelte, doch das Bild blieb gleich. Es stand niemand vor ihm.

Langsam hob er den Blick, verwirrt und erstaunt zugleich, und sein Herz begann schneller zu schlagen. Was er sah, raubte ihm den Atem: Wie aus dem Nichts verdunkelte sich der Himmel über ihm, während sich gewaltige Schatten vor die Sonne schoben. Ein tiefes, beängstigendes Dröhnen erklang über ihm, und es fühlte sich an, als würde die Erde selbst erzittern.

Ein eiskalter Schauer lief Lek über den Rücken. Er konnte nicht glauben, was er sah und hörte.

Dann ertönte ein ohrenbetäubendes Geräusch, das durch Mark und Bein ging. Die Sirenen heulten auf, so schrill und durchdringend, dass sie in Leks Ohren schmerzten und er von Panik erfasst wurde. Irgendetwas Bedrohliches schien sich in der Stadt abzuspielen, und Lek hatte keine Ahnung, was vor sich ging.

Der rauschende Puls in seinen Ohren übertönte alles andere, als er sich herumwarf und zurück in den Hangar lief. Er musste herausfinden, was passiert war, und einen sicheren Ort finden, an dem er sich verstecken konnte, bis die Gefahr vorüber war.

Als Lek das Labor erreichte, fand er Kol Kolum vor einem der Bildschirme. Der Assistent wirkte nervös und hatte einen besorgten Ausdruck im Gesicht.

»Gre, du musst das sehen!«, sagte Kol Kolum und drehte den Bildschirm zu ihm.

Auf diesem war eine Liveübertragung zu sehen – eine unheimliche Ansammlung von Keilschiffen der Schwarzen Macht, die sich über das Himmelsgewölbe des Planeten verteilten und die Sonne verdunkelten.

Nein, nicht verdunkelten. Sie hatten sie einfach abgeschaltet! Ohne Vorwarnung!

Lek starrte auf den Bildschirm, unfähig, die Bedeutung dessen zu erfassen, was er sah.

Kol Kolum sprach leise, aber mit einem deutlichen Anflug von Panik in seiner Stimme. »Sie verlangen die Herausgabe von Balduren-Artefakten, Gre. Sie drohen, den Planeten im Dunkeln zu lassen, wenn wir nicht kooperieren!«

Lek stand wie gelähmt da. Die Schwarze Macht war im System, und sie forderte etwas, das er nicht hatte! Fassungslosigkeit überkam ihn. Wie zum tobenden Rateken hatten sie ihn aufgespürt?

»Was sollen wir tun?«, fragte Kol, wobei seine Stimme zitterte.

»Wir müssen unsere Forschung retten!«

Ungläubig blickte Kol ihn an, und Lek konnte die Angst in den Augen seines Assistenten sehen. Eine Spiegelung dessen, was auch er fühlte.

Das Gefühl der Hilflosigkeit überwältigte ihn. Er fuhr herum und rannte auf das kleine Keilschiff zu.

Die Welt um ihn herum schien in einem chaotischen Wirbel aus Furcht und Adrenalin zu versinken, während er das Eingangsschott des Keilschiffs passierte, dicht gefolgt von Kol Kolum, dessen Gesicht vor Anspannung verzerrt war.

Vielleicht war es Einbildung, aber im Inneren des Raumers fühlte sich die Luft dick und drückend an.

Kaum hatte er den Kontrollraum erreicht, befahl Lek seinem Roboter: »Starten! Sofort!«

Der Roboter, unbeeindruckt von der eskalierenden Situation, gehorchte auf der Stelle, und Lek atmete auf. Für einen Augenblick hatte er befürchtet, die Schwarze Macht hätte die Kontrolle über die Maschine zurückgewonnen.

Das kleine Raumschiff schoss nach oben, wo es mit einer ohrenbetäubenden Eruption durch die Decke des Hangars brach. Kol und Lek wurden beinahe durch die Erschütterung von den Füßen gerissen, fanden keinen Halt an den für sie viel zu großen Apparaturen.

Auch draußen tobte das Chaos.

Die Alarmsirenen meldeten sich in einer enervierenden Tonlage, und Lek konnte auf einem der Bildschirme verfolgen, wie die Bodenabwehr von Danlechraa die Keilschiffe anvisierte.

Er bemerkte seinen Irrtum bereits Sekunden später.

Ein knisterndes Geräusch erklang, gefolgt von einer kalten, mechanischen Stimme: »Ziel erfasst. Bodenabwehr hat dieses Schiff ins Visier genommen.«

»Ausweichen!«, brüllte Lek. »Bring uns hier raus!«

Der Roboter reagierte blitzschnell und begann, das Schiff zu riskanten Ausweichmanövern zu zwingen, um dem Beschuss zu entgehen.

Das Schiff buckelte wie ein wilder Wantu, während sie höher in den Himmel schossen. Die meisten der tödlichen Salven durchzuckten die Leere um sie herum, aber nicht alle verfehlten den fliehenden Raumer.

Die Sirenen heulten weiterhin, und das Keilschiff erlitt mehrere Treffer, doch der Schutzschirm hielt stand. Es stieg immer höher, bis es schließlich den Rand der Atmosphäre erreichte. Das Keilschiff raste weiter in den Weltraum hinaus, wo die Bodenabwehr es nicht mehr erreichen konnte.

Kol Kolum atmete schwer, wandte sich an Lek und fragte mit bebender Stimme: »Was machen wir, Gre? Wir können doch nicht einfach alle zurücklassen!«

»Zurücklassen?« Beinahe hätte Lek hysterisch aufgelacht. »Was willst du tun? Die feindlichen Raumer mit unserem Beiboot in die Schranken weisen? Mach dich nicht lächerlich, Kol!«

Die Bedrohung durch die Bodenabwehr war vorerst abgewendet, doch Lek wusste, dass die Schwarze Macht sie nicht so leicht davonkommen lassen würde. Und irgendwann würde auch die Verteidigungsflotte von Danlechraa auftauchen.

Während sie durch den Weltraum rasten, begann er zu planen, wie sie ihre Verfolger abschütteln konnten und was ihr nächster Schritt sein würde. Dabei schwebte die Ungewissheit der Zukunft wie ein Damoklesschwert über ihm.

Wie befürchtet, nahmen die Keilschiffe umgehend die Verfolgung auf. Die Monitore zeigten eine ganze Flotte feindlicher Raumer, die sich wie finstere Schatten am Horizont sammelten. Die schwarzen und unheimlichen Raumschiffe der Schwarzen Macht bildeten eine bedrohliche Formation hinter ihnen, und Lek hätte schwören können, zu hören, wie sie ihre Waffen bereitmachten.

Sein Puls schnellte in der Höhe, denn er wusste, dass er ohne einen klugen Schachzug keine Chance hatte, den Verfolgern zu entkommen.

»Bereite die Transition vor!«, befahl Lek dem Roboter mit sich überschlagender Stimme, während er die Kontrollen vor sich überwachte. »Egal wohin!«

Die feindlichen Keilschiffe kamen näher, und Lek konnte spüren, wie ihm die Aussicht, von der Schwarzen Macht erwischt zu werden, den Schweiß auf die Stirn trieb.

»Bereit zum Sprung«, meldete der Roboter mit enervierender Gleichgültigkeit.

Lek nickte und ließ ihn den Reihentransitionsmechanismus aktivieren – oder zumindest das, was er dafür hielt. Das Ziel war ihm gleichgültig; Hauptsache, sie schüttelten die Verfolger ab. Doch er wusste, dass dies nur eine vorübergehende Sicherheit war. Die Verfolgungsjagd würde weitergehen, und die Gefahr der Schwarzen Macht würde stets über ihnen schweben, während sie im endlosen Weltraum nach einem sicheren Hafen suchten.

Doch nicht einmal das sollte ihnen vergönnt sein.

Denn trotz der dicht an dicht aufeinanderfolgenden Transitionen blieben die feindlichen Keilschiffe hartnäckig auf ihrer Spur. Teilnahmslos setzte sie der gehackte Roboter darüber in Kenntnis, dass die Verfolger dennoch beharrlich weitermachten. Was gar nicht möglich sein sollte!

Es ließ sich nicht ermitteln, wohin ein Objekt reihentransitierte. Nur das erste Sprungziel konnte angemessen werden. Wie also gelang es der Schwarzen Macht, ihnen trotzdem auf den Fersen zu bleiben?

Lek fühlte sich in die Enge getrieben, die Verzweiflung und die Angst um sein Leben nagten an ihm.

»Wie viele Transitionen können wir noch ausführen, bevor die Energie erschöpft ist?«, fragte er matt.

Der Roboter überprüfte die Energieanzeige und antwortete: »Wir haben noch genug Energie für zwölf weitere Transitionen. Danach fällt die Energie auf ein kritisches Niveau.«

Leks Gedanken überschlugen sich. Die Kontrollen reagierten nicht wie erwartet. Jeder seiner Befehle schien von einer unsichtbaren Hand umgeleitet zu werden. Verwirrt über die Unberechenbarkeit seines eigenen Schiffes starrte Lek auf die Anzeigen vor ihm. Er konnte sehen, wie einige der Instrumente wild schwankten, als ob sie ein Eigenleben entwickelten.

Er fluchte, als ihn die Erkenntnis mit voller Wucht traf: Die Verfolger hatten offenbar einen Weg gefunden, das Beiboot aus der Ferne zu manipulieren!

Das Raumschiff bebte leicht, als es von einem weiteren Energieschub getroffen wurde, und Lek wusste, dass er handeln musste, um die Kontrolle zurückzugewinnen.

Kol Kolum starrte ebenso besorgt auf die Kontrollen. »Gre, das ist nicht normal. Etwas stimmt hier nicht.«

Lek nickte, während er fieberhaft überlegte, was genau vor sich ging.

»Roboter, Systemanalyse ausführen!«, ordnete er tonlos an.

Die Ergebnisse flimmerten Sekunden nach der Anordnung über einen der Monitore. Rasch erkannte Lek das Muster. Die Manipulationen schienen tatsächlich von außerhalb des Schiffes zu kommen! Die Schwarze Macht hatte eine Möglichkeit gefunden, in sein Keilschiff einzugreifen und die Kontrolle zu übernehmen.

Ohne zu zögern, befahl er dem Roboter, einige Wandpaneele zu öffnen.

»Kol, hilf mir, die betroffenen Module zu isolieren und abzuschalten. Wir müssen diese Manipulationen stoppen.«

Kol Kolum reagierte sofort und arbeitete Seite an Seite mit Lek. Gemeinsam begannen sie, die betroffenen Module, die von den feindlichen Eingriffen betroffen waren, zu entkoppeln. Funken sprühten, als sie die Verbindungen lösten, und Lek hörte das Aufheulen von Warnsignalen. Doch er gab nicht auf. Er kämpfte verzweifelt gegen die Übernahme seines Raumschiffes an, wobei er nur hoffen konnte, die richtigen Bauteile zu lösen, denn seine Kenntnisse über die Fremdtechnologie hielten sich nach wie vor in Grenzen. Ohne die Anweisungen des Roboters hätte er nicht gewusst, wo er überhaupt hätte ansetzen sollen.

Hastig und doch konzentriert löste er die Verbindungskabel, bis sich die Kontrollen allmählich stabilisierten und das Keilschiff wieder den Befehlen seines Roboters gehorchte.

»Das war knapp, Gre«, seufzte Kol.

»Aber wir haben es geschafft«, sagte Lek. Seine Stimme zitterte vor Erleichterung.

Doch er wusste, dass sie noch nicht sicher waren. Die Schwarze Macht würde nicht aufgeben, und er musste einen Plan entwickeln, um ihnen zu entkommen und in Sicherheit zu gelangen.

Sein Blick huschte auf der Suche nach einer Lösung umher. Schließlich versuchte er, eine Verbindung zu seinen Verfolgern herzustellen.

»Roboter, Überprüfung der Kommunikation durchführen!«, befahl Lek.

»Führe Prüfung aus … Vollständige Funktion gewährleistet.«

»Das kann nicht sein!«, rief Lek. »Ich kann die Schiffe der Schwarzen Macht nicht anfunken!«

»Kommunikation lediglich in geringem Radius möglich«, erklärte der Roboter mit enervierender Gleichmütigkeit.

Außer sich trat Lek gegen die Konsole, fluchte derart wüst, dass es Kol das Schamviolett ins Gesicht trieb.

»Gibt es vielleicht eine andere Möglichkeit, die Schwarze Macht zu kontaktieren?«, fragte sein Assistent, dem offenbar allein der Gedanke daran die Tolle feucht werden ließ, denn er wischte sich ständig über die Stirn.

»Welche andere Möglichkeit denn, du Universaldilettant? Dieses Beiboot verfügt offensichtlich nicht über …« Sein Blick blieb auf dem Roboter haften. »Bist du imstande, die anderen deiner Art zu kontaktieren?«

»Positiv.«

Hart stieß Lek die Luft aus. »Warum hast du das denn nicht gleich gesagt?«

»Es wurde keine Auskunft über meine Kommunikationsfähig…«

»Schon gut, schon gut. Stelle eine Verbindung zum oberkommandierenden Roboter der uns verfolgenden Keilschiffe her.«

»Verbindung aufgebaut.«

Noch einmal tat Lek einen tiefen Atemzug. Schwäche war nichts, was die Schwarze Macht tolerierte, daher begann er, äußerlich ruhig und bestimmt zu sprechen: »Hier spricht Gro Groma.«

Er spürte Kols überraschten Blick, konnte aber jetzt nicht auf die Befindlichkeiten seines Assistenten achten. Oder darauf, was dieser nun erfahren würde. Um dieses Problem musste sich später gekümmert werden. Jetzt hieß es, Verhandlungen zu führen.

»Ich möchte an die Vereinbarung erinnern, die zwischen mir und der Schwarzen Macht besteht, und fordere aufgrund dieser einen Abbruch der Verfolgung.«

Langsam wandte der Schiffsroboter ihm den Kopf zu, und Lek überkam der Gedanke, dass die Schwarze Macht vielleicht viel mehr konnte, als nur Nachrichten über seinen Roboter zu verschicken.

Unwillkürlich wich er ein, zwei, drei Schritte zurück, bis er halb hinter Kol Kolum stand.

Doch seine Befürchtungen erfüllten sich – vorerst – nicht, und der Roboter rührte sich nicht von der Stelle.

Dafür drang die Antwort der Verfolger mit eisiger Klarheit aus dessen Audioausgabe: »Gro Groma, du hast uns ein falsches Balduren-Artefakt übergeben. Wir wissen, dass du die echten Artefakte nicht besitzt. Wir wollen den Namen und Aufenthaltsort deiner Informanten.«

Als die Nachricht der Schwarzen Macht über das falsche Balduren-Artefakt in Leks Ohren drang, spürte er, wie ihm ein eiskalter Schauer den Rücken hinunterlief.

Er hatte gehofft, dass sein Trick noch eine ganze Weile unentdeckt bleiben würde, doch die Schwarze Macht schien ihm einen Schritt voraus zu sein.

All seine Pläne, wie er sie dazu bringen könnte, mit ihm zusammenzuarbeiten, lösten sich in nichts auf. Nun schien alles in sich zusammenzufallen. Seine Gedanken wirbelten durcheinander, während er überlegte, wie er aus dieser Situation herauskommen konnte.

Er zwang sich, ruhig zu bleiben und hörbare Verwirrung in seine Stimme zu legen, als er antwortete: »Das ist höchst seltsam. Ich war fest davon überzeugt, dass es sich um ein echtes Artefakt handelt. Aber wenn es sich tatsächlich als Fälschung herausgestellt hat, muss jemand in dieser Angelegenheit sehr geschickt gewesen sein.«

»Deine Überzeugung interessiert uns nicht. Wir benötigen Informationen über echte Balduren-Artefakte.«

Die Schwarze Macht glaubte offensichtlich, dass er diese Informationen hatte. Vielleicht konnte er das zu seinem Vorteil nutzen, wenn er geschickt verhandelte. Längst war Lek klar geworden, dass die Schwarze Macht nicht länger auf ihn angewiesen war. Sie traute ihm nicht, also war es an der Zeit, die Karten neu zu mischen.

»Wie ich bereits sagte, kann ich euch den Zugang zu den Balduren-Artefakten verschaffen. Aber ich verstehe, dass mein bedauerlicher Fehler zu Unmut und einem leichten Vertrauensverlust geführt haben könnte. Daher bin ich bereit, euch eine weitere Quelle zu nennen, die vielleicht noch hilfreicher ist.«

In der darauffolgenden Stille konnte Lek die Spannung in der Luft förmlich spüren.

»Von welcher anderen Quelle sprichst du?«, fragte schließlich die mechanische Stimme.

»Es gibt auf Terra eine Organisation namens Point-of-Stiftung. Sie sind Experten auf dem Gebiet der Balduren-Artefakte und haben Zugang zu einer Vielzahl solcher Objekte«, behauptete er.

Immerhin schadete es nie, dem Feind einen anderen Köder vor die Nase zu halten, auf den er sich stürzen konnte.

Apropos Köder …

»Ren Dhark kommandiert die POINT OF und ist ständig auf Missionen in der gesamten Galaxis unterwegs. Er hat bereits in der Vergangenheit mit den Robotern der Schwarzen Macht zusammengearbeitet und euch ein Artefakt überreicht. Mit Sicherheit kennt er die Position vieler weiterer.«

»Wir haben kein Interesse an deinen Informationen über Terra. Dein Angebot, uns zu jener Stiftung zu führen, ist für uns wertlos.«

Lek schluckte schwer und kämpfte gegen die aufsteigende Verzweiflung an. »Aber Terra hat Zugang zu vielen Balduren-Artefakten. Sie könnten euch …«

»Uns interessiert Terra nicht. Wir sind hier, um den Aufenthaltsort deiner Informanten zu erfahren. Daher wirst du das Beiboot anhalten und aufgeben. Oder wir werden dich zwingen.«

Leks Finger fuhren nervös über die glatten Oberflächen der Konsole neben ihm, während eine eisige Welle der Verzweiflung von ihm Besitz ergriff.

Sie wollten ihn lebendig!

Er wusste, was es bedeutete, von der Schwarzen Macht gefangen genommen zu werden. Er würde gefoltert werden, da war er sich sicher, denn sie würde glauben, er hätte Informationen, die er in Wahrheit nicht hatte. Folter, Einschüchterung, endloses Leid – das war sein Schicksal, falls er sich ihnen auslieferte. Und das konnte er nicht zulassen.

»Verbindung trennen«, befahl er, auch wenn er wusste, dass dies nichts ändern würde. Die Schwarze Macht würde ihm weiterhin am Hintern kleben, aber er musste Zeit gewinnen. Musste einen klaren Kopf behalten und entkommen, koste es, was …

»Nogksches Hoheitsgebiet erreicht«, meldete da der Roboter. »Aufforderung zum sofortigen Abdrehen und Verlassen des Gebiets erhalten.«

Leks Kopf ruckte in die Höhe. »Nogksches Hoheitsgebiet? Unmöglich!«

»Das liegt nicht einmal mehr in der Milchstraße«, flüsterte Kol, dem die Ungläubigkeit ebenfalls anzuhören war.

Lek schnaubte. »Glaubt die Schwarze Macht wirklich, wir werden darauf hereinfallen?« Er wandte sich wieder an den Roboter. »Von wem stammt diese Nachricht?«

»Von der Raumüberwachung der Nogk.«

Das konnte nicht sein!

»Wie ist unsere genaue Position?«, fragte Lek, während er zugleich selbst die Anzeigen studierte, die ihm aber nicht viel sagten.

»Wir befinden uns am äußeren Rand der Großen Magellanschen Wolke.«

Die Erkenntnis, dass er sich so weit von seinem ursprünglichen Ziel entfernt hatte, verstärkte Leks Entschlossenheit, sich der Schwarzen Macht nicht zu ergeben. Er konnte nicht zulassen, dass er das Keilschiff verlor und somit auch jeglichen Zugang zu der Technologie der Schwarzen Macht.

Allein der Antrieb dieses Beibootes war außergewöhnlich. Wie sonst hätte es gelingen sollen, die Distanz zwischen Danlechraa und den aktuellen Koordinaten in so kurzer Zeit zurückzulegen?

Fest presste er die Lippen zusammen.

Sie konnten nicht einfach umkehren und zurückfliegen, denn hinter ihnen lauerte die Schwarze Macht. Aber sie konnten auch nicht weiter in das Territorium der Nogk eindringen, ohne zu riskieren, abgeschossen zu werden.

Allerdings …

»Nimm Kontakt mit den Nogk auf!«, befahl er dem Roboter. »Sag ihnen, dass wir uns in einer Notsituation befinden und dringend Schutz benötigen.«

Die Minuten vergingen wie Stunden, und Lek spürte, wie der Druck in seinem Inneren zunahm. Er wusste, dass er keine Kontrolle über die Situation hatte, und das machte ihn nervös.

Endlich kam eine Antwort von den Nogk. Vorgetragen von der künstlichen, emotionslosen Stimme des Roboters klang sie kalt und unnachgiebig: »Fremde, ihr habt die Grenze unseres Hoheitsgebiets überschritten. Gebt uns eure Identität und den Grund für diese Grenzverletzung an!«

Lek schluckte, während eine Spur Hoffnung in ihm erwachte. »Hier spricht Gro Groma, ein utarischer Wissenschaftler. Ich bin zusammen mit meinem Assistenten Kol Kolum auf der Flucht. Bei uns befindet sich ein Roboter der Schwarzen Macht, der unter meiner Kontrolle steht, um das Keilschiff zu steuern. Es handelt sich hierbei um ein Beiboot, das wir benutzen, um vor der Schwarzen Macht zu fliehen.« Vielleicht konnte er den Nogk ja glauben machen, er und sein Assistent wären aus der Gefangenschaft geflohen. Also legte Lek einen flehenden Ton in seine Stimme. »Wir befinden uns in einer Notsituation und werden von mehreren feindlichen Keilschiffen verfolgt. Ich bitte um Schutz und Asyl.«

Es folgte eine kurze Stille, bevor die Nogk antworteten. »Eure Bitte um Asyl wurde zur Kenntnis genommen. Bleibt auf eurem aktuellen Kurs und folgt den Anweisungen.«

7.

Lek atmete auf. Er wähnte sich bereits in Sicherheit, als sich vor seinen Augen nach und nach die Silhouetten mehrerer goldener Ellipsoidraumer der Nogk auf dem Monitor materialisierten. Ihre elegante, glatte Form verlieh ihnen ein majestätisches Erscheinungsbild, während sie in Formation um Leks Keilschiff herumflogen.

Diese unerwartete Rettung sandte eine Woge der Erleichterung durch Leks Innerstes.

Doch auch die Keilraumer der Schwarzen Macht reagierten auf die Bedrohung. Synchron beschleunigten sie und bildeten eine geschlossene Front, die sich mit furchterregender Geschwindigkeit näherte.

Leks Kopfhaut kribbelte. Sich zwischen den Fronten zu befinden, hatte nicht auf dem Plan gestanden.

Für einen endlos erscheinenden Zeitraum standen sich beide Fraktionen gegenüber, wobei sie wie eingefroren wirkten. Dann eröffneten die Keilraumer das Feuer.

Die Energiestrahlen rasten wie tödliche Blitze durch den Weltraum auf die Ellipsoidraumer zu, bereit, alles zu vernichten, was ihnen im Weg war. Die dunkle Leere zwischen ihnen verwandelte sich in ein beeindruckendes Lichtspektakel, als die Schilde der Ellipsoidschiffe scheinbar mühelos standhielten. Dennoch stoben die Schiffe der Nogk auseinander.

Lek schrie auf, als sein Beiboot dabei erzitterte und ein wenig aus der Bahn geworfen wurde. Der Roboter hatte die Situation aber sofort wieder unter Kontrolle und manövrierte auf dem ihnen von den Nogk angewiesenen Kurs an den Kampfschiffen vorbei. Nichtsdestotrotz gelang es Lek nicht, den Blick von den Bildschirmen zu nehmen.

Die Waffen der Nogk gleißten auf, und die Formation der Keilraumer brach auseinander, wobei einige der Schiffe miteinander kollidierten und winzig erscheinende Trümmerstücke absonderten, die beinahe elegant davon schwebten.

Die schwarzen Schiffe erwiderten das Feuer. Die Energiekanonen erzeugten glühende Feuerbälle, die sich mit den Strahlen der Nogk kreuzten und den Raum um sie herum erhellten. Explosionen zerrissen die Schwärze des Weltraums, als Geschosse auf Schilde prallten und feindliche Raumschiffe in einem Feuerball aufgingen.

Aus seiner Position konnte Lek erkennen, wie die Nogk die einzelnen Keilraumer in die Zange nahmen. Die Szenerie im Weltraum wurde zu einem atemberaubenden Ballett aus Licht und Energie.

Die Ellipsoidraumer der Nogk schienen mit den schwarzen, bedrohlichen Schiffen der Schwarzen Macht zu tanzen. Energiesalven wogen hin und her, während sich die Raumschiffe in einer atemberaubenden Choreografie bewegten und sich ein erbittertes Gefecht lieferten. Blitze und Strahlenkanonen durchzogen die Dunkelheit des Alls, während die beiden Flotten um die Vorherrschaft kämpften.

Lek konnte die Intensität des Gefechts spüren und zitterte vor Anspannung.

Er empfand die Spannung, die sich aufbaute, als die beiden Flotten in einen heftigen Kampf verwickelt wurden, und fühlte sich winzig und machtlos angesichts der gewaltigen Kräfte, die um ihn herum wirkten. Doch er hegte Hoffnung, dass die Nogk stark genug waren, um die Verfolger zu besiegen und ihm die Freiheit zu gewähren.

Tatsächlich dauerte es nicht lange, bis die Nogk mit ihren fortschrittlichen Technologien und überlegenen Taktiken die Oberhand zu gewinnen schienen. Die Keilraumer der Schwarzen Macht waren zahlenmäßig unterlegen und hatten zudem offenbar nicht mit einem so entschlossenen und mächtigen Gegner gerechnet.

Die Nogk hingegen agierten in perfekter Synchronisation, wechselten ständig ihre Formationen und nutzten ihre Schilde, um den Angreifern der Schwarzen Macht standzuhalten und sie schließlich sogar zu schlagen!

Lek, der sich an Bord seines Beibootes inzwischen beinahe wieder sicher fühlte, gestand sich widerwillig ein, dass ihn die Stärke und Entschlossenheit der Nogk beeindruckte. Ja, er empfand sogar eine Mischung aus Erleichterung und Dankbarkeit. Zudem waren ihre Waffen wirklich beeindruckend …

»Öffne eine Phase zu den Nogk!«, befahl er seinem Roboter, bevor er seine Meinung ändern konnte.

»Phase ist geöffnet.«

»Übertrage folgende Nachricht«, erwiderte Lek und räusperte sich. »Hier spricht Gro Groma. Ich danke den Nogk für die Rettung. Ihr habt mein Leben ge…« Er schnappte eine Bewegung aus dem Augenwinkel auf und verbesserte sich: »… mein Leben und das meines Assistenten gerettet. Nehmt dafür meinen Dank.«

Kol murmelte neben ihm etwas, das so ähnlich klang wie: »Überaus großzügig.«

Aber Lek ging nicht darauf ein. Wichtiger war es nun, unbehelligt weiterzureisen. »Ich … wir werden das den Nogk nicht vergessen und setzen unseren Weg nun friedlich fort.«

Die Nogk antworteten prompt: »Unser Eingreifen war notwendig, um unsere Interessen zu schützen. Doch wir haben noch Fragen an dich, Utare.«

Die Schiffe der Nogk umkreisten nun das kleine Beiboot, und Leks Magen zog sich zusammen, als die emotionslose Stimme des Roboters fortfuhr: »Du bist mit einem feindlichen Keilschiff in unser Hoheitsgebiet eingedrungen und hast somit die Aufmerksamkeit der Schwarzen Macht auf uns gelenkt. Mehr noch, indem wir dich schützten, haben wir den Zorn der Schwarzen Macht herausgefordert. Du wirst dich daher zu erklären haben.«

Innerlich schnaubte Lek. Als ob er seine Geheimnisse einfach so preisgeben würde! Das hatten schon ganz andere versucht und waren gescheitert. Die Informationen, die er besaß, waren zu wertvoll, um sie einfach so herauszurücken.

»Es tut mir leid, wenn ich Probleme verursacht habe«, antwortete er also höflich, aber bestimmt. »Doch ich kann euch nichts verraten, da ich selbst nichts weiß.«

Kol Kolum stöhnte daraufhin leise auf und starrte ihn ungläubig an. Doch auf Leks warnendes Kopfschütteln schwieg er und fuhr sich lediglich mehrmals durch die Tolle. Ein wahrlich kluger Kopf, dieser Assistent.

Die Nogk schienen wenig an Höflichkeiten interessiert zu sein. »Wenn du uns nicht freiwillig die Antworten gibst, werden wir gezwungen sein, dein Keilschiff zu entern.«

Lek ballte die Fäuste, als ihm klar wurde, dass er in dieser Situation nicht gewinnen konnte. So antwortete er zögerlich und in dem Bewusstsein, dass er auf dünnem Eis wandelte: »Wie ich bereits sagte, wurden Kol Kolum und ich von der Schwarzen Macht gefangen genommen, hatten aber Glück und konnten uns befreien.«

»Wie genau habt ihr euch befreit? Zudem erklärt das nicht, wie ihr an das Keilschiff gelangt seid.«

Lek zögerte einen Moment zu lange. »Nun ja, aufgrund meiner überlegenen Intelligenz und meiner Fähigkeiten im Umgang mit Technologie gelang es mir, einen ihrer Roboter zu hacken. Ich konnte ihn übernehmen und so das Schiff steuern.«

Selbst durch die monotone Stimme des Roboters glaubte Lek die Skepsis in der darauffolgenden Antwort herauszuhören. »Weshalb wurden gerade du und dein Assistent gefangen genommen? Was habt ihr, dass sich die Schwarze Macht so für euch interessiert?«

Lek geriet ins Stocken. »Wir hatten … nun ja, ich weiß nicht genau, was sie wollte. Womöglich hat sie uns mit anderen Utaren verwechselt.«

Die Nogk schienen nicht zufrieden mit seiner Antwort zu sein. »Deine Geschichte ist lückenhaft und unklar. Wir haben keinen Grund, sie zu glauben.«

Eine unausgesprochene Drohung lag in der Luft, doch Lek hatte nicht vor zu warten, bis die Nogk beschlossen, sie wahrzumachen.

»Roboter, Transition einleiten!«, befahl er.

»Transitionseinleitung blockiert.«

»Was beim … wie ist das möglich?«

»Feindlicher Angriff erkannt. Energiegeschütze aktivieren?«

Bevor Lek antworten konnte, zischten die Energiegeschosse gefährlich nahe am Keilschiff vorbei.

Lek, der nahezu keine Kampferfahrung hatte, wusste nicht, was er tun sollte. »Ausweichen und Feuer erwidern! Aktiviere die Abwehrsysteme und leite die gesamte Energie in den Schutzschirm!«, schrie er hilflos.

»Notfallmodus aktiviert. Energie wird auf den Schutzschirm umgeleitet.«

Kol Kolum hingegen starrte Lek entsetzt an. »Sie sind viel stärker als wir!«

»Wir haben ein Keilschiff«, hielt dieser dagegen.

»Ein Beiboot. Hast du nicht gesehen, was die Nogk mit den richtigen Keilschiffen angestellt haben?«

»Wir dürfen nicht aufgeben!«

»Das ist Wahnsinn!«

In diesem Moment durchbohrten blaue Energiestrahlen den Schutzschirm des Keilschiffs und prallten gegen die Hülle. Die Anzeigetafeln im Inneren blinkten und zeigten kritische Warnungen an.

»Schäden an der Außenhülle und den Antriebssystemen registriert«, meldete der Roboter.

»Gib mir einen Überblick über die Schäden!«, verlangte Lek.

»Schutzschirm bei fünfunddreißig Prozent. Feuereinheit bereit. Energieverlust im Triebwerk zwei. Strukturelle Integrität bei zweiundsechzig Prozent.«

Rauch und Funken sprühten aus den Kontrollkonsolen, während nach und nach die Systeme ausfielen.

»Roboter!«, schrie Lek. »Wir müssen hier raus, koste es, was es wolle!«

»Antrieb beschädigt. Manövrierfähigkeit stark eingeschränkt.«

»Es scheint, als wollten sie uns nicht vernichten, sondern lediglich an der Flucht hindern«, meinte Kol mit hörbar erzwungener Ruhe in der Stimme.

»Und was bringt uns das?«, giftete Lek. »Wir …«

»… könnten zumindest überleben!«

Plötzlich gab es eine gewaltige Explosion in einem der Triebwerke, und das Schiff geriet derart ins Taumeln, dass Lek und

Kol sich hastig an die Kontrollpulte klammerten. Hart wurden sie durchgeschüttelt, während das Keilschiff jegliche Antriebskraft verlor und unkontrolliert durch den Raum driftete.

Panik stieg in Lek auf, der begriff, dass die Lage immer aussichtsloser wurde. Sein Überlebensinstinkt trat in den Vordergrund und schrie ihm zu, dass er dringend einen Ausweg finden musste, bevor das Schiff auseinanderfiel.

»Roboter, Kurs stabilisieren und Notlandung einleiten!«, befahl er.

»Verstanden. Notlandungssequenz auf nächstgelegenem Ziel eingeleitet. Sicherheitsprotokoll aktiviert.«

»Das wird rau werden!«, rief Kol panisch. »Festhalten!«

»Wir haben die Atmosphäre erreicht«, gab der Roboter gleichmütig bekannt. »Eintritt ist ungleichmäßig.«

Die Turbulenzen schüttelten das ramponierte Schiff wild durcheinander, und Lek sah auf einem Bildschirm, wie Teile des Keilschiffes sich lösten und an ihnen vorbeirasten, während das Schiff unaufhaltsam auf die Planetenoberfläche zusteuerte.

»Aufsetzphase beginnt in fünf, vier, drei, zwei, eins …«

*

Mit einem ohrenbetäubenden Krachen kam das Keilschiff auf der Oberfläche des Planeten auf. Vegetation und Schlamm spritzen auf, während das Schiff unaufhaltsam über die Oberfläche trudelte. Das Metall quietschte und ächzte.

Dann Stille.

Erst nach einiger Zeit gelang es Lek, die Hände von seinem provisorischen Halt zu lösen. Dass er überlebt hatte, musste an den Andruckabsorbern liegen, die bis zum Schluss durchgehalten hatten. »Sind alle heil geblieben?«

»Zumindest scheint nichts gebrochen zu sein«, erwiderte Kol Kolum. »Aber das Schiff ist schwer beschädigt. Ich fürchte, hier kommen wir so schnell nicht wieder weg.«

»Das werden wir noch sehen«, grummelte Lek. »Umgebungsanalyse!«, befahl er, nachdem er sich versichert hatte, dass alle seine Gliedmaßen unverletzt geblieben waren.

»Erfasse zahlreiche Signale«, meldete der Roboter.

»Dann identifiziere sie.«

»Eine Lebensform.«

»Nogk?«

»Wahrscheinlichkeit 98,07 Prozent.«

Leks Augen verengten sich, als er die Nachricht verarbeitete. »Nogk? Hier auf dieser Feuchtwelt?«, rief er daher aus. »Das ergibt keinen Sinn. Sie leben normalerweise auf extremen Trockenwelten.«

»Vermutlich betreiben sie hier ihre Algenplantagen, um Nahrung zu produzieren«, warf Kol Kolum ein. »Immerhin befinden wir uns in ihrem Hoheitsgebiet.«

Lek versuchte die Lage zu überdenken. Die Nogk waren mit ihrer schwarzbraunen und gelbgepunkteten Lederhaut und den kräftigen Beißzangen auch ohne Raumschiffe imposante Gegner. Allerdings waren sie auf einer Feuchtwelt auf Atemtrockner und Regenschutzanzüge angewiesen, da Wasser für sie tödlich war. Diejenigen, die sich jetzt der Position des notgelandeten Keilschiffs näherten, waren höchstwahrscheinlich Farmarbeiter. Wie gefährlich konnten diese schon sein?

»Wie viele sind es?«, fragte er den Roboter.

»Mindestens ein Dutzend. Sie bewegen sich sehr schnell voran und umstellen das Schiff.«

Leks Magen krampfte sich zusammen, während er nach einer Lösung suchte. »Die Situation ist äußerst prekär, und wir müssen vorsichtig vorgehen«, sinnierte er mit Blick auf Kol Kolum. »Egal, was passiert, wir bleiben bei unserer ursprünglichen Geschichte. Wir konnten der Schwarzen Macht nach unserer Gefangennahme entkommen. Warum sie uns ausgesucht haben, wissen wir nicht. – Roboter, keinen Zugriff auf die Systemprotokolle erlauben. Bei unberechtigten Zugangsversuchen sofort sämtliche Protokolle löschen.«

»Bestätige.«

»Und nun ...« Ein letztes Streichen über die Tolle, um sich zu erden sowie Wut und Furcht einzudämmen. Schließlich war er nicht so weit gekommen, um nun hier als Gefangener der Nogk zu enden. »Feuer frei auf die Nogk! Vernichte sie!«

Kol Kolum entwich ein empörter Aufschrei.

»Zugriff auf Waffeneinheiten nicht möglich«, meldete der Roboter.

»Diese elenden Facettenaugen!«, fluchte Lek. »Das werden sie …«

Energiegeschosse durchbrachen die Hülle des Beibootes. Zugleich sagte der Roboter: »Utaren, verlasst den Keilraumer und kommt unbewaffnet heraus. Dann werdet ihr leben.«

Es dauerte einen Lidschlag, bis Lek begriff, dass die Worte von den Nogk stammten, die offensichtlich einen Weg gefunden hatten, den Roboter als ihr Sprachrohr zu benutzen. Oder hatte der Roboter die Phase die gesamte Zeit über offengehalten? Wie viel hatten die Nogk dann von den Gesprächen hier drinnen mitbekommen?

Die Erkenntnis lähmte ihn. Als die Rauchschwaden und Funken im Inneren der kleinen Kommandozentrale sich verzogen, sah er die Nogk auf einem der Monitore.

Sie trugen Atemtrockner und Regenschutzanzüge und wirkten bedrohlich. Sie standen mit einer ruhigen Entschlossenheit um das gestrandete Raumschiff, als wären sie an solche Situationen gewöhnt.

Die kräftigen Beißzangen an ihren Köpfen wirkten gefährlich nah, während die kalten, furchteinflößenden Facettenaugen ihn zu fixieren schienen.

Lek erkannte die verschiedenen Waffen, welche die Nogk bei sich trugen – von Energiewaffen bis hin zu Projektileffektoren. Ihre Bewaffnung zeugte von ihrer Entschlossenheit, ihr Territorium zu verteidigen.

Sein Puls pochte in seinen Schläfen, und seine Hände begannen zu schwitzen, als die Gewissheit, gefangen genommen zu werden, in sein Bewusstsein sickerte und ihm die Kehle zuschnürte.

So war es Kol Kolum, der dem Roboter die verhängnisvollen Worte sagen ließ: »Nicht schießen! Wir ergeben uns.«

*

Der Raum, in den die Nogk Ker Kermag gebracht hatten, unterschied sich nicht groß von dem auf Danlechraa, in dem er von den utarischen Sicherheitskräften festgehalten worden war. Lediglich auf eine Sitzgelegenheit musste er verzichten, da sowohl Stühle als auch der Tisch an den Körper der rund zwei Meter fünfzig großen Nogk angepasst waren.

Doch Ker fühlte sich nicht unwohl in diesem farblosen Zimmer, weil er stehen musste, sondern weil er sich nicht verständigen konnte. Das war nicht nur ungewohnt, sondern beinahe schon furchterregend, da er nicht einschätzen konnte, wie es nun weitergehen mochte.

Die Nogk hatten geschwiegen, als sie ihn und Lek mit vorgehaltenen Waffen genötigt hatten, in einen Schweber zu steigen. Sie hatten geschwiegen, als sie auf eine große Kuppel zugeflogen waren, die aus einem robusten, transparenten Material gefertigt war, welches das Licht hereinließ, aber den Regen und die hohe Luftfeuchtigkeit draußen hielt, und von riesigen Algenfeldern umgeben war.

Sie hatten selbst dann noch geschwiegen, als Leks Gezeter nicht hatte verstummen wollen.

In dieser Hinsicht war Ker fast schon erleichtert, dass die Nogk ihn und Lek getrennt voneinander untergebracht hatten. Dennoch zerrten nicht nur die tristen weißen Wände und das viel zu grelle Licht an seinen Nerven, sondern auch die Ungewissheit. Er befand sich gefühlt seit Stunden in diesem Raum und …

Beinahe, als hätte dieser Gedanke sie herbeigerufen, betraten zwei Nogk seine Zelle. Sie hatten die Regenschutzanzüge abgenommen und nur den Atemtrockner belassen, trugen zudem noch jeweils einen kleinen schwarzen Kasten um den Hals.

Einer der Nogk kam näher und beugte sich über den Gefangenen. Die Facettenaugen fixierten ihn intensiv, während das Wesen knirschend die Mandibeln gegeneinander rieb. Die Fühler des Nogk zuckten, als er Ker den Kasten reichte.

Daraus ertönte eine hohe Stimme und fragte: »Wer bist du, Eindringling, und was suchst du in unserem Hoheitsgebiet?«

Ker räusperte sich und erklärte ruhig: »Ich bin Ker Kermag, ein Investigativjournalist.« Er konnte es nicht begründen, aber die Wahrheit zu sagen, erschien ihm die einzige Möglichkeit, hier unbeschadet wieder herauszukommen. Möglicherweise würde seine Tarnung auffliegen, aber er hatte eine Menge Material über Lek und auch über dessen Verbindung zu den Rateken, insbesondere zu Rhurk. Daher fuhr Ker ohne zu zögern fort: »Ich arbeite an einer Reportage über die Korruption im utarischen Flottenverband und eine Verschwörung gegen die Terraner. Ich versuche herauszufinden, wer alles hinter den dubiosen Machenschaften steckt.«

Die Nogk schienen seine Worte aufmerksam zu verfolgen. »Und wie kommst du dann an Bord eines Keilschiffes?«

Rasch fasste Ker zusammen, wie es dazu gekommen war. »Lek hat den Robotern der Schwarzen Macht ein gefälschtes Balduren-Artefakt aufgeschwatzt und im Gegenzug das Keilschiff erhalten«, schloss er. »Ich bin bei ihm geblieben, um Leks Rolle in diesen gefährlichen Machenschaften zu dokumentieren und weitere Beweise zu sammeln. Dabei wollte ich unabhängig agieren und so viele Informationen wie möglich sammeln. Falls ihr an meiner Identität zweifelt, kontaktiert meinen terranischen Kollegen Bert Stranger. Er sollte den Nogk ein Begriff sein und kann bestätigen, wer ich bin.«

Daraufhin unterhielten sich die Nogk kurz in ihrer eigenen Sprache, wobei es Ker vorkam, als würden sie debattieren. Ihre Mandibeln zuckten leicht, als sie ansonsten völlig still in ihrer semi-telepathischen Bildsprache miteinander kommunizierten. Die Spannung in der Luft war greifbar, und Ker konnte sein Herz in seiner Brust hämmern hören.

Schließlich verließ einer der Nogk den Raum, und der Sprecher wandte sich wieder Ker zu. »Der Utare Lek wird auf mehreren Welten gesucht«, ertönte aus dem kleinen schwarzen Kasten. »Weitere Beweise über seine Umtriebe sind vermutlich nicht nötig, aber sie schaden auch nicht. Dennoch besteht die Gefahr, dass die Schwarze Macht uns nun feindlich gegenübersteht. Ein Umstand, an dem du beteiligt warst.«

Ker konnte nicht verhindern, dass seine Stimme leicht bebte, als er entgegnete: »Ich verstehe, dass dies eure Sicherheit gefährden könnte und werde euer Urteil diesbezüglich erwarten. Aber ich bitte euch, enthüllt meine wahre Identität nicht gegenüber Lek. Es gibt Gründe dafür, die über meine persönliche Sicherheit hinausgehen.«

Der Nogk musterte ihn lange, wobei seine Fühler zuckten. Dann sagte er mithilfe des Translators: »Wir haben bereits den nogkschen und den terranischen Geheimdienst über euch informiert. Es wurde entschieden, dass ihr nach Babylon überstellt werdet.«

Ker spürte, wie sich die Anspannung in seinem Körper ein wenig löste. Babylon bedeutete für ihn nicht die drohende Gefahr, die er ursprünglich befürchtet hatte.

Doch die Erleichterung verflüchtigte sich, als der Nogk hinzufügte: »Warum erwartest du, dass wir dich in dieser Angelegenheit unterstützen?«

Ker zwang sich, ruhig zu bleiben, dennoch zitterten seine Hände. »Ich bitte euch nicht um Unterstützung«, sagte er. »Ich bitte nur darum, dass ihr meine wahre Identität vor Lek geheim haltet. Er kennt mich nur als Kol Kolum, seinen treuen Assistenten. Alles andere werde ich selbst in die Wege leiten.«

Zu seiner Überraschung neigte der Nogk den riesenhaft wirkenden Kopf. »Sofern du dich bereiterklärst, deine Beweise den Utaren Lek betreffend mit dem Geheimdienst zu teilen, geht es uns nichts an, wofür Lek dich hält.«

Rasch nickte Ker. In diesem Moment hätte er beinahe allem zugestimmt. Immerhin hatte niemand verlangt, er solle die Beweise übergeben, bevor er seine Enthüllungen veröffentlicht hatte.

*

Der Ellipsoidraumer der Nogk war ein merkwürdiger Ort, der gleichermaßen Ehrfurcht und Unbehagen auslöste. Die glatten, metallischen Wände spiegelten das fahle Licht der Beleuchtung wider, vermittelten aber zugleich den Eindruck von Enge und Isolation.

Ker und Lek waren in einem kleinen Raum untergebracht, in dem es neben zwei Pritschen in ihrer Größe auch tatsächlich einen Tisch und einige Sitzgelegenheiten gab. Es war keine Suite, aber zumindest war es sauber und warm. In regelmäßigen Abständen wurden ihnen Nahrung und Getränke gebracht, und keine Fesseln schränkten ihre Bewegung ein. Im Gegenteil, die Nogk behandelten sie höflich, ja beinahe respektvoll, als wollten sie deutlich machen, dass sie keine Feindseligkeit gegenüber den Utaren hegten.

Dennoch drückte die Enge auf Kers Gemüt, auch wenn er sich sagte, dass er die Atempause nutzen sollte, um sich von all der Aufregung zu erholen. Er wusste, dass er auf Babylon auf Unterstützer zählen konnte. Doch bis dahin blieb ihm nichts anderes übrig, als Geduld zu bewahren und die Entwicklungen abzuwarten.

Leks Unruhe hingegen war förmlich spürbar, sein Zorn vibrierte in der Luft. Seine Fäuste ballten sich immer wieder zusammen, während er auf und ab ging.

Seine Stimme bebte vor Wut, als er Ker Kermag anschnauzte: »Verdammt noch mal, Kol! Wie kannst du so ruhig bleiben? Begreifst du, was hier gerade passiert? Wir sind eingesperrt wie Tiere!«

Ker seufzte innerlich, schlüpfte aber umgehend wieder in die Rolle des loyalen Assistenten, stand auf und trat einen Schritt auf Lek zu. »Natürlich ist das alles frustrierend für dich. Du hast so viel erreicht, und nun scheint es dir entrissen zu werden. Aber wir müssen ruhig bleiben und unsere Lage überdenken. Wir sind immerhin noch am Leben, und das ist ein gutes Zeichen.«

Lek fuhr sich mit einer Hand durch seine zerzauste Tolle und atmete tief durch, um sich zu beruhigen. Seine Augen funkelten vor Unmut. »Du hast leicht reden, Kol. Sie haben meinen Keilraumer beschlagnahmt! Du weißt, wie wichtig das Schiff ist. Und meinen Roboter haben sie auch! Wer weiß, was sie damit vorhaben.«

Ker Kermag nickte, sich verständnisvoll gebend. »Ich verstehe, wie du dich fühlst, Gre. Aber jetzt müssen wir strategisch vorgehen. Lass uns erst einmal hier weg sein, dann sehen wir weiter. Ich glaube nicht, dass die Nogk das Schiff einfach so behalten dürfen.«

Leks Seufzer verriet, dass er begriff, wie wenig er an den Umständen ändern konnte. »Du hast ja recht, Kol. Die Lage ist bereits kompliziert genug, und impulsives Handeln würde sie nur weiter verschlimmern. Verzeih, wenn es so wirkt, als wären mir lediglich das Keilschiff und der Roboter wichtig. Denn so ist es nicht. Auch deine Loyalität werde ich nicht vergessen.«

Obwohl diese Worte in Kers Ohren hohl klangen, nickte er und schaffte es sogar, ein glückliches Lächeln auf seine Lippen zu legen. »Damit ehrst du mich, Gre.«

»Dass du das begreifst, zeigt erneut deine schnelle Auffassungsgabe und wie wichtig du für mich bist. Du weißt, dass ich mächtige Freunde habe. Du musst dir also keine Sorgen machen. Ich werde alles in meiner Macht Stehende tun, um uns hier heil herauszubringen. Sobald wir auf Babylon sind, werde ich die besten Anwälte anheuern, um uns zu verteidigen. Wir werden diesen Irrtum aufklären«, versicherte Lek ihm mit einem schmalen Lächeln.

Ker nickte erneut, um Lek bei Laune zu halten und ihn dazu zu bringen, sich weiterhin sicher zu fühlen. »Danke, Gre«, antwortete er. »Deine Worte bedeuten mir viel. Aber ich frage mich, warum uns die Nogk ausgerechnet nach Babylon schicken anstatt auf eine unserer Welten.«

Lek seufzte betont tief und runzelte die Stirn. »Tja, die Nogk sind aus unerfindlichen Gründen so etwas wie die Schoßteufel der Terraner. Ein abschreckendes Beispiel für alle Sternenvölker der Milchstraße, wenn du mich fragst. Insofern wundere ich mich nicht im Geringsten darüber, dass sie uns jetzt zu ihren Herrchen bringen. Aber sei unbesorgt, Kol. Es ist nicht meine erste Konfrontation mit den Menschen. Ich weiß, wo ihre Schwächen liegen. Und mit dem Keilschiff und dem Roboter der Schwarzen Macht unter meiner – nein, unserer – Kontrolle werden wir im Nu wieder in Freiheit sein. Niemand wird es wagen, sich mit uns anzulegen. Nicht nur mein Name wird bald überall bekannt sein, sondern auch der deine. Denn ich werde diesen Ruhm mit dir teilen, Kol.«

Ker sagte nichts weiter, sondern lächelte nur. Er wusste genau, dass hinter Leks Worten wenig Substanz steckte. Denn dieser hatte nicht viel mehr zu bieten als leere Worte, begründet auf seiner Angst vor einem Verrat und der Furcht vor Rhurk, der Schwarzen Macht und all den Leuten, denen er Geld schuldete.

Diesmal, davon war Ker überzeugt, würde es Lek nicht gelingen, seinen Kopf aus der Schlinge zu ziehen.

8.

Ren Dhark starrte wie gebannt auf die wabernden, wirbelnden Strukturen des Wurmlochs, das innerhalb des Portals entstanden war. Dieser Mahlstrom veränderte sich fortwährend und schien in ständiger Bewegung zu sein. Dahinter lag ein anderes Universum, über dessen Natur man bisher nur wenig wusste.

Der Multiversal-Transporter hatte eine kontrollierte Verbindung ins Universum der Schwarzen Macht hergestellt. Jimmy war der Erste, der die Grenze überschritten und sich auf der anderen Seite umgesehen hatte. Allerdings war es nur dem beherzten Eingreifen von Wächter Simon zu verdanken gewesen, dass dies nicht mit dem Verlust des Roboterhundes geendet hatte.

Etwas Dunkles schien sich gegen die mahlstromähnlichen Strukturen abzuheben. Mit etwas Fantasie konnte man darin eine Gestalt erkennen.

»Hat jemand eine Ahnung, was das da ist?«, fragte Arc Doorn. Besorgnis klang in seiner Stimme mit.

Durch das wabernde Portal schien etwas einzudringen. Es war zunächst nur ein Umriss, schattenhaft und kaum abzugrenzen. Wie ein undeutlicher Schemen wirkte der Eindringling, der jetzt immer deutlicher hervortrat. Ein dunkler Riese drang durch das Portal zwischen den Universen.

Als dieser gesichtslose Riese das Wurmloch passiert hatte, schien er auf einmal beinahe zu zerfließen, zerfiel zu Myriaden kleinster, dunkler, durcheinander schwirrender und sich unablässig bewegender Teilchen, die an einen Insektenschwarm erinnerten. Diese Teilchen bewegten sich zunächst immer heftiger und strebten dabei wie ein aufgeschreckter Schwarm kleinster Mücken immer weiter auseinander, bis sie wieder zusammenklumpten und sich beruhigten.

Nur Augenblicke später formten sie dann wieder eine Gestalt, die ganz entfernt an die Umrisse der Roboter erinnerte, die die Schwarze Macht üblicherweise schickte, um Balduren-Artefakte zu rauben.

Der Eindringling war gewaltig. Er hatte fast die Höhe des Portals selbst. Im Vergleich zu den anwesenden Terranern, Wächtern und Nogk wirkte der Eindringling wie ein Riese.

»Der Eindringling besteht aus hochflexiblen Nanopartikeln«, meldete Artus, der den dunklen Riesen natürlich sofort analysiert hatte. »Ich messe eine hohe Energiekonzentration an. Und es gibt ein paar sehr interessante fünfdimensionale Effekte auf Quantenebene, die etwas für die Analyse durch den Checkmaster wären!«

»Das sieht nach einem bevorstehenden Angriff aus«, meinte Arc Doorn. »Ich messe ein paar sehr verdächtige Energiesignaturen.«

Der dunkle Eindringling wirkte jetzt plötzlich sehr massiv und kompakt. Der Gigant veränderte erneut die Gestalt. Zusätzliche Arme bildeten sich. Dann schossen Energieblitze aus diesen Armen hervor. Blasterfeuer bohrte sich in eine der Wandungen der großen Halle, in der das Portal errichtet worden war. Löcher wurden in diese hineingeschmolzen, sofern es sich nicht um Unitall handelte. Ein charakteristischer Geruch verbreitete sich in der Halle.

Die Wächter reagierten sofort. Doris, Simon, Tekaro und Arlo nahmen eine Kampfformation ein. Ihre polymetallischen Körper wirkten sehr flexibel und erinnerten in ihren Bewegungsabläufen kaum an Roboter, sondern eher an Lebewesen.

Sie nahmen eine halbkreisförmige Formation ein.

Die Vorgehensweise der Wächter war sehr koordiniert. Annähernd gleichzeitig bildeten sich aus ihren Tofirit-Körpern zusätzliche Waffenarme. Sie eröffneten das Feuer.

Der Eindringling zerfiel unter diesem massiven Beschuss zunächst zu Staub, der in der Luft schwebte. Die Partikel, aus denen der Angreifer bestand, schwirrten unruhig durch die Luft, gruppierten sich in kleinen Schwärmen und fanden dann schließlich doch wieder zusammen. Es bildete sich eine wirbelnde, mit mörderisch hoher Geschwindigkeit um die eigene Achse drehende

Kugel, die etwa drei Meter über dem Boden schwebte und kleine Waffenarme ausbildete.

Nur Sekunden vergingen, und aus den Mündungen schossen Energiestrahlen hervor. Grelle Blitze durchzuckten die Halle. Wächterin Doris wurde von einem dieser Schüsse voll erfasst. Ihr polymetallischer Körper glühte regelrecht auf, und sie wurde gegen die Wand geschleudert. Tekaro und Arlo erwiderten das Feuer. Sie schossen mit einem Strahlenmix aus unterschiedlichen Komponenten. Was genau gegen den Eindringling wirken konnte, war unklar. Aber angesichts der äußerst flexiblen physischen Struktur musste man davon ausgehen, dass sämtliche Projektil- oder Explosivgeschosse kaum Wirkung erzielen konnten.

»Jetzt hätte ich gerne einen Blaster in der Hand«, meinte Chris Shanton, der zusammen mit Ren Dhark, Arc Doorn, Artus und ein paar Meeg dem Geschehen zusah.

»Ein Blaster würde in dieser Situation wohl kaum etwas nützen«, vermutete Arc Doorn. »Nicht gegen diesen Gegner.«

»So etwas habe ich da drüben nirgends gesehen!«, stellte unterdessen Jimmy fest. Der Roboterhund hatte sich gerade erst von seinem Kurzaufenthalt auf der anderen Seite der Grenze zwischen den beiden Universen einigermaßen erholt. Seine entladenen Energiespeicher waren zumindest wieder so weit aufgefüllt, dass er sich äußern konnte.

Chris Shanton sah auf die Anzeigen auf der Konsole vor ihm. »Der Eindringling ist höchst fremdartig. Einige Anzeigen spielen hier verrückt. Es gibt anscheinend keine vernünftige Analyse.«

»Wir sollten überlegen, uns zurückzuziehen«, äußerte sich nun einer der Meeg in der Nähe. Es war Palmochaa. Die Beißwerkzeuge seines libellenartigen Kopfes rieben nervös gegeneinander. Der etwa zwei Meter fünfzig große, reptiloid wirkende Körper überragte normalerweise alle anwesenden Terraner. Jetzt aber war er gebeugt, als wollte er sich instinktiv schützen oder in Deckung gehen.

Unterdessen zerfiel der unter der Decke der Experimentierhalle hängende Eindringling unter dem Beschuss der Wächter. Sie hatten ihren Gegner unter konzentriertes Dauerfeuer genommen – und das war offenbar nicht ohne Wirkung geblieben.

Das kugelförmige Objekt löste sich auf, ebenso die Waffenarme, die sich ausgebildet hatten. Ein Schwarm winziger, insektenähnlicher Nanoteilchen schwirrte durch die Luft. Viele dieser Teilchen begannen jetzt aufzuglühen und als eine Art Asche aus Nanostaub langsam zu Boden zu schweben und dort liegen zu bleiben.

Reine Thermostrahlung scheint am wirksamsten gegen den Eindringling zu sein!, übermittelte Simon per Funk an die anderen Wächter. Die Erklärung dafür war einleuchtend. Wärme war letztlich physikalisch gesehen nichts anderes als die Bewegung kleinster Teilchen. Versetzte man die kleinsten Teilchen, aus denen der Eindringling bestand, in ausreichend heftige Bewegung, löste sich jede feste Struktur auf.

Immer mehr dieser Nanoteilchen leuchteten und blitzten nun auf. Es wurde für mehrere Sekunden so grell in der Halle, dass Ren Dhark und die anderen Terraner geblendet wurden und ihre Augen schützen mussten. Hellweißes Licht herrschte in der Halle.

Für die Wächter war das kein Problem. Ihre polymetallischen Körper verfügten über ganz unterschiedliche Sensoren. Sowohl für die Orientierung als auch zur Zielerfassung waren sie keineswegs auf die Optik angewiesen.

Dann ebbte das grelle Leuchten ab.

Von dem Eindringling war nichts mehr zu sehen. Aber die sichtbare, wirbelnde Struktur innerhalb des Multiversal-Transporters deutete darauf hin, dass der Teilchenschwarm wohl durch das Portal in das Universum der Schwarzen Macht zurückgekehrt war.

»Ich dachte schon, ich werde blind!«, entfuhr es Tom Taylor, der zusammen mit einem Meeg hinter einem Aggregat hervorkam, hinter dem sie zuvor Deckung gesucht hatten.

Wächter Kroike hob seinen Arm, und im ersten Moment hatte es den Anschein, als wollte er auf das Portal deuten. Aber der polymetallische Arm verformte sich und bildete die Mündung eines Strahlers.

Gleichzeitig waren innerhalb des Multiversal-Transporters graue Konturen zu sehen. Diesmal waren es gleich mehrere.

Als der erste riesenhafte Gegner die Grenze zwischen den Universen überschritt, traf ihn Kroikes gebündelter Thermostrahl. Die Gestalt löste sich an der Stelle, an der sie vom Strahl getroffen wurde, auf. Die kleinen Partikel wichen ihm förmlich aus. Einige glühten auf, aber die meisten stoben einfach zur Seite. In Brusthöhe entstand in dem dunklen Riesen eine kreisrunde Öffnung, und der Strahl aus Kroikes Waffenarm ging einfach hindurch. Er verlor sich in den Wirbeln der Wurmlochverbindung in das Universum der Schwarzen Macht und wurde dort geschluckt. Ein zweiter und dritter dunkler Riese kam jetzt durch das Portal.

Jenes Exemplar, mit dem die Wächter zuerst gekämpft hatten, schien nur eine Art Vorhut gewesen zu sein.

»Sofort die Halle verlassen!«, befahl Wächter Kroike an die anwesenden Terraner und Meeg gerichtet.

»Könnte mir denken, dass es jetzt ziemlich ungemütlich wird«, lautete Arc Doorns grimmiger Kommentar.

Einerseits sträubte sich Ren Dhark dagegen, das Feld einfach anderen zu überlassen. Andererseits war es bei nüchterner Betrachtung einfach das Beste. Die Wächter waren für einen Kampf wie diesen prädestiniert.

»Also los!«, sagte er schließlich.

In der unitallenen Außenwand der Halle öffnete sich ein Schott. Es war vorher nicht vorhanden gewesen. Jetzt schien es ein willkommener Ausweg zu sein, um sich in Sicherheit zu bringen.

Unterdessen hatten sich Doris, Tekaro, Arlo und Simon bereits wieder in Stellung gebracht, um den Kampf mit den Eindringlingen zu beginnen.

Sie feuerten mit Thermostrahlen auf die dunklen Riesen. Einer von ihnen schnellte empor, bildete für kurze Zeit eine kompakte Kugel, ehe er durch die Hallendecke hindurchschlug. Ein Teil der Hallendecke fiel herab. Augenblicke später hatte sich deren Form wieder stabilisiert. Selbst das mehrere Meter durchmessende Loch, das durch den Einschlag aufgerissen worden war, verschwand.

»Ich schätze, die Angreifer suchen gezielt die Energiequelle des Portals, um es zu schließen«, glaubte Chris Shanton. »Vielleicht versuchen sie, den Zentralrechner dieser ARKAN-Station auszuschalten!«

»Das dürfte nicht so einfach sein«, meinte Arc Doorn.

Während die Gruppe auf das offene Schott zustrebte, blieb Ren Dhark kurz stehen und sah hinauf zur Hallendecke, die sich inzwischen wieder vollständig geschlossen hatte.

Nein, dachte er. *Denen geht es nicht um die Schließung des Portals. Die haben ein ganz anderes Ziel!*

*

Ren Dhark, Chris Shanton, Arc Doorn, Tom Taylor und Palmochaa passierten das offene Schott. Ihnen folgten Jimmy und Artus. Wächter Kroike war der Letzte, der das Schott passierte. Dann schloss es sich. Für einen Augenblick konnte man den Eindruck haben, dass es nie existiert hatte.

Worgun-Technik, ging es Dhark durch den Kopf. Das Innere der ausrangierten ARKAN-Station erinnerte ihn ein wenig an den Industriedom auf Hope, jenen mysteriösen Ort, an dem er einst die POINT OF gefunden hatte.

»Ihr wärt da draußen zu sehr in Gefahr«, erklärte Wächter Kroike.

»Ich möchte widersprechen«, äußerte sich nun Artus. »Ich besitze installierte Waffensysteme, die …«

»… nicht einmal ansatzweise mit Gegnern fertigwerden könnten, wie denjenigen, mit denen wir es hier zu tun haben«, schnitt ihm Kroike das Wort ab.

Möglicherweise folgte daraufhin noch eine funktechnische Kommunikation zwischen den beiden, von der die anderen natürlich ausgeschlossen waren. Dhark hatte zumindest den Eindruck, denn sowohl Kroike als auch Artus verharrten einige Augenblicke mitten in der Bewegung, so als würden sie sich auf einen verborgenen Dialog konzentrieren.

Aber das konnte natürlich auch reine Einbildung sein. Tatsache war, dass Artus kein Kampfroboter war und die Wächter einfach sehr viel besser imstande waren, so eine Auseinandersetzung zu führen.

Die glatte Unitallwand, in die sich das Schott verwandelt hatte, veränderte sich nun. Sie wurde transparent. Die Gruppe konnte in die Halle sehen, blieb aber vor den unmittelbaren Auswirkungen des Gefechtes geschützt. Letztere bestanden vor allem in einer stark erhöhten Temperatur.

»Die dunklen Riesen aus dem fremden Universum reagieren anscheinend sensibel auf hohe Temperaturen«, stellte Artus fest. »Diese Gegner bestehen jeweils aus einem Schwarm von kooperierenden Nanoteilchen, und der Einsatz von Thermoenergie zwingt sie dazu, ihre feste Form aufzugeben.«

»Das wäre zumindest eine plausible Erklärung«, meinte Palmochaa.

»Die Analyse ist korrekt«, bestätigte Kroike. »In der Halle wird es jetzt ziemlich heiß. Und da ist es besser, wenn keine organischen Wesen anwesend sind – oder relativ empfindliche Großserienroboter.«

Auf den Hinweis, dass Artus seine Informationen wohl durch seine ständige Kommunikation mit dem Zentralrechner der ausrangierten ARKAN-Station hatte und keineswegs in erster Linie seine eigenen Messungen für die Rückschlüsse ausschlaggebend waren, reagierte Kroike nicht.

»Die Eindringlinge unterscheiden sich jedenfalls erheblich von dem Robotertyp, den die Schwarze Macht bisher geschickt hat«, äußerte sich Palmochaa. »Natürlich könnte es theoretisch sein, dass wir es diesmal gar nicht mit der Schwarzen Macht zu tun haben, sondern mit irgendeiner anderen Gruppierung innerhalb des Universums, auf das wir gestoßen sind.«

»Das halte ich für unwahrscheinlich«, meinte Arc Doorn.

»Aber wir können es nicht ausschließen«, wandte Palmochaa ein, während die Beißwerkzeuge des libellenartigen Kopfes hörbar unter dem Atemtrockner gegeneinanderschabten. »Für wahrscheinlicher halte ich allerdings, dass die Angreifer einen Auftrag haben, bei dessen Ausführung die extreme physikalische Flexibilität ihrer Körper eine Rolle spielt.«

»Um Unitallwände zu durchdringen?«, fragte Doorn.

»Das könnte eine Fähigkeit so eines Körpers sein«, stimmte Palmochaa zu. »Die morphologische Gestalt ist ja recht ähnlich.«

Shanton mischte sich nun in das Gespräch ein. »Wenn ich das richtig verstehe, haben wir es hier sehr wahrscheinlich mit einer Art Spezialkommando der Schwarzen Macht zu tun, das ganz bestimmte Eigenschaften für die Durchführung eines Sonderauftrags mitbringt.«

»Das ist meine Hypothese«, bestätigte Palmochaa.

»Dann sollten wir uns vielleicht mal Gedanken darüber machen, was das für ein Sonderauftrag sein könnte …«

»Etwas, das die Standardeinheiten der Schwarzen Macht nicht so einfach hinbekommen würden, schätze ich«, murmelte Arc Doorn.

»Ich würde die Eindringlinge als robotische Schwarmriesen definieren«, erklärte Artus dann. »Sie bestehen aus zweifellos robotischen Nanoeinheiten. Die vorliegenden Daten schließen es aus, dass es sich um eine Lebensform im biologischen Sinn handelt – wobei wir natürlich nicht sicher sein können, welche Lebensformen unter den Bedingungen des fremden Universums überhaupt existieren könnten. Aber diese Objekte sind vermutlich künstlichen Ursprungs.«

»Eine Art fortgeschrittenere Variante der Roboter, mit denen die Schwarze Macht bisher in unser Universum eingedrungen ist und nach Balduren-Artefakten gesucht hat«, mutmaßte Arc Doorn.

»Die andere Seite lernt dazu«, murmelte Chris Shanton düster.

Unterdessen lieferten sich drei der Schwarmriesen einen wilden Kampf mit den Wächtern. Die Konsole, an der Chris Shanton zuvor gearbeitet hatte, wurde durch einen gebündelten Energiestrahl, der von einem der Giganten ausging, regelrecht eingeschmolzen.

Der Tofiritbogen, der das Portal begrenzte, begann zu flimmern. Was das bedeuten mochte, darüber konnte man nur spekulieren. Die Wächter wichen den Angriffen der Schwarmriesen aus und setzten sie ihrerseits mit Thermostrahlern unter Druck. Einer der Eindringlinge verlor vollkommen die Form und wurde zu einem schwirrenden Nanoteilchenschwarm. Diese kleinsten Teilchen glühten dann grell auf und verbrannten zu einem nicht unbeträchtlichen Prozentsatz.

Die Gestalt, die sich dann erneut aus dem Schwarm formte, war deutlich kleiner als zuvor und entsprach nun von der Größe ungefähr einem Wächter. Sofort nahm dieser an Körpersubstanz reduzierte Eindringling die Kampfhandlungen wieder auf, formte mehrere Waffenarme und verschoss einerseits ein blasterähnliches Strahlenfeuer und andererseits eine bislang unbekannte Art von Geschossen, die in der Halle für erhebliche Zerstörungen sorgten.

»Wohin gehen Sie?«, fragte Arc Doorn an Ren Dhark gewandt.

»Ich möchte nach Neill und Lyte sehen«, sagte dieser.

Doorn nickte nur.

*

Während in der Halle des Multiversal-Transporters immer noch ein wilder Kampf tobte, hatte Wächter Tekaro die Verfolgung jenes Schwarmriesen aufgenommen, der durch die Decke der Halle gedrungen war. Es musste einen Grund dafür geben, dass der Eindringling sich so verhielt. Zumindest glaubte Tekaro das. Und dieser Grund konnte nicht einfach nur darin bestehen, dass der Eindringling durch den Beschuss geschwächt und vielleicht ein Teil seiner Körpersubstanz vernichtet worden war.

Tekaro bewegte sich einen Korridor entlang. Seine Sensoren arbeiteten auf Hochtouren. Außerdem unterstützte ihn der Zentralrechner der ausrangierten ARKAN-Station.

Schon allein aufgrund der ungewöhnlichen fünfdimensionalen Signatur der Nanoteilchen, aus denen der Eindringling bestand, war dieser gut zu orten. Seine extreme Flexibilität und Wandelbarkeit sorgten allerdings auch dafür, dass es für ihn so gut wie keine Hindernisse gab.

Wenn er ein Schott, eine Wand oder irgendein anderes Hindernis überwinden wollte, dann löste er einfach seine feste Form auf. Der Schwarm winziger Teilchen, aus denen er bestand, konnte buchstäblich fast alles durchdringen. Selbst die dichteste, kompakteste Baryonische Materie, die sich theoretisch denken ließ, bestand immer noch zu einem großen Teil aus sehr viel leerem

Raum. Raum zwischen den Atomkernen und Molekülen. Für ein Objekt, das klein genug war, stellte eine atomare Gitterstruktur wie bei dem härtesten Diamant oder einem Schott aus Unitall ebenso wenig ein Hindernis dar wie für einen Kometen, der ein Sonnensystem durchstreifte und für den die einzelnen Planeten und Asteroiden ebenfalls keine Barriere bildeten.

Der Eindringling bewegt sich in Richtung der Hauptenergieversorgung!, meldete der Zentralrechner dem Wächter. Tekaro hatte eine genaue Vorstellung davon, wo sich sein Gegner nun befand.

*

Die beiden worgunschen Ingenieure Margun und Sola waren nahezu allen Besatzungsmitgliedern der POINT OF und sämtlichen sonstigen an dem Forschungsprojekt in der ausrangierten ARKAN-Station Beteiligten nur als die Terraner Marc Neill und Sebastian Lyte bekannt. Lediglich ein kleiner Kreis von Eingeweihten wusste über ihre wahre Identität Bescheid. Dazu gehörte unter anderem Arc Doorn, der beiden im Übrigen bei anderer Gelegenheit offenbart hatte, dass er selbst in Wahrheit ebenfalls ein Worgunmutant war.

Ren Dhark erreichte den abgetrennten Bereich, in dem Margun und Sola ihre Forschungen betrieben. Auf ihre Weise hatten sich die beiden genialen Konstrukteure der POINT OF an den Forschungen beteiligt, die schließlich zur Etablierung eines Portals zwischen zwei Universen geführt hatten. Die Konstruktionspläne des Multiversal-Transporters stammten zu einem maßgeblichen Teil von ihnen, obwohl kaum einer der anderen Beteiligten davon auch nur etwas ahnte.

Die Erkenntnisse ihrer Forschungen hatten die beiden Worgunmutanten zumeist indirekt in die Arbeit am Multiversal-Transporter einfließen lassen, zum Beispiel durch eine Übermittlung an Artus, der dann ihre Argumente und Ergebnisse vorgetragen hatte.

Auf so etwas wie Ruhm und Anerkennung konnten beide verzichten. Die Gier nach derartigen Dingen hatten sie längst hinter sich. Und davon abgesehen gab es einen guten Grund für sie, ihre Identität geheim zu halten.

Und dieser Grund hatte mit der Schwarzen Macht zu tun.

In einer Bildkugel hatten die beiden Konstrukteure das Geschehen in der Halle mit dem Multiversal-Transporter natürlich verfolgt.

Als Dhark ihren Laborbereich betrat, starrten beide Worgunmutanten schweigend wie gebannt auf das Geschehen in der Halle.

Margun bemerkte Dhark dann als Erster. »Es sieht so aus, als würden die Wächter mit den Eindringlingen fertig«, stellte er fest.

»Sie tun, was sie können«, erwiderte Dhark.

Sola meldete sich nun zu Wort: »Ich glaube, mit so einer Invasion hat niemand gerechnet. Und ehrlich gesagt bin ich ebenfalls erstaunt.« Er drehte sich nun vollkommen zu Dhark herum und wandte der Bildkugel, in der man die Geschehnisse in der Halle verfolgen konnte, den Rücken zu.

Als dort zwischenzeitlich starke thermische Reaktionen auftraten, die mit sehr hellem Licht einhergingen, wurde automatisch abgeblendet, um zu verhindern, dass die Betrachter geblendet wurden.

Mochten Margun und Sola auch in Wahrheit Worgunmutanten mit ursprünglich amöbenhafter Gestalt sein, so waren ihre jetzigen Körper zweifellos in jeder Hinsicht terranisch. Für ihre Augen galt das natürlich auch.

»Einer der Schwarmriesen scheint ins Innere der Station eingedrungen zu sein«, stellte Dhark fest.

»Die Wächter werden ihn stellen und ausschalten.« Margun war in dieser Hinsicht offenbar sehr zuversichtlich. Er lächelte verhalten. »Schwarmriesen. Das ist eine passende Bezeichnung für diese … Dinger. Ob es sich um Organismen oder komplexe, robotische Mechanismen handelt, können wir zum jetzigen Zeitpunkt ja noch nicht sagen. Sola und ich haben ein paar Analysen durchgeführt, die …«

»Die Schwarmriesen sind euretwegen hier«, unterbrach Dhark den Worgunmutanten. »Ihr müsst hier weg. Ich schlage vor, euch an Bord der POINT OF zu bringen und das Schiff von der ARKAN-Station abzudocken.«

»Ren, deine Besorgnis ehrt uns, aber es gibt keinen Anhaltspunkt dafür, das anzunehmen«, widersprach nun Sola.

»Der Schwarmriese, der ins Innere der ARKAN-Station vorgedrungen ist …«

»… wird zurzeit in der Nähe eines energietechnischen Knotenpunktes geortet«, vollendete Margun den Satz. »Das scheint also sein Ziel zu sein – was auch vollkommen logisch ist. Die Eindringlinge sind hier, um das Portal zu zerstören und von seiner Energieversorgung zu trennen. Und wie man ebenfalls ortungstechnisch bestimmen kann, ist ihm ein Wächter auf den Fersen. Sobald er den Eindringling erreicht hat, wird er ihn bekämpfen.«

»Glücklicherweise sind die Schwarmriesen ja sehr sensibel in Bezug auf thermische Energie«, ergänzte Sola. »Vielleicht werden bei der Bekämpfung des Invasors ein paar Dinge eingeschmolzen, die später schwer wieder zu reparieren sein werden, aber es gibt für mich keinen Zweifel daran, dass der Wächter, der die Verfolgung des Eindringlings aufgenommen hat, dazu in der Lage ist, ihn restlos zu vernichten.«

Sola aktivierte jetzt eine Projektion in der Bildkugel, in der die gegenwärtigen Positionen sowohl des Invasors als auch des verfolgenden Wächters markiert waren. Es war deutlich zu erkennen, wie sich der Wächter der Position des Schwarmriesen näherte.

»Aber es könnte genauso gut sein, dass das alles nur ein Ablenkungsmanöver ist und die Schwarmriesen sich in Wahrheit auf der Suche nach euch befinden«, stellte Dhark klar. »Jimmy hat zuerst seinen Kopf und dann etwas mehr in das fremde Universum gesteckt und konnte schließlich von Wächter Simon nur in letzter Sekunde gerettet und zurückgeholt werden. Ich kann mir beim besten Willen nicht vorstellen, dass allein das diese Gegeninvasion in unser Universum ausgelöst hat!«

»Ren, man sollte seine Gegner niemals unterschätzen, da hast du sicher recht«, stimmte Margun zu. »Aber woher sollte die Schwarze Macht von unserer Anwesenheit hier wissen?«

»Das ist doch nicht allzu schwer.«

»So?«

»Die Schwarze Macht hat auf eine uns nicht bekannte Weise bemerkt, dass wir an einem Portal in ihr Universum arbeiten. Man braucht keine zwei Hände, um sich auszurechnen, wer an so einem Projekt beteiligt sein könnte. Die Schwarze Macht ist ohnehin auf der Suche nach euch. Und man kann sich dort denken, dass die Wahrscheinlichkeit sehr hoch ist, euch genau dort anzutreffen, wo in diese Richtung geforscht wird. Also tut mir den Gefallen: Kommt sicherheitshalber an Bord der POINT OF und wartet ab, bis sich die Lage hier geklärt hat!«

Margun wollte etwas erwidern.

Doch dann fesselte etwas anderes die Aufmerksamkeit des Worgunmutanten. Er starrte auf die Projektion, auf der die Positionen des Eindringlings und des Wächters zu sehen waren.

Da tat sich offenbar etwas sehr Entscheidendes!

»Was ist da verdammt noch mal los?«, murmelte Sola vor sich hin.

Was dann geschah, ging so schnell vor sich, dass keiner der Anwesenden noch die Möglichkeit hatte, darauf zu reagieren.

*

Tekaro empfing exakte Ortungsdaten des Zentralrechners der ARKAN-Station.

Der Eindringling muss jetzt gestoppt werden, lautete die ergänzende Mitteilung. *Andernfalls ist es nicht mehr möglich, die Invasion aufzuhalten, ohne schwerwiegende Schäden an der zentralen Energieversorgung in Kauf zu nehmen, da der Feind nur durch den massiven Einsatz von Thermostrahlern zu stoppen sein wird.*

Tekaro wusste, was das bedeutete. Er konnte jetzt nicht länger abwarten, sondern musste den entscheidenden Schlag gegen den Eindringling führen. Durch die Übermittlungen der anderen Wächter, die gegenwärtig noch in der Halle kämpften, bekam er mit, dass alle anderen Invasoren so gut wie besiegt waren. Konkret bedeutete das, dass die Feinde dort vernichtet worden waren. So etwas wie Selbsterhaltungstrieb schienen diese nicht zu kennen. Jedenfalls schien keiner von ihnen die Möglichkeit genutzt zu haben, durch das Portal des Multiversal-Transporters in das Universum der Schwarzen Macht zurückzukehren.

Bei allen ratekischen Göttern, irgendetwas stimmt da nicht!, durchfuhr es die Gedanken des Wächters. *Welcher Plan steckt hinter dem Verhalten des Eindringlings?*

Diese Frage begann Tekaro immer brennender zu interessieren.

Wieso kämpfte die Mehrzahl der Invasoren in der Halle bis zur eigenen Vernichtung, während sich einer von ihnen vollkommen anders verhielt?

Die Zeit drängte jetzt.

Der Eindringling musste gestoppt werden, ehe es allein durch die zu erwartenden Kampfhandlungen zwischen Tekaro und dem Schwarmriesen zu vielleicht irreparablen Schäden an der ARKAN-Station kam, was sich verhängnisvoll auf das ganze Projekt auswirken konnte. Schließlich befand man sich in einer entscheidenden Phase, seit Ren Dhark und die Experten von Bord der POINT OF dazugestoßen waren.

Jetzt ist keine Zeit mehr für Grübeleien!, wurde es Tekaro dann klar. Er musste jetzt handeln und alles auf eine Karte setzen.

Er führte den sogenannten absoluten Schritt durch, die Transition aus dem Stand, zu der Wächter in der Lage waren.

Im nächsten Moment materialisierte Tekaro in unmittelbarer Nähe des Schwarmriesen und griff ihn sofort an. Die Enden seiner Arme bildeten leistungsstarke Thermostrahler. Aber der Beschuss ging ins Leere. Tekaro ahnte es bereits um den Bruchteil eines Augenblicks im Voraus, denn er registrierte eine leichte Erschütterung des Raumzeitgefüges, wie sie durch jeden Transitionsvorgang verursacht wurde. Aber diese Erschütterung des Raumzeitgefüges war nicht identisch mit jener, die er selbst durch seinen absoluten Schritt in Gang gesetzt hatte.

Der Eindringling ist zur Transition fähig!, erkannte der Wächter in diesem Moment. *Wer hätte das gedacht ...*

*

Der Eindringling materialisierte mitten in dem großen Raum in der ARKAN-Station, den Margun und Sola für ihre Forschungen in Beschlag genommen hatten. Wie aus dem Nichts bildete sich eine dunkle Gestalt. Nur im ersten Moment schien die Form noch etwas unklar zu sein. Die Nanoteilchen, aus denen der Eindringling bestand, formten hier und da beulenartige Vorwölbungen, die aber sofort wieder verschwanden.

Was dann geschah, ging so schnell vor sich, dass es keine Möglichkeit gab, es zu verhindern. Der rechte Arm des dunklen Riesen wurde dicker und länger. Er wuchs und zog dabei erkennbar Körpersubstanz aus dem Rest dieser Erscheinung ab, sodass die Gestalt insgesamt etwas schrumpfte. Der Arm schnellte vor, teilte sich, bildete Verzweigungen und erinnerte plötzlich an das ausgreifende Tentakel eines Kraken. Sola wurde gepackt und mitgerissen. Ein unterdrückter Schrei war noch zu hören. Im nächsten Moment hatte der Schwarmriese erneut eine Transition durchgeführt.

In der Bildkugel war zu sehen, wie er in der Halle mit dem Multiversal-Transporter materialisierte – und zwar unmittelbar vor dem Portal. Offenbar war es für ihn nicht möglich, einfach per Transition in das fremde Universum zu springen. Er musste vorher materialisieren. Seine Körperform war jetzt stark verändert. Er bildete auf der rechten Seite keinen Arm mehr, sondern stattdessen eine Art Kokon. Darin musste Sola eingeschlossen sein.

Doris, Simon und Arlo hatten gemeinsam mit den anderen Wächtern die übrigen Invasoren inzwischen vollkommen vernichtet. Jetzt nahmen sie eine Kampfformation ein.

Der verbliebene Eindringling hob seinen linken Arm und verschoss eine unbekannte, aber hochenergetische Strahlungsart, die ein breitgefächertes Kraftfeld bildete. Die Wirkung war unspezifisch, reichte aber, um die Wächter auf Distanz zu halten und deren Thermostrahlenbeschuss erst einmal abzuwehren.

Zumindest für den Augenblick.

Und mehr als einen Augenblick brauchte der Eindringling auch gar nicht.

Er sprang in das wirbelnde Wurmlochportal hinein.

»Sie haben Sola entführt!«, rief Margun voller Verzweiflung. »Gib mir einen Flash, Ren! Ich muss hinterher!«

»Das wäre sinnlos!«

»Ich muss ihm folgen!«

»Damit würdest du ihm im Moment kaum helfen, Margun!«, beschwor Dhark den Worgunmutanten.

Und dann war auf dem großen Bildschirm plötzlich deutlich zu sehen, wie sich die wirbelnde Struktur aufzulösen begann. Das Flimmern des Tofiritbogens, der das Portal begrenzte, verlosch. Und die Wirbelstruktur innerhalb des Multiversal-Transporters verschwand.

»Der Übergang ist geschlossen«, stellte Dhark fest.

»Das kann nicht sein!«, stieß Margun hervor. Er trat an eine der Konsolen heran und überprüfte die Daten. Es konnte keinen Zweifel geben: Der Übergang in das fremde Universum existierte nicht mehr.

»Wir werden einen Weg finden, ihn zurückzuholen«, sagte Dhark, obwohl er im Moment noch nicht die leiseste Ahnung hatte, wie das vor sich gehen sollte.

Margun sah Dhark an. »Du hattest recht«, stellt er fest. »Dieser Angriff der Invasoren diente offenbar nur dem Zweck, Sola zu entführen. Vielleicht hätte es auch mich treffen können …« Er schluckte.

»Möglicherweise war unser Gegner nur darüber informiert, dass Sola hier ist.«

»Glaubst du das wirklich, Ren?«

»Ich habe keine Ahnung. Aber wir sollten die Geheimhaltung, was eure wahre Identität betrifft, unbedingt aufrechterhalten.«

Margun blickte in die Bildkugel, die die Halle mit dem Multiversal-Transporter zeigte. Inzwischen waren Wächter Kroike, Arc Doorn, Chris Shanton und die anderen Terraner und Meeg in die Halle zurückgekehrt. Die Gefahr durch die Schwarmriesen war schließlich gebannt. Und das Tor zwischen den Universen war jetzt verschlossen.

»Wir müssen das Portal wieder aktivieren, Ren«, verlangte Margun. »Und dann muss ich Sola folgen! Irgendwann wäre sowieso der Zeitpunkt gekommen, an dem wir versuchen, mit einem Flash auf die andere Seite zu gelangen, um sich dort umzusehen.«

»Wir sollten nichts Unüberlegtes tun, Margun.«

»Unüberlegtes? Ren, ist dir eigentlich klar, was hier soeben geschehen ist? Ist dir dessen Bedeutung bewusst?«

»Natürlich, Margun.«

Ein Augenblick des Schweigens folgte. Der Worgunmutant war vollkommen verzweifelt, und Dhark konnte sehr gut nachvollziehen, was in seinem Gegenüber vorging. So lange hatten die beiden Konstrukteure der POINT OF bereits mit falscher Identität unter Menschen beziehungsweise Römern gelebt. Zuerst mehr als eintausend Jahre lang als Senatoren auf Terra Nostra in der Galaxis Orn, seit Kurzem jedoch unter den Namen Sebastian Lyte und Marc Neill in der Milchstraße. In all dieser Zeit waren die beiden weit mehr als gewöhnliche Freunde oder Partner geworden. Sie waren aufeinander angewiesen. Und das galt in vielfacher Hinsicht. Natürlich waren sie als Ingenieure ein unschlagbares Team, aber auch sonst waren sie aufeinander angewiesen. Außer ihnen beiden gab es kaum jemanden, dem sie sich wirklich vollkommen anvertrauen konnten.

»Die Entführung von Sola ist eine Katastrophe«, stellte Dhark klar. »Und das gleich in mehrfacher Hinsicht. Aber trotzdem werden wir sehr sorgfältig vorgehen müssen. Wir müssen genau überlegen, was wir tun.«

9.

Wenig später trafen Ren Dhark und Margun bei den anderen in der Halle mit dem Multiversal-Transporter ein. Die Zerstörungen durch die Kampfhandlungen zwischen den Wächtern und den Schwarmriesen waren immens. Überall gab es Beschädigungen an den Wänden der Halle oder an technischen Geräten und Konsolen.

Allerdings konnte man auch sehen, dass diese Schäden teilweise bereits beseitigt waren. Die Worgun-Technik war zu erstaunlichen Reparaturleistungen fähig. Zerstörte Schotts oder technische Aggregate nahmen nach und nach ihre alte Form wieder an.

Der Multiversal-Transporter schien äußerlich unbeschädigt zu sein. Der Tofiritring, der mit kleinen 5-D-Signalprojektoren bestückt war, hatte seine Form nicht verändert. Aber es war auf den ersten Blick erkennbar, dass das Portal ins andere Universum nicht mehr aktiv war.

»Das Wurmloch muss so schnell wie möglich wiederhergestellt werden«, wandte sich Margun an Ren Dhark. Der Konstrukteur ging an eine der Konsolen, die von den Forschern und Ingenieuren, die an dem Projekt arbeiteten, benutzt wurden.

»Energiestatus gleich null«, stellte er dann fest. »Ich frage mich, was hier los ist. Das dürfte eigentlich nicht sein!«

Chris Shanton, Arc Doorn und Artus waren unterdessen auf Ren Dhark und Margun aufmerksam geworden.

Jimmy wuselte um Shantons Füße herum. Der Roboterhund in Gestalt eines Scotchterriers schien seine alte Vitalität wiedererlangt zu haben, die er unmittelbar nach seinem Aufenthalt im Universum der Schwarzen Macht aufgrund eines äußerst niedrigen Energiestatus zeitweilig verloren hatte.

Die Gruppe erreichte Margun und Dhark.

»Was ist mit dem Multiversal-Transporter?«, wollte Dhark wissen.

»Keine Ahnung«, sagte Shanton. »Der Energiestatus ist so schwach, dass ich mich frage, wie so etwas zustande kommen kann. Normalerweise ist das Energieniveau selbst im ausgeschalteten Zustand höher.«

»Da hat jemand die komplette Versorgung unterbunden«, stellte Arc Doorn fest.

»Leider gibt der Zentralrechner der ARKAN-Station dazu keine ergänzenden Angaben«, fügte Artus hinzu. »Ich habe wiederholt Anfragen mit der dringenden Bitte um präzise Daten an ihn gerichtet und bekam nur eine Fehlermeldung.«

»Vielleicht ist es im Augenblick sowieso das Vernünftigste, das Portal erst einmal geschlossen zu halten«, äußerte sich dann Chris Shanton. »Diese Invasion – oder wie immer man so einen Überfall auch bezeichnen mag – war ja schließlich nicht ohne. Und bevor wir nicht wissen, wie wir so etwas das nächste Mal verhindern können, sollte man es erst einmal nicht wieder öffnen. Ich hoffe nur …« Chris Shanton zögerte und brach dann ab. Sein Blick wirkte sehr nachdenklich. Er bewegte die Hand seiner Armprothese und vollführte eine Greifbewegung.

»Was?«, hakte Dhark nach.

Der Diplom-Ingenieur sah ihn an. »Ich hoffe nur, dass nicht ein so gravierender Schaden an dem Ding vorliegt, dass wir den Multiversal-Transporter mehr oder weniger auf den Schrotthaufen werfen können. Ganz von vorne müssten wir zwar bei einem zweiten Versuch nicht anfangen, aber das würde uns schon um einiges zurückwerfen.«

Wächter Simon kam jetzt auf die Gruppe zu. »Das Portal ist geschlossen worden«, stellte er fest. »Es wird bis auf Weiteres nicht wieder geöffnet. Es handelt sich um eine Entscheidung der INSTANZ von ERRON-2.«

»Dann ist der Energiestatus des Multiversal-Transporters darauf zurückzuführen?«, vergewisserte sich Shanton.

»So ist es«, stellte Simon klar. »Die INSTANZ von ERRON-2 hat Zugriff auf den Zentralrechner dieser ARKAN-Station und wird jeden Versuch unterbinden, dem Portal Energie zuzuführen. Offenbar erachtet sie die Gefahr, die dadurch heraufbeschworen werden könnte, im Moment als zu hoch ein. Es tut mir leid.«

»Sebastian Lyte wurde von den Eindringlingen auf die andere Seite entführt«, gab Dhark zu bedenken.

»Wir können im Moment nichts für ihn tun«, erklärte Simon. »Dass ein Terraner die Wurmlochverbindung passiert hat, trifft zu. Die aufgezeichneten Daten belegen das.«

Mit diesen Worten wandte sich Wächter Simon ab.

»Mister Dhark, das können wir so nicht akzeptieren«, wandte sich Margun an Dhark, nachdem sich Simon entfernt hatte. Anzunehmen, dass jemand wie Simon deswegen nicht hören und verstehen konnte, was sie besprachen, war natürlich abwegig. Ein Wächterkörper verfügte über eine Vielzahl der unterschiedlichsten Sensoren. Dazu gehörte natürlich eine hochentwickelte akustische Sensorik, die weit über das hinausging, was ein menschlicher Körper hätte hören können.

Auch deshalb war Margun natürlich darauf bedacht, Solas wahre Identität gegenüber Uneingeweihten nicht zu verraten – wobei es dabei weniger um Wächter Simon ging als um die sonstigen Anwesenden in der Halle. Selbst an Bord der POINT OF wussten nur eine Handvoll über die wahre Identität von Sebastian Lyte und Marc Neill Bescheid.

»Für den Augenblick bleibt uns nichts anderes übrig«, sagte Dhark.

»Und was sollen wir jetzt tun?«, fragte Margun. »Die Hände in den Schoß legen, vielleicht?«

»Nein, ganz bestimmt nicht. Aber alles, was wir jetzt unternehmen, muss sehr gut überlegt sein«, erklärte Dhark.

*

Das Arkan-Portal!, erkannte Dhark, als er etwas später eine bestimmte Halle innerhalb der Station betrat.

Er hatte sich von den anderen zunächst zurückgezogen, um klare Gedanken fassen zu können. Und es lag nun einmal vollkommen klar auf der Hand, dass in der Frage der Energieversorgung des Multiversal-Transporters kein Weg an der INSTANZ von ERRON-2 vorbeiführte.

Eine Kugel aus offenen Bögen befand sich im Zentrum der Halle. Diese Bögen hatten einen Durchmesser von ungefähr einhundertzwanzig Metern. Die Bögen glühten leicht. Das wies darauf hin, dass das Portal aktiv war.

Dhark nahm ein paar Einstellungen an der Konsole vor. Er hatte niemanden darüber informiert, dass er sich nach ERRON-2 begeben wollte, um mit der INSTANZ in direkten Kontakt zu treten.

Ob er etwas erreichen konnte, war ungewiss. Aber er musste es versuchen. Sola war zweifellos in großer Gefahr und Dhark nicht bereit, den genialen Mitkonstrukteur der POINT OF so einfach der Schwarzen Macht zu überlassen.

Ohne Zeitverzug traf Dhark auf ERRON-2 ein. Die Großstation der Wächter befand sich seit dem Kampf gegen eine Flotte der Schwarzen Macht in einem sternenlosen Kontinuum.

»Wir müssen miteinander sprechen«, sagte Dhark laut.

Zweifellos wusste die INSTANZ, dass sie gemeint war.

Dagegen ist nichts einzuwenden, empfing Dhark die Gedankenbotschaft der biologischen Kontrollkomponente von ERRON-2. Der Weg vom Arkan-Portal von ERRON-2 zur zentralen Halle der INSTANZ öffnete sich vor Dhark. Es war niemand zu sehen. Kein Wächter begegnete ihm.

Dhark gelangte in eine gigantische Halle. Ein turmhohes, furchteinflößendes, kegelförmiges Gebilde erhob sich aus einer wabernden Plasmabrühe.

»Ich verlange, dass die Energieversorgung für den Multiversal-Transporter sofort wiederhergestellt wird«, sagte Dhark.

Du verlangst?, erreichte ihn die Gedankenbotschaft der INSTANZ. *Es gibt gute Gründe dafür, dass das Wurmlochportal vorerst geschlossen wurde. Es hat eine gefährliche Invasion stattgefunden. Mutmaßlich zur Schwarzen Macht gehörende Mechanismen sind in unser Universum vorgedrungen und konnten nur mit Mühe von den Wächtern besiegt werden. Es ist gut möglich, dass diese Eindringlinge nur die Vorhut einer großen Armee waren.*

Dhark konnte ihr in diesem Punkt nicht einmal widersprechen. »Sola wurde entführt, und ich glaube, dass dies von Anfang an der Plan der Schwarzen Macht war. Die ist seit Langem hinter ihm und Margun her.«

Das mag sein, Dhark.

»Die Schwarze Macht hat Sola jetzt in ihren Händen! Auch das ist eine Gefahr, über deren Tragweite wir uns im Klaren sein müssen.«

Die Risiken wurden allesamt sorgfältig abgewogen, Dhark. So kam es zu der Entscheidung, das Portal vorerst zu schließen und nicht mehr mit Energie zu versorgen.

»Wir müssen unsere Forschung fortsetzen. Und wir müssen versuchen, Sola in absehbarer Zeit zurückzuholen. Falls es der Schwarzen Macht gelingt, an Solas Wissen zu kommen, dann erwächst daraus eine neue Bedrohung.«

»Ihr hättet Vorkehrungen zur Sicherheit treffen müssen«, meldete sich die INSTANZ nun mit einer Kunststimme. Möglicherweise wollte sie dadurch die Bedeutung dieses Teils ihrer Botschaft besonders unterstreichen. »Wo waren die Vorkehrungen zur Verteidigung?«, fuhr sie dann fort. »Es wurde ein Tor in ein anderes Universum geöffnet und damit eine Invasion ungeahnten Ausmaßes ermöglicht!«

»Die abgewehrt wurde!«, gab Dhark zu bedenken.

Die INSTANZ hüllte sich nun eine Weile in Schweigen. Ob das ein gutes oder ein schlechtes Zeichen war, vermochte Dhark nicht abzuschätzen. Dazu war er einfach zu wenig vertraut mit der kontrollierenden Biokomponente von ERRON-2.

Körperloses Gehirn, so wurde die INSTANZ auch genannt.

Dhark starrte das ominöse kegelförmige Gebilde an, das aus dem Plasma emporragte. Selbst der geheimnisvolle Checkmaster der POINT OF wirkte dagegen wie ein vertrauter, durchschaubarer alter Freund.

Es wäre die Aufgabe der INSTANZ gewesen, für Verteidigungsmaßnahmen zu sorgen, ging es Dhark durch den Kopf. *Wieso sie das mir vorwirft, mag ihr Geheimnis bleiben.*

»Ein paar Wächter mussten die Eindringlinge zurückschlagen«, sagte die Kunststimme der INSTANZ schließlich. »Die

Mannschaft der POINT OF und die Meeg-Delegation haben nicht eingegriffen und auch keine Vorkehrungen getroffen, um so einen Vorfall von vornherein zu unterbinden. Stattdessen wurden die Arbeiten am Portal ohne Rücksicht darauf vorangetrieben, welche Risiken dabei hervorgerufen werden könnten. Die andere Seite ist nun auf das Projekt aufmerksam geworden. Das verändert die strategische Ausgangsposition gegenüber diesem Gegner erheblich.«

»Diese Vorwürfe führen zu nichts.«

»Ihr hättet es nicht so weit kommen lassen dürfen!«

»Das mag sein, aber es gilt für alle, die an diesem Projekt in irgendeiner Form beteiligt waren. Auch für die INSTANZ von ERRON-2! Und davon abgesehen hat die Schwarze Macht jetzt möglicherweise durch Sola Zugang zu Worgun-Technologien, die ihr bisher verschlossen waren. Wir müssen deswegen *jetzt* handeln.

Was geschehen ist, kann nicht mehr rückgängig gemacht werden, aber wenn wir jetzt nichts tun, wird die Schwarze Macht in Kürze vielleicht über Möglichkeiten verfügen, die man sich im schlimmsten Albtraum nicht vorstellen möchte!«

Ein Geräusch ließ Dhark herumfahren.

Schritte!, erkannte er. Dann erblickte er eine Gestalt, die den Raum betreten hatte, in der sich der zentrale Bereich der INSTANZ von ERRON-2 befand. Es war Margun. Offenbar war dieser auf denselben Gedanken gekommen wie er und hatte sich über das Arkan-Portal hierher transferieren lassen.

»INSTANZ!«, rief Margun. »Ich verlange, dass die Energieversorgung des Multiversal-Transporters sofort wiederhergestellt und das Projekt fortgeführt wird! Sola wurde entführt und die Schwarze Macht wird in Kürze über sein Wissen verfügen – entweder, indem sie ihn zwingt, mit ihr zusammenzuarbeiten, oder auf andere Weise!«

»Margun!«, identifizierte die Instanz den Worgunmutanten. »Ich habe dieselben Argumente schon von Dhark gehört. Sie überzeugen mich nicht. Die Schwarze Macht wird das Portal von ihrer Seite aus genau beobachten und sofort einen erneuten Invasionsversuch beginnen, sobald es wieder aktiviert wird!«

»Die Schwarze Macht hatte auch bisher schon Möglichkeiten genug, unser Universum zu erreichen. Die Keilschiffe, die überall die Balduren-Artefakte geraubt haben, sind doch der Beweis. Auf unser Portal sind sie nicht angewiesen. Und davon abgesehen sind sie inzwischen im Besitz sehr vieler, sehr mächtiger Balduren-Artefakte. Niemand weiß, wie viele es sind, welches Machtpotenzial damit entfaltet werden kann, und genauso wenig wissen wir etwas über den Zweck, zu dem diese Sammlung angelegt wurde. Aber eines steht fest: Mit Solas Wissen werden sie damit noch ganz andere Dinge anstellen können.«

»Meine Abwägung der unterschiedlichen Gefahren, die auf uns alle warten, unterscheidet sich von der deinen, Margun«, stellte die INSTANZ noch einmal unmissverständlich klar. Die Argumentation, der sie folgte, schien nahezu unerschütterlich zu sein.

»In diesem Fall bin ich gezwungen, den Berechtigungscode M+S anzuwenden«, erklärte Margun nun.

»Der Berechtigungscode M+S ist nicht in Kraft«, erwiderte die INSTANZ. »Bei meiner Installierung wurde dieser Code deaktiviert. Es ist daher nicht möglich, mithilfe dieses Codes meine Befehle zu überschreiben. Ich wiederhole: Es ist nicht möglich …«

»Das werden wir ja sehen!«, unterbrach Margun die INSTANZ.

»Ich wiederhole: Es ist unmöglich, meine Befehle zu überschreiben!«

»Wenn das tatsächlich so wäre, könntest du doch einfach abwarten, was passiert, wenn ich es versuche. Aber anscheinend beunruhigt dich allein die Ankündigung schon!«

»Ich wiederhole …«

Jetzt wurde es Dhark zu bunt. Der Streit führte zu nichts, und er wollte abgesehen davon auch auf keinen Fall, dass die Auseinandersetzung zwischen Margun und der INSTANZ weiter eskalierte. »Das wirklich Allerletzte, was wir jetzt brauchen, ist eine Auseinandersetzung wie diese. Wir alle stehen in der Verantwortung, einer Gefahr zu begegnen, die uns alle bedroht. Ein gewisses Risiko werden wir nicht ausschließen können, aber eines ist gewiss: Wenn wir jetzt zu lange zögern, könnte es sein, dass wir alle Chancen verspielen, den Kampf gegen die Schwarze Macht doch noch zu einem guten Ende zu bringen.«

»Es hat keinen Sinn, Ren«, stellte Margun fest. »Ich werde jetzt einfach das tun, was ich angekündigt habe, und den Berechtigungscode M+S anwenden.«

»Nein, bitte nicht!«, widersprach Dhark. »Tu das nicht, Margun!« Dann wandte er sich noch einmal an die INSTANZ. »Ich möchte darum bitten, dass die Entscheidung, die Energiezufuhr für das Portal einzustellen, noch einmal überdacht wird. Möglicherweise könnte dabei eine andere Entscheidung herauskommen, weil bestimmte Faktoren durch zusätzliche Informationen neu bewertet werden müssen.«

Die Antwort bestand zunächst in Schweigen.

»Du selbst warst es, die vor nicht allzu langer Zeit vorgeschlagen hat, die Schwarze Macht mithilfe dieser ausrangierten ARKAN-Station gewissermaßen anzulocken«, fuhr Dhark dann fort. »Ich erinnere außerdem daran, dass es diese INSTANZ war, die die Besatzung der POINT OF dazu eingeladen hat, an dem Projekt Multiversal-Transporter teilzunehmen. Du selbst hast uns jene ausrangierte ARKAN-Station für unsere Forschungen zur Verfügung gestellt. Und du hast jenen Ort aus gutem Grund ausgewählt, nehme ich an. Es dürfte nicht allzu schwierig sein, diese im Notfall zu sprengen, falls es zu einem weiteren Invasionsversuch kommen sollte, der vielleicht von den Wächtern nicht erfolgreich abgewehrt werden kann. Und ich erinnere daran, dass es diese INSTANZ war, die in der Vergangenheit immer wieder darauf gedrungen hat, dass gegen die Schwarze Macht endlich etwas unternommen werden müsse.« Dhark sprach einfach weiter.

Das Schweigen der INSTANZ konnte viele Ursachen haben. Vielleicht fürchtete sie insgeheim, dass Margun den Berechtigungscode M+S doch noch anwendete. Ob es tatsächlich möglich war, die Befehle der INSTANZ zu überschreiben oder nicht, würde sich erst herausstellen, sobald es versucht worden war. Entgegen ihrer Äußerungen dazu war sich die INSTANZ vielleicht in dieser Hinsicht doch nicht ganz so sicher, wie sie vorgegeben hatte.

Und dann gab es da noch einen weiteren Aspekt: *Kann es sein, dass die INSTANZ sich geirrt hat?*, überlegte Dhark. *Sie hat sich geirrt und kann diese Tatsache nicht zugeben. Dabei kann ich mir nicht vorstellen, dass eine Überzeugung von eigener Unfehlbarkeit ein konstitutives Element der kontrollierenden Biokomponente von ERRON-2 sein soll.*

Allerdings bedeutete dies nicht, dass sich eine so fehlgeleitete Überzeugung im Laufe der Zeit gebildet hatte.

Schließlich schwieg auch Dhark.

Quälend lange Augenblicke der Stille folgten nun. Immerhin enthielt sich auch Margun jeglicher weiterer Äußerung. Das hätte den Konflikt wohl auch nur von neuem aufflammen lassen, womit niemandem gedient war.

Schließlich meldete sich die INSTANZ mit einer Gedankenbotschaft: *Ich erlaube euch, die Arbeit am Portal wieder aufzunehmen. Die Energieversorgung wurde bereits wiederhergestellt.*

»Vielen Dank«, sagte Dhark. Er wandte sich an Margun. »Ich denke, es gibt für uns jetzt viel zu tun.«

»Ja«, murmelte der Worgunmutant.

Dhark registrierte, dass Margun die Fäuste so stark ballte, dass die Knöchel ganz weiß wurden.

Vielleicht hätte er es am liebsten darauf ankommen lassen und den Berechtigungscode M+S angewendet, erkannte er. *Um Solas Willen war es sicher besser, dass er auf diesen Versuch verzichtet hat.*

*

Dhark und Margun kehrten über das Arkan-Portal in die ausrangierte Station zurück. Bisher hatten sie beide geschwiegen. Jetzt, da sie die Halle des Arkan-Portals erreicht hatten, meldete sich der Worgunmutant zu Wort.

»Warte, Ren«, sagte er.

Dhark, der eigentlich sofort in die Halle des Multiversal-Transporters zurückkehren wollte, drehte sich um. »Wir werden Sola finden«, versprach er.

»Das hoffe ich auch.«

»Die Schwarze Macht wird vielleicht einen weiteren Versuch unternehmen, um auch dich in ihre Gewalt zu bringen.«

»Damit werde ich rechnen müssen.« Margun alias Marc Neill lächelte verhalten. »Aber ich bin an das Risiko gewöhnt. Mir ist das klar. Die Frage ist, wie es den anderen klargemacht werden kann, ohne meine Identität aufzudecken. Selbst Solas Identität ist ja weiterhin geheim.«

»Und das muss sie auch bleiben.«

»Das bedeutet aber auch, dass den meisten, die an diesem Projekt arbeiten, die volle Tragweite der vergangenen Ereignisse gar nicht bewusst werden kann.«

»Das ist mir klar. Ich sehe aber keinen anderen Weg.«

»Wir haben so lange als ein unzertrennliches Team zusammengearbeitet, Sola und ich.« Margun seufzte.

»Ich denke, die Schwarze Macht will sich der Dienste dieses unschlagbaren Teams versichern«, vermutete Dhark. »Die wollen euer Wissen und eure Kenntnisse – und du weißt am besten, dass sie Mittel und Wege haben, um sich deren zu bemächtigen.«

»Ich weiß. Der Umgang mit Balduren-Artefakten erfordert besondere Fähigkeiten und Kenntnisse. Selbst Sola und ich haben uns schon dabei vertan. Manchmal wussten wir auch gar nicht so genau, was wir taten, wie zum Beispiel bei dem Balduren-Artefakt, das mit dem Checkmaster der POINT OF verbunden ist.«

»Wir müssen in das Universum der Schwarzen Macht vordringen«, sagte Dhark. »Das war von Anfang an meine Überzeugung. Und jetzt haben wir gar keine andere Wahl mehr.«

»Ich bin gespannt, ob die INSTANZ ihre Zusage eingehalten und die Energieversorgung des Portals wieder aktiviert hat«, meinte Margun.

»Warum sollte sie das nicht tun?«

»Vielleicht wollte sie nur Zeit gewinnen und im Moment verhindern, dass ich in Bezug auf den Berechtigungscode M+S doch die Probe aufs Exempel wage.«

»Das werden wir gleich sehen, Margun.«

*

Als Dhark und Margun in die Halle mit dem Multiversal-Transporter zurückkehrten, war auf den ersten Blick zu sehen, dass die INSTANZ ihre Zusage eingehalten hatte. Das Portal wurde wieder mit Energie versorgt.

Der Tofiritbogen, der den Bereich abgrenzte, innerhalb dessen bei einer Aktivierung die Wurmlochverbindung entstand, flimmerte leicht und belegte Energiezufluss.

Aber das war nicht die einzige Veränderung, die während der Abwesenheit von Ren Dhark und Margun stattgefunden hatte.

Die Halle selbst hatte erheblich an Größe gewonnen und nun riesige Ausmaße angenommen. Selbst Margun, der mit der Technologie der Worgun ja nun wirklich sehr gut vertraut war, hielt einen Moment staunend inne. Er ließ den Blick emporgleiten und sagte schließlich: »Unitall ist wirklich ein Kunstmetall mit besonderen Eigenschaften.«

»Das kann man wohl sagen«, stimmte Dhark zu.

»Anscheinend geht es hier ja weiter«, stellte Margun fest. »Die INSTANZ von ERRON-2 ist also tatsächlich zur Vernunft gekommen.«

Eine Lichterscheinung zog Ren Dharks Aufmerksamkeit auf sich.

Eine kleines Geschwader von einem Dutzend Flash flog mit eingeschaltetem Intervallum in die erheblich vergrößerte Halle ein und landete dort. Da Dhark keinerlei Befehle in dieser Hinsicht an die Flashpiloten der POINT OF gegeben hatte, konnte es sich nur um Maschinen der Wächter handeln.

»Es sieht so aus, als würden die Wächter einen Einflug in das andere Universum planen«, stellte Dhark fest, der noch nicht so ganz für sich entschieden hatte, was er davon nun halten sollte.

»Die INSTANZ ist wohl von einem Extrem ins nächste gefallen«, lautete der Kommentar von Margun. »Erst stoppt sie das Projekt durch eine plötzliche Unterbrechung der Energieversorgung, dann reißt sie die Kontrolle über das weitere Vorgehen an sich.«

»Ja, das sieht tatsächlich so aus.«

»Die Wächter haben übernommen, Ren. Wir haben hier nichts mehr zu sagen.« Margun zuckte mit den Schultern. Möglicherweise bedauerte der Worgunmutant jetzt erst recht, nicht die Gelegenheit genutzt zu haben, die Befehle der INSTANZ zu überschreiben.

Dhark bemerkte, dass inzwischen mit Arbeiten am Tofiritbogen begonnen wurde. Mehrere der extrem wandelbaren Wächter beteiligten sich daran. Sie zerflossen zu spinnenartigen, vielarmigen Gebilden und arbeiteten mit Hochdruck.

Nachdem die Halle bereits erweitert wurde, geschieht jetzt das Gleiche mit dem Portal, wurde es Dhark klar.

»Komm mit«, sagte Dhark an Margun gerichtet.

»Die verfolgen irgendeinen Plan und haben uns nicht mal eingeweiht!«, stellte der Worgunmutant ziemlich sauer fest.

»Wir werden herausfinden, was hier zurzeit gespielt wird.«

*

Ren Dhark und Margun begaben sich zu der Konsole von Chris Shanton, die inzwischen vollkommen wiederhergestellt war. Jimmy, Artus und Arc Doorn befanden sich in der Nähe. Tom Taylor unterhielt sich mit Palmochaa, einem der an dem Projekt beteiligten Meeg. Ein paar weitere Meeg bildeten eine Gruppe, die wenige Meter entfernt stand.

Außerdem waren noch Hen Falluta und Judd Farrell anwesend. Der Erste Offizier der POINT OF und der Sicherheitsoffizier unterbrachen ihre Unterhaltung, in die sie vertieft waren, als sie den Commander bemerkten. Auch die anderen wurden nun auf Dhark aufmerksam.

»Wo waren Sie?«, fragte Arc Doorn.

»Das ist eine lange Geschichte«, wich Dhark aus. »Hier scheint es ja inzwischen weiterzugehen …«

»Ja, die Energieversorgung ist wiederhergestellt und die Wächter scheinen jetzt plötzlich von einem geradezu unheimlichen Aktivitätsdrang erfüllt zu sein. Die Halle hat riesige Ausmaße bekommen, und als Nächstes soll wohl das Portal entsprechend erweitert werden.«

»Die Wächter arbeiten bereits daran«, stellte Chris Shanton fest. »Wir wurden diesmal nicht mit einbezogen.«

»Letzteres kann ich nur bestätigen«, mischte sich Artus ein. »Der Zentralrechner der ARKAN-Station hat mir keinerlei Aktualisierungen der Daten geschickt.«

»Die Wächter haben den Plan, einen Vergeltungsschlag gegen die Schwarze Macht zu führen«, erklärte Hen Falluta nun. »Dazu soll eine Flotte von Flash in das andere Universum vordringen. Auch dazu dient die Vergrößerung des Portals.«

»Von unseren Experten ist dabei niemand gefragt worden«, mischte sich Judd Farrell ein. »Unter Sicherheitspunkten betrachtet ist das meiner Ansicht nach ein höchst riskantes Vorgehen. Wir wissen nicht, wie die Schwarze Macht auf einen derartigen Vergeltungsschlag reagieren wird. Es könnte zu Attacken auf bewohnte Welten kommen. Der Feind verfügt ja unter anderem über die Möglichkeit, Sonnen zum Erlöschen zu bringen.«

Inzwischen hatten sich die anderen ebenfalls um Dhark und Margun herum gruppiert.

»Das ging vollkommen über unsere Köpfe hinweg«, beklagte sich Palmochaa. Die semi-telepathische Bildsprache, in der er und seine Artgenossen sich ausdrückten, wurde mittels eines Translators ins Angloter übersetzt. »Zuerst sind wir hierhergeholt worden, um uns an den Forschungen zu beteiligen, jetzt ist man plötzlich an unserem Wissen gar nicht mehr interessiert! Die Stimmung unter den anderen Meeg ist ziemlich explosiv!«

Das traf keineswegs nur auf die Meeg zu, sondern ganz genauso auf die terranischen Ingenieure und Wissenschaftler, die an dem Projekt beteiligt und denen im Übrigen ja auch entscheidende Fortschritte in Bezug auf die Erforschung der 5-D-Schwingungen sowie diverse Konstruktionen zu verdanken waren.

»Ich habe den Eindruck, die wissen gar nicht genau, was die da eigentlich machen«, stellte Chris Shanton mit ziemlich saurem Unterton fest. Er machte mit seiner Armprothese eine wegwerfende Handbewegung, die allerdings etwas zu heftig ausfiel, sodass Arc Doorn ihr im letzten Moment ausweichen musste.

»Immer schön vorsichtig«, sagte Doorn.

»Kann mit dem Ding noch nicht so richtig umgehen«, entschuldigte sich Shanton, bevor er dann in der Sache fortfuhr: »Die wissen meinem Eindruck nach gar nicht, was sie da eigentlich tun! Und man muss sich nur mal vorstellen, dass noch einmal versehentlich eine Kettenreaktion ausgelöst wird und wir ein unaufhaltsam sich ausdehnendes Wurmloch bekommen, so wie es bereits in meinem Labor in der POINT OF geschehen ist! So ein Multiversal-Portal zu vergrößern, das braucht schon ein bisschen Fingerspitzengefühl!«

»Und vor allen Dingen Rechenleistung, wenn mir diese Bemerkung erlaubt sei«, mischte sich Artus ein.

»Jedenfalls habe ich das dumpfe Gefühl, dass die ganze Sache gewaltig schiefgeht, wenn diese Wächter-Deppen ihr Ding drehen, ohne unseren Rat einzuholen!«

»Einschränkend möchte ich sagen, dass es unter den Wächtern ebenfalls Personen mit wissenschaftlicher oder technischer Expertise gibt«, bemerkte Artus. »Wächter Kroike zum Beispiel hatte vor seiner Zeit als Wächter eine beeindruckende wissenschaftliche Laufbahn als Meeg hinter sich. Insofern würde ich Shantons Aussage zwar grundsätzlich zustimmen, teile aber nicht die pauschalisierende Formulierung.«

Der Diplom-Ingenieur verdrehte daraufhin nur die Augen. Auf eine Erwiderung verzichtete er.

»Ich werde mit den Wächtern darüber sprechen«, sagte Dhark.

»Eine entsprechende Aufforderung kann ich sofort übermitteln«, bot Artus sich an.

*

Etwa ein Dutzend Wächter näherten sich nun der Gruppe um Dhark. Sie kamen aus verschiedenen Richtungen. Manche unterbrachen die Arbeit, mit der sie gerade beschäftigt waren.

»Anscheinend ist deine Einladung zum Gespräch angenommen worden«, stellte Artus dazu fest. »Allerdings hatte ich nicht damit gerechnet, dass so viele darauf reagieren …«

Es dauerte etwas, bis die Wächter die Gruppe erreicht hatten. Sie formierten sich in einem Halbkreis. Die meisten von ihnen konnte Dhark nicht identifizieren. Doris, Arlo, Tekaro und Simon erkannte er an den jeweiligen charakteristischen Einfärbungen. Die tofiritroten, roboterähnlichen Körper der anderen wirkten zum Großteil absolut identisch und waren für einen Menschen nicht unterscheidbar. Dhark identifizierte noch Wächter Kroike unter den versammelten Wächtern. Die anderen waren ihm vollkommen unbekannt.

»Wir folgen den Anweisungen der INSTANZ«, erklärte Wächter Kroike nun überflüssigerweise, denn das war mehr oder weniger eine Selbstverständlichkeit. »Und die INSTANZ hat beschlossen, dass es notwendig ist, der Schwarzen Macht mit einem Gegenangriff zu begegnen, bevor diese einen erneuten Invasionsversuch unternimmt oder andere Maßnahmen ergreift, die das Projekt in Mitleidenschaft ziehen könnten.«

»Die Wissenschaftler und Ingenieure der POINT OF beklagen, dass sie weder informiert noch zu Rate gezogen wurden«, stellte Dhark fest.

»Wenn wir es für nötig erachten, fachlichen Rat einzuholen, werden wir das tun«, äußerte sich ein Wächter, der Dhark vollkommen unbekannt war.

»Es sind nicht nur meine Leute, die sich beklagen! Die Kritik der Meeg geht in dieselbe Richtung«, stellte Dhark dann klar.

»Wie gesagt, wir sahen keine Notwendigkeit, irgendeine Expertise einzuholen«, wiederholte sich der unbekannte Wächter, der soeben schon gesprochen hatte. »Die INSTANZ legt großen Wert darauf, dass nun schnell gehandelt wird. Die Gefahr durch die Schwarze Macht ist in ihrer akuten Brisanz neu bewertet worden, und es geht jetzt darum, keine Zeit zu verlieren.«

»Wir werden mit einer Flotte von Flash in das andere Universum vorstoßen«, erklärte unterdessen Wächter Arlo. »Da es sich um unbemannte Maschinen handelt, dürfte sich das Risiko in Grenzen halten.«

»Der Multiversal-Transporter muss dazu erheblich vergrößert werden«, sagte Dhark.

»Die entsprechenden Arbeiten sind bereits im Gang und stellen keine besondere Schwierigkeit dar«, meinte einer der anderen Wächter, dessen Identität Dhark ebenfalls unbekannt war.

»Im Augenblick existiert keine aktive Wurmlochverbindung«, sagte Dhark. »Aber sobald sie reaktiviert wird, besteht die Gefahr, dass es durch unnötige Fehler zu einer unkontrollierten Expansion des Wurmlochs kommt. Wir hatten so ein Phänomen bereits während unserer Forschungen an Bord der POINT OF. Und das ist nur eines der Risiken, die vorhanden sind, wenn jetzt übereilte Maßnahmen ergriffen und die Experten übergangen werden.«

»Ich stimme dir zu, Dhark«, gestand Wächterin Doris.

»Wenn der sogenannte Gegenschlag dann erfolgt, könnte die Schwarze Macht reagieren, indem sie besiedelte Welten in unserem Universum angreift. Das hat sie schon getan, und es gibt keinen Grund, warum sie das nicht wiederholen sollte. Mal ganz davon abgesehen, dass wir eigentlich noch viel zu wenig über das andere Universum wissen, um auch nur annähernd beurteilen zu können, ob so ein Gegenschlag überhaupt Aussicht auf Erfolg hätte.«

»Die Risiken, die du beschreibst, sind zweifellos vorhanden«, stimmte Tekaro zu.

»Und trotzdem werden sie bedenkenlos eingegangen?«

»Wie gesagt, ich persönlich teile durchaus deine Bedenken, Dhark«, wiederholte Doris. »Aber du hast gesehen, dass unter den Wächtern auch andere Meinungen vorherrschen«, gab der Angesprochene zurück.

»Die INSTANZ hat eine Abwägung verschiedener Risiken und Gefahren vorgenommen«, mischte sich nun Wächter Simon in das Gespräch ein. »Deine Argumente wiegen schwer, Dhark. Aber die Argumente, die für einen sofortigen Angriff sprechen, sind ebenfalls nicht von der Hand zu weisen.«

»Die Entscheidung in dieser Frage ist gefallen«, stellte ein weiterer Wächter klar. »An der Notwendigkeit eines Gegenschlags gibt es bei den meisten von uns kaum Zweifel.«

»Selbst dann sollte man bei den Details nicht das Fachwissen der hier versammelten Wissenschaftler und Ingenieure missachten und damit vielleicht noch größere Gefahren völlig unnötig heraufbeschwören!«, hielt Dhark dem entgegen.

Wenn er schon nicht verhindern konnte, dass dieser seiner Ansicht nach in seinem Risikopotenzial völlig unkalkulierbare Gegenschlag durchgeführt wurde, dann sollte das wenigstens unter Aufsicht all der Fachleute geschehen, die sich hier an Bord dieser ausrangierten ARKAN-Station versammelt hatten, um das Projekt »Multiversal-Transporter« voranzutreiben.

»Du hast recht, Dhark«, stellte Simon fest. »Wir sollten das in Zukunft berücksichtigen.«

Der unbekannte Wächter, der ganz zu Anfang gesprochen hatte, meldete sich nun wieder zu Wort. »An dem eigentlichen Plan wird dies allerdings nichts ändern«, stellte er klar.

»Ich weiß«, sagte Dhark.

»Dann sollten wir uns jetzt alle wieder unseren Aufgaben widmen«, erklärte Simon.

10.

Die Arbeiten an dem Portal gingen in den nächsten Stunden stetig voran. Dhark hatte die Besatzungsmitglieder der POINT OF dazu angewiesen, die Wächter dabei zu unterstützen, so gut es ging und wann immer so eine Unterstützung nötig war.

Nicht alle waren davon begeistert.

Insbesondere Chris Shanton grummelte einiges in seinen Bart hinein. »Erst holen die uns, dann tragen wir Entscheidendes dazu bei, dass überhaupt eine kontrollierbare Verbindung zum Universum der Schwarzen Macht aufgebaut werden kann, und was ist der Dank? Die Wächterbande und diese INSTANZ von ERRON-2 machen ihr eigenes Ding und übergehen uns einfach!«

»Ich hätte mir auch gewünscht, dass es anders gelaufen wäre«, erklärte Dhark. »Aber wir können uns in diesem Fall nicht so einfach durchsetzen.«

»Ich hoffe nur, dass dieser sogenannte Gegenschlag nicht alles noch sehr viel schlimmer macht, als es ohnehin schon ist!«

»Hauptsache, es passieren nicht auch noch Fehler auf technisch-fachlicher Ebene. Und deswegen ist es so wichtig, dass unsere Leute kooperativ sind.«

»Keine Sorge«, versicherte Shanton ihm. »In dieser Hinsicht kann man sich auf mich verlassen.«

»Das weiß ich«, erwiderte Dhark.

»Aber wenn man sich unter den Meeg so umhört, dann sind die auch ziemlich angefressen, um es mal ganz vorsichtig auszudrücken.«

»Auch das ist mir bewusst«, sagte Dhark. »Aber wir müssen die Situation im Augenblick so nehmen, wie sie nun mal ist.«

»Ich weiß«, sagte Shanton und bewegte dabei die Hand seiner Prothese. »Immerhin, das hier geht immer besser.«

»Der spannende Punkt wird sein, wie die Schwarze Macht auf den Versuch einer Gegeninvasion reagieren wird«, mischte sich Arc Doorn in das Gespräch ein. »Dann kommt der Moment der Wahrheit, würde ich sagen.«

Margun hatte sich unterdessen etwas von den anderen entfernt. Er stand da und sah den Wächtern dabei zu, wie sie das Portal Schritt für Schritt erweiterten. Immer wieder zerflossen einige von ihnen zu spinnenartigen Gebilden, die nur aus einem Geflecht dünner Tofiritarme zu bestehen schienen. Aber diese feinen Tofiritarme führten hochkomplexe Arbeiten an dem ebenfalls aus Tofirit bestehenden Bogen aus.

»Die 5-D-Projektoren, der die dort verbaut sind, müssen noch einmal vollkommen neu kalibriert werden, wenn die Ausdehnung des Portals dermaßen stark anwachsen soll«, sprach Palmochaa Margun an. Der Meeg kannte ihn nur flüchtig als Marc Neill, wie der Worgunmutant sich offiziell nannte. Für Palmochaa war Marc Neill nur einer von vielen terranischen Wissenschaftlern und Technikern, die an dem Projekt in der Arkan-Station beteiligt waren.

»Und das sollte man sehr sorgfältig machen«, meinte Margun. »Denn die Stärke der 5-D-Signale muss am Ende der neuen Ausdehnung des eigentlichen Wurmlochbereichs entsprechen.«

»Ich sehe noch ein anderes Problem, worüber man hier im Allgemeinen nicht so gerne spricht«, erklärte Palmochaa. Er wandte den libellenartigen Kopf mit den großen Facettenaugen und den gegeneinander schabenden Mandibeln in Marguns Richtung. Der gut zwei Meter fünfzig große Meeg musste dabei den Blick etwas senken, denn Margun alias Marc Neill war deutlich kleiner als er.

Für einen Moment begegneten sich die sehr unterschiedlichen Blicke der beiden.

Margun hob die Augenbrauen. »Die Energieversorgung?«

»Ich nehme an, das ist nur eine rhetorische Frage …«

»Nun …«

»Ich schätze es, wenn jemand immer gleich das Wesentliche erkennt«, übersetzte Palmochaas Translator den semi-telepathischen Gedankenbilderstrom, mit dem sich seine Art zu verständigen pflegte, in gewöhnliches Angloter.

Margun lächelte verhalten. »Ich glaube, dass das noch ein Problem werden könnte. Der Energieverbrauch des Multiversal-Transporters war bisher schon sehr hoch. Selbst in seiner ersten und viel kleineren Variante, die wir an Bord der POINT OF in Shantons Labor entwickelt haben. Aber das war ja auch nur gewissermaßen die Taschenvariante dessen, was hier jetzt entstehen soll.«

»Das stimmt.« Der Meeg hob den facettenäugigen Kopf.

Der von den Wächtern erweiterte Tofiritbogen begann jetzt ein schimmerndes Leuchten abzustrahlen, das sich in den Facettenaugen des Meeg spiegelte. Dieses Leuchten bedeutete keineswegs, dass das Portal bereits aktiviert war. So weit war man noch lange nicht. Es bedeutete nur, dass die gesamte Anlage wieder mit Energie versorgt wurde und die Energiemenge nun schrittweise der neuen Größe des Portals angepasst wurde.

»Ich nehme an, dass die INSTANZ für die ausreichende Energieversorgung aufkommen kann«, meinte Palmochaa. »Allerdings könnte es sein, dass der Zugang zum Universum der Schwarzen Macht immer nur für kurze Zeiträume offengehalten werden kann.«

»Wir werden sehen«, murmelte Margun.

»Der Kollege namens Sebastian Lyte, dieser Terraner … Ich hoffe, dass er die Entführung in das andere Universum gut übersteht und er zurückgeholt werden kann.«

»Das hoffe ich auch«, murmelte Margun finster.

*

Schließlich war es so weit. Das Portal des Multiversal-Transporters hatte jetzt die gewünschte Größe. Im Vergleich zur vorherigen Version war es zu einem riesenhaften Gebilde geworden und hatte sich den Größenverhältnissen der ebenfalls gewachsenen Hallengröße angepasst.

Nachdem Shanton, Doorn und Artus noch einmal alle Werte überprüft hatten, wurde das Portal aktiviert. Erneut bildeten sich die wirbelnden Strukturen einer Wurmlochverbindung ins Universum der Schwarzen Macht – nur dass die Ausdehnung des

Übergangsbereichs jetzt wesentlich größer war. Aber das war ja letztlich der Sinn des Ganzen. Schließlich wollte man ja die Fähigkeit erlangen, auch sehr große Objekte auf die andere Seite der Verbindung zu transferieren, und nicht etwa nur einen kleinen Roboterhund von der Größe eines Scotchterriers.

»Die Energie, die für den Betrieb des Portals in seiner jetzigen Größe verbraucht wird, ist gigantisch«, wandte sich Arc Doorn an Ren Dhark. »Dieses energetische Niveau kann mit Sicherheit nur kurz aufrechterhalten werden.«

»Das reicht ja auch unter Umständen«, lautete Dharks Antwort. »Oder sehen Sie das anders?«

Arc Doorn zuckte mit den Schultern. »Wir werden sehen.«

»Wächterin Doris teilt mir gerade mit, dass als Nächstes ein unbemannter Flash das Portal durchfliegen soll«, meldete unterdessen Artus. »Die Steuerung des Flash ist so programmiert, dass er eigentlich nach wenigen Minuten wieder in unser Universum zurückkehren müsste.«

»Vielleicht sollten die besser mich als Piloten mitfliegen lassen«, meldete sich nun Jimmy zum ersten Mal seit langer Zeit wieder zu Wort. Der Roboterhund blickte erwartungsvoll zu Chris Shanton empor. »Du kannst den Wächtern gerne einen entsprechenden Vorschlag machen.«

»Funktechnisch ist das für dich doch sehr viel einfacher«, stellte Chris Shanton klar.

»Funktechnisch ja. Die Frage ist nur, von wem sie so einen Vorschlag am ehesten akzeptieren würden.«

»Wir werden sehen.«

»Und die zweite Frage ist, wie du dazu stehst. Beim letzten Mal hattest du ja auch alle möglichen Bedenken und hast schließlich auch verhindert, dass ich noch ein weiteres Mal durch das Portal gehe.«

»Dafür gab es Gründe«, verteidigte sich Shanton.

»Das bestreite ich nicht.«

»Und was schlussendlich deinen Kurzaufenthalt im Universum der Schwarzen Macht betrifft, so war das ja wohl knapp genug. Wenn Simon dich nicht gerettet hätte, wärst du zweifellos …« Shanton zögerte und sprach dann nicht weiter.

»… der vollständigen energetischen Entladung anheimgefallen?«, vollendete der Roboterhund den Satz seines Konstrukteurs.

»So ist es. Bei organischen Lebensformen nennt man so etwas Tod. Du kannst von Glück sagen, dass du wieder der Alte geworden bist. Das war keineswegs selbstverständlich.«

Jimmy schwieg daraufhin. Chris Shantons Fürsorge hatte durchaus etwas Bevormundendes an sich, wie Jimmy für sich analysierte. Aber das war wohl einfach nur der Tatsache geschuldet, dass dieser sich tatsächlich Sorgen gemacht hatte.

Der erste Flash aktivierte sein Intervallum und passierte dann die Wurmlochverbindung in das andere Universum. Der Tofiritbogen leuchtete dabei grell auf.

»Da gibt es ein energetisches Ungleichgewicht im fünfdimensionalen Bereich«, stellte Shanton fest. »Das dürfte das starke Leuchten verursacht haben. Da muss noch eine Feinkalibrierung vorgenommen werden.«

»Ich kann das nur bestätigen«, erklärte Artus. »Übermittlungen der entsprechenden Daten an die Wächter ist geschehen.«

Das Flimmern des Tofiritbogens ließ etwas nach.

»Struktur der Wurmlochverbindung ist ausgesprochen stabil«, stellte Shanton dann nach einem Blick auf die Anzeigen seiner Konsole fest. »Das sieht nicht schlecht aus.«

»Der Flash dürfte jetzt eigentlich bald zurückkommen«, meinte Arc Doorn ungeduldig.

Aber auch in den nächsten fünf Minuten war von dem Flash nichts zu sehen. Er blieb auf der anderen Seite der Verbindung in das Universum der Schwarzen Macht, obwohl seine Steuerung eigentlich so programmiert war, dass er sofort hätte zurückkehren müssen.

Nach weiteren fünf Minuten stand dann wohl fest, dass man diesen Flash verlorengeben musste.

Ich hoffe nur, dass auf der anderen Seite nicht gleich ein Empfangskomitee der Schwarzen Macht auf diesen Flash gewartet und ihn ausgeschaltet hat, überlegte Ren Dhark.

Ausschließen konnte man das allerdings keinesfalls.

Daraufhin versuchten es die Wächter noch mit einem zweiten, ebenfalls unbemannten Flash.

Auch der kehrte nicht zurück.

Wächter Kroike trat zu Chris Shanton und Arc Doorn an die Konsole, nachdem er sich nach dem endgültigen Verschwinden des ersten Flash intensiv mit dem Meeg Palmochaa unterhalten hatte.

Von dieser Unterhaltung hatten die anderen allerdings nichts mitbekommen, denn sie war ohne Übersetzung der semi-telepathischen Bilderströme in das bei den Terranern übliche Angloter vonstattengegangen.

Ob Wächter Kroike in seiner Wächterform noch in der Lage war, in der Sprache der Nogk zu kommunizieren, war nicht klar. Womöglich liefen die Bilderströme ebenfalls durch einen Translator, allerdings ohne akustische Ausgabe.

»Da scheint irgendein Problem auf der anderen Seite vorzuliegen, das wir bisher noch nicht hinreichend erfasst haben«, sprach Kroike zu den beiden Terranern. »Ich habe mit Palmochaa darüber diskutiert, aber bislang haben wir noch keine Idee, was der Fehler sein könnte.«

»Das Problem, dass Dinge, die wir hinüberschicken, nicht zurückkehren, obwohl es dafür eigentlich keinen nachvollziehbaren Grund gibt, hatten wir ja auch schon bei der kleineren Version des Multiversal-Transporters«, stellte Chris Shanton fest.

»Ich glaube auch nicht, dass die neue Größe des Portals das eigentliche Problem ist«, gab Kroike zurück.

»Ich bin zurückgekehrt«, mischte sich nun Jimmy ein.

»Du wurdest zurückgekehrt«, korrigierte Chris Shanton die Äußerung des Roboterhundes.

»Nun, wer ein fremdes Universum betritt, muss mit unvorhergesehenen Ereignissen rechnen«, gab Jimmy zurück. »Zum Beispiel mit einem plötzlichen Abfall des Energieniveaus, von dem ja auch Simon betroffen war, wenn ich das richtig verstanden habe.«

»Ja, der Abfall des Energieniveaus ...«, murmelte Shanton. »Das muss der Kern des ganzen Problems sein.«

»Wir haben nach wie vor keine Ahnung, was diesen Energieverlust verursacht hat«, rief Arc Doorn den Anwesenden in Erinnerung.

»Eine strukturelle Abweichung des anderen Universums auf Quantenebene kommt dafür am ehesten infrage«, meinte Wächter Kroike – eine Ansicht, die auch Palmochaa unterstützte.

»Aber trotzdem ist das noch keine ausreichende Erklärung dafür, weshalb der Flash nicht zurückkehrte«, stellte der Meeg fest.

»Ich frage mich nur, wie lange die enormen Energiemengen zur Verfügung stehen, die wir im Moment durch den Betrieb der größeren Portalvariante verbrauchen«, gab sich Shanton besorgt. Auf seiner Stirn erschien eine sehr nachdenklich wirkende Falte, während er die Anzeigen der Konsolen verfolgte.

»Man sollte die Worgun-Technologie niemals unterschätzen«, erklärte Palmochaa sehr viel optimistischer.

»Darauf können wir nur hoffen«, murmelte Shanton.

Ein weiterer Flash wurde durch das Portal geschickt. Auch dieser kehrte nicht zurück.

Jimmy bot erneut an, am nächsten Versuch teilzunehmen. »Wenn es mir gelingt, etwas aufzuzeichnen, dann könnte das von enormen Nutzen für die künftige Vorgehensweise sein!« Er hob den Kopf und sah erwartungsvoll zu Chris Shanton auf.

Anstelle des Ingenieurs antwortete ihm Wächter Kroike, der natürlich in ständigem funktechnischen Kontakt zu den anderen Wächtern stand: »Bevor wir so etwas riskieren, soll zunächst versucht werden, einen Flash mit einem entbehrlichen Roboter zu bemannen.«

Ren Dhark registrierte sehr wohl, dass nach wie vor die komplette Entscheidungsgewalt über jeden einzelnen Schritt im Rahmen dieses Projekts an die Wächter übergegangen war.

Der Unterschied ist wohl nur, dass sie einen anderen Eindruck versucht haben zu vermitteln, solange sie noch davon ausgingen, uns zu brauchen, erkannte Dhark.

Letzteres schien im Moment nicht mehr der Fall zu sein.

Die INSTANZ war wohl der Auffassung, dass der Wissensvorsprung, den Dhark und die Besatzung der POINT OF zunächst gehabt hatte, inzwischen so sehr zusammengeschmolzen war, dass man glaubte, darauf nicht mehr allzu viel Rücksicht nehmen zu müssen. Das war eine Entwicklung, die Dhark nicht gefiel. Aber im Moment gab es nichts, was er dagegen tun konnte.

*

Der Flash mit dem Roboter verschwand im Wurmlochportal des Multiversal-Transporters, aber auch dies blieb ein Vorstoß ohne Wiederkehr. Der Flash mit dem Roboter kehrte nicht wie vorgesehen zurück – und das, obwohl der Kurs so programmiert war, dass selbst bei einem drastischen Energieabfall der Flash sofort ins Herkunftsuniversum hätte zurückgeschleudert werden müssen.

Offensichtlich gab es da einen Faktor, den man bisher nicht kannte.

»Wir sollten das nicht wiederholen«, mischte sich nun Margun ein. Er wandte sich direkt an Kroike, nachdem er sich an Shantons Konsole eingehend über den Energiestatus des Portals informiert hatte. »Auch die Energiespeicher dieser ARKAN-Station sind nicht unerschöpflich. Vermutlich werden wir das Portal schon bald abschalten müssen, um die Reservoirs wieder aufzufüllen. Der Verbrauch ist wirklich sehr hoch und übersteigt alles, was ich erwartet hätte.«

»Je größer das Portal, desto höher der Energieverbrauch«, stellte Wächter Kroike fest. »Das war uns eigentlich von Anfang an klar.«

»Ja, aber die Steigerung gegenüber der kleineren Version des Portals ist nicht linear, sondern exponentiell.«

»Auch das kommt meiner Ansicht nach nicht ganz unerwartet. Wir hatten einen derartigen Effekt erwartet, allerdings nicht in diesem Ausmaß. Das gebe ich zu.«

»Ich will auf etwas anderes hinaus: Wir sollten jetzt weder Energie noch Zeit damit verschwenden, Versuche mit Robotern und Flash zu wiederholen, von denen wir eigentlich zur Genüge wissen, dass sie einfach nicht so funktionieren, wie wir uns das gedacht haben.«

Dhark hörte dieser Unterhaltung zu und konnte Margun in dieser Hinsicht letztlich nur zustimmen.

Von der Möglichkeit eines Gegenangriffs auf die Schwarze Macht sind wir im Augenblick wohl Lichtjahre weit entfernt, überlegte er. *Selbst die INSTANZ von ERRON-2 scheint vor der Gefahr der Selbstüberschätzung nicht gefeit zu sein.*

Kroike drehte seinen Wächterkörper zu Margun herum, was natürlich angesichts der hochentwickelten robotischen Sensorik dieses Kunstkörpers vollkommen überflüssig war. Aber vielleicht war das ein instinktiver Bewegungsablauf aus der Zeit, als Kroike noch in einem zwei Meter fünfzig großen Nogkkörper mit libellenartigem Kopf und reptiloidem Rumpf und Extremitäten existiert hatte. Es gab anscheinend Gewohnheiten, die man nicht so einfach ablegte – selbst dann nicht, wenn man ein ganz anderer geworden war.

»Ich denke, es läuft darauf hinaus, dass ich es noch mal versuchen sollte, ehe die Energiespeicher erst einmal verbraucht sind«, sagte nun Jimmy, der die Unterhaltung zwischen Margun und Kroike sehr genau verfolgt hatte.

»Das ist vielleicht wirklich kein schlechter Gedanke«, meinte nun auch Kroike.

*

Jimmy nahm in dem Pilotensessel des Flash Platz.

»Viel Glück«, meinte Shanton, der daneben stand.

»Ich war der Erste in jenem Universum, und ich bin sehr zuversichtlich, dass ich von dort auch immer wieder zurückkehren werde«, sagte der Roboterhund.

»Die bisherige Statistik spricht tatsächlich für Jimmy«, stellte Artus fest. »Bisher resultieren einhundert Prozent von Jimmys Aufenthalten im anderen Universum mit seiner Rückkehr. Eine bessere Quote kann man gar nicht haben.«

»Jedenfalls wird Wächter Simon dich diesmal nicht so einfach aus dem Fremduniversum herausfischen können«, bemerkte Shanton. »Also sei vorsichtig!«

Wächter Simon trat jetzt an den Flash heran. »Dir steht nur ein kurzes Zeitfenster zur Verfügung«, informierte Simon den Roboterhund. »Danach könnte die Energieversorgung des Multiversal-Transporters ein kritisches Niveau unterschreiten. Wir wären dann gezwungen, das Portal zunächst abzuschalten und darauf zu warten, dass sich die Energiespeicher wieder füllen. Außerdem wissen wir nicht, was bei einem Rückkehrversuch bei zu niedrigem Energiestatus des Transporters mit dir geschieht. Es könnte zu sehr unerwünschten, möglicherweise zerstörerischen Effekten kommen.«

»Ich bin mir über die Risiken im Klaren«, erklärte Jimmy.

Dass Simon diese Botschaft nicht einfach funktechnisch übermittelt hatte, war wohl der Tatsache geschuldet, dass er sie besonders betonen wollte.

Jimmy startete den Flash. Alle, die in der Nähe standen, traten etwas zurück. Das Intervallum wurde eingeschaltet, und das zweisitzige Kleinstraumschiff erhob sich, fuhr die sechs spinnenartigen Ausleger ein und strebte auf das nun vergleichsweise riesige Portal zu. Wenig später war Jimmys Flash in den grauen, wirbelnden Strukturen des Wurmlochs verschwunden.

»Jetzt kommt der Moment der Wahrheit«, sagte Ren Dhark.

Minuten vergingen. Natürlich bestand zu Jimmy kein Kontakt, solange er sich im anderen Universum aufhielt.

Chris Shanton stand an seiner Konsole und wirkte sehr nervös. »Er müsste jetzt zurückkehren«, meinte er. »Wenn das Energieniveau des Portals noch stärker sinkt, könnte es zu Feldschwankungen kommen.«

»Dadurch könnten irreparable Schäden am Multiversal-Transporter entstehen«, stellte Artus fest.

»Oder die Verbindung bricht vorher schon vollkommen zusammen«, murmelte Shanton.

»Angesichts der vorliegenden Daten müsste man dringend eine Abschaltung der Wurmlochverbindung empfehlen«, erklärt Artus. »Ich kann eine Modellrechnung entwerfen, was passiert, wenn …«

In diesem Moment kehrte der Flash mit Jimmy an Bord zurück. Das Intervallum flimmerte und deaktivierte sich auf eine Weise, die nicht so ganz dem normalen technischen Ablauf zu entsprechen schien.

»Da ist was nicht in Ordnung!«, rief Arc Doorn.

»Intervallfeld ist extrem schwach«, erkannte Shanton durch die auf der Konsole angemessenen Daten.

Der Flash schrammte über den unitallenen Boden und blieb dann liegen.

Von allen Seiten näherten sich jetzt Wächter, Terraner und Meeg dem zweisitzigen Beiboot.

Die Luke öffnete sich. Jimmy kam zum Vorschein – und er schien zumindest äußerlich unversehrt zu sein.

Im nächsten Moment wurde das Wurmlochportal des Multiversal-Transporters deaktiviert. Die wabernden, mahlstromartigen Strukturen in dem Bereich unterhalb des Tofiritbogens lösten sich auf und verschwanden. Der Tofiritbogen selbst glühte kurz auf und schimmerte dann nur noch schwach.

»Das war im letzten Augenblick«, stellte Simon gegenüber Ren Dhark klar. »Länger hätte das Portal nicht aufrechterhalten werden können, ohne dabei unvertretbare Risiken einzugehen.«

»Das angenommene Zeitfenster war eigentlich noch nicht ganz ausgeschöpft«, meinte Dhark.

»Anscheinend kommt es zu Effekten, die wir noch nicht vollkommen verstehen und die den Energieverbrauch zwischenzeitlich drastisch erhöhen«, erklärte Simon. »Uns liegen dazu Daten vor, aber wir kennen die Ursache nicht.«

Simon und Dhark erreichten nun ebenfalls den Flash, wo sich bereits Arc Doorn, Chris Shanton, Artus und andere eingefunden hatten.

Jimmy verließ die Kabine. »Ich sagte doch, dass ich zurückkehren würde«, meinte er.

»Ich stelle fest, dass Jimmy seine einhundertprozentige Rückkehrquote statistisch gesehen aufrechterhalten hat«, äußerte sich daraufhin Artus.

Arc Doorn deutete auf den Flash. »Was ist damit passiert, Jimmy?«, wollte er wissen. »Teile der Außenhülle scheinen regelrecht … zerbröselt zu sein. Und deine Rückkehr wirkte auch nicht unbedingt wie eine Routinelandung.«

»Nach meiner Ankunft auf der anderen Seite begann sich das Intervallfeld mehr oder weniger aufzulösen. Es wurde immer schwächer. Und ein ähnlicher Effekt trat dann bei dem Flash selbst ein. Ich habe die Daten aufgezeichnet, hatte aber noch keine Zeit, sie zu analysieren.«

»Ich bitte um Datentransfer«, sagte Artus. »Mithilfe des hiesigen Zentralrechners und gegebenenfalls noch mit Unterstützung des Checkmasters sollte die Ursache schnell gefunden werden.«

»Und dann ist da noch etwas«, fuhr Jimmy fort. »Ich konnte ein verstümmeltes Signal empfangen.«

»Ein Signal?«, echote Dhark.

»Es liegt eine gewisse Ähnlichkeit zu den Signalen der Wächter vor. Aber ich konnte es nicht näher bestimmen.«

»Dann haben wir jetzt ja einiges zu tun, bis die Energiespeicher der ARKAN-Station wieder aufgeladen sind und es möglich ist, einen weiteren Vorstoß in das andere Universum zu unternehmen«, stellte Ren Dhark fest.

*

Shanton, Doorn und Margun machten sich mit Unterstützung von Artus und dem Checkmaster der POINT OF daran, die Daten, die Jimmy empfangen hatte, zu analysieren. Die Ergebnisse ließen nicht lange auf sich warten.

Die Wächter Simon und Doris gesellten sich zu Dhark und dessen Leuten. Natürlich waren die Wächter genauso an den Ergebnissen der Untersuchungen interessiert wie die Terraner.

»Wir haben eine schlechte Nachricht«, wandte sich Arc Doorn an Ren Dhark.

»Inwiefern?«, fragte Dhark.

»Das Universum der Schwarzen Macht scheint eine Art Allergie gegen Worgun-Technologie zu haben.«

»Was er damit meint, ist, dass das fremde Universum offensichtlich eine Phasenverschiebung auf Quantenebene durchläuft«, erläuterte Margun. »So etwas ist an sich nichts Ungewöhnliches. Es könnte jederzeit auch in unserem Universum passieren. Irgendeine Konstante ändert sich spontan, es entsteht eine Störung der Raumstruktur, und dieses Phänomen setzt sich dann mit Lichtgeschwindigkeit fort. Wenn man Pech hat, macht es dieses Phänomen durch kleine Abweichungen der Konstanten plötzlich unmöglich, dass Materie zusammenhält oder dass sich komplexe Moleküle bilden können.«

»Das bedeutet dann das Ende des betreffenden Universums«, meinte Dhark.

»Irgendwann schon«, bestätigte Margun nickend. »Allerdings hängt es immer davon ab, wie die Phasenverschiebung konkret aussieht. Wir können natürlich noch nicht sagen, welche Prozesse genau dafür sorgen, dass Worgun-Technologie besonders betroffen zu sein scheint.

Aber wir wissen jetzt, dass Intervallfelder sich unter diesen Bedingungen nicht lange halten können und dass Materialien wie Unitall und Tofirit, die unter den Bedingungen unseres Universums nahezu unzerstörbar sind, innerhalb des Universums der Schwarzen Macht auf die dortige Phasenverschiebung sehr empfindlich reagieren.«

»Wächter Simon hatte einen ausgesprochen starken Energieabfall, als er Jimmy bei dessen erstem Ausflug dorthin gerettet hat«, sagte Chris Shanton. »Ich nehme mal an, dass das miteinander zusammenhängen könnte.«

»Davon können wir ausgehen«, bestätigte Margun. »Allerdings bedeutet das auch, dass der Plan der INSTANZ und der Wächter nicht aufgehen kann. Es ist unmöglich, einfach mit Flash oder vielleicht zu einem späteren Zeitpunkt mit Ringraumern durch das Portal zu fliegen und einen Angriff auf die Schwarze Macht zu starten.«

»Es sei denn, wir verzichten völlig auf Worgun-Technologie und alle Materialien, die wir normalerweise für den Bau von Raumschiffen nutzen«, ergänzte Chris Shanton. Er atmete tief durch. »Die Wächter hätten noch einhundert weitere Flash durch das Wurmloch jagen können, die wären alle nicht zurückgekehrt. Und dass Jimmy es geschafft hat, ist auch mehr oder weniger Glück gewesen. Es hätte genauso gut sein können, dass er es nicht schafft. Wir haben ja gesehen, in welchem Zustand sein Flash war.«

»Allerdings«, stimmte Dhark zu. »Was ist mit dem verstümmelten Signal, das Jimmy empfangen konnte?«

»Wir konnten es soeben rekonstruieren«, mischte sich nun Wächterin Doris in das Gespräch ein. »Es stammt von Wächter Kratyn.«

*

»Wächter Kratyn hält sich in dem anderen Universum auf und hat all die Wochen überlebt?«, fragte Simon. Er schien erstaunt zu sein.

»Wir müssen versuchen, ihn auf irgendeine Weise zu kontaktieren«, schlug Margun vor. »Und falls das gelingt, müsste man diesen Wächter über die Entführung von Mister Lyte informieren. Dann könnte Wächter Kratyn meinen Kollegen auf eine ähnliche Art retten, wie Simon es mit Jimmy getan hat!«

Simon dämpfte die Hoffnung, die soeben in Margun aufgekommen war. »Du meinst eine Rettung durch den absoluten Schritt«, stellte er fest. »Aber es ist sehr unwahrscheinlich, dass in diesem Fall so etwas möglich sein könnte.«

»Und warum?«

»Erstens dürfte sich Sebastian Lyte kaum noch in der Nähe des Portalausgangs befinden. Was mit ihm geschehen ist, wissen wir nicht. Und zweitens ist überhaupt nicht gesagt, dass ein absoluter Schritt unter den Bedingungen des anderen Universums überhaupt funktionieren würde.«

»Du hast es doch bewiesen, Simon!«

»Nein, das habe ich nicht.«

»Wir alle haben es gesehen!«

»Ich befand mich in unmittelbarer Nähe des Portals, als ich den absoluten Schritt durchführte, um mit Jimmy in unser Universum zurückzutransitieren. Möglicherweise war ich sogar noch innerhalb des Transporterfeldes. Mit einem absoluten Schritt, der an einem anderen Punkt des anderen Universums durchgeführt wird, ist das nicht zu vergleichen. Selbst wenn es Wächter Kratyn gelingen sollte, Sebastian Lyte zu finden und dann eine Transition durchzuführen, müsste er auf jeden Fall eine viel größere Distanz überwinden.«

»Das muss doch kein Hindernis sein«, meinte Margun.

»Doch, das ist es«, widersprach Simon. »Jeder hier hat gesehen, wie geschwächt ich nach meiner Rettungsaktion für Jimmy war. Und wer noch Zweifel daran hat, soll sich gerne die Aufzeichnung der entsprechenden Daten ansehen. Ich war allerdings nur sehr kurz innerhalb des anderen Universums. Wächter Kratyn hingegen hält sich dort zweifellos viel länger auf. Er muss also auch viel geschwächter sein, als ich es während meines Aufenthalts auf der Stützpunktwelt der Schwarzen Macht war.

Wie er unter diesen Umständen eine Transition über vermutlich weite Distanzen zustande bringen sollte, ist mir schleierhaft. Und selbst wenn er es versuchen würde, ist die Wahrscheinlichkeit groß, dass diese Aktion vollkommen danebengeht. Zum Beispiel könnte der Raumsprung zu kurz sein, weil einfach nicht die nötige Energie zur Verfügung steht. Dann strandet er irgendwo im Vakuum des leeren Raums.

Ein Wächter kann so etwas überleben – der empfindliche und auf Atmung und Stoffwechsel angewiesene Körper eines Terraners allerdings nicht.«

Margun ballte die Hände zu Fäusten. Er schien die Idee nicht aufgeben zu wollen, Sola alias Sebastian Lyte auf diese Weise zu retten. Es war das erste Mal seit Solas Entführung, dass Margun wieder Hoffnung schöpfte. Sein terranisches Gesicht drückte Entschlossenheit aus.

Aber die Einwände, die Simon vorgebracht hatte, waren natürlich nicht so einfach zu entkräften. Das musste auch Margun zugeben, so schwer es ihm auch fallen mochte. Er setzte an, machte den Eindruck, als wollte er noch etwas sagen. Aber dann schwieg er doch.

Es gibt keine einfachen Lösungen, was diese Sache betrifft!, überlegte Dhark. *So sehr man sich das auch anders wünschen mag.*

»Ich würde trotzdem gerne Kontakt mit Wächter Kratyn aufnehmen«, sagte Dhark dann. »Es könnte ja sein, dass wir gemeinsam eine Lösung finden.«

»Im Augenblick ist das unmöglich«, ließ Simon ihn wissen. »Das Portal ist geschlossen, und es wird einige Zeit dauern, bis wir es wieder öffnen können.«

»Wir könnten mit einer kleineren Version des Multiversal-Transporters fortfahren«, schlug Dhark vor. »Jimmy hat schon einmal seinen Kopf in das andere Universum gesteckt, und wir könnten auf diese Weise versuchen, Kontakt zu Wächter Kratyn herzustellen – wo auch immer er sich befinden mag.«

»Das wäre eine Möglichkeit«, gab Simon zu. Er schien allerdings nicht überzeugt davon zu sein, dass sie dies im Augenblick tatsächlich voranbringen würde.

*

Eine kleine Version des Multiversal-Transporters wurde schnell errichtet. Insbesondere Wächter Kroike stellte dabei seine Fähigkeiten zur Verfügung.

Das kleine Portal wurde auf einer kleinen Plattform errichtet, die sich aus dem Boden erhoben hatte. Der Tofiritbogen, der den eigentlichen Wurmlochbereich begrenzte, durchmaß nicht mehr als zwei Meter. Für das, was Dhark und seine Experten jetzt beabsichtigten, reichte das aber völlig aus.

»Die Anforderung bezüglich der Energieversorgung beträgt nur einen Bruchteil der Werte des großen Portals«, stellte Chris Shanton fest. »Das dürfte eigentlich keinerlei Probleme verursachen ...«

»Und falls doch, sollten wir die Station so schnell wie möglich verlassen, denn dann wäre sogar der Betrieb der Lebenserhaltungssysteme gefährdet«, meinte Margun.

»Wenn jetzt alle so weit sind, können wir das Portal aktivieren«, schlug Arc Doorn vor. Er wandte sich an Simon. »Oder gibt es noch irgendetwas, was wir nicht bedacht haben?«

»Ich denke, dass die Gefahr eines erneuten Invasionsversuches bei einem so kleinen Portal eher gering ist«, meinte Wächter Simon. »Trotzdem werde ich für diesen Fall Vorkehrungen treffen.«

»Umso besser«, antwortete Arc Doorn.

Jimmy sprang aus dem Stand auf die Plattform. »Die Verbindung zu Artus ist hergestellt«, meldete der Roboterhund. »Ich werde alles, was ich empfange, sofort an ihn weitersenden.«

»Vielleicht hätten wir doch eine Sonde nehmen sollen«, murmelte Chris Shanton. »Die redet nicht so viel.«

»Ich darf mir den Hinweis erlauben, dass bisher keine einzige Sonde, die zu diesem Zweck ins andere Universum geschickt wurde, auch nur irgendeinen brauchbaren Datensatz gesendet hätte«, mischte sich jetzt Artus in das Gespräch ein.

Wenig später wurde das Portal aktiviert. Zunächst bildete sich der schimmernde Schein um den Tofiritbogen, der anzeigte, dass der Energiestatus für den Betrieb des Multiversal-Transporters ausreichte. Dann wurde das Portal selbst aktiviert. Die Wurmlochverbindung brauchte einige Augenblicke, ehe sie sich gebildet hatte.

»Wurmloch-Stabilitätsfaktor liegt über eins«, stellte Margun fest, während er die Anzeigen der Konsole betrachtete und anschließend auch noch eine Projektion von Datenkolonnen öffnete. »Das ist ein sehr guter Wert«, fügte er dann hinzu.

»Zumindest einer, der eine unkontrollierte Kettenreaktion, wie wir sie ja schon einmal hatten, wohl definitiv ausschließt«, bestätigte Arc Doorn. »Energiestatus ist auch stabil. So, wie ich das sehe, bekommen wir erst mal keinerlei Probleme.«

»Das klingt doch vielversprechend«, meinte Dhark.

Jimmy trat an das Portal heran und steckte seinen Kopf hinein.

»Verbindung funktioniert«, bestätigte Artus.

Augenblicke gespannten Wartens vergingen.

Dann meldete Artus einige verzerrte Signale, die offenbar von Wächter Kratyn stammten.

»Die Signatur konnte sowohl vom Hyperkalkulator dieser Station als auch vom Checkmaster bestätigt werden«, meldete Artus. »Leider kann der Informationsgehalt nicht herausdestilliert werden. Dazu ist der Verzerrungsfaktor zu groß.«

»Immerhin wissen wir jetzt, dass Wächter Kratyn noch existiert«, stellte Simon fest. »Er hat trotz der widrigen Umstände dort überleben können.«

»Das ist immerhin eine gute Nachricht«, sagte Dhark.

»Ich habe keine Ahnung, was uns Kratyn mitteilen möchte, aber ich fürchte, er wird sehr wahrscheinlich so geschwächt sein, dass er zu einem absoluten Schritt gar nicht in der Lage ist.«

»Es wäre interessant zu erfahren, wo er sich überhaupt befindet«, sagte Dhark.

»Genauere Informationen darüber sind uns im Moment leider nicht zugänglich«, erklärte Artus. »Sie können weder aus dem Signal selbst extrahiert werden, noch haben wir die Möglichkeit, unter den Bedingungen des fremden Raumes auf den Herkunftsort zu schließen.«

»Das ist mir durchaus klar«, murmelte Dhark.

In diesem Moment wurde Alarm ausgelöst. Überall in der gewaltigen Halle kamen die Wächter in Bewegung. Die Flash, die eigentlich für den Vorstoß in das andere Universum und den Angriff auf die Schwarze Macht gedacht waren, starteten jetzt einer nach dem anderen. Innerhalb weniger Augenblicke hatte ein Großteil von ihnen die Halle mit eingeschaltetem Intervallfeld verlassen.

»Was ist los?«, fragte Dhark.

Seine Frage richtete sich einerseits an Wächter Simon. Andererseits hatte Dhark auf seinem Armbandvipho einen Kommunikationskanal zur Zentrale der POINT OF geöffnet, die sich in einem Großhangar an Bord der ARKAN-Station befand.

»Commander, die Lage ist im Moment unklar«, meldete sich Ortungsoffizier Tino Grappa von der POINT OF aus. »Aber die ARKAN-Station scheint angegriffen zu werden.«

»Keilschiffe haben sich der Großstation genähert und sie von allen Seiten eingekreist«, erklärte nun Simon, der natürlich andauernd in einem funktechnischen Datenaustausch mit den anderen Wächtern stand. »Verteidigungsmaßnahmen wurden durch den Hyperkalkulator der Station eingeleitet. Wir werden angegriffen!«

11.

Da stand er also, voller Erstaunen bezüglich dessen, was sich in diesem Moment am dunklen Firmament ereignete. Es war nicht explizit das astronomische Gebilde, das seine Optiksensoren erfassten. Vielmehr Hunderte von Keilschiffen unterschiedlicher Größe, die über ihn hinwegflogen und direkt auf den kleinen Sternennebel zuhielten. Und irgendwie schien beides unmittelbar miteinander zusammenzuhängen.

Handelte es sich bei dem seltsamen Phänomen im Weltall vielleicht um ein Portal, durch das die Schwarze Macht in die Milchstraße gelangen konnte? Davon jedenfalls war Vonnock überzeugt, auch wenn es hierfür keine Bestätigung gab. Abgesehen von seiner Wächterlogik, die nicht immer irgendeinen wissenschaftlichen Beweis benötigte, ihm aber genau das sagte. Schließlich stellte sie ein beinahe unerschöpfliches Konglomerat aus Erfahrung, Wissen und Intuition dar.

Dennoch konnte Vonnock diese logische Schlussfolgerung von seinem momentanen Standort aus nicht bestätigen. Er befand sich weiterhin außerhalb einer riesigen Anlage auf einer ihm unbekannten Stützpunktwelt der Schattenhaften. Wobei es nicht einmal sicher war, ob es überhaupt ein »Außerhalb« und »Innerhalb« und einen solchen Komplex im herkömmlichen Sinne gab. Zu kompliziert gestalteten sich hier auf diesem mysteriösen Planeten die Gegebenheiten.

Dennoch wollte der Fanjuur-Wächter der Sache auf den Grund gehen. Und das nicht ohne Hintergedanken. Sollten sich seine Vermutungen als folgerichtig herausstellen, dann könnte ein solches Portal für ihn selbst einen potenziellen Fluchtweg darstellen.

Um das herausfinden zu können, musste er aber erst einmal dorthin gelangen. Und dazu benötigte er natürlich ein Raumschiff. Aufgrund seiner Exkursionen wusste er auch, wo er eines finden konnte: nämlich auf dem Gelände eines Raumhafens, den er eingebettet in ein Tal auf dieser Welt bereits entdeckt hatte. Jedenfalls ging er davon aus, dass es sich um einen solchen handelte, denn dort hatten Dutzende von schwarzen Keilschiffen neben den ausgedehnten Start- und Landebahnen gestanden. Und auch Kratyn hatte immer wieder davon gesprochen.

In Anbetracht einer eventuellen Fluchtmöglichkeit spielte Vonnock sämtliche Optionen durch. Allerdings waren sie recht bescheiden, und zudem gab es bei seinen Plänen ein Problem. Und zwar ein entscheidendes, das sich soeben erneut bemerkbar machte.

Für einen unbedarften Beobachter sah es aus, als würde der Wächter plötzlich das Gleichgewicht verlieren, wankte dieser doch für einige Sekunden bedrohlich wie ein Baum in einem Hurrikan. Aber sofort fand er die Balance zurück und stand wieder fest auf beiden Metallbeinen. Dennoch musste er sich eingestehen, dass sein körperlicher Zustand immer besorgniserregender wurde. Das lag daran, dass die Umgebung des Planeten oder sonst irgendetwas ihm kontinuierlich Energie entzog.

Um dieses Manko auszugleichen, war er gezwungen, sich im Innern der Anlage aufzuladen. Um sich außerhalb mit Energie zu versorgen, hatte er Speicher gestohlen, die er notfalls sogar an einem unterirdischen Bach aufladen konnte. Dabei hatte er festgestellt, dass die fremden Energiemodule von dem rapiden Energieverlust keineswegs betroffen waren. Vielmehr verbrauchten diese sich sozusagen auf natürlichem Wege, sprich nach der dementsprechenden Anwendungszeit. Das hatte ihn zu der bislang noch immer unbeantworteten Frage gebracht, worin eigentlich der Unterschied zwischen der Technologie der Schwarzen Macht und die der Wächter bestand? Gelang es ihm, das herauszufinden, konnte er das gewonnene Wissen ganz bestimmt auch nutzen.

In diesem Zusammenhang war jedoch noch etwas anderes ziemlich seltsam: Während Vonnock stetig Energieverluste erlitt, schien Kratyn nicht davon betroffen zu sein. Das waren nur zwei Rätsel von vielen weiteren, die es auf dieser verdammten Stützpunktwelt zu lösen galt.

Wie auch immer, jetzt war es erneut Zeit für eine Energieaufladung, ansonsten würde Vonnock nicht mehr lange handlungsfähig bleiben. Deshalb wandte er sich der Außenwand der mutmaßlichen Anlage zu, vor der er unmittelbar stand. Gleich darauf sendete er einen Mentalcode aus, der mit einem bestimmten Algorithmus generiert worden war. Diese Zugangschiffre führte normalerweise dazu, dass sich die Konsistenz der Metallhülle zu einer durchsichtigen, gewölbt erscheinenden Fläche veränderte, durch die er mühelos ins Innere gelangen konnte. Dasselbe hätte natürlich auch gegolten, wenn er wieder von drinnen nach draußen wollte.

Aber nichts dergleichen geschah! Die Materietransformation blieb aus.

Vonnock versuchte es erneut. Allerdings mit demselben Ergebnis. Es gab keinen Zweifel daran, dass die Schwarze Macht den Zu- und Ausgangscode zu der Einrichtung in den letzten Stunden geändert hatte, denn davor hatten Kratyn und er unzählige Male davon Gebrauch gemacht. Jetzt waren die Aktivitäten der beiden Wächter wohl bemerkt worden.

Nein, nein, du siehst das völlig falsch!, blitzte es im Bewusstsein des Wächters auf. *Die Vermutung, dass es relativ einfach war, sich einen solchen Code zu besorgen, weil sich der Feind auf seiner eigenen Welt ziemlich sicher fühlt, war ein Trugschluss. Ganz im Gegenteil haben die Schattenhaften es möglicherweise* zugelassen, *dass du und Kratyn je nach Belieben in die Anlage raus und rein konntet. Aber jetzt haben sie dem einen Riegel vorgeschoben!*

Für einen Moment war Vonnock völlig unschlüssig über sein weiteres Vorgehen. In der Tat sah alles so aus, als ob man ihm im Innern des Komplexes weitere schnelle Notaufladungen versagen wollte. Wahrscheinlich hatte die Schwarze Macht diese Möglichkeit beim letzten Mal bemerkt und daher nun ebenfalls blockiert.

Ob sie allerdings tatsächlich wusste, dass er noch lebte und wo er sich aufhielt, blieb ungeklärt. Dennoch war diese Vermutung naheliegend, trieb er sich doch schließlich in unmittelbarer Nähe ihrer Anlage umher. Dagegen sprach wiederum, warum sie ihn nichtsdestotrotz ungeschoren ließen.

Auch dieses Rätsel konnte er im Moment nicht lösen. Vielmehr musste er sich darauf konzentrieren, wie er schnellstens an Energie kam.

Die Schwäche nahm von Minute zu Minute zu, was unmittelbare Auswirkungen auf seine physischen Einschränkungen hatte. So gelang es dem Wächter nicht einmal mehr, seine Manifestierungen zu wechseln, und war notgedrungen dazu gezwungen, in seiner herkömmlichen zwei Meter großen Gestalt zu verbleiben. Selbst das Fliegen sowie der Gebrauch körpereigener Waffen waren ihm versagt, weil beides ebenfalls eine Menge Energie verbrauchte. Nichts war übrig von seiner einstigen mächtigen und starken Konstitution. Und das war wahrlich ein absolut ungewohnter, deprimierender Zustand für ihn!

Mehr recht als schlecht schleppte sich der Fanjuur-Wächter im Hell-Dunkel-Rhythmus über die Oberfläche des fremden Planeten. Weg von der Anlage, schließlich musste er sein Glück nicht herausfordern, bislang ungeschoren davongekommen zu sein.

Oder war alles vielleicht ganz anders? Befand er sich gar nicht im Freien, obwohl alles danach aussah, sondern noch irgendwo im Inneren des riesigen Komplexes? Eventuell war die Anlage, zu der er einen Code benutzt hatte, wiederum nur eingebettet in einer weiteren?

So wie in einer russischen Matrjoschka, auf die er einmal zufällig während seiner Recherchen im Hyperfunknetz gestolpert war. Dabei handelte es sich um aus Holz gefertigte, buntbemalte und ineinander schachtelbare Puppen in verschiedenen Größen. Sie wurden, von der kleinsten angefangen, ineinandergesteckt, sodass in der Theorie unzählige übereinandergesetzt werden konnten.

Geschah dasselbe auf dieser Welt etwa auch? Wurden statt Figuren einfach Dimensionen wechselweise übereinandergestapelt? Und jedes Mal, wenn eine unsichtbare Hand im sprichwörtlichen Sinne die größere von der kleineren abnahm, veränderte sich damit genauso die Umgebung?

Einerseits war diese Theorie im Hinblick auf die Möglichkeiten und Umsetzungen ziemlich reizvoll, das musste sich Vonnock eingestehen. Andererseits jedoch auch wahrlich erschreckend, würde sie die Macht des Feindes doch beinahe ins Unendliche ausweiten.

Wie gewöhnlich, seit der Wächter auf dieser Welt verweilte, waren am Horizont die nahen und dennoch fernen Berge zu erkennen. Das lag darin begründet, dass die vorherrschenden Distanzen eigenen Gesetzmäßigkeiten unterlagen, die die bekannten physikalischen Eigenschaften des Universums außer Kraft setzten. Die kilometerhohen Gipfel der Gebirgsmassive waren von einem eigenartigen, surrealen, nebelhaften und irgendwie fluoreszierenden Schimmer umhüllt.

Vonnock hatte gelernt, den Blick in diese unheimliche pulsierende Helle zu vermeiden, wurde sie doch von fliegenden Kreaturen begleitet, die ihn schon einmal angegriffen hatten. Damals hatte er sie abwehren können. Doch jetzt wäre er nicht mehr in der Lage, sich effektiv gegen die Rüsselmäuler, wie er die fremdartigen Wesen benannt hatte, zu verteidigen. Schließlich würde es ihm nicht einmal mehr gelingen, einen Schutzschild zu bilden.

Kaum verklangen diese Gedanken, als in den phosphoreszierenden Lichtbahnen tatsächlich riesige Schatten auftauchten. Allerdings ignorierten ihn die Geschöpfe, die leuchtende Halbkugeln am Ende von zwei dünnen, halsartigen Auswüchsen aufwiesen, welche aus einem kräftigen Torso mit vier nach vorne eingeknickten Beinen erwuchsen. Darunter wiederum hingen schlauchartige Fortsätze, randvoll gespickt mit messerscharfen Zähnen. Mit jenen waren sie in der Lage, geschwächten Wächtern die Gliedmaßen vom Rumpf zu reißen, trotz deren beinahe unzerstörbaren Tofiritlegierung. Diese Biester waren beileibe die perfekten Jäger, die auf dieser Welt nach Beute suchten.

Zum Glück rauschte der Schwarm der Rüsselmäuler über Vonnock hinweg, als würde er gar nicht existieren. Vielleicht hatte es tatsächlich etwas damit zu tun, eben nicht in das unheimliche Licht zu starren, dem sie anscheinend folgten.

In ausreichender Entfernung vom Industriekomplex der Schwarzen Macht – oder was immer dieser nach seiner Matrjoschka-Theorie wirklich darstellte – verbarg sich der Wächter in einer Felsnische. Zumindest optisch konnte er somit nicht mehr so leicht ausgemacht werden.

Sicher hätte er auch den Weg zurück zu Kratyns Unterschlupf gefunden, der irgendwo inmitten dieser Einöde versteckt zwischen Quadern und Tetraedern lag. Allerdings war der Weg dorthin viel zu weit. Wäre es ihm noch möglich, seine Gestalt zu wandeln und zu fliegen, wäre das eine Leichtigkeit. Ein Marsch zu Fuß würde jedoch eine halbe Ewigkeit dauern. Zeit, die er aufgrund seiner physischen Defizite nicht mehr hatte.

Nun also sitzt der einst so stolze und mächtige Fanjuur-Wächter wie eine in die Enge getriebene Ratte in einer Felsspalte und hofft, von seinen Feinden nicht entdeckt zu werden, ging Vonnock mit sich selbst ins Gericht. *Und nun? Worauf wartest du? Dass die Restenergie, die gerade noch deine lebensnotwendigen Systeme aufrechterhält, gänzlich aufgebraucht wird? Dass du auf diesem verfluchten Planeten, dessen Namen und Position du nicht einmal kennst, einfach so stirbst?*

Vonnock versuchte der Verzweiflung bezüglich seiner aussichtslos scheinenden Lage nicht Oberhand über seinen Verstand gewinnen zu lassen …

*

Vonnock wusste nicht, wie lange er völlig reglos in der Felsspalte ausgeharrt hatte, bis seine ebenfalls stark eingeschränkten Sensoren eine Bewegung registrierten. Seine Optik starrte in das diffuse, nebulöse Licht. Und er konnte sein Glück kaum fassen!

Wie vor Kurzem erst tauchte auch jetzt ein Arbeitsroboter über ihm auf.

Nein, es waren derer drei, wie er sich gleich darauf selbst korrigierte. Unweit von ihm setzten sie zur Landung an.

Erst jetzt begriff Vonnock, dass dies keineswegs einem Zufall geschuldet war, den es angesichts der Weite dieser Landschaft rechnerisch eigentlich gar nicht geben durfte. Vielmehr erkannte er nun, dass das Areal, ein Quadrat aus zwei mal zwei Kilometern, auf dem die Maschinen niedergingen, markiert war.

Das ist eine Art Schürfgebiet oder wie immer man das nennen mag, stellte der Wächter fest. *Sei's drum! Ihr verdammten Blecheimer kommt mir gerade recht!*

Die Arbeitsroboter begannen sofort damit, den unwirtlichen Boden zu pflügen. Vonnock vermutete, dass sie ebenfalls wieder irgendwelche Materialien aussiebten, um sie in die Anlage zurückzubringen.

Wie ein Schatten löste sich der Wächter aus der Felsspalte. Dabei fiel es ihm zusehends schwerer, auf den Beinen zu bleiben. Dementsprechend schwankte der Tofiritkoloss wie ein Betrunkener hin und her. Schritt für Schritt näherte er sich den Robotern, die keinen Anstoß an seinem Erscheinen nahmen. Sie waren nur darauf programmiert, ihre Arbeit zu verrichten, die geschürften Substanzen in ihren Speichern zu deponieren und zurückzukehren.

Inzwischen wusste Vonnock auch, dass ihre Steuereinheiten nicht mit der Anlage verbunden waren, sondern völlig autonom agierten. Ebenso wenig sendeten sie irgendwelche Notsignale aus.

Im Gegensatz zum letzten Mal konnte er sich nun jedoch nicht in eine vogelähnliche Gestalt verwandeln, um sich aus der Höhe auf die Roboter zu stürzen. Wie also sollte er sich ihrer bemächtigen?

Viel Zeit, um lange darüber nachzudenken, blieb ihm nicht. Denn sobald sie ihre Depots gefüllt hatten, würden sie davonfliegen und wären damit unerreichbar für ihn!

Also entschloss sich Vonnock kurzerhand zu einer völlig unkonventionellen Methode.

Er hob einen Stein vom Boden auf, doppelt so groß wie seine Faust, und drosch damit auf die erste Maschine ein. Das kostete ihn nur minimale Energie, dennoch konnte er sie natürlich nicht zertrümmern. Aber das lag auch gar nicht in seiner Absicht. Vielmehr genügte es ihm, die Klappe zur Steuereinheit zu demolieren, sodass ein Teil davon freigelegt wurde. Danach bereitete es keine Schwierigkeiten mehr, das entsprechende Energiemodul an sich zu nehmen, aus dem er gleich darauf selbst Energie beziehen konnte.

Davon angespornt wandte sich der Wächter den beiden anderen Maschinen zu, die ihre Schürfarbeiten in diesem Moment erledigt hatten. Bevor sie starten konnten, demolierte er gleichermaßen ihre Zentraleinheiten und führte sich ihre Energiemodule zu. Natürlich war ihm bewusst, dass es sich um relativ kleine Komponenten handelte. Aber besser als nichts! Ein altes terranisches Sprichwort, das ihm jetzt in den Sinn kam und über das er bei seinen damaligen Studien ebenfalls gestoßen war, lautete: »In der Not frisst der Teufel Fliegen.« Das hieß so viel wie, dass man sich manchmal eben mit wenigem begnügen musste. Und in einer schwierigen Lage war alles erlaubt. Treffender konnte man es in seiner bescheidenen Situation wohl nicht ausdrücken.

Doch Vonnocks anfänglicher Enthusiasmus verflog ziemlich schnell. Denn die Energiezufuhr mit den Fremdmodulen klappte nur mäßig. Erst jetzt bemerkte er, dass sich sein eigener Energiespeicher nicht über ein bestimmtes Niveau hinweg aufladen ließ. Das war seltsam und bislang noch nicht vorgekommen.

Trotz aller Bemühungen, die Vonnock anstellte, um herauszufinden, woran das lag, fand er es nicht heraus. Vielmehr schien es, als könnten die fremden Module seine Kapazität irgendwie messen und den Energiefluss drosseln. So paradox sich das auch anhörte. Das war eigentlich unmöglich! Denn die Schwarze Macht besaß keinerlei Zugangsmöglichkeiten auf die internen Systeme der Wächter. Außerdem konnte Vonnock keinen Fremdzugriff bei sich feststellen. Dennoch blieb bei ihm der Verdacht bestehen, dass die Schattenhaften auf irgendeine Art und Weise für seine Einschränkungen verantwortlich waren. Den Beweis dafür hatte er freilich nicht.

So also gab es noch ein Rätsel zu den vielen anderen auf dieser Stützpunktwelt, die es zu lösen galt. Von diesem jedenfalls hing mehr oder minder seine weitere Existenz ab.

Vonnock ließ von den drei zerstörten und aufgrund der fehlenden Energiemodule bewegungslosen Arbeitsmaschinen ab. Bedingt hatte sich sein eigener Energiespeicher zwar aufgeladen, aber dennoch war die Zufuhrmenge so gering, dass es ihm weiterhin untersagt blieb, umfangreiche Gestaltwandlungen oder einen Energiewaffengebrauch durchführen zu können.

Das war gelinde gesagt mehr als deprimierend.

Ebenso war er fest davon überzeugt, dass es dieses Mal nichts nützen würde, die Zugangscodes zur mutmaßlichen Anlage bei den zerstörten Maschinen auszulesen. Schließlich hatte er vor Kurzem selbst die Erfahrung gemacht, dass die Chiffren andauernd wechselten, um Eindringlingen den Weg zu versperren. Oder aber er verstand einfach die Interaktion mit den Sicherheitssystemen nicht, weil diese gänzlich anders waren als alles, was er kannte. Vielleicht waren diese Codes gar nicht konstant, sondern änderten sich stetig aufgrund ihm unbekannter Algorithmen. Und da er und Kratyn auf »fertige« Chiffren angewiesen gewesen waren, nutzten diese nun nichts mehr.

Aber weshalb gerade jetzt diese Veränderungen? Warum nicht schon vorher?

Dafür konnte es nur eine Erklärung geben, auf die er schon zuvor gekommen war: Die Schwarze Macht hatte dem Treiben der entflohenen Wächter ein Ende gesetzt. Damit wollte sie womöglich verhindern, dass die Worgunkonstruktionen ihre Experimente mit den Balduren-Statuen – oder was immer die Schattenhaften in dieser Anlage auch veranstalteten – weiter sabotieren konnten.

Wächter Kratyn musste ja unbedingt ausrasten!, erinnerte sich Vonnock mit einem Anflug von Zorn. *Dabei war es bis dahin erstaunlich gut für uns gelaufen!*

Vonnock schob diese Gedanken beiseite, versuchte sich stattdessen auf das zu konzentrieren, was unmittelbar vor ihm lag. Und dazu musste er möglichst logisch vorgehen.

Aus diesem Grund schaltete er zwei der zugeführten Fremdmodule wieder ab, um sie später zu reaktivieren. Vielleicht würde er noch einmal froh darüber sein, einen Energieschub zuschalten zu können, selbst wenn dieser nur äußerst gering war. Obwohl er sich energietechnisch gesehen und salopp gesagt auf Sparflamme befand, waren seine Schritte dennoch fester und sicherer als noch zuvor.

*

Erneut strebte Vonnock der Felsnische zu, hinter der er sich verborgen hatte. Keine Minute zu früh! Denn aus dem nebelhaften Licht schälten sich ein Dutzend Kolosse heraus, annähernd zwei Meter groß, entfernt humanoid, mit massiven Metallarmen und wuchtigen Beinen. In den kantigen, gesichtslosen Schädeln waren weder Augen, Ohren noch Antennen zu erkennen. Auf der linken Brustseite trugen sie rote Hoheitsabzeichen in drei zu einem Dreieck angeordneten Ringen.

Kampfroboter der Schwarzen Macht!

Und sie zögerten keine Sekunde, den Wächter zu attackieren!

Der Feind hat mich also doch entdeckt. Und nun schickt er mir ihre Schergen hinterher, um mich vollends zu erledigen!

Im Zickzack rannte Vonnock zwischen den Felsen hindurch, um den Energiebahnen, mit denen die Kampfmaschinen ihn beharkten, auszuweichen. Dabei registrierte er, wie sein eigener, soeben minimal aufgeladener Energiespeicher schnell an Ladung verlor und sich unweigerlich erneut auf den roten Bereich zubewegte.

Als seine Schritte langsamer und langsamer wurden und damit auch seine Ausweichbewegungen, gab es kaum mehr eine Möglichkeit, dem Feindbeschuss zu entgehen. Doch just in diesem Moment rutschte er auf dem losen Geröll aus, verlor vollends das Gleichgewicht und stürzte vornüber in eine direkt vor ihm aufklaffende, acht Meter tiefe Felsspalte.

Der Sturz verlief glimpflich, denn der Aufprall machte seinem Tofiritkörper natürlich nichts aus.

Das anfängliche Glück, damit der endgültigen Vernichtung durch den Strahlenbeschuss entgangen zu sein, stellte sich allerdings schnell als Pech heraus.

Denn nun befand er sich geradewegs in der Falle!

Die Spalte war nur zweieinhalb Meter breit. Deshalb und aufgrund der weiter schwindenden Kräfte war es nicht gerade leicht für ihn, wieder auf seine Metallbeine zu kommen.

Vonnock starrte hinauf zum Rand, erwartete jede Sekunde, die feindlichen Kampfroboter auftauchen zu sehen. Doch noch spannte sich lediglich die mysteriöse Nebeldecke über ihm. Und natürlich die pulsierenden, fluoreszierenden Lichtbahnen, die im Hell-Dunkel-Rhythmus von den Berggipfeln über ihn hinweg strahlten.

Ironischerweise fiel ihm in diesem Moment Kratyn ein. Jener Wächter, der ihn vor nicht allzu langer Zeit in der Anlage vor der

Komplettdemontage bewahrt hatte, dann einen nicht erklärbaren Sinneswandel durchgemacht hatte, um ihn schließlich töten zu wollen. Nur, weil Vonnock überzeugend seinen eigenen Tod hatte simulieren können, hatte er die wütenden Attacken überlebt.

Dabei hatte Kratyn ihm jedoch Wächter Noykens Bewusstseinsmodul entrissen. Daraufhin war der so unvermittelt feindlich gesonnene und äußerst aggressive Wächter verschwunden. Seitdem hatte Vonnock ihn nicht mehr zu Gesicht bekommen.

Welches Spiel spielte Kratyn wirklich? Oder war es gar eine »Rolle«? Und wo steckte dieser überhaupt? Zumindest kam auch in Betracht, dass er bereits vom Feind vernichtet worden war …

Zuvor hatten Vonnock und Kratyn Wächter Noyken in einer seltsamen Maschine in einem Labor der Schwarzen Macht entdeckt. Dessen Metallkorpus war komplett in seine Einzelteile zerlegt.

Aus einer Art Tank wurde mit dünnen Schläuchen eine pechschwarze Flüssigkeit in die separierten Wächtersegmente geleitet. Dabei war Noykens Bewusstseinskomponente noch intakt.

Es gelang ihnen, diese von der schrecklichen Apparatur zu separieren und an sich zu nehmen. Da allerdings keine Kommunikation über den internen Wächterfunk möglich war, versuchte Kratyn mithilfe von Tofiritfäden eine Verbindung zu Noyken herzustellen.

Dabei stellte sich zweierlei heraus: zum einen, dass Noyken nur in der Lage war, sich völlig wirr zu melden, und zum anderen, dass er anscheinend von irgendetwas absolut Fremdartigem befallen war. Eine Art unbekannter Intelligenz, die mit herkömmlichen Maßgaben nicht zu erfassen war.

Bevor dieses Dunkle und Unheimliche jedoch über die Tofiritfäden in Kratyns Bewusstsein hineinkriechen konnte, kappte Vonnock diese kurzerhand und somit dessen Verbindung zu Noyken. Vielleicht war dabei ein Teil von Kratyns Verstand auf der Strecke geblieben, sodass er sich deshalb in einen »Killer-Wächter« verwandelt hatte, der nicht einmal vor seinesgleichen innehielt. Oder aber, er war mit der schwarzen, mysteriösen Flüssigkeit in Berührung gekommen, mit der er zuvor einen Raum geflutet hatte.

Eventuell hatte diese wiederum seinen Geist vernebelt oder seinen Aggressionstrieb ins Uferlose gesteigert.

Alles war möglich.

Daran jedenfalls dachte Vonnock in diesen Sekunden, die erneut über seine Existenz entschieden. Fast wünschte er sich, dass über ihm nicht die feindlichen Kampfmaschinen, sondern Kratyn auftauchen würde.

Doch dieser Wunsch ging nicht in Erfüllung. Denn nun entdeckte er das Dutzend schwarzer Roboter am Rand der Felsspalte. Ihre Waffenarme waren auf den in der Falle sitzenden Wächter gerichtet. Gleich würden sie ihn mit ihrem Energiebeschuss vollends neutralisieren.

*

Der Einfall kam so rapide wie ein Blitz aus heiterem Himmel! Bevor die Feindmaschinen ihre Zieloptiken vollends auf Vonnock einstellten, sammelte er noch einmal seine Kräfte. Dazu schaltete er das zweite erbeutete Energiemodul hinzu.

Gewiss war er aufgrund des Energieschwunds nicht mehr in der Lage, eine andere Gestalt anzunehmen. Aber dennoch konnte er zumindest seinen rechten Arm transformieren – und zwar zu einem riesigen Spiegel! Die Glasfläche war so hoch, dass sie weit über den Rand der Felsspalte hinausreichte.

Innerhalb einer minimalen Zeitspanne richtete der Wächter diese so aus, dass das mysteriöse Licht von den Bergen in eine bestimmte Richtung reflektiert wurde, in der es auf eine konkrete Stelle traf. Nämlich genau dahin, wo sich die Roboter befanden.

Es sah irgendwie gespenstisch aus, wie der Standort mit den Maschinen geradezu statisch ausgeleuchtet wurde. Selbstverständlich machte ihnen dieses Licht nichts aus, außer dass sie ihre Optiksensoren in Sekundenschnelle den neuen, grellen Lichtverhältnissen anpassen mussten.

Aber das war auch nicht Vonnocks Absicht seiner höchst ungewöhnlichen Aktion. Vielmehr das, was folgte. Wie von ihm erhofft erschienen gleich darauf jene Geschöpfe am Himmel, die stets die phosphoreszierenden Lichtbahnen begleiteten.

Rüsselmäuler!

Es mussten mehrere Hundert sein, die sich jetzt mit ihren zwei Meter langen und über einen Meter durchmessenden Leibern auf die durch die Spiegelreflexionen angelockte Beute stürzten. Die Luft war erfüllt von den Schlägen ihrer filigranen Flügel. Hinzu kam das eigenartige Knirschen ihrer Außenhaut, das bei jeder ihrer Bewegungen entstand und von den Schuppen aus einer Eisen-Wolfram-Mischung herrührte.

Die schwarzen Roboter reagierten ohne Zeitverlust auf die neue Bedrohung. Ihre Waffenarme schwenkten in die Höhe. Gleich darauf zuckten Mündungsblitze daraus hervor, verwandelten den Himmel in ein stroboskopartiges Gewitterleuchten.

Die getroffenen Rüsselmäuler verdampften, verkohlten oder lösten sich einfach auf, je nachdem, mit welchen Energiearten die Maschinen sozusagen aus allen Rohren feuerten.

Vom Boden der Felsspalte aus beobachtete Vonnock den Kampf. Je mehr Angreifer den Robotern zum Opfer fielen, umso mehr tauchten auf. Der Nachschub schien unendlich.

Das erinnerte den Wächter stark an seine eigene Konfrontation mit den außergewöhnlichen Kreaturen. Diese Jäger kannten keine Gnade und ließen sich genauso wenig einschüchtern. Vielmehr besaßen sie eine außerordentliche Opferbereitschaft, warfen sich beseelt von bedingungslosem Vernichtungswillen sowie gnadenloser Zerstörungsabsicht in das gegnerische Energiefeuer hinein. Zweifellos mit der Absicht, dass es einigen von ihnen dennoch gelang, durchzukommen.

Und genau so war es!

Da, wo ein Rüsselmaul neutralisiert wurde, tauchten wieder neue auf, von denen es zumindest eines schaffte, das Sperrfeuer zu durchdringen.

Jene Todesmutigen rissen die Gegner von den Metallbeinen, die anschließend scheppernd auf den Felsen neben der Spalte aufschlugen. Zwei, drei, vier oder mehr der Jagdgeschöpfe machten sich dann mit ihren zähnebewehrten Mäulern daran, die Gliedmaßen der Blechmänner regelrecht zu zerfetzen.

Letztlich hatte das Dutzend Kampfroboter keine Chance gegen die stetig wachsende Übermacht.

Nach zehn Minuten war alles vorbei.

Die Schergen der Schattenhaften lagen allesamt zerstört rund um die Rinne herum. Einige Metallteile waren sogar hineingefallen und hatten Vonnock getroffen. Aber auch das machte seiner Konstruktion nicht das Geringste aus.

Viel wichtiger war, dass sich die Rüsselmäuler, nachdem sie sich an den Robotern gelabt hatten, nicht ihm selbst zuwandten. Entweder waren sie »satt« – vorausgesetzt, es gab einen solchen Gefühlszustand bei diesen Wesen – oder aber der Wächter lief sozusagen unter ihrem Radar.

Stattdessen erhoben sich die Geschöpfe in den Himmel, um wie gewohnt das rätselhafte Licht zu begleiten, das scheinbar von irgendwo nach nirgendwo ausstrahlte. Der Flügelschlag und das Knirschen ihrer Hautschuppen schienen noch minutenlang in der Luft zu vibrieren.

Danach folgte eine Totenstille …

*

Vonnock bildete den Riesenspiegel aus seinem rechten Arm wieder zurück. Viel länger hätte er die Wandlung nicht aufrechterhalten können. Obwohl er nur eine Gliedmaße ausgebildet hatte, fühlte es sich an, als wäre er tagelang in einer kompletten anderen Gestalt herumgeflogen. Quer über den Planeten sozusagen.

Wie dem auch war, er hatte mit einem kühnen Einfall die tödliche Gefahr durch die schwarzen Roboter gemeistert. Und nur darauf kam es an!

Dennoch befand sich der Wächter weiter in einer höchst prekären Lage, die in seinem Normalzustand nicht einmal einen Gedanken wert gewesen wäre.

Doch wie sollte er nun die acht Meter Höhe, die ihn vom Rand der Felsspalte trennte, überwinden?

Hätte er sich wandeln können, würde er nun einfach wieder die Gestalt der bewährten Flugscheibe annehmen. Aber das war weiterhin völlig ausgeschlossen, weil seine Energiereserven sich mittlerweile erneut im dunkelroten Bereich bewegten.

Dann musst du eben klettern!

Natürlich würde das kräfteraubend sein. Doch etwas anderes blieb dem Wächter nicht übrig. Trotz allem wagte er nicht, auch noch das dritte erbeutete Energiemodul hinzuzuschalten. Das stellte sozusagen seine eiserne Reserve dar für den Fall, dass gar nichts mehr ging.

So also machte er sich daran, die Felswand hinaufzusteigen. Das war logischerweise für einen Koloss seiner Größe und seines Gewichts nicht gerade einfach. Zudem besaß er weder Seile, Gurte noch Sicherheitskarabiner.

Bevor er mit seiner Klettertour begann, schaute Vonnock nach oben, um die leichteste Aufstiegsmöglichkeit zu finden. Dabei schloss er Felsvorsprünge und schräg verlaufende Passagen aus, um ein Umklettern zu vermeiden. Denn ein solches hätte unangenehme Stürze oder riskante Aufprallunfälle zur Folge haben können. Danach fing er an, die für ihn als geeignet bestimmte Kletterroute zu berechnen, die bestmöglichen Griffe und Tritte schon im Vorfeld zu finden, bevor er ratlos in den Felsen hing.

Wie eine riesige Metallspinne setzte Vonnock Arme und Beine an, um auf dem vermeintlich besten Weg die beinahe senkrechte Wand der Felsspalte hinaufzusteigen.

Am Anfang hatte er durchaus Schwierigkeiten damit, plumpste mehr als einmal aus einem oder zwei Metern Höhe wieder auf den steinigen Grund hinab. Denn das Geröll unter seinen metallenen Fußsohlen war teilweise lose oder ganze Felsvorsprünge brachen unter seiner Last einfach ab.

Doch irgendwann hatte der Wächter den Dreh heraus, wie man so schön sagte. Dementsprechend konzentrierte er sich jeweils immer auf das nächste Teilstück, den nächsten sicheren Griff und den nächsten guten Absatz zum Stehen, um sich am entsprechenden Ruhepunkt Übersicht zu verschaffen.

Wie ein Profikletterer, so dachte Vonnock und passte sein Tempo stetig an. Das hieß, zügig an anstrengenden Passagen voran und kurz ausharrend an den Ruhepunkten. Dabei immer stringent der eigentlichen Kletterlinie ohne jegliche Abweichungen folgend.

So schaffte es der Wächter tatsächlich bis ganz nach oben. Als er sich schließlich über den Rand der tiefen Felsspalte schwang, spürte er trotz der weiter zunehmenden Schwäche eine große Erleichterung. Doch was jetzt?

12.

Als Vonnock die Trümmerteile der von den Rüsselmäulern zerstörten schwarzen Roboter sah, die rings um die Kluft verstreut herumlagen, wurde er sich wieder seiner miserablen Situation bewusst, in der er sich eigentlich befand. Dennoch kam Aufgeben für ihn nicht infrage. Darauf waren Wächter nicht konditioniert. Ganz im Gegenteil.

Mühsam stemmte sich Vonnock wie zuvor schon ein ums andere Mal in die Höhe, kam schwankend wie ein Schilfrohr am Ufer eines stürmischen Meeres auf die Metallbeine.

Energie. Ich muss mich aufladen ...

Das war der beherrschende Gedanke, der immer wieder sein Bewusstsein reflektierte.

Dem Wächter blieb keine andere Möglichkeit, als den Weg zum vermeintlichen Raumhafen der Schwarzen Macht zu Fuß zurückzulegen. Und das musste er, denn die Distanz von seinem momentanen Standort dorthin konnte er nicht wie früher mit einem Flug in kurzer Zeit erreichen. Vielmehr schien sich die Strecke vor ihm schier endlos wie ein gespanntes Gummiband hinzuziehen.

Du siehst aus wie ein einsamer Wüstenwanderer, der kurz vor dem Verdursten ist, verspottete er sich in Gedanken selbst. Freilich musste er für einen unbedarften Beobachter genau so anmuten. Im Staub schlurfend, wankend und beinahe am Ende seiner Kräfte.

So konnte er nicht durchhalten. Nicht einmal zehn Kilometer.

Der Wächter sah sich gezwungen, nun auch noch das letzte erbeutete Energiemodul zuzuschalten. Sein Energiespeicher füllte sich unwesentlich. Aber dennoch konnte er damit wenigstens einigermaßen normal gehen.

Trotz der Konzentration darauf, den richtigen Weg zum Raumhafen zu finden, drehte sich in seinen Gedanken alles um Energiezufuhr. Denn nur eine solche bedeutete Leben für ihn und damit eine Weiterexistenz im Sinne eines Wächters.

Allerdings war der anhaltende Energieverlust nicht das einzige Dilemma, das ihn auf dieser verfluchten Welt plagte. Obwohl seine Ortungssensoren nur noch bedingt funktionierten, konnte er zwar feststellen, wo sein Ziel lag und welche Richtung er einschlagen musste. Aber sein ansonsten absolut zuverlässiger Orientierungssinn stellte sich als fehlerhaft dar. Das hatte jedoch weniger mit ihm selbst, als mit den äußeren Begebenheiten zu tun. Denn jetzt wechselte die Umgebung andauernd um ihn herum!

Einmal schränkte ihm ein eigenartig wabernder ockerfarbener Nebel die Sicht ein, ein anderes Mal wurde ihm vorgegaukelt, es würde bergab gehen, dabei erklomm er eine Steillage. Als Vonnock sich dessen bewusst wurde, signalisierten ihm seine Sinne, dass er eigentlich konsequent geradeaus ging. Außerdem veränderte sich die Peripherie von Tälern und Schluchten zu Höhen und Bergzügen, von scharfen Kurven und Biegungen zu abnormalen Winkeln, von Geröll und Sandstein zu Wiesen und Bäumen. Und auch der orangebraune Schimmer, der ihn auf Schritt und Tritt begleitete, wechselte andauernd seine Farbe. Vieles war real. Vieles Illusion.

Durch die verwirrende Wirkung dieser Umgebungswechsel verlor der Fanjuur-Wächter vollkommen die Orientierung. Mit Sicherheit gehörten jene ebenfalls zu den Sicherheitsmaßnahmen der Schwarzen Macht, um ihn absichtlich in die Irre zu führen. An Zufall glaubte er nicht, obwohl es auch für diese Vermutung keinen Beweis gab. Wie für so vieles auf diesem Horrorplaneten.

Trotz seiner eingeschränkten Sinne registrierte Vonnock zusätzlich eine Änderung der Temperatur, der Schallwellen und sogar des Luftstroms. All das war höchst eigenartig. Sollte das tatsächlich das Ergebnis eines ausgereiften Sicherheitssystems sein, dann musste man den Gegnern unverhohlen Respekt für ihre Raffinesse zollen.

Vonnock erreichte eine Ebene – zumindest stellte sie sich ihm so dar –, auf der sich gedrehte geometrische Silhouetten abzeichneten, die auf eine Art ineinandergeschoben und aufeinandergeschichtet waren, die jeder logischen Wahrnehmung und Möglichkeit widersprachen. Gerade so, als wären sie beim Würfeln eines Gottes wahllos verstreut worden. Dazwischen hingen seltsame freischwebende Pflanzen oder breiteten sich einfach auf den architektonischen Konstrukten aus.

Der Wächter kannte diese Formen aus Quadern und Tetraedern. Denn in einem ähnlichen Gebilde inmitten einer derart bestückten Ebene, wie es sie wohl zahllos auf diesem Planeten gab, hatte Kratyn seinen Unterschlupf eingerichtet.

Doch kaum hatte sich der einsame Wanderer an diese Umgebung gewöhnt, wechselte sie auch schon wieder. Ohne jeden Übergang stand er plötzlich in einer gigantischen, als perfekter Halbkreis geformten Halle, während die glatten, beinahe wie poliert anmutenden Wände wie gerundete Dreiecksformationen wirkten. Daran waren in akribischen Abständen sechseckige Platten angebracht, von denen rostrotes Licht strahlte. Daneben war je eine bogenförmige Öffnung zu erkennen. Die Decke selbst schien mehrere Hundert Meter hoch zu sein.

Doch all das war es nicht, was die Aufmerksamkeit des Wächters fesselte. Genauer gesagt erfassten seine Optiksensoren die Verwüstungen, die in diesem Raum ganz offensichtlich erst vor Kurzem stattgefunden hatten! Und diese betrafen insbesondere die fast gänzlich zerstörten Gebilde, die dort in unregelmäßigen Abständen gestanden hatten. Zweifellos erinnerten sie an Käfige, waren aber keine. Das wusste er genau, hatte er solche doch bereits früher in der Anlage der Schwarzen Macht gesehen.

Obwohl Vonnock nur verschmorte Trümmerteile erkennen konnte, setzte er sie in seiner Optik zusammen, um eine entsprechende Holografie zu erschaffen. Durchsichtige Säulen umgaben fünfeckige Röhren, in denen undefinierte zähflüssige Substanzen blubberten, die sich am Boden zu Strängen verbanden. Von dort verzweigten sie sich, teilten sich auf, um jeden Behälter mit Energie zu versorgen.

Die »Käfige« selbst waren an und für sich ebenfalls fünfeckig, mit schrägen, sich nach oben hin verengenden Wänden, die wiederum von einer Reihe pulsierender kugelförmiger Gebilde umgeben waren. Und darin befanden sich cremefarbige Biomassen. In jenen daneben noch weitere in verschiedenen Farbabstufungen. Näher waren diese nicht zu definieren. Festzustehen schien jedenfalls, dass es sich bei diesen Behältern in Wirklichkeit um Biotanks gehandelt hatte.

Die Holografie vor Vonnocks Optik erlosch, sodass er wieder der Zerstörung gewahr wurde, die ganz offensichtlich von einem Kampf herrühren musste. Nun fiel ihm auch die helle Flüssigkeit auf, die sich über den gesamten Boden verteilte. Und darin befanden sich zweifellos Gewebereste! Sie sahen frisch aus. Dementsprechend konnte die Katastrophe noch nicht allzu lange zurückliegen.

Der Wächter versuchte mit seinen weiterhin stark eingeschränkten Sinnen die Gewebefetzen, die vermutlich von verschiedenen Wesen stammten, näher zu analysieren. Aber es gelang ihm nicht. Er fragte sich also, ob sich in den Biotanks dieser Halle ebenfalls Balduren befunden hatten. Schließlich wäre es nicht das erste Mal, dass er auf solche Tanks gestoßen war. Dagegen sprach jedoch, dass es nicht den geringsten Hinweis auf einen Goldschimmer gab. Obwohl auch das nicht unbedingt etwas heißen musste.

Vonnock sah sich weiterhin suchend um. Zu seinem großen Glück, das er kaum fassen konnte, fand er in der Nähe sogar eine Aufladestation. Doch das Hochgefühl verflog gleich wieder, als er feststellte, dass der Ladefluss so stark eingeschränkt war, dass die zugeführte Energie gerade einmal dazu ausreichte, seine erbeuteten Fremdmodule aufzuladen. Wenn auch nur zur Hälfte. Mehr ging nicht.

Es brachte auch nichts, seinen eigenen Energiespeicher mithilfe der Fremdmodule aufzuladen und anschließend letzteren neue Energie aus der Station zuzuführen. Das verhärtete Vonnocks Verdacht, dass die Schwarze Macht sein Treiben womöglich sehr genau verfolgte und sogar zum Teil steuerte. Blieb die Frage, weshalb sie ihn gewähren ließ. Sie musste sich irgendetwas davon erhoffen. Bloß was?

Der Wächter machte sich mit detektivischem Gespür daran, die Schussspuren, die aus dem hier stattfindenden Kampf resultierten, genauer unter die Lupe zu nehmen. Das kostete ihn fast keine Energie. Dennoch war er hochkonzentriert.

Er stellte fest, dass die Zerstörungen durch Nadel- und Duststrahlen verursacht worden waren. Also durch Worgunwaffen!

Das wiederum deutete darauf hin, dass wohl Wächter für die Verwüstungen verantwortlich waren. Natürlich kam ihm dabei als Erstes Kratyn in den Sinn. Schon zuvor hatte dieser in einer völlig irrationalen Aktion ein Labor sowie eine Balduren-Mumie zerstört, warum nicht auch diese Biotanks? Logischerweise blieben weiterhin die damit verbundenen Fragen, warum er sich ganz offensichtlich auf einem Zerstörungsfeldzug befand. Und vor allem, woher er überhaupt die nötige Energie dafür hatte.

Trotz der weiterhin ungeklärten Umstände, derer Vonnock schnellstens Antworten bedurfte, mahnte ihn seine innere Stimme, Vorsicht walten zu lassen. Vielleicht war auch das alles vom Feind genau so arrangiert worden, um ihm eine weitere Falle zu stellen. Wer wusste das schon so genau?

Als ob diese Gedanken etwas ausgelöst hätten, kam es erneut zu einem jähen Umgebungswechsel.

Nun stand Vonnock nicht mehr in der Halle mit den zerstörten Biotanks, sondern auf einer Ebene, von der schwacher, weißgelblicher Nebel weit in den Himmel aufstieg. Im Hintergrund stachen mattglänzende Formationen durch den Dunst, die wie erkaltete Vulkankrater aussahen.

Der Wächter nahm es so dahin, wie es war, ohne sich großartig überrascht zu zeigen. Also stampfte er durch den Staub dieser fremden Welt, weiterhin das unheimliche Licht ignorierend, um keine Rüsselmäuler anzulocken.

An seinem Ziel jedenfalls hatte sich nichts geändert: der mutmaßliche Raumhafen der Schwarzen Macht, um sich dort eines Keilschiffs zu bemächtigen.

*

Vonnock kam sich vor, als wäre um ihn herum eine Zone entstanden, die sich jeglicher Realität entzog, so als würde die Welt in etwas Namenlosem versinken, für das es keine Erklärung gab.

Während manche Details klar und deutlich vor seiner Optik standen, blieb vieles jedoch vage und grau. Wie, wenn die äußere Wirklichkeit sich durch etwas anderes schob, geradezu verschachtelte, um sich danach wieder neu zu justieren und zu formen und dabei alles in höchst groteske Schatten und befremdliches Licht zu legen. Es war einfach niederschmetternd! Und da war er erneut bei seiner Matrjoschka-Theorie.

Kaum glaubte Vonnock, die richtige Wegstrecke genommen zu haben, als der nächste Umgebungswechsel stattfand. Und so ging es geradezu im Takt weiter.

Jetzt befand er sich in einem Areal, das aussah, als würde es sich wieder »in« der fabrikartigen Anlage befinden. So verrückt sich das auch anhörte. Denn um ihn herum erhoben sich plötzlich pechschwarze Maschinentürme und grotesk anmutende Metallberge. An der Hunderte Meter hohen Decke verliefen eigenartige Röhrensysteme wie Leiber von metallenen Schlangen.

Vonnock erlebte in diesem Moment ein Déjà-vu. Diese Szenerie hatte er schon einmal gesehen. Es war noch gar nicht lange her, da hatte er in einer ähnlichen Halle gestanden, mit ähnlichen Maschinen und ähnlichem Befall. Genau das war es, was ihm insbesondere auffiel. Denn sämtliche Gerätschaften und Apparaturen waren mit einem pilzartigen, schuppigen und mit Pusteln gefüllten Organismus kontaminiert. Ausgenommen waren der Boden und die mysteriösen halbdurchsichtigen, wabernden Wände sowie die Decke. Das stand im krassen Gegensatz zu damals.

Keine Frage, dieser Bereich war komplett von dem für die Schwarze Macht offensichtlich gefährlichen Pilz verseucht. Eine Dekontaminierung wie in anderen Sektoren hatte es hier ganz offensichtlich noch nicht gegeben. Allerdings hatte Vonnock bislang stets beobachten können, dass eine solche früher oder später erfolgte.

Der Wächter marschierte weiter durch den Komplex. Nun kam er in Areale, die allem Anschein nach desinfiziert worden waren. Schließlich war von der technischen Einrichtung und allem, was sich sonst in diesen Räumen und Hallen befunden hatte, nichts mehr übrig außer Staub. Offenbar gingen die Schattenhaften immer radikaler gegen diesen Organismus vor, schonten dabei weder ihre eigenen Installationen, noch brachten sie ihre Roboter in Sicherheit, die sich in der Dekontaminierungszone aufhielten. Dementsprechend fiel alles und jedes der Vernichtung anheim. Und das garantiert nicht aus purem Zerstörungswillen, sondern als absolute Vorsichtsmaßnahme und Schutz vor dem Pilz.

Das war ein erneuter schlagender Beweis für die Überlegenheit und Kaltblütigkeit der Schwarzen Macht. Aber auch ein Indiz dafür, dass sie diesen fremden Organismus vielleicht mehr fürchtete als irgendetwas anderes. Womöglich besaß der Erreger unweigerlich das Potenzial, lebensbedrohlich für sie zu sein.

Mit genügend Verbündeten könnte der Pilz schneller ausgebreitet werden, als die Schattenhaften Dekontaminierungsmaßnahmen vornehmen können. Kratyn und ich waren lediglich zu langsam.

Dieser Gedanke manifestierte sich wie in Stein gemeißelt in das Bewusstsein des Wächters. Natürlich, das musste es sein! Vielleicht lag darin die Lösung der endgültigen Vernichtung dieses so mächtigen Feindes.

Gewiss, die Ausrottung eines gesamten Sternenvolkes, wie kriegerisch jenes auch sein mochte, lag Vonnock normalerweise fern. Doch bezüglich der Schwarzen Macht gab es wohl keine andere Möglichkeit, sich von ihrer äußerst destruktiven Geißel zu befreien. Dafür waren jegliche Mittel erlaubt und somit mehr als recht und billig. Die skrupellosen Gegner selbst schonten ebenfalls niemanden. Im Gegenteil waren sie für Milliarden von Toten und der Zerstörung ganzer Sonnensysteme verantwortlich. Und wahrscheinlich standen bereits weitere Sternenvölker vor der unmittelbaren Ausrottung durch ihre Pläne.

Auch bei der Invasion auf der Kolonialwelt Yiomut hatten sich die Schattenhaften keineswegs gescheut, insbesondere unschuldige Fanjuur – vor allem Frauen, Kinder und Alte – regelrecht abzuschlachten.

Deshalb stand für Vonnock fest, dass er alles in seiner Macht Stehende tun musste, um die Todfeinde seines Volkes zu zerschlagen. Mehr noch: bis auf die Wurzel auszurotten. Nur so konnten sich die Fanjuur sowie die anderen Sternenvölker der Milchstraße sowie des gesamten Universums in Sicherheit wiegen. Und eine solche herzustellen, war die ureigene Aufgabe eines jeden Wächters!

Dementsprechend könnte Vonnock sich nun erneut aufmachen, um den Pilzorganismus höchstpersönlich weiterzuverteilen. So wie er es erst vor Kurzem mithilfe von Kratyn getan hatte. Doch jetzt hatte er für eine solche Aktion keine Kraft. Hinzu kam, dass er den Feind nicht vorwarnen wollte. Zudem war sein eigentliches Ziel zunächst der vermeintliche Raumhafen.

Mit diesen Gedanken schleppte sich der Fanjuur-Wächter weiter. Denn in der Tat nahm die eigene Schwäche unverändert zu, was wirklich ein großes Problem war und alle seine Pläne gefährdete. Vielleicht schaffte er es nicht einmal mehr aus diesem Komplex hinaus oder was immer das bezüglich seiner Matrjoschka-Theorie auch war.

Und dann schien Vonnock einfach einmal Glück im Unglück zu haben.

Denn im Hintergrund eines dekontaminierten laborähnlichen Raumes entdeckte er mehr zufällig eine Aufladestation! Zwar war jene ebenfalls bereits zur Hälfte mit dem schuppigen Pilz bedeckt, aber eben noch nicht gänzlich.

Dort angekommen stöpselte sich der Wächter sofort ein. Er registrierte, wie ihm Energie zufloss. Eine wahre Wohltat, für die er wahrlich dankbar war. Doch innerhalb von nur wenigen Minuten versiegte der Energiestrom komplett. Entweder lag es daran, dass die energetische Zufuhr gedrosselt wurde, oder aber, weil sich der toxische Organismus schneller ausgebreitet hatte, als ihm lieb war. Zwar war Vonnock selbst immun dagegen, wie die Experimente der Schattenhaften gezeigt hatten, allerdings nützte ihm das jetzt herzlich wenig. Denn was er dringend brauchte, war Energie!

Enttäuscht stöpselte er sich wieder von der Aufladestation ab. Immerhin bewegte sich sein Energiespeicher momentan nicht mehr im dunkelroten bis schwarzen, sondern im hellroten Bereich.

Der Wächter marschierte weiter. Dabei kam er immer mehr zu der Überzeugung, dass die Schwarze Macht ihn einfach gewähren ließ, solange er ihr nicht gefährlich wurde. Garantiert hatten sie ihn längst schon auf dem Schirm. Deshalb kam er sich buchstäblich wie eine mortoksche Sambrat in einer riesigen Versuchsanlage vor, deren Verhalten interessiert von den Experimentierleitern beobachtet wurde.

Auch wenn dieser Vergleich etwas hinkte, traf er vielleicht noch am ehesten zu.

13.

Zum gefühlt einhundertsten Mal ereignete sich ein erneuter Umgebungswechsel. Und schon befand sich Vonnock wieder auf der wüstenähnlichen, staubigen Planetenoberfläche, die dem seltsamen Hell-Dunkel-Rhythmus unterlag.

Allerdings breitete sich nun direkt vor seinen Optiksensoren der von ihm so sehnlichst gesuchte Raumhafen aus, eingebettet in einem Tal, der sich über zehn Kilometer erstreckte. Die Kontrolltürme stachen wie Nadelspitzen aus dem diffusen Nebel hoch in den Himmel hinein. Daneben erhoben sich Silos, Abstell- und Lagerhallen, Reparaturwerften und andere Gebäude und Einrichtungen.

Dabei war es auch das nicht das erste Mal, dass Vonnock sich in dessen Nähe aufhielt. Vor Kurzem war er schon einmal hierhergekommen, allerdings in weitaus besserer Verfassung als jetzt. Denn zu jener Zeit hatte er noch gestaltwandeln können, um die Umgebung genauer zu erkunden.

Nun verbarg er sich fast reglos hinter Felsen ganz in der Nähe. Heute wie damals fuhr er sämtliche Systeme, die er nicht dringend benötigte, herunter, um nicht so leicht geortet werden zu können. Natürlich würde er bei jeder Bewegung Energieemissionen verursachen, aber er hoffte, dass diese schwach genug waren, um nicht ausgemacht zu werden. Ohnehin ließ sein physischer Zustand nicht mehr viel Energieverbrauch zu, sodass er fast zu den »Ortungsunsichtbaren« gehörte.

Vonnock starrte erneut zum Himmel hinauf. Der seltsame Schimmer des Phänomens im Weltraum, das er vor der Anlage als eine Art Sternennebel wahrgenommen hatte, war verschwunden. Tiefe Enttäuschung machte sich in ihm breit. Offenkundig war er zu spät gekommen!

Wenn es sich bei der kosmischen Erscheinung tatsächlich um ein Portal gehandelt hatte, durch das die Schattenhaften von ihrer Stützpunktwelt vielleicht sogar in die Milchstraße gelangen konnten, war diese Chance nun vertan. Aber dennoch durfte er nicht verzagen. Sollte an seinen Vermutungen etwas dran sein, dann konnte der vermeintliche Durchgang genauso schnell wieder entstehen, wie er verschwunden war. Deshalb galt es, auf eine solche Gelegenheit zu warten.

Just in diesem Moment raste eine Flotte aus Hunderten von Keilschiffen über die Felsen hinweg, hinter denen sich Vonnock verbarg. Sie nahmen Kurs auf den Raumhafen, um gleich darauf zu landen.

Das beflügelte ihn in seinem Vorhaben, unbemerkt und mit weitgehend heruntergefahrenen Systemen, ein Schiff zu kapern, seine Energiespeicher aufzuladen und dann von hier zu verschwinden. Denn ein Raumer stellte ein beinahe unermessliches Reservoir an Energiequellen dar, die er dauerhaft anzapfen konnte. Zum Start müsste er seine Systeme natürlich wieder hochfahren, was bestimmt nicht auffiel, weil ein solcher selbst eine Menge Energie bedurfte und seine Aktion in der Raumschiffszentrale kaschieren würde. Um aber in diese Lage zu kommen, musste er sich bereits an Bord eines Schiffes befinden. Dementsprechend war der erste Schritt seines waghalsigen Planes, einen Raumer in Besitz zu bringen.

Soweit die Theorie. Die Praxis sah jedoch viel düsterer und komplizierter aus. Wie fast immer bei solchen Hasardeuren-Stücken. Hinzu kam sein äußerst labiler Zustand, der eine erhebliche Risikoquelle darstellte.

Vonnock löste sich von den Felsen, kletterte über einen Hügelkamm und strebte einem kleinen Weg zu, der das Flughafenareal sozusagen umrundete. Dennoch lag dieser unter einem steinigen Überhang, der ihm nötige Deckung gab.

Das Gelände flachte langsam ab. Der Nebel im dämmrigen Halbdunkel lichtete sich etwas. So jedenfalls machte es den Anschein.

Je näher Vonnock dem vermeintlichen Flughafen kam, desto perplexer wurde er. Denn erst jetzt erkannte er, dass es sich mitnichten um einen solchen handelte! Da er sich nach wie vor in ausreichender Distanz befand, um weder gesehen noch geortet werden zu können, schärfte er seine Optiksensoren, zoomte so weit heran, wie es ihm möglich war.

Tatsächlich, die vermuteten Kontrolltürme stellten sich keinesfalls als spitze und Hunderte Meter hohe Konstruktionen heraus, sondern als zigarrenförmige graue, glatte Säulen, die in regelmäßigen Abständen in den Boden gerammt worden waren. Und das beileibe nicht immer senkrecht.

Und auch die Lagerhallen, Reparaturwerften und sonstigen Gebäude entpuppten sich als raffinierte Schattenspiegelungen der umliegenden Gebirge, angereichert mit dementsprechenden Projektionen, um ebenfalls Betrachter oder Eindringlinge in diesem Areal zu verwirren. Nichts auf dieser Welt schien eindeutig zu sein. Weder Farben, Formen noch Dimensionen, die immer wieder wechselten.

Es sah so aus, als ob das Irritationsrepertoire der Schwarzen Macht unendliche Möglichkeiten besaß. Vielleicht sogar im Rahmen psychologischer Kriegsführung, die sich auf der Stützpunktwelt jedoch auf reine Verteidigung bezog.

Am Rande dieser Säulen erstreckte sich bis zum Horizont eine flache Ebene, auf der sich die groben Formen von Keilraumern abhoben, sodass nun der Eindruck einer ganzen Stadt entstand.

Letztlich war jedoch an dem von Kratyn und ihm per Ferndiagnose gemutmaßten Flughafen lediglich die Start- und Landebahn echt und real.

Doch nicht diese Erkenntnis war es, die den Wächter fesselte. Vielmehr die Grenzbefestigung, die sich gleich darauf als Verteidigungsring herausstellte.

Interessiert beobachtete er, wie sich schuppenartige Tiere mit Kängurubeuteln näherten, in denen sich ihr Nachwuchs befand, wohl auf der Suche nach Nahrung. Als die Wesen nur noch wenige Meter von der Verteidigungsanlage entfernt waren, klappten Elemente der Säulen auf. Unmittelbar darauf zuckten aus den Säulen helle, abgehackte Energieimpulse. Die armen Biester verglühten in winzigen Explosionen, die nicht einmal mehr Kadaverreste von ihnen übrigließen.

Vonnock registrierte zudem, dass die einzelnen Säulen miteinander kommunizierten. Daraus konnte er entnehmen, dass jede für sich einen bestimmten Abschnitt des Landeplatzes kontrollierte. Und ganz gleich, wo sich ein Eindringling näherte, würde der Alarm sofort an alle ausgelöst und nach Bedarf eine stärkere Verteidigungsmaßnahme aktivieren. Dabei erfassten die Säulen keineswegs die optische Erscheinung der Störenfriede, sondern ihre jeweilige Biomasse. Das stellte ebenfalls ein ausgeklügeltes Abwehrsystem dar, das dem Wächter ungewollt Respekt abrang.

Nicht, dass ich noch zu einem Bewunderer der Schattenhaften werde!, ermahnte er sich selbst. Allerdings nur halbherzig. Auch einem Gegner brach es keinen Zacken aus der Krone, wenn er die Leistungen des Feindes anerkannte. In diesem Fall dessen Schutzmechanismen. Fragte sich nur, wie Vonnock das Sicherheitssystem unbemerkt überwinden konnte, ohne von den Sensoren als relevante Bedrohung gehalten zu werden? Deaktivieren konnte er es wohl kaum.

Jedenfalls schien es keinen Weg daran vorbei zu geben, markierte die Säulenreihe doch die Grenze des Landeplatzes.

*

Nach wie vor folgte Vonnock dem kleinen Pfad, der keineswegs natürlichen Ursprungs und weit genug vom Verteidigungswall entfernt war, um ihn nicht zu aktivieren.

Wenig später begriff der Wächter, wer oder was für diesen künstlichen Weg verantwortlich war. Denn vor ihm schälte sich aus den dünnen Nebelschlieren, die wie ein Gespinst anmuteten, ein kolossaler, zylindrisch geformter und dunkelgrau bepelzter Leib, der seitlich des Pfades lag.

Vonnock blieb stehen, um das Wesen so gut es eben ging zu analysieren. Schnell stellte er fest, dass es tot war. Keinen einzigen Lebensimpuls gab es mehr von sich. Der Schädel besaß eine Kegelform mit abgerundetem Hinterhauptbereich. Der Blick aus den weit aufgerissenen, in Lidspalten eingebetteten sechs Augen war gebrochen. Das imposante zähnebewehrte Maul stand weit offen. Die Kopf-Rumpf-Länge betrug über sieben Meter. Rechnete man den schlangenartigen Schwanz mit ein, dann zehn Meter. Die vier Hintergliedmaßen waren schmal, hingegen die nach außen gedrehten Vordergliedmaßen sehr breit und mit beeindruckenden sichelförmigen Krallen versehen. Äußerst effektive Grabwerkzeuge, die auch für die Verwerfung der Erde, sprich für die Bildung des Pfades verantwortlich waren. Das war dem Wächter schnell klar.

So wie es den Anschein machte, hatte das Wesen aus unbekannten Gründen das Areal des Landeplatzes umrundet. Vielleicht, um einen Weg zu finden, ebenfalls hineinzukommen, weil es wie die Kängurubeutler in den Schiffen wohl Nahrung vermutete. Wie auch immer, dieser Riesenmaulwurf hatte es nicht geschafft, an den Verteidigungssäulen vorbeizukommen.

Vonnock begutachtete das Tier von allen Seiten. Erst jetzt fiel ihm auf, dass dessen Bauch zerfetzt war. Die Eingeweide hingen wie vertrocknete Schläuche heraus. Offenbar hatte es ebenfalls Bekanntschaft mit den Energieimpulsen der Säulen gemacht und sich dann noch hierhergeschleppt, bis es letztlich verendet war.

Das war nicht gerade ermutigend!

Als Vonnock an dem beeindruckenden Kadaver vorbeigehen wollte, hielt er unmittelbar inne. Denn jetzt erregte etwas seine Aufmerksamkeit, das er zunächst übersehen hatte.

Sekretausscheidungen!

Gelblich-braun waren sie aus den golfballgroßen Drüsen zwischen den Sehorganen herausgetreten und ebenfalls längst vertrocknet. Ganz sicher hatten sie nichts mit dem Tod des Riesenmaulwurfs zu tun. Vielmehr war die Sekretion dieser Spezies einfach zu eigen.

Der Wächter erfasste, dass die Körperausscheidungen von dem Kadaver wegführten. Und zwar entlang des Pfades, den das Wesen wohl unbewusst bei seiner Fortbewegung mit seinen Krallenschaufeln geschaffen hatte. Da Vonnock ohnehin in diese Richtung ging, folgte er der Spur. Tatsächlich wich diese kein einziges Mal von dem Weg ab. Jedenfalls so lange nicht, bis sie schließlich vor dem hintersten Bereich des Landeplatzes endete.

Der Wächter war verblüfft. Hier war weit und breit kein Keilschiff zu sehen. Eigentlich gar nichts, bis auf die in einiger Entfernung liegenden Verteidigungssäulen, auf die die Sekretspur direkt zuführte.

Die Worgunkonstruktion blieb stehen, regulierte erneut die Vergrößerungsfunktion der Optiksensoren. Klar und deutlich erfasste sie, dass die zigarrenförmigen Abwehrkonstruktionen an dieser Stelle ebenfalls mit dem schuppenartigen Pilzorganismus befallen waren. Das überraschte Vonnock doch ziemlich.

Ebenso, dass nur zwei Meter von seinen Metallfüßen entfernt ein riesiges Loch gegraben worden war.

Der Riesenmaulwurf!

Jemand anderes konnte dafür nicht infrage kommen.

Dabei handelte es sich nicht etwa lediglich um eine tiefe Kuhle, sondern geradewegs um einen Tunnel durch die Erde. Er war so breit, dass der Maulwurf locker hindurchgepasst hatte. So wie es aussah, hatte er auf diesem Wege versucht, das Abwehrsystem zu untergraben. Bekanntlich hatte das nicht geklappt. Und was am Ende des unterirdischen Ganges lag, wusste er nicht.

Freilich war Vonnocks Neugierde entfacht, obwohl er nicht glaubte, dass sich die Schwarze Macht durch einen Tunnel austricksen ließ.

Was also sollte er tun? Weiter auf dem Pfad entlanggehen, um irgendwo eine andere Zutrittsmöglichkeit zur Landebahn zu finden? Aber dann konnte er auch gleich hier nachschauen, ob der Stollen eventuell eine solche bot. Vielleicht würde es keine bessere geben.

Jäh wurde dem Fanjuur-Wächter die Entscheidung abgenommen.

Denn jetzt registrierte er Tausende feindlicher Drohnen, die sich ihm mit einer irrsinnigen Geschwindigkeit und auf direktem Kurs näherten. Schon von Weitem war ihr orangefarbenes Leuchten wie ein Leuchtfeuer in dem Halbdunkel zu erkennen.

Es gab zwei dem Wächter bislang bekannte Modelle. Einmal die Kampfdrohnen, die zum Verteidigungssystem der Schwarzen Macht gehörten, und zum anderen die Dekontaminationseinheiten.

Vonnock wollte nicht herausfinden, zu welchen die heranfliegenden stecknadelkopfgroßen Mikroflugroboter zählten. Jedenfalls war er für eine Konfrontation mit ihnen viel zu schwach. Also wählte er die einzige Möglichkeit, einer solchen zu entgehen: Schnurstracks begab er sich hinab in den unterirdischen Gang und damit aus der optischen Ortungserfassung des Feindes heraus.

Zum Glück zeigten ihm seine eingeschränkten Navigationsmessungen an, dass der Drohnenschwarm wohl kein Interesse an ihm hatte, sondern stattdessen weit über den Tunnel hinwegflog. Dessen Ziel waren die verseuchten Verteidigungssäulen.

Also doch eine Dekontaminationseinheit!

Offenkundig wollten die Schattenhaften um jeden Preis verhindern, dass sich der Pilzorganismus auch auf die Landebahn ausbreitete.

Vonnock ging bis zum Ende des Tunnels, nur um festzustellen, dass dieser in einer Sackgasse endete. Der Riesenmaulwurf hatte es offensichtlich nicht geschafft, ihn ganz fertigzustellen.

Enttäuscht kehrte der Fanjuur-Wächter zum Eingang zurück.

Das Chaos, das gleich danach losbrach, war ihm ebenfalls nicht unbekannt. Schon einmal hatte er beinahe hautnah eine derartige Entseuchung miterlebt.

Unter dem Beschuss der Säuberungswaffen der Drohnen explodierte das Säulenareal in gewaltigen, grellen Strahlungsblitzen. Eine Detonation in einem Feuerball folgte, die im herkömmlichen Sinne eigentlich gar keine solche war. Die entstandene Energie bewegte sich in vertikalen Wellen – sogenannten Säuberungs- oder Entseuchungsschwingungen – fort, die den gesamten fremdartigen Pilzorganismus überfluteten, begleitet von einem ohrenbetäubenden, metallischen Getöse.

Die Tunneldecke über Vonnock vibrierte wie bei einem starken Erdbeben. Weder ihm noch Kratyn war es bei der Dekontaminationsmaßnahme, derer sie indirekt in der Anlage beigewohnt hatten, gelungen, herauszufinden, um welche Art von Energie es sich bei den sich ausbreitenden Wellen tatsächlich handelte. Sämtliche organischen Elemente und Substanzen, zu denen auch der pilzartige Organismus gehörte, wurden zerstört und lösten sich vollkommen auf.

Nur Staub blieb übrig.

Damit war das Areal, auf dem die kontaminierten Verteidigungssäulen gestanden hatten, im wahrsten Sinne des Wortes gesäubert. Der Drohnenschwarm verschwand genauso schnell wieder, wie er aufgetaucht war.

*

Der Fanjuur-Wächter ging aus dem Tunnel hinaus. Allmählich verbrauchte sich auch die wenige Energie, die er zuvor an der Aufladestation hatte tanken können. Er sah sich um.

Die Szenerie, die sich ihm erschloss, entsprach exakt jener, die seine Messungen ergeben hatten. Die Dekontaminationseinheit war verschwunden. Ebenso die pilzverseuchten Abwehrsäulen.

Kurzer Triumph wallte in Vonnock hoch. Denn durch die Säuberung ergab sich kurzfristig und völlig überraschend ein Zugang zu jenem Bereich, in den er ohnehin hineingelangen wollte: zur Landebahn.

Allerdings war ihm auch bewusst, dass der Feind das dekontaminierte Areal nicht ohne Kontrolle lassen würde. Dementsprechend registrierte er nun erneut sich seinem Standort nähernde Flugobjekte. Dieses Mal handelte es sich jedoch um eine Art riesiger Konstruktionsdrohnen, die an kranartigen Halterungen neue Verteidigungssäulen mitführten.

Vonnock zögerte nicht länger. Er musste den Landeplatz erreichen, noch bevor das Abwehrsystem neu befestigt und installiert werden konnte. Das Zeitfenster dafür war äußerst knapp. Nur ein paar Minuten, dann wäre diese Chance vertan!

Obwohl der Wächter zweimal kurz hintereinander beinahe das Gleichgewicht verlor, gelang es ihm doch, sich in den Bereich hinter der Verteidigungslinie zu begeben. Dort verbarg er sich hinter einem Haufen Bauschutt. Zunächst musste er sich wieder sammeln und zudem beobachten, was weiter geschah.

Die Konstruktionsdrohnen lösten ihre Kranhalterungen, um die Säulen aus der Luft abzuwerfen. Diese fielen jedoch nicht wahllos zur Erde nieder, sondern rammten sich im vorgesehenen Abstand in den staubigen Boden, an dem zuvor noch die kontaminierten Abwehrgeräte gestanden hatten.

Daraufhin aktivierten sie sich sofort. Die Grenzkontrolle war wieder intakt. Somit war schon nach wenigen Minuten nach der Entseuchung die Verteidigungslinie wieder geschlossen.

Zum Glück hatte Vonnock das knappe Zeitfenster ausnutzen können, um hinter dieses ausgeklügelte Abwehrsystem zu kommen.

*

Die erste Hürde hast du geschafft! Die anderen wirst du bestimmt ebenfalls erfolgreich meistern!

Irgendwie musste sich der Wächter, der sich nach wie vor in einer äußerst prekären Lage befand, motivieren. Das eigentliche Ziel, ein Keilschiff zu kapern, war zwar ein Stück näher gekommen, lag aber immer noch meilenweit entfernt.

Vorsichtig erhob sich Vonnock hinter dem Schutthaufen. Wie bereits zuvor festgestellt, gab es in diesem hinteren Bereich des Landeplatzes keine Keilraumer.

Dennoch zeigte ihm die mutmaßliche Start- und Landebahn die Richtung an, in die er nun gehen musste, um jenes Areal zu erreichen, in dem die Schiffe standen.

Natürlich spazierte er nicht einfach darauf los, sondern schleppte sich mehr oder weniger am Randstreifen dahin. Dort gab es auf einer Seite eine lange, überdachte Wand, die ihn notdürftig vor fremden Blicken schützte. Daran hingen in unregelmäßigen Abständen verschiedene Geräte, die Arbeitsroboter offenbar bei ihren Bauverrichtungen benötigten. Denn zweifellos handelte es sich bei der Position, in die Vonnock eingedrungen war, um eine unfertige Baustelle.

Doch zum Glück war momentan keine von den Arbeitsmaschinen zu sehen, die hier normalerweise vermutlich in Kolonnenstärke ihren Tätigkeiten nachgingen. Denkbar war zudem, dass sie aufgrund der Dekontaminierungsmaßnahme von dort ferngehalten worden waren, obwohl die Schwarze Macht ansonsten keine Rücksicht darauf nahm. Vielleicht aber waren die Arbeiten hier wichtig genug, um den hiesigen Maschinenbestand zu erhalten.

Letztlich war es Vonnock herzlich egal. Hauptsache, es gelang ihm unbehelligt, seinen Plan weiter umzusetzen.

Wenig später konnte er in der Ferne die Umrisse der ersten Keilraumer sehen, die sich wie ein stählerner Wald vor ihm erhoben. Hoch hinauf in die Unendlichkeit des Weltraums und damit in die Freiheit. *Seine* Freiheit.

Weitaus achtsamer als zuvor pirschte sich Vonnock näher heran. Zwischen den Schiffen liefen Trupps schwarzer Roboter hin und her. Manche von ihnen trugen Kisten oder Container, betätigten sich beim Be- oder Entladen der Frachträume. Und natürlich gab es auch Kampfroboter, die patrouillierten.

Der Wächter bewegte sich vorsichtig zwischen den Raumern hindurch, dabei immer wieder den Blechmännern ausweichend, bevor sie ihn entdecken konnten.

Das ging eine Weile ganz gut. Doch als er nun an den Landestützen eines Schiffes vorbeiging, stieß er beinahe mit einer Kolonne Kampfroboter zusammen.

Im letzten Moment konnte er sich noch rechtzeitig zurückziehen, um nicht bemerkt zu werden. Dabei erregten nicht die Maschinen seine Aufmerksamkeit, sondern das, was sich in ihrer Mitte befand: eine Art Behälter, der wiederum auf einem Prallfeld stand.

Vonnock sah ganz genau hin. Die Wände bestanden höchstwahrscheinlich nicht aus Glas. Vielmehr schimmerten sie äußerst seltsam in einem ihm unbekannten Material und Farbton, der nicht zu beschreiben war. Jedenfalls muteten sie mysteriös und unheimlich an. Zudem schien sich in diesem Kleincontainer etwas zu befinden. Offenbar ein Lebewesen, auch wenn der Wächter nicht allzu viel erkennen konnte, versperrten ihm doch immer wieder die marschierenden Roboter den Blick. Allerdings entdeckte er eine Hose, eine dunkelblaue Jeans, wie er sie im Hyperfunknetz schon oft bei Menschen gesehen hatte. Ebenso eine weiße Hand mit fünf Fingern.

Aufgrund dieser optischen Fetzen, die er aufschnappte, schätzte Vonnock den mutmaßlichen Gefangenen auf einen erwachsenen, männlichen Terraner mit einer Körpergröße von 1,70 bis 1,80 Metern.

Aber warum hatten die Schattenhaften diesen in Gewahrsam genommen? Wollten sie etwa ebensolche Experimente an Terranern durchführen, wie sie es zuvor mit ihm, einem Wächter, getan hatten?

Nichts schien unmöglich auf dieser Stützpunktwelt der Schwarzen Macht. Wobei die Motive für deren Handeln nach wie vor im Unklaren blieben.

Vonnock musste sich entscheiden, ob er weiter auf dem Landeplatz ausharren wollte, um auf ein nochmaliges Erscheinen des seltsamen Phänomens im Weltraum zu warten, oder ob er dem Robotertrupp folgen sollte, die den Terraner von hier wegschleppten. Denn der Umstand von dessen Gefangennahme war ganz sicher von großer Bedeutung und konnte durchaus etwas über die wahren Absichten und Ziele des Feindes verraten.

Der Fanjuur-Wächter entschied sofort, nicht passiv bleiben zu wollen, sondern selbst aktiv zu werden. Obwohl er immer noch stark geschwächt war, folgte er heimlich den schwarzen Robotern.

*

Es wunderte Vonnock nicht mehr, als erneut ein Umgebungswechsel stattfand. Die unendlich weit erscheinende Fläche der Landebahn verblasste wie eine jäh abgeschaltete Holografie, obwohl es sich bei diesem Effekt gewiss nicht um eine solche handelte.

Die Matrjoschka-Theorie ...

Stattdessen schien sich der Wächter wieder in einer Anlage zu befinden. Die komplette Umgebung, die Wände, die Decke und selbst der Boden, die langen Korridore, die unzähligen angrenzenden Räume, Hallen und Laboratorien, all das war ihm natürlich nicht unbekannt.

Soeben konnte er noch sehen, wie die Roboter mit ihrem Gefangenenbehälter eine Schleuse passierten, die jedoch sofort in einer mit Moos bewachsenen Wand verschwand.

Bevor Vonnock näher heranschlich, überprüfte er zuerst, ob die Luft rein war. Niemand hielt sich in diesen Minuten auf dem breiten Gang auf. Und auch ansonsten ortete er keine irgendwie gearteten Bewegungsmuster.

An der betreffenden Wand deutete nicht die geringste Fuge auf eine Schleuse hin. Hätte er nicht selbst gesehen, dass eine solche vor nicht mal einer halben Minute hier existierte, würde er nichts dergleichen vermuten.

Akribisch untersuchte er die Wand noch einmal. Nichts, keinerlei Hinweis auf einen wie auch immer gearteten Zugang. Damit war ihm die Möglichkeit genommen, den Maschinen samt dem mutmaßlichen Terraner auf demselben Weg zu folgen.

Aber so schnell wollte Vonnock keineswegs aufgeben.

Rechter Hand wand sich der Gang wie eine Helix – eine Kurve mit konstanter Steigung – um den Mantel eines Zylinders in höhere Ebenen. Diesen ging er hinauf. Dabei blieb die unmittelbare Umgebung stets gleich. Die Wände wiesen das wohlbekannte undefinierbare Schemen- und Formenspiel aus zuckenden, flimmernden und ineinander- und wieder auseinanderfließenden Schatten auf.

Als er mutmaßlich ganz oben angekommen war, entdeckte er unweit von sich einen kreisrund geformten Schacht mit einem Durchmesser von rund zehn Metern.

Überrascht trat er näher heran und starrte hinein. Unter ihm fielen die glatten Wände senkrecht in die Tiefe.

Das alles kam ihm mehr als vertraut vor. Die jähe Erinnerung, die dieser Anblick aus seinem Gedächtnis kramte, übermannte ihn beinahe.

Konnte das wirklich sein? Täuschte er sich vielleicht? Oder wurde er selbst erneut einer Täuschung, einer Illusion ausgesetzt?

Vonnock war sich einhundertprozentig sicher, vor nicht allzu langer Zeit exakt in diesem Schacht gefangen gewesen zu sein. Und mit ihm der dreimal verfluchte Verräter Kurtwoodharker. Damals hatte er vermutet, sich im Innern eines Keilschiffes zu befinden.

Doch jetzt war er sicher, dass dem nicht so war, sondern er sich stattdessen in diesem ominösen Schacht in irgendeiner Anlage auf der Stützpunktwelt der Schwarzen Macht aufgehalten hatte. Anders konnte es nicht sein!

Tatsächlich hatte er sich zuvor ebenfalls in einem Behälter befunden, vielleicht sogar ähnlich dem, in dem der Terraner steckte, ohne sehen zu können, wohin er eigentlich gebracht wurde.

Und noch etwas kam Vonnock in diesem Moment in den Sinn: Der eigene Energieverlust war erst dann eingetreten, als er an diesen Ort gelangt war. Es lag also auf der Hand, dass die hiesige Umgebung dafür verantwortlich war, dass ihm die Energie entzogen wurde. Eine Mutmaßung zwar, aber eine, die überlebenswichtig für ihn sein konnte. Denn sollte es ihm wirklich gelingen, mit einem Keilschiff von hier zu fliehen, musste er nur genügend Abstand zu diesem Planeten einhalten, um dessen destruktivem Einfluss zu entgehen. Dann würde er garantiert seine gewohnten Kräfte zurückerlangen.

Diese Schlussfolgerung gab dem nach wie vor ziemlich geschwächten Wächter neue Hoffnung.

Vonnock konfigurierte seine Optiksensoren, um ein Bild von der in völliger Finsternis daliegenden Schachtsohle zu erhalten. Seine Überraschung hielt sich in Grenzen, als er tief unten den Behälter mit dem Terraner ausmachen konnte. Gerade so, als hätte er es erwartet, zumindest aber vermutet.

Nicht das geringste Geräusch drang zu ihm hinauf. Auch am Grund selbst blieb alles ruhig. Und das im wahrsten Sinne des Wortes.

Kaum hatte er diese Feststellung getroffen, musste er sich schnell wieder korrigieren. Denn in diesem Augenblick nahmen die Roboter den Gefangenenbehälter erneut in ihre Mitte und brachten diesen weg. Wohin genau, konnte der Wächter von seiner Position aus nicht ausmachen, weil sie sich seinem Blick entzogen. Jedenfalls hinaus aus dem Schacht.

Vonnock überlegte nicht lange. Er beeilte sich, den Helixweg, den er vor wenigen Minuten hochgegangen war, wieder hinunterzulaufen. Dabei musste er sich einmal an einer der Wände festhalten, weil ihn erneut Schwindel erfasste, ihn beinahe das Gleichgewicht verlieren ließ. Die Daten, die seine Sensoren empfingen, waren teilweise unvollständig, und sein inneres System konnte nicht immer zuverlässig extrapolieren. Und das wiederum wirkte sich nachteilig auf seine Balancesysteme aus. Fast fühlte sich Vonnock an seine Zeit als Biologischer erinnert – ein befremdliches Gefühl nach all den Jahren als Wächter.

Dennoch hatte er sich mit solchen Situationen insofern halbwegs arrangiert, als dass er seine verbliebene Energie besser einteilte, um nicht ganz so oft in die Verlegenheit zu kommen, aufladen zu müssen.

*

Schließlich stand Vonnock in dem breiten Gang mit der für ihn unsichtbaren Schleuse. Vermutlich hatten die Maschinen ihren Gefangenen über denselben Weg, wie sie ihn in den Schacht hineingebracht hatten, auch wieder herausgeholt. Warum er dort nur eine so kurze Zeitspanne verblieb, war ebenfalls unklar. Ebenso, wohin er nun geschafft wurde.

Im Vollbesitz seiner Kräfte hätte der Wächter mit seinen Sensoren jederzeit feststellen können, welche Richtung der Trupp eingeschlagen hatte. Durch die akuten Einschränkungen seiner Fähigkeiten war das jedoch nicht mehr möglich.

Wo also sollte er anfangen zu suchen? Jäh drangen Geräusche zu ihm herüber, die in diesem Umfeld eigentlich fehl am Platze waren. Es handelte sich um die Stimme eines Terraners!

Was dieser im Einzelnen sagte, konnte Vonnock nicht verstehen. Aber immerhin konnte er sich daran orientieren. So schritt er den Gang hoch, immer auf der Hut vor eventuellen Kampfrobotern oder Sicherheitsdrohnen, die seinen Weg kreuzen könnten. Es wäre nicht das erste Mal. Zum Glück blieb in diesen Minuten alles ruhig.

Neben einem Raum, aus dem die menschliche Stimme drang, verharrte er reglos an der Wand. Das Schott hinein war nämlich geöffnet, so sicher und ungestört fühlten sich die Schergen der Schwarzen Macht offenbar auf ihrem eigenen Territorium.

Der Wächter warf einen schnellen Blick durch das Schott, um sofort wieder den Kopf einzuziehen und sich hinter die Außenwand zurückzuziehen.

Das genügte jedoch, um festzustellen, was sich in dem Raum abspielte.

Die Roboter hatten den Terraner aus dem Behälter herausgeholt und ihn offensichtlich an eine bizarre Maschine angeschlossen, deren Sinn sich Vonnock nicht erschloss.

Aufgrund dessen, dass das Schott nach wie vor geöffnet war, konnte der Wächter alles verstehen, was gesprochen wurde. Momentan jedenfalls war es ein Monolog einer der Blechmänner.

»Gib zu, dass du ein Worgunmutant aus Orn bist!«, hielt dieser dem Gefangenen entgegen. »Du hast auf Terra Nostra unter dem Namen Socrates Laetus gelebt. Und du weißt, wo sich das von uns gesuchte Balduren-Artefakt befindet!«

Vonnock war ziemlich überrascht, wenn nicht gar irritiert über das Gehörte.

Sowohl die Behauptung, dass es sich bei dem Terraner um einen Worgunmutanten handeln sollte, als auch die Information, dass die Schwarze Macht nach einem bestimmten Balduren-Artefakt suchte, von dem dieser anscheinend den Standort wusste, war höchst interessant. Denn die ganze Zeit über, in der sich Vonnock auf dieser Stützpunktwelt aufhielt, war ihm aufgefallen, dass der Feind selbst bereits verschiedene Balduren-Statuen in seinem Besitz hatte und offenbar Experimente damit machte. Aus welchen Gründen sie dies taten, blieb ihm bislang verschlossen.

Aus dem Raum drang nun wieder die blecherne Stimme eines schwarzen Roboters. Er stellte nach und nach dieselben Fragen, wie schon zuvor. Doch der Terraner schwieg jetzt beharrlich.

Natürlich war dem Fanjuur-Wächter die volle Tragweite des Verhörs bewusst. Er konnte nur hoffen, dass der Gefangene weiterhin nichts ausplauderte, was die Sicherheit der Galaxien gefährden könnte.

Sollte es sich bei ihm wirklich um einen Worgunmutanten handeln, dann bestand durchaus das Risiko, dass er etwas über ERRON-2 oder den Wächterorden verraten könnte. Oder sogar Informationen über die mächtigen Worguntechnologien auszuplaudern wie schon zuvor Kurtwoodharker. Um seine eigene Haut zu retten und in der irrigen Annahme, den Feind für seine individuellen Pläne einspannen zu können, hatte der Verräter geheime Details über die Grüne Technologie preisgegeben. Das war natürlich eine Katastrophe.

Vonnock musste mit allen Mitteln verhindern, dass sich so etwas wiederholte! Dabei überlegte er nur einen Moment, ob er den Gefangenen befreien oder gar töten sollte. Allerdings entschied er sich schnell für die erste Option. Falls es sich um einen Worgunmutanten handelte, würde dieser ihm bestimmt dabei helfen können, von diesem Planeten zu entkommen und sich nach ERRON-2 durchzuschlagen. Worgunmutanten waren nicht irgendwelche Worgun, sondern besaßen noch das seltene Gen, das Genialität verlieh. Und genau diese Art von Unterstützung konnte Vonnock in seiner prekären Lage jetzt gut gebrauchen. Die INSTANZ musste unbedingt von diesem Ort hier erfahren!

Hinzu kam, dass die Schwarze Macht anscheinend ein ganz bestimmtes Balduren-Artefakt in ihren Besitz bringen wollte. Es wäre also gut zu wissen, worum es sich dabei handelte. Dann könnte man vielleicht danach suchen und es dem mächtigen Feind im Austausch für den Frieden anbieten, sofern es sich bei dem Artefakt nicht um eine Waffe handelte.

Vonnock dachte vor allem an den fanjuurschen Siedlerplaneten Yiomut, den ein Geschwader Keilschiffe jüngst angegriffen hatte. Noch immer wusste er nicht, was die Schwarze Macht damit hatte bezwecken wollen. Sie schien auch nichts von dort mitgenommen zu haben. Dafür aber hatte sie unzählige unschuldige Fanjuur regelrecht abgeschlachtet – ein Fakt, der ihn jedes Mal aufs Neue mit rasender Wut erfüllte.

Doch seinen Hass auf den Feind hielt er wohlweislich im Zaum, denn er wusste, dass er allein nichts würde ausrichten können. Im besten Fall starb er einfach nur; im schlimmsten nahm man ihn wieder gefangen, analysierte ihn und baute aus den Erkenntnissen eine mächtige Waffe oder erhielt Zugang zu ERRON-2.

Nein, tot nützte Vonnock seinem Volk gar nichts. Das Sinnvollste war, am Leben zu bleiben, so viele Informationen über den Feind zu sammeln wie möglich, zur INSTANZ zurückzukehren und eine gemeinsame Strategie zu entwickeln, um die Schattenhaften zu besiegen.

Noch einmal warf er einen heimlichen Blick durch das Schott in den dahinterliegenden Raum.

Nach wie vor war der Terraner an der bizarren Maschine angeschlossen. In diesem Moment bewegte sich einer der Roboter auf das Kopfende zu. Statt Waffenarmen besaß er dünne Gliedmaßen, die nach vorne hin wie riesige Messerklingen zugespitzt waren. Dabei musste es sich um eine Sonderkonstruktion handeln, denn einen solchen Blechmann hatte Vonnock bislang noch nicht gesehen. Vielleicht war er ein maschineller Verhörspezialist oder besser gesagt, ein Folterknecht, der den Gefangenen dazu bringen sollte, zu gestehen.

Jedenfalls schwenkte die Maschine ihre Messergliedmaßen von beiden Seiten auf den wie in einem Schraubstock eingespannten Schädel des Terraners zu …

*

Vonnock handelte unverzüglich. Für weitere Überlegungen blieb keine Zeit. Er nahm all seine noch verbliebene Kraft für ein Ablenkungsmanöver zusammen, um den mutmaßlichen Worgunmutanten nicht nur vor der Folter zu bewahren, sondern ihn auch zu befreien.

Im Raum befanden sich ein halbes Dutzend feindlicher Blechmänner. Die anderen aus der Kolonne vom Landefeld waren nicht zu sehen. Wahrscheinlich hatten sie sich aufgeteilt.

Kurz bevor sich die Klingenspitzen des am Kopfende der Maschine stehenden Roboters seitlich in den Schädel des Gefangenen bohren konnten, schlug Vonnock mit aller Kraft gegen die Metallwand neben dem Schott. Das hörte sich durchaus wie ohrenbetäubende Knalle an und sollte ausreichen, um die Aufmerksamkeit der Roboter auf sich zu ziehen.

Genau so war es. Zeitgleich wandten sich fünf Blechmänner um, während der »Folterknecht« stehen blieb, wo er war. Mit erhobenen Waffenarmen marschierten sie im Gleichschritt quer durch den Raum, sodass der Boden erzitterte.

Vonnock konnte zwar keine imponierende Kampfgestalt mehr annehmen oder selbst mit Waffen feuern, dafür aber hatte er sich innerhalb eines Sekundenbruchteils »verdünnisiert«. Und das im sprichwörtlichen Sinne. Er hatte seine Gestalt dermaßen verkleinert und verflacht, dass sie wie ein quadratisches und wandgleiches Abziehbild direkt über dem Schott klebte. Den herausstürmenden Maschinen war es unmöglich, ihn zu bemerken.

Im Gang teilten sie sich auf, um den mutmaßlichen Störenfried in beide Richtungen zu verfolgen.

Vonnock wartete kurz, bis nichts mehr von ihnen zu sehen war, dann nahm er wieder seine normale Wächtergestalt an. Diese nur kurz andauernde Wandlung hatte ihn jedoch ziemlich angestrengt. So stolperte er regelrecht durch das offenstehende Schott in den dahinterliegenden Raum hinein.

Der zurückgebliebene Verhörblechmann zog sofort seine »Messerarme« von dem Gefangenen zurück, um sich dem Eindringling entgegenzustellen.

Vonnock war froh, dass dieser offenbar keine Energiewaffen besaß. Dennoch fühlte er sich für einen Zweikampf viel zu schwach. Zudem konnten die anderen Roboter jederzeit zurückkehren und somit wäre er selbst verloren gewesen. Also musste es verdammt schnell gehen!

Vonnock taumelte auf seinen Gegner zu, was keinesfalls, wie dieser vielleicht vermutete, irgendwie gestellt war, sondern seinem tatsächlichen Zustand entsprach.

Ohne Vorwarnung stieß der Roboter seine Messerarme nach vorn. Die Klingen ratschten über die Tofiritlegierung des Wächters, hinterließen allerdings nicht einmal einen einzigen Kratzer.

Gleich danach setzte Vonnock selbst zu einem Hieb an, war aber viel zu langsam. Sein Gegner duckte sich einfach seitlich weg, damit dieser geradezu ins Leere lief. Durch den Schwung verlor der Wächter das Gleichgewicht, stolperte ein, zwei Schritte nach vorn und prallte unbeabsichtigt mit seiner Schulter gegen den Folterknecht. Dadurch kam auch dieser aus der Balance. Gemeinsam stürzten sie scheppernd zu Boden. Dabei fiel der gegnerische Roboter so unglücklich, dass er sich die Klingenspitze seines linken Messerarms selbst in den Schädel rammte. Offensichtlich war diese hart genug, um durch das Metall einzudringen. Nicht jedoch durch Tofirit.

Die feindliche Maschine zog das Messer aus ihrem Kopf heraus, wobei es einen breiten und tiefen Riss hinterließ. Dass sie dennoch weiter funktionierte, obwohl sicher auch bestimmte Schaltmodule betroffen, wenn nicht gar zerstört worden sein mussten, verwunderte jedoch. Anstatt irgendwie angeschlagen zu erscheinen, kam der Roboter sogar schneller auf die Metallbeine als der Wächter. Noch bevor dieser selbst aufstehen konnte, verpasste ihm sein Gegner einen wuchtigen Fußtritt, sodass er wieder zurückfiel.

Was bin ich bloß für ein Narr!, dachte Vonnock. *In meinem desolaten Zustand kann ich es keineswegs mit einem voll intakten Roboter aufnehmen!*

Obwohl diese Maschine kein ausgesprochener Kampf-, sondern anscheinend ein Verhörroboter war – vorausgesetzt, diese Bezeichnung existierte überhaupt bei den Schattenhaften –, war sie ihm voll und ganz überlegen.

Der Gegner, der jetzt wie ein Metallgebirge über dem Wächter stand, schwenkte einen der Arme herum. Zu dessen Entsetzen transformierte dieser abrupt von einem Messer zu einer Energiewaffe! Die Mündung, aus der in den nächsten Sekunden der energetische Tod flammen würde, war direkt auf Vonnocks Schädel gerichtet.

Aus und vorbei!

Tatsächlich war der Wächter nicht mehr Herr der Situation. Er besaß keine Möglichkeit, sein Leben zu retten. Und dennoch stemmte er sich gegen das unweigerliche Ende, sammelte die eigentlich nur noch marginal vorhandene Restenergie …

In diesem Moment tauchte völlig unerwartet der Terraner hinter dem schwarzen Roboter auf. In seinen Händen hielt er zwei dünne Kabel. Ganz offensichtlich war es ihm in der Zwischenzeit gelungen, sich von der bizarren Maschine, in der er eingespannt gewesen war, selbst zu befreien. Die Kabel gehörten zu dieser Apparatur und waren lang genug, um sie dem Blechmann rücklings an die durch die Messerklinge beschädigte Stelle zu drücken. Augenblicklich entstand ein Kurzschluss! Kleine Flammen und Rauch züngelten aus dem Riss hervor.

Schlagartig war der schwarze Roboter seiner Mobilität beraubt, sodass er völlig bewegungslos verharrte. Und auch den nach wie vor auf den Wächter gerichteten Waffenarm konnte er nicht mehr einsetzen. Offenkundig war sein Betriebssystem dermaßen beschädigt, dass keine Bewegungsfunktionen mehr durchführbar waren.

Vonnock konnte sein Glück kaum fassen. Das war wahrlich Rettung in letzter Sekunde!

Doch schon vernahm er durch das offenstehende Schott die im Gleichschritt marschierenden anrückenden Roboter, die ihre Suche nach ihm auf dem Gang abgebrochen hatten. Zweifelsohne waren sie stattdessen auf das Geschehen in diesem Raum aufmerksam geworden.

»Wir müssen sofort von hier verschwinden!« Es war der Gefangene, der diese Worte ausstieß. »Komm mit, ich kenne ein Versteck in der Nähe des Schachts, in den ich vorhin gebracht wurde!«

Vonnock blieb nichts anderes übrig, als dem Fremden zu vertrauen. Die metallenen Schritte auf dem Korridor wurden immer lauter. Gleich würden die Roboter in den Raum hereinstürmen.

Ohne weiter darüber nachzudenken, schloss sich der Wächter dem Gefangenen an, der durch ein hinter der abstrusen Apparatur offenstehendes Schott rannte. Offenbar mit klarem Ziel vor Augen.

*

Wenig später standen beide erneut auf dem breiten Korridor. Dieses Mal allerdings zwanzig Meter im Rücken der Blechmänner, die sich soeben anschickten, in den Raum mit der Maschine zu stürmen.

Der Gefangene bedeutete dem Wächter, ihm rasch zu folgen. Als sie eine Gangkreuzung erreichten, nahm er, ohne anzuhalten, eine bestimmte Abzweigung, die tiefer in die Anlage hineinzuführen schien. Aber auch das täuschte. Vielmehr tauchte vor ihnen der wohlbekannte Helixkorridor auf, der sanft anstieg und in höhere Ebenen führte. Auf der obersten befand sich die Öffnung des Schachts, der wiederum steil abfiel.

Doch Vonnock wurde immer langsamer. Längst konnte er das Tempo nicht mehr mithalten, das der Fremde an den Tag legte, und erst recht nicht den Kurvengang hinaufgehen. Seine Energie war beinahe gänzlich aufgebraucht.

Allerdings hatte der Gefangene das auch nicht vor. Abrupt blieb er jetzt vor einer glatten Metallwand stehen. »Hier haben mich die Roboter vom Landeplatz aus hereingebracht. Ich habe mir gut eingeprägt, wie sie scheinbar aus dem Nichts eine Schleuse entstehen ließen. Das entspricht jedoch nicht den Tatsachen. Vielmehr gibt es hier einen Bewegungsmelder, der sich automatisch aktiviert, sobald man an einer bestimmten Position davor steht und …« Der Fremde unterbrach sich, denn in diesem Moment manifestierte sich direkt vor ihnen aus der Wand eine Schleuse! »Schnell hindurch!«

Vonnock riss sich zusammen, um der Aufforderung des mutmaßlichen Terraners, der auch ein Worgunmutant sein konnte, folgen zu können.

Noch beim Passieren der Schleuse, die hinter ihnen wieder unsichtbar und fugenlos in der Wand verschwand, veränderte sich die Umgebung. Denn jetzt standen sie auf dem Landeplatz! Um sie herum erhoben sich die Keilschiffe, die ihnen zunächst ein wenig Deckung verschafften.

»Ich … brauche dringend eine Ladestation«, brachte Vonnock hervor.

Der Gefangene beäugte den Wächter von der Seite. Natürlich hatte er längst bemerkt, dass die Worgunkonstruktion wahrlich nicht mehr »rund lief«.

Er nickte nur und ging voraus. Ein paar Meter weiter befand sich ein Flachgebäude mit offenstehendem Tor. Wohl das einzige auf dem gesamten Gelände.

»Ich kann nicht mehr …«

Der Fremde ging nicht darauf ein. »Als ich vorhin, eingesperrt in dem durchsichtigen Behälter auf dem Prallfeld, daran vorbeischwebte, fiel mir diese kleine Station ins Auge«, sagte er stattdessen. »Sie wird von Arbeitsrobotern frequentiert, die hier ein- und ausgehen. Ganz sicher gibt es darin auch jede Menge Aufladestationen. Aber wir müssen vorsichtig sein.«

Die beiden so verschiedenen Wesen pirschten sich näher an den Flachbau heran. Tatsächlich verkehrten dort Maschinen aller

Art. Deshalb galt es nun, einen günstigen Moment abzuwarten, um vom Rande des Landefeldes unbemerkt hineinzugelangen. Und das, obwohl sich Vonnock wie eine fanjuursche Sumpfschnecke vorkam.

Vor ihnen verliefen ein Dutzend Prallfeldstraßen, auf denen wiederum die unterschiedlichsten Werkzeuge, Gerätschaften und Ersatzteile deponiert waren. All das, was man für Reparaturen von Raumschiffen benötigte. Dahinter erhoben sich allerlei Regale, die bis an die niedrige Decke reichten, ebenfalls mit den verschiedensten Bauteilen bestückt.

Unbemerkt suchten der Terraner und der Wächter den hintersten Bereich des Gebäudes auf. Das war nur möglich, weil sie ein entsprechendes Zeitfenster auswählten, in dem sich kein Arbeitsroboter in der Station aufhielt. Freilich würde sich das schnell ändern. Sogleich stellten sie fest, dass sie sich in einem Areal befanden, das als Schrottplatz diente. Und damit weit genug von der emsigen Betriebsamkeit entfernt, um nicht entdeckt zu werden. Ein ideales Versteck.

Zu Vonnocks großer Erleichterung existierte dort auch eine Aufladestation. Wahrscheinlich, um die Schrottpressmaschinen mit Energie zu versorgen. Ihm war es herzlich egal, denn sein Speicher befand sich bereits im dunkelroten bis schwarzen Bereich. Höchstens noch wenige Minuten, und seine kompletten Systeme und Funktionen wären ausgefallen. Nachdem er sich eingestöpselt hatte, floss ihm sogleich Energie zu.

Nun endlich konnte sich der Wächter auf den Gefangenen konzentrieren, an den er natürlich jede Menge Fragen hatte.

»Als du in dieser absonderlichen Maschine eingespannt warst, habe ich draußen auf dem Gang gehört, wie dich einer der Roboter befragt hat«, kam er gleich zur Sache. »Er forderte dich auf, zuzugeben, dass du ein Worgunmutant aus Orn bist und auf Terra Nostra unter dem Namen Socrates Laetus gelebt hast. Stimmt das?«

Der Gefangene antwortete nicht sogleich, betrachtete stattdessen den Wächter sehr lange. Schließlich nickte er. »In der Tat, ich bin beziehungsweise war Socrates Laetus. Allerdings möchte ich jetzt ausschließlich mit Sebastian Lyte angesprochen werden.«

»Natürlich, das ist kein Problem für mich«, erwiderte Vonnock, doch so ganz war seine Neugierde noch nicht befriedigt. »Außerdem wurde dir vorgehalten zu wissen, wo sich das von der Schwarzen Macht gesuchte Balduren-Artefakt befindet. Ich selbst habe einige Balduren-Statuen in der hiesigen Anlage gesehen. Anscheinend jedoch sucht der Feind nach einer bestimmten. Was hat es damit auf sich?«

Der Worgunmutant in der Gestalt eines Terraners wog den Kopf hin und her. »Das werde ich dir bei anderer Gelegenheit sagen«, wich er aus.

Diese Antwort befriedigte den Wächter zwar nicht, aber er wollte sein Gegenüber auch nicht verstimmen oder, schlimmer noch, dessen Misstrauen erregen. Deshalb versuchte er es andersherum, obwohl die vielen offenen Fragen nur so aus ihm heraussprudeln wollten. »Wie bist du auf diese Stützpunktwelt der Schwarzen Macht gekommen?«

Der Worgunmutant musterte die Tofiritkonstruktion ernst. »Bevor ich dir mehr über mich erzähle, solltest du mir zunächst einmal verraten, wer du eigentlich bist! Offensichtlich ein Wächter, das ist eindeutig zu erkennen …«

Vonnock sah ein, dass Sebastian Lytes Einwand vollkommen berechtigt war. Deshalb schilderte er in kurzen Worten etwas zu seiner Person und wie er hier gelandet war, ohne irgendwelche Wächtergeheimnisse auszuplaudern. Dieses Vertrauen musste er dem mutmaßlichen Worgunmutanten entgegenbringen. Schließlich befanden sie sich in derselben misslichen Situation.

Auch Lyte schien das so zu sehen. »Ich selbst bin durch ein Portal in ERRON-2 in das hiesige Universum gelangt«, bekannte er.

»Das hiesige Universum?«, echote Vonnock. »Wir befinden uns also nicht in dem, in dem sich auch Nal und Orn befinden?«

»Genau.«

»Das erklärt einiges. Aber wieso bist du hier? Und dann noch ganz allein? Ist die Schwarze Macht etwa nach ERRON-2 vorgedrungen?«

»Ich habe meine Gründe«, wich Sebastian Lyte aus. Offenbar wollte er nicht allzu viele Informationen über sich und die Umstände seines Hierseins verraten. Das schien allerdings nichts mit etwaigem Argwohn zu tun zu haben, sondern mit Vorsicht. Vielleicht mit einer geheimen Mission, die er durchführen musste, oder einem strikten Befehl, dem er unterlag.

Vonnock wollte vorerst nicht weiterbohren und wartete darauf, dass sein Gegenüber das Wort ergriff.

»Jedenfalls will ich so schnell wie möglich von diesem Planeten flüchten, um nach ERRON-2 zurückzukehren«, bekundete Lyte etwas später. »Und dabei sollst du mir helfen.«

Dazu musste Vonnock freilich nicht erst überredet werden, obwohl Wächter normalerweise keinen Individuen unterstützten. Aber schließlich wollte auch er unverzüglich zum Wächterstützpunkt, um der INSTANZ von sämtlichen Geschehnissen, die er selbst erlebt oder von denen er erfahren hatte, zu berichten. Diese Informationen waren von größter Wichtigkeit für die kontrollierende Biokomponente. Deshalb erklärte er sich sogleich einverstanden mit Lytes Vorschlag.

»Vor Kurzem konnte ich ein seltsames Phänomen im Weltall beobachten, das keineswegs ein astronomisches Gebilde war«, erzählte Vonnock voller Enthusiasmus. »Es mutete wie ein kleiner Sternennebel an. Hunderte Keilschiffe hielten darauf zu. Danach habe ich es nicht mehr gesehen. Ich vermute jedoch, dass es sich um ein Portal handelt, mit dem die Schattenhaften zwischen den Universen hin und her reisen können. Eventuell ist es jenes, durch das du selbst hergekommen bist.«

»Deiner Schilderung nach klingt das sehr naheliegend. Vielleicht haben die Keilschiffe das Portal passiert, mich gefangen genommen und sind danach wieder zur Stützpunktwelt zurückgekehrt. Das würde wahrlich Sinn ergeben. Dennoch fehlt die einhundertprozentige Gewissheit, dass diese Annahme auch wirklich stimmt.«

Bevor Vonnock etwas erwidern konnte, spürte er plötzlich, wie der Energiefluss der Aufladestation regelrecht gekappt wurde. Genau so wie vorhin in der Halle mit den zerstörten Biotanks. Entweder war ihre Kapazität eingeschränkt, was er sich angesichts dessen, dass diese eigentlich für die Aufladung der Schrottpressmaschinen ausreichend sein müsste, nicht vorstellen konnte.

Oder aber, die Energiezufuhr war absichtlich eingestellt worden, weil man den fremden Nutzer entdeckt hatte. Demzufolge konnte es nur einen Entschluss geben.

»Wir müssen sofort von hier weg!« Vonnock stöpselte sich von der Ladestation ab. In knappen Worten klärte er den Worgunmutanten über seine Vermutung auf.

Da der Energiezufluss zeitlich beschränkt gewesen war, zeigte der optische Messfühler des Energiespeichers zwar nicht mehr Dunkelrot bis Schwarz, sondern Hellrot an, dennoch bewegte er sich in einer höchst alarmierenden Zone. Zudem versagte dieser Zustand dem Wächter weiterhin die Möglichkeit der komplexeren Gestaltwandlung oder den Gebrauch von Energiewaffen. Doch Hadern nützte nichts, sie mussten handeln!

Wie zur Bestätigung seiner Befürchtungen tauchte nun im vorderen Bereich des Flachbaus ein Trupp schwarzer Kampfroboter auf. Ihre erhobenen Waffenarme machten ihre Absicht klar. Sie hielten sich auch nicht damit auf, das eigentliche Ersatzteillager zu durchkämmen, sondern marschierten schnurstracks und zielgerichtet auf den Schrottplatz zu.

Vonnock und Lyte schafften es gerade noch, sich hinter eine Regalstraße zurückzuziehen, um so in den Rücken der Maschinen zu gelangen. Von dort aus schlichen sie an den Depot-Prallfeldern vorbei zum Ausgang. Wie immer sie es auch anstellen wollten, es blieb ihnen nicht viel Zeit, um einen feindlichen Raumer zu kapern.

Als der Worgunmutant und der Wächter wieder im Freien waren, trauten sie ihren Augen beziehungsweise Sensoren nicht.

Die Landebahn und ebenso die Keilschiffe waren verschwunden! Stattdessen standen sie in einer zerklüfteten, wüstenähnlichen Landschaft.

Wie konnte das sein?

Doch gleich danach, als Vonnock sich genau das fragte, wusste er auch schon die Antwort darauf: Auf dieser Stützpunktwelt war nichts unmöglich!

Und wieder kam ihm die Matrjoschka-Theorie in den Sinn, an der er festhielt. So lange jedenfalls, bis man ihn vom Gegenteil überzeugt hatte.

Ein erneuter Umgebungswechsel als Sicherheitsmaßnahme des Feindes! Das musste die logische und einfache Erklärung für einen komplizierten Vorgang sein. Anders war das Geschehen nicht zu deuten. Oder etwa doch? Übersahen sie vielleicht irgendetwas Wesentliches?

14.

Die gewohnte unwirkliche Nichtdunkelheit samt dem abstrusen Nebel hüllten den Wächter und den Terraner ein. Und auch von den Bergen am Horizont pulsierte das übliche »tödliche Licht«, das den Hell-Dunkel-Rhythmus dieser Welt in der Grelle eines begrenzen Ausschnitts zerschnitt wie ein Flammenschwert. Zum Selbstschutz wurde es von den beiden Wüstenwanderern ignoriert.

In diesem Moment war Vonnock davon überzeugt, dass der Plan, ein Keilschiff zu kapern, ferner lag als der höchste Gipfel der Gebirge weit vor ihnen. Sprichwörtlich waren sie wieder am Anfang. Nämlich da, wo alles begonnen hatte.

»Hier stimmt etwas nicht«, unterbrach Lyte seine düsteren Gedanken. Aufmerksam sah er sich um. »Obwohl uns eine täuschend echte Landschaft vorgegaukelt wird, glaube ich, dass wir uns immer noch auf dem Landefeld befinden.«

»Gut möglich. Aber ich sehe trotzdem kein Keilschiff. Entweder sind sie tatsächlich verschwunden oder wir erliegen wahrlich einer optischen Täuschung.« Vonnock hielt kurz inne. »Allerdings kann ich mit meinen beschränkten Ortungssensoren kein einziges Raumschiff registrieren. Dementsprechend müsste die Illusion perfekt sein.«

»Was auch nicht verwundern würde …« Der Terraner blieb plötzlich stehen. Für einen Wimpernschlag schwankte er wie ein Bambusrohr in einem Sturm. Doch gleich darauf verschwand dieser Eindruck genauso schnell, wie er gekommen war.

»Ist alles in Ordnung?«, fragte der Wächter dennoch nach.

Der Worgunmutant in der Gestalt eines Menschen nickte. Offensichtlich bemüht, sich nichts anmerken zu lassen. Und als er wieder losmarschierte, festigten sich seine Schritte.

Schier endlos lag die trostlose wüstenähnliche Landschaft vor ihnen, deren dunkle geröllartige Steinflächen manchmal sogar in graugelbe Sandebenen übergingen, stets begleitet von hohen Gebirgsketten. Aufgrund der seltsamen Lichtverhältnisse verschmolzen Horizont und Landstrich miteinander.

Die beiden Wanderer wussten nicht zu sagen, wie viele trockene Senken und Täler sie passierten. Die Felsstaffeln, die diese flankierten, wechselten ebenfalls ihre Struktur und Form. Lichtstrahlen und Erdschatten lieferten sich einen ewigen Kampf um die Vorherrschaft, den keiner für sich entschied. Winzige Steine, geschaffen und geschliffen über Jahrmillionen hinweg, bildeten auf den Kämmen meterhohe Kanten. Darüber trieb der Nebel wie ein ruheloses Gespenst.

Bodenwelle um Bodenwelle zogen Vonnock und Lyte weiter, bis vor ihnen ein flaches Gesteinsplateau erschien. Dort schlängelten sich Pfade vorbei an Geröllbergen und kraterförmigen Vertiefungen.

Als sie einen imposanten Felsturm erreichten, eingebettet in Steinflanken, geschah es. Aus dem steinigen und sandigen Untergrund schälte sich plötzlich etwas hervor.

Unvermittelt blieben Vonnock und Lyte stehen.

Gleich darauf reckten sich ihnen drohend aus dem Boden dreigliedrige Kieferklauen und Fangarme mit kräftigen Scheren entgegen. Im kopfartigen Fortsatz des etwa sechs Meter langen Körpers funkelte ein kaltes Punktaugenpaar.

Gleich darauf wühlte sich das Ding vollends aus dem Staub. Es sah wie ein überdimensionaler Skorpion aus, mit acht weißgelben, durchsichtigen Laufbeinen. Der chitinartige Panzer, unter dem mit schwarzem Blut versetzte Adern pulsierten, schimmerte hellgelb.

Noch ehe es sich die beiden Wüstenwanderer versahen, richtete sich der Hinterleib des Skorpiongeschöpfes auf. Deutlich war die Giftblase mit dem dornenartigen, nach vorne gekrümmten übergroßen Stachel zu erkennen. Bereit zum tödlichen Stich …

Oder doch nicht?

Erst jetzt erkannten Vonnock und Lyte, dass es sich dabei wohl um eine Art Drohgebärde handelte. Gerade so, als würde man jemanden mit einer Waffe bedrohen. Und in der Tat strahlte der Giftdorn höchste Gefahr aus.

Unvermittelt stach der Skorpion zu! Allerdings zielte die Spitze nicht auf die beiden Wüstenwanderer, sondern auf den Boden. Der Stachel hackte so schnell den Untergrund auf, dass dieser Vorgang weder mit bloßem Auge noch mit der Optik des Wächters zu erfassen war.

Mit einem mächtigen Sprung beinahe aus dem Stand schaffte es der Worgunmutant, sich aus der unmittelbaren Gefahrenzone fortzubewegen. Vonnock hingegen hatte die Kraft nicht dazu oder reagierte einfach zu langsam.

Auf einmal fiel an der runden, mit dem Giftdorn in den Boden gestanzten Linie, regelrecht der Untergrund in sich zusammen. Der sandige Grund brach wie dünnes Glas. Ein gähnender dunkler Schlund tat sich unter ihm auf.

Eine Fallgrube!

Der Wächter versuchte, sich irgendwo festzuhalten, aber seine Metallpranken griffen ins Leere. Und auch Lytes seitlich entgegengestreckte Hände verfehlte er um wenige Zentimeter. Er versuchte aber auch gar nicht, sie zu erreichen, denn sonst hätte er sie ihm aufgrund seines immensen Körpergewichts einfach abgerissen.

So stürzte er hilf- und tatenlos in die bodenlose Tiefe. Wie viele Meter, konnte er nicht sagen. Jedenfalls wischten Sandwände an ihm vorbei, die seltsamerweise nicht zerbröckelten. Der Himmel über ihm verblasste zu einem immer kleiner werdenden Ausschnitt.

Es handelte sich wohl um einen unter der Wüste geschaffenen Kanal, in dem sich der Skorpion fortbewegte, um dann direkt vor seiner Beute aus dem Boden wieder aufzutauchen. Eine durchaus perfide Jagd-Methode.

Hart schlug der Wächter auf dem Untergrund auf und auch sein Schädel hämmerte gegen einen Sandsteinfelsen. Aber auch diesen Sturz überstand sein Metallkörper ohne irgendwelche Dellen.

Vonnock lag auf dem Rücken. Über ihm war der vielleicht dreißig Meter tiefe Kanal, den er soeben heruntergestürzt war.

Du kannst dich wahrlich nicht beklagen! Auf diesem Planeten bist du öfter mit Tunneln und Schächten konfrontiert worden als in deinem ganzen Leben zuvor!

Der Wächter ignorierte die zynische Stimme in seinem Bewusstsein. Vielmehr versuchte er, die Umgebung zu analysieren. Hier unten herrschte schummriges Halbdunkel. Dementsprechend dauerte es einige Sekundenbruchteile, bis sich seine Optiksensoren auf die spärlichen Lichtverhältnisse eingestellt hatten. Es war eine Art Sandhöhle, in der er sich befand, die in allen Braun- und Gelbtönen, die man sich denken konnte, erstrahlte. Anders konnte man es wohl kaum bezeichnen.

Vonnock rappelte sich auf, spürte einmal mehr die Schwäche in seinen Gliedern. Wobei es sich nicht wirklich um Schwäche handelte. Vielmehr funktionierte alles nur viel langsamer als gewohnt, weil seine Systeme ständig andere Bereiche bei der Energielieferung priorisieren mussten. Dadurch kam einiges durcheinander, wo er nicht immer sofort gegensteuern konnte. Da er sich darüber bewusst war, dass in dieser Höhle ganz offensichtlich der Skorpion hauste, suchte er nach irgendeiner Waffe. Schließlich konnte er zwar welche bilden, aber was nutzten ihm Attrappen? Einen Energiestrahl zu verschießen, wäre sein Todesurteil.

Direkt neben sich entdeckte Vonnock seltsam geformte Metallrohre. Wie sie hier heruntergekommen waren und welchen Zweck sie erfüllten, wusste er natürlich nicht zu sagen. Vielleicht waren sie von einer anderen »Beute« mitgeführt worden, die ebenfalls das Pech hatte, in dieser Höhle zu landen.

Vonnock griff nach einem langen Rohr, das nach oben hin zugespitzt war. Jetzt fühlte er sich gleich etwas wohler, obwohl eine solche primitive Bewaffnung nicht mehr als ein Witz war gegenüber jener, zu der er einst fähig gewesen war. Aber dennoch: Besser als nichts!

*

Nun galt es, aus dieser Fallgrube wieder herauszukommen. Oben wartete Sebastian Lyte, um mit ihm einen Keilraumer zu kapern. Und er hockte hier unten in dieser Höhle …

Der Wächter, der vorsichtige Schritte gemacht hatte, um die nähere Umgebung zu erkunden, verharrte auf der Stelle. Denn im nächsten Augenblick wurde der Schatten, den er hinter einem Felsen ausgemacht hatte, lebendig und riesig.

Der Skorpion!

Gleich darauf wuchs die furchterregende Kreatur vor ihm empor und reckte ihm die dreigliedrigen Kieferklauen entgegen. Die Fangarme mit den kräftigen Scheren klapperten bedrohlich. Und das Punktaugenpaar in dem kopfartigen Fortsatz fixierte ihn.

Doch davon ließ sich der Wächter keineswegs einschüchtern. Ganz im Gegenteil starrte er das Wesen kämpferisch an.

Zwar bin ich nicht im Vollbesitz meiner Kräfte, aber dennoch keine leichte Beute! Ich werde mein Leben so teuer wie möglich verkaufen, darauf kannst du dich verdammt noch mal verlassen!

Wenn er schnell und konzentriert handelte, hatte er womöglich eine reelle Chance.

Doch bevor er selbst aktiv werden konnte, reagierte der Skorpion. Die Fangarme zuckten so blitzartig auf ihn zu, dass er diese Bewegung nicht einmal registrieren konnte. Mit voller Wucht trafen die Scheren Vonnocks Körpermitte, schleuderten ihn wie an einem zuvor gespannten und dann losgelassenen Gummiband gegen die hinter ihm liegende Wand.

Aber auch das konnte ihm nicht viel anhaben. Ganz anders wäre es, wenn das Vieh ihm mit seinen monströsen Schneiden die Gliedmaßen abtrennen würde.

Der Skorpion raste auf ihn zu. Vielleicht hatte er genau das vor. Vonnock riss seine Metallhände hoch, in denen er noch immer das zugespitzte Rohr hielt.

In dem Moment, als der Gliederfüßer sich auf ihn herabsenkte, stach er zu.

Die Spitze seiner provisorischen Waffe durchbohrte den hellgelben Chitinpanzer, drang einen halben Meter tief in seinen Körper ein. Die pulsierenden Adern zerrissen wie gefüllte Ballons.

Als der Wächter das Rohr herauszog, ergoss sich das schwarze Blut kübelweise über ihn.

Doch davon ließ er sich nicht beirren, sondern stach immer und immer wieder zu.

Allerdings zeigte das Monstrum keine Reaktion. Ganz gleich, wie viele Wunden ihm beigebracht wurden. Letztlich sah sein Leib wie ein blutiges Sieb aus.

Nach wie vor war der Skorpion am Leben, voller Hass und unsäglichem Hunger.

Verflucht noch mal, stirb endlich!

Vonnocks Schwäche nahm zu. Das Rohr wog schwerer und schwerer, seine Bewegungen wurden langsamer.

Doch dann blitzte es in seinem Bewusstsein auf.

Natürlich! Warum war er nicht gleich darauf gekommen?

Er zog das Rohr aus dem Leib des Skorpions, der offensichtlich glaubte, seine Beute erledigt zu haben.

Dass dies keineswegs der Fall war, erfuhr das Monstrum ungleich später. Denn Vonnock rammte das zugespitzte Metallteil nun mit aller Kraft in dessen melonengroße Giftblase. Als diese zerplatzte, gab es einen ohrenbetäubenden Knall. Gelbes Sekret spritzte umher.

Der Skorpion gab einen fürchterlichen Schrei von sich, der regelrecht durch die Sandhöhle vibrierte. Tödlich verletzt wirbelten seine Fangarme in der Luft herum. Die acht weißgelben, durchsichtigen Laufbeine zuckten wie unter Energiestößen.

Der Todeskampf dauerte beinahe eine Minute an, dann war er vorbei.

Das Wüstenungeheuer sackte in sich zusammen und rührte sich nicht mehr.

Vonnock befand sich nur einen halben Meter von dem ausgebluteten Kadaver entfernt. Er hatte es geschafft. Und das mit einer äußerst primitiven Waffe.

Das war das eine. Das andere allerdings, wie er wieder aus dieser Fallgrube herauskommen sollte.

Bevor er sich jedoch darüber Gedanken machen konnte, registrierte er aus der Richtung, aus der das Monstrum gekommen war, weitere Bewegungen. Und ein mehrfaches Rascheln, als würden zahlreiche Beine über Schleifpapier huschen.

Gleich darauf erkannte der Wächter, wer die Verursacher dieses unheimlichen Geräusches waren: unzählige weitere Skorpione!

Zwar waren sie viel kleiner als das Geschöpf, das er soeben erledigt hatte, aber dennoch mit den gefährlichen Scheren ausgestattet, die ihm große Probleme bereiten konnten.

Schlagartig wurde ihm bewusst, dass er zuvor das Muttertier getötet hatte. Und das, was momentan durch die Höhle auf ihn zukam, war nichts anderes als dessen wütende Brut!

Vonnock, der sich inzwischen wieder erhoben hatte, wich zurück, bis er die Wand an seinem Rücken spürte. Zwar hielt er weiterhin die notdürftige Rohrwaffe in der Hand, aber er selbst fühlte sich, als könnte er kaum mehr stehen.

Ganz gewiss war er nicht in der Lage, sich mit dieser Skorpionenbrut bis aufs Blut zu bekämpfen. Das wäre nur möglich, wenn es in dieser dreimal verfluchten Sandhöhle eine Aufladestation geben würde.

Bei diesem Gedanken musste er innerlich kurz schmunzeln, obwohl die Situation, in der er sich befand, alles andere als lustig war.

Die Babyskorpione, die dennoch eine Körperlänge von etwa zwei Metern aufwiesen, hielten urplötzlich inne. Vielleicht war es ihr Instinkt, der ihnen signalisierte, dass es dem Eindringling immerhin gelungen war, ihre riesige Mutter zu töten. Und deshalb sollten sie wohl nicht einfach kopflos angreifen.

Vorsichtig geworden und wie ein Rudel Wölfe näherten sie sich Meter für Meter.

Vonnock stand aufrecht da, das Metallrohr drohend vor sich ausgestreckt. Obwohl es ihm zugegebenermaßen nicht leicht fiel. Allerdings durfte er den Biestern keine Schwäche zeigen, ansonsten wäre er sofort geliefert.

Als der vorderste Skorpion einen ersten Überraschungsangriff wagte, spießte er ihn kurzerhand auf, streifte kurz danach seinen Leib am Boden schnell wieder von der Waffe ab.

Natürlich konnte sich der Wächter so nicht gegen vier oder fünf Dutzend dieser Kreaturen erwehren. Das schienen die Gliederfüßer auch zu wissen.

Die Sandhöhle maß etwa zehn Meter im Durchmesser. Breit genug, um den Wächter von drei Seiten einzukreisen. Er stand gewissermaßen mit dem Rücken zur Wand.

Ohne jegliche Vorwarnung stürzten sich die Babyskorpione nun zeitgleich auf den Eindringling.

Obwohl Vonnocks Bewusstsein normalerweise die Domination ausübte, übernahm nun der einprogrammierte Selbsterhaltungstrieb die Kontrolle. Dazu gehörte herkömmlich auch jene über den Waffeneinsatz, der jedoch mit erhöhtem Energieaufwand verbunden war, den er aktuell nicht aufbringen konnte. Dennoch wirbelten seine Metallarme mit dem Rohr so schnell wie ein Dreschflegel durch die Luft.

Ein Angreifer nach dem anderen wurde davon getroffen und getötet oder verletzt. Aber es waren einfach zu viele. Letztendlich hockten die Geschöpfe wie Parasiten auf dem Metallkörper. Von Vonnocks rötlicher Tofiritlegierung war nichts mehr zu sehen.

Schließlich zwangen ihn die Skorpione auf den Boden. Ihre Scheren verursachten ein eigentümliches Klappern, als sie sich sekundenschnell schlossen und wieder öffneten. Offenbar bereit dazu, dem Eindringling sämtliche Gliedmaßen abzutrennen, um ihn zunächst wehrlos zu machen …

In diesem Moment dachte der Wächter an den mutmaßlichen Worgunmutanten, der sich wahrscheinlich immer noch am Rande der Fallgrube aufhielt, um zu überlegen, wie er ihm helfen konnte.

Aber jetzt war es ohnehin zu spät …

Plötzlich jedoch kam im vorderen Bereich der Sandhöhle der Untergrund in Bewegung. Sand und Erde wurden gegen die Wände geworfen. Gleich darauf gab der Boden ein beigebraun gesprenkeltes schlangenähnliches Wesen mit dreieckigem, augenlosem Schädel frei, das rasend schnell um die eigene Achse wirbelte. Durch diese Rotationsbewegung hatte es sich wohl bis zur Höhle durchgegraben. Es war mindestens doppelt so lang wie der Mutterskorpion.

Sogleich ließ deren Brut von dem Wächter ab. Für sie ging es nun um weitaus Wesentlicheres, als den Eindringling unschädlich zu machen. Sie musste den natürlichen Feind bekämpfen, der sich ihres Nestes bemächtigen wollte!

Sofort stürzten sich die Gliederfüßer auf das Schlangengeschöpf, stachen immer wieder mit ihren Stacheln zu.

Ob diese jedoch die lederartige Haut des Gegners durchstießen, um so das Gift in seinen Leib zu pumpen, konnte Vonnock nicht erkennen. Er hatte eigene Sorgen.

Schwankend kam er auf die Beine. Um ihn herum rieselte jetzt überall Sand und kleineres Gestein herunter, geschuldet dem gnadenlosen Überlebenskampf, den sich die beiden Spezies unweit von ihm lieferten.

Während die Schlange anfangs immer schneller rotierte und dabei bestimmt zwei Dutzend Skorpione zermalmte, erlahmten ihre Bewegungen zusehends. Vielleicht tat das Gift nun doch seine Wirkung.

Mit einem Mal ging ein Zittern durch die Höhle, als ob sich ein starkes Erdbeben ereignen würde. Der Untergrund, der von dem riesigen Schlangenwesen aufgewühlt worden war, konnte aufgrund seiner Instabilität die Stützwände der nach oben führenden Fallgrube nicht mehr halten.

Gleich würde hier alles zusammenstürzen und wohl auch Vonnock für immer und ewig in der Wüste dieses unwirtlichen Planeten begraben.

Im Bruchteil einer Sekunde fällte der Wächter eine wahrhaft irrsinnige Entscheidung!

Es gelang ihm tatsächlich nach zwei Anläufen, auf den schuppigen Leib der Schlange zu klettern, und zwar hoch bis zu ihrem Schwanz. Dabei hielt er sich mit Händen und Füßen fest wie ein Rodeoreiter. Eigentlich hatte er keine Kraft mehr dazu, aber der Überlebensmodus in ihm aktivierte den letzten Rest Energie.

Währenddessen wand sich die Schlangenkreatur weiter im Todeskampf. Ihr langer Schwanz zuckte krampfartig hin und her, auf und ab.

An der Schwanzspitze angelangt, klammerte sich Vonnock wie ein Ertrinkender an einen Rettungsring. Und in der Tat, er täuschte sich nicht. Denn die Schläge mit dem Fortsatz wurden zwar weniger, aber einer von diesen katapultierte den Wächter die Fallgrube hoch hinauf. Er kam sich vor wie eine Rakete, die vom Untergrund des Skorpionennestes in den Himmel stieg. Für einen Moment schwebte er sogar meterweit über der Wüste, um dann wie ein gefallener Stern zur Erde niederzustürzen.

Etwa zwanzig Meter von seinem Aufschlagsort entfernt krachte die Grube vollends in sich zusammen und hinterließ einen tiefen Krater.

*

Mühselig rappelte sich der Fanjuur-Wächter auf. Er war nicht überrascht, als er sich sogleich Sebastian Lyte gegenübersah. Denn dieser war tatsächlich an Ort und Stelle geblieben, um eine Möglichkeit zu finden, ihm zu helfen.

Jetzt wollten sie jedoch nicht darauf warten, bis entweder neue Riesenskorpione oder Riesenschlangen auftauchten.

»Kannst du noch weitergehen?« Der Worgunmutant warf dem Wächter einen fragenden Blick von der Seite zu.

Vonnock antwortete nicht sofort. Der Status seines Energiespeichers war eindeutig. »Eigentlich bin ich bereits im schwarzen Bereich.« Weitere Worte brauchte es nicht, um sein anhaltendes Dilemma zu beschreiben. Dennoch war der Fanjuur-Wächter nach wie vor davon überzeugt, dass sie sich aufgrund des »Schachteleffekts« noch immer auf oder zumindest in der Nähe des Landefelds mit den Keilschiffen befanden. Und deshalb hegte er Hoffnung, dass sich alsbald ein neuer Umgebungswechsel ereignete.

Doch zunächst war das nichts als pures Wunschdenken. Denn auf einmal tauchten zwischen den eigenartig geformten Felsen Flugobjekte auf. Ein gutes Dutzend an der Zahl. Noch waren sie in weiter Ferne, aber dennoch war unzweifelhaft zu erkennen, worum es sich dabei handelte: um fliegende Roboter der Schwarzen Macht! Ihre schwarzmetallenen Torsi mit den Waffenarmen gingen von der Hüfte abwärts in ein scheibenartiges Segment mit dem energetischen Antrieb über. Schattengleich schwebten sie etwa zwei Meter über dem kargen Boden. Dabei handelte es sich offensichtlich um eine spezielle Kampfeinheit der Schattenlosen, die außerhalb der Anlage patrouillierte.

»Saret«, flüsterte Vonnock. »Wächter Kratyn sprach davon.«

Die Saret nahmen mit erhöhter Geschwindigkeit direkten Kurs auf sie zu.

»Und was jetzt?« Vonnock war klar, dass er der Spezialeinheit in seiner jetzigen physischen Verfassung bei jeglicher Konfrontation unterlegen war. Und auch der Worgunmutant war unbewaffnet.

Hektisch sahen sich die beiden nach einem Versteck um. Tatsächlich gab es in dieser bizarren Landschaft zuhauf geeignete Orte. Unter einer Felsformation, die wie ein rechteckiger Kasten geformt war und in der Mitte nur auf einem schmalen Steinsockel stand, verbargen sie sich.

Diese Formation wiederum war von einem zwei Meter hohen Geröllfeld eingegrenzt, sodass sie zumindest optisch nicht auszumachen waren. Eine andere Möglichkeit, als darauf zu hoffen, dass sie nicht bemerkt wurden, blieb ihnen in diesem Moment nicht. Wobei ihnen natürlich bewusst war, dass die Flugroboter Ortungssensoren besaßen, die unabhängig von ihren Optiken funktionierten.

Die Sekunden bangen Wartens zogen sich wie Minuten dahin. Und als Vonnock und Lyte schon glaubten, dass die Luft buchstäblich wieder rein wäre, wurden sie eines Besseren belehrt.

Nahezu geräuschlos schwebte die Saret-Einheit über der eigenartig geformten Kastenformation. Ganz offensichtlich hatte sie die fremden Eindringlinge entdeckt. Wie zur Bestätigung nahm sie gleich darauf die steinerne Deckung ins Visier. Aus den Metallarmen der schwarzen Flugmaschinen flammten Energiebahnen, die den Felsblock augenblicklich zerschmolzen.

Lyte und der Wächter starrten zu ihren Henkern in die Höhe. Ihnen war bewusst, dass sie den tödlichen Waffen der Gegner hilflos ausgeliefert waren.

Das war's dann wohl!, zuckte es durch Vonnocks Bewusstsein. Und das nicht zum ersten Mal, seit er sich auf diesem Planeten befand.

Die auf sie gerichteten Mündungen erschienen riesengroß. Der Sensenmann, der darin lauerte, rieb sich bestimmt schon die Hände.

Was für ein Vergleich! Dass mir ausgerechnet jetzt Erinnerungsfetzen meiner terranischen Studien in den Sinn kommen, ist paradox!

Doch der finale Beschuss blieb aus!

Während sechs der Flugmaschinen weiterhin in der Luft schwebten und die Fremden mit Waffengewalt bedrohten, ließen sich die anderen zu Boden sinken.

Ihre Absicht war klar. Offensichtlich wollten sie Lyte separieren, um ihn erneut in ihre Gewalt zu bringen.

Vonnock hingegen schienen sie zu ignorieren. Oder aber sie zögerten lediglich damit, ihn auszulöschen.

Und während der eine auf seinen Tod wartete und der andere auf seine Gefangennahme, geschah etwas, mit dem keiner von ihnen gerechnet hatte!

*

Er tauchte auf wie ein Blitz aus heiterem Himmel! Einen besseren Vergleich gab es wohl nicht für das, was sich in diesen Sekundenbruchteilen irgendwo im bizarren Felsenmeer der Stützpunktwelt der Schwarzen Macht abspielte.

Oberhalb der sechs schwebenden Flugroboter der Saret-Einheit schälte sich aus dem diffusen Nebel eine stählerne Plattform heraus, die mit Energiegeschützen geradezu bestückt war.

Bevor die Schergen der Schwarzen Macht reagieren konnten, wurden sie auch schon mit kompromisslosem Sperrfeuer eingedeckt.

Fast gleichzeitig verglühten sie unter den massiven Energiestrahlen. Metallschrott regnete wie Konfetti vom Himmel.

Die schwarzen Flugroboter, die Lyte von Vonnock getrennt hatten, richteten die Waffenarme auf den so unerwartet aufgetauchten neuen Gegner. Bevor sie jedoch selbst auch nur einen einzigen Schuss abgeben konnten, schlug ihnen ein Energiegewitter entgegen, das sie an Ort und Stelle vernichtete.

Die Kampfkraft der Stahlplattform war enorm, hatte sie doch innerhalb weniger Sekunden eine komplette Saret-Einheit zerstört. Nun sank sie selbst zur Erde nieder.

Kurz bevor sie aufkam, veränderte sie jedoch ihre Struktur und Form zu einer drei Meter großen rötlich schimmernden Kampfgestalt eines Wächters.

Kratyn!

Auf den ersten Blick war ersichtlich, dass er keinerlei Energieprobleme zu haben schien. Ganz im Gegenteil machte er den Eindruck, in bester Verfassung zu sein. Genau so, wie es ein Wächter normalerweise auch war.

Zunächst glaubte Vonnock, die Schattenhaften würden ihn lediglich mit einer Holografie narren. Denn noch vor wenigen Stunden hatte Kratyn ihn töten wollen, und jetzt half er ihm und seinem Begleiter beim Einsatz gegen die Flugroboter. Das passte nicht zusammen.

Sebastian Lyte gab sich ebenfalls erstaunt über die unverhoffte Hilfe.

Gleich darauf nahm Vonnock per Wächterfunk Kontakt zu Kratyn auf: *Wo kommst du so plötzlich her?*

Der Angesprochene schwieg.

Woher wusstest du, dass wir uns hier befinden?

Keine Antwort.

Was ist überhaupt mit dir geschehen?

Weiterhin eisiges Schweigen.

Stattdessen wandte sich Kratyn dem Worgunmutanten zu. Dass seine wahre Absicht nicht darin bestanden hatte, Vonnock oder Lyte beim Kampf gegen die Schergen der Schwarzen Macht beiseitezustehen, zeigte er sogleich. Die Saret-Einheit war nicht mehr als ein Kollateralschaden gewesen.

Gleichzeitig hatte Kratyn mit deren Vernichtung verhindert, dass Lyte erneut in die Hände des Feindes fiel. Denn er selbst hatte es ebenfalls auf den Terraner abgesehen!

Das wurde in dem Moment offensichtlich, als der rötlich schimmernde Wächter blitzschnell auf Lyte zustürmte, ihn mit seinen Metallhänden an den Schultern packte und zu Boden warf.

Jetzt erst löste sich Vonnock aus der Sekundenstarre, die ihn befallen hatte. Letztendlich musste er unbedingt verhindern, dass der Worgun von Kratyn getötet wurde. Aus welchen Gründen auch immer.

Schließlich konnte der Worgunmutant der INSTANZ womöglich dabei helfen, eine Lösung zu finden, den mächtigen Feind zu besiegen. Eventuell mithilfe des mysteriösen Balduren-Artefakts, das die Schattenhaften fieberhaft in ihren Besitz bringen wollten und über das Lyte nicht sprach. Erst dann, wenn die stetige Gefahr, derer die Galaxien durch die Schwarze Macht ausgesetzt waren, endlich ausgemerzt wurde, konnten sich die Sternenvölker wieder in Sicherheit wiegen. In diesem Zusammenhang dachte der Wächter natürlich zuerst an »seine« Fanjuur.

Deshalb existierte in Vonnocks Bewusstsein nur ein Gedanke: *Ich muss ihn retten!*

Kratyn richtete seine Waffenarme auf den vor ihm liegenden Terraner.

Allerdings blieb dieser keineswegs ruhig wie ein Lamm auf der Schlachtbank liegen, um sich einfach so dem unausweichlich scheinenden Schicksal hinzugeben. Stattdessen übertölpelte er den feindseligen Wächter mit genialer Raffinesse. Und das lediglich mit seinen Augen!

Der Blick des Worgunmutanten bohrte sich wie ein Pfeil in Kratyns Optiksensoren. Tief hinein durch alle Schaltungen, Relais und Module, als wollte er sie damit zum Implodieren bringen.

Freilich geschah das nicht. Aber genauso wenig flammten aus den Mündungen der Waffenarme des Wächters tödliche Energiestrahlen hervor, die Sebastian Lyte vernichteten. Ganz im Gegenteil stand Kratyn völlig bewegungslos da, als sei er in dieser Sekunde zu Stein erstarrt.

Fast wie Magie!, zuckte es durch Vonnocks Bewusstsein, der natürlich Zeuge dieser äußerst absurden und nicht minder mysteriösen Szenerie wurde.

Wie lange Lyte seinen »Bann« aufrechterhalten konnte – oder wie immer man das, was er momentan tat, auch sonst bezeichnete –, wusste er nicht. Dennoch erwartete er jede Sekunde, dass Kratyn wieder irgendwie zu sich kommen würde, um den zu seinen Füßen Liegenden zu neutralisieren.

Aus diesen Befürchtungen heraus lag Vonnocks komplette Konzentration darauf, noch einmal seine gesamten Energiereserven zu sammeln. Ein einziger letzter und vernichtender Nadelstrahl, den er dem Verräter in seinen Schädel jagen wollte, würde ausreichen, um Lytes Leben zu retten. Auch wenn das höchstwahrscheinlich seinen eigenen Tod bedeuten würde. Aber was wäre schon seine kümmerliche Existenz für die Rettung des heimatlichen Universums?

Die Anstrengung, die er sich auferlegt hatte, war so immens, dass Vonnock kurz ins Taumeln kam, als er sämtlichen Systemen die Energie entzog und auf die Waffen lenkte.

Gleich werde ich diesen verfluchten Verräter dorthin schicken, wohin er gehört ...

Aber dieser martialische Gedanke zerplatzte sogleich wie eine Seifenblase.

Noch bevor Vonnock selbst den allerletzten Nadelstrahl abfeuern konnte, geschah etwas ganz anderes.

Hoch am Himmel blitzte erneut ein infernalisches Energiegewitter auf, dessen einziges Ziel Kratyn war!

Wie aus dem Nichts tauchten zwei neue Saret-Einheiten über der Wüstenlandschaft auf, um die Worgunkonstruktion ins Visier zu nehmen. Natürlich musste die Schwarze Macht registriert haben, dass das erste Kommando gänzlich von ihm vernichtet worden war.

Wäre es Kratyn nicht gelungen, noch rechtzeitig einen Schutzschirm um sich herum zu bilden, wäre er unweigerlich ausgelöscht worden.

So aber schlugen die Energiebahnen in das Tofirit ein, ohne ihn zu gefährden. Doch das würde nicht lange so bleiben, schließlich konnte das Material früher oder später durchschlagen werden. Schon wenig später fiel der nächste Feuerregen auf Kratyn nieder.

Damit befand sich der Verräter inmitten eines brutalen Verteidigungsgefechtes, in dem er um sein eigenes Leben kämpfen musste.

Vonnock sparte die zuletzt gesammelte Energie auf, riss Lyte im allgemeinen Tohuwabohu vom Boden hoch. Natürlich hatte auch dieser längst die Gunst der Stunde erkannt.

Das um sie herum tobende Kampfgeschehen nutzend, rannten sie wieder in die Wüste hinein.

Ab und an wandten sie sich um. Doch das Feuergefecht zwischen Kratyn und den Saret-Einheiten dauerte unvermindert an.

*

Sie wussten nicht, wie lange und wie weit sie sich im Hell-Dunkel-Rhythmus dieser Welt vom Ort des Gefechts entfernt hatten. Denn weder Zeit oder Distanzen noch irgendwelche Orientierungspunkte spielten hier eine Rolle. Nichts war vorauszusehen, nichts abzuschätzen.

Erst am Fuße eines Steilhangs legten sie eine Pause ein. Immer auf der Hut vor eventuellen Wüstengeschöpfen.

Nach wie vor war Vonnock stark geschwächt. Er hatte keine Ahnung, wie es mit ihm weitergehen sollte. Ewig konnte er jedenfalls nicht kopflos durch diese Landschaft irren.

Schon seit einiger Zeit konnten sie aus der Richtung, aus der sie gekommen waren, keine Energieblitze mehr sehen. Entweder war das Gefecht vorbei oder aber der konstante Nebel und das seltsame Licht verschluckten auf die wachsende Distanz hin das energetische Gewitter.

»Wer wohl als Sieger hervorgehen wird?«, murmelte Vonnock vor sich hin.

Doch Lyte ging nicht darauf ein. Stattdessen interessierte ihn etwas ganz anderes. »Weißt du eigentlich, warum mich der Wächter töten wollte?«

Vonnock verneinte. Ehrlicherweise konnte er tatsächlich keine Antwort geben. Schließlich hatte er selbst auf Kratyns Abschussliste gestanden. Vielleicht sogar immer noch, wer wusste das schon. Er dachte an den Kampf, den er sich mit ihm in der Sarkophag-Halle geliefert hatte, nachdem er die Balduren-Mumie zerstört hatte. Nur dem Umstand seiner schauspielerischen Höchstleistung, bei der er sich tot gestellt hatte, war es zu verdanken, dass er überhaupt noch lebte.

Nein, er hatte wirklich keine Ahnung, was oder wer Kratyn dermaßen verändert hatte und wen er alles auf seiner Liste stehen hatte.

Der Worgunmutant sagte eine Weile nichts. Aber es war ihm anzumerken, dass er Vonnock nicht ganz glaubte. Vielleicht sogar misstraute, denn er ließ nicht locker.

»Mir kommt das alles irgendwie zu einfach vor«, verkündete Lyte seine Zweifel.

»Was meinst du?«

»Unsere Flucht natürlich. Eben noch wollte mich eine Saret-Einheit erneut gefangen nehmen, und dennoch konnten wir entkommen.«

»Aber nur, weil Wächter Kratyn sich eingemischt hat. Ansonsten wäre die Begegnung mit den Flugrobotern ganz anders ausgegangen.«

Lyte schüttelte den Kopf. »Es ist zu einfach«, wiederholte er. »Die Schwarze Macht ist sicher jederzeit in der Lage, auf ihrer eigenen Stützpunktwelt zwei Flüchtige wie uns zu ergreifen. Ganz gleich, wie die Umstände sind. Selbst ein kampferprobter Wächter kann daran nichts ändern. Dann würde man uns eben ein Dutzend Spezialeinheiten auf den Hals hetzen, und die Sache wäre erledigt.«

Vonnock dachte in diesem Moment an seine eigenen Zweifel, die er ebenfalls gehegt hatte, behielt das aber für sich. Noch wollte er sich dahingehend nicht öffnen. Denn auch Lyte sagte nicht alles frei heraus, wie er bereits feststellen musste. Deshalb gab er eher eine provokante Antwort, um ihn eventuell aus der Reserve zu locken. »Ich denke, du bildest dir das nur ein.«

Lyte wog den Kopf erneut hin und her, als würde er selbst mit sich hadern. Aber dann schien er sich zu einer bestimmten Meinung durchgerungen zu haben. »Für mich scheint es so, als ob man uns die Flucht mit Absicht ermöglicht hat.«

»Sprichst du etwa von einem Komplott oder ähnlichem?«

»Vielleicht«, wich der Worgunmutant erneut aus. »Doch in der Tat vermute ich, dass die Schwarze Macht einen präzisen Plan verfolgt, der dich ebenfalls einschließt!«

Langsam rührte sich in Vonnock Unmut über diese Unterstellungen, die seines Erachtens völlig haltlos waren. »Ich habe keine Ahnung, was du meinst und von welchem Plan du sprichst, in den ich involviert sein soll.«

Lyte sah es wohl an der Zeit, dem Fanjuur-Wächter davon zu berichten, dass es zwei Terranern – Cade Soban und Kendra Redham – gelungen war, aus dem Universum der Schwarzen Macht zu entkommen. Und Wächter Simon ebenfalls. Vonnock musste diese Informationen erst verarbeiten und sortieren. Was ihn zunächst jedoch mit Hoffnung erfüllte, war die Tatsache, dass es offenbar doch möglich war, von dieser Stützpunktwelt zu fliehen.

»Du kannst dir sicher sein, dass der Feind davon weiß«, beharrte Lyte. »Und das wiederum legt nahe, dass uns ebenfalls die Flucht gelingen wird. Oder besser gesagt, gelingen *soll*.«

»Warum das?«

»Weil die Schattenhaften eine solche einfach zulassen werden! Versteh doch, genau das ist ihr Plan!«

»Und weshalb sollten sie das tun? Das ist unlogisch.«

»Auf den ersten Blick vielleicht schon. Auf den zweiten jedoch nicht. Aber du hast recht, für eine Fluchtermöglichung muss es ein gutes Motiv geben.« Lyte machte eine kurze Pause. »Darüber habe ich mir inzwischen auch meine Gedanken gemacht.«

»Und zu welchem Ergebnis bist du gekommen?«

»Vielleicht spekuliert die Schwarze Macht auf einen Zugang zu ERRON-2.«

Vonnock stimmte dem zu. »Das scheint wirklich ein legitimes Ziel des Feindes zu sein. Schließlich handelt es sich dabei um eine absolut effektive Worgunstation mit mächtiger Technologie. Insbesondere in Hinblick auf vernichtende Waffensysteme. Ganz gewiss wollen sie die Raumstation nicht nur als Kampfschiff nutzen. Vielmehr geht es um etwas anderes. Denn wer ERRON-2 kontrolliert, der hat so viel mehr als das!« Der Wächter hatte sich beinahe in Rage geredet. »Aber welche Rolle sollte ich deiner Meinung nach in ihrem diesbezüglichen Plan spielen?«

»Das kann ich dir sagen, schließlich habe ich selbst mitbekommen, dass du dich hier und da an ihren Stationen auflädst, um Energie zu tanken. Das scheinen die Schattenhaften ebenfalls zuzulassen. Bedingt jedenfalls. Denn die Energiezufuhr ist mitunter ziemlich gedrosselt, wie ich dir nicht zu sagen brauche. Eigentlich könnten sie diese komplett einstellen, um dich somit handlungsunfähig zu machen. Aber genau das geschieht nicht. Ist das nicht seltsam?«

»Ich soll also absichtlich schwach gehalten werden, damit ich mich immer wieder neu aufladen muss? Was soll das für einen

Sinn haben?« Es war nicht so, als wäre Vonnock dieser Verdacht nicht längst selbst gekommen, aber die Einschätzung des Worgunmutanten interessierte ihn brennend.

Lyte nickte gewichtig, wie ein Lehrer, der seinem Schüler eine komplizierte Aufgabe erklären wollte. »Durch deine andauernden Aufladestopps kann der Feind dir mithilfe seiner Hochtechnologie einen Peilsender oder dergleichen einpflanzen. Da du selbst stark geschwächt bist, könnten deinen Kontrollsystemen diese Fernmanipulationen entgehen. Und wie du mir ebenfalls berichtet hast, hast du dir auch mehrmals Energiemodule von Arbeitsrobotern angeeignet. Vielleicht sind die Maschinen nicht einfach zufällig da aufgetaucht, wo du dich aufgehalten hast.«

Vonnock musste sich eingestehen, dass diese Ausführungen einleuchteten. So hatte er die Geschehnisse selbst noch nicht eingeordnet. Sicher gab es immer wieder Zweifel daran, warum es ihm in der einen oder anderen Situation tatsächlich gelungen war, den Schergen des Feindes zu entkommen beziehungsweise nicht entdeckt zu werden. Waren das alles nur geplante Manöver gewesen, um ihn zu täuschen, zu manipulieren, ihn am Leben zu lassen, damit dieser seine eigenen Ziele verfolgen konnte? Aber wie passte dazu das absonderliche Verhalten Kratyns? War das etwa auch Teil des großen Plans der Schwarzen Macht?

Der Fanjuur-Wächter war ziemlich ratlos, was auch sein Begleiter bemerkte.

»Um ganz sicherzugehen, ob du nicht doch einen solchen Peilsender in dir trägst, müsste ich dich einer umfassenden Analyse unterziehen«, meinte dieser. »Allerdings fehlen mir dazu die nötigen Geräte.«

Eine geraume Weile schwiegen die beiden so unterschiedlichen Wesen, jedes seinen eigenen Gedanken nachhängend.

»Aber vielleicht geht es ja auch nur um dich!«, platzte es dann aus Vonnock heraus, der das mysteriöse Balduren-Artefakt nicht vergessen konnte, das die Schwarze Macht von Lyte haben wollte.

Nun war es der Terraner, der sich erstaunt zeigte. Oder kam es dem Wächter nur so vor? Gab sich Lyte nur so, weil jederzeit damit gerechnet werden musste, dass die Schwarze Macht auch dieses Gespräch mit einem ihrer großartigen Abhörsysteme oder durch einen eventuellen Spionagechip mithörte?

»Weshalb sollte es um mich gehen?«, fragte der Worgunmutant vorsichtig.

»Ich habe ja mitgehört, dass die Roboter, die dich in der Anlage in diese bizarre Maschine einspannten, nach einem bestimmten Balduren-Artefakt befragt haben, das sie offenbar suchen. Vielleicht geht es nur darum! Also um dein diesbezügliches Wissen und damit um deine Person.«

Lyte sagte nichts darauf, deshalb legte Vonnock nach: »Ohnehin wolltest du mir bei passender Gelegenheit mehr darüber verraten. Ich denke, dass es jetzt Zeit dafür ist.«

Erneut wiegelte der Angesprochene ab, bestätigte weder, was der Wächter bei dem Verhör vernommen haben wollte, noch stritt er es ab. Dann wechselte er abrupt das Thema: »Wir sollten aufbrechen, um das Landefeld zu suchen. Das Wichtigste für uns ist, dort einen Raumer an uns zu bringen, mit dem wir durch das Portal nach ERRON-2 entkommen können. Alles andere kann warten.«

Vonnock hieß es im Stillen zwar nicht gut, dass Lyte ihm bezüglich des Balduren-Artefakts immer wieder auswich, stimmte aber grundsätzlich zu. Allerdings wandte er auch ein, dass die Schwarze Macht ein unautorisiert startendes Keilschiff einfach abschießen könnte.

»Dieses Risiko müssen wir eingehen!«, gab Lyte zu bedenken. »Schließlich steht das Schicksal unseres gesamten Universums auf dem Spiel. Der Feind sucht etwas, das er niemals in die Finger bekommen darf!«

15.

Der Marsch durch die Gesteinswüste dauerte eine unbestimmte Zeit. Jedenfalls tauchte irgendwann erneut die Landebahn direkt vor ihnen auf. Vielleicht unterlagen sie auch nur einem weiteren Umgebungswechsel.

Der Weg, den Vonnock zuvor durch das mit dem Pilzorganismus verseuchte Areal geführt hatte, blieb ihnen jetzt jedoch aufgrund der erfolgten Dekontaminationsmaßnahmen sowie der Neubestückung mit den Verteidigungssäulen verwehrt.

Der Wächter klärte den Worgunmutanten darüber auf. Dabei kam ihm eine Idee, die unmittelbar damit zusammenhing. Allerdings schwieg er sich zunächst darüber aus.

Sie schlichen sich bis an den Tunnel heran, den der Riesenmaulwurf einst gegraben hatte. Von den neu errichteten Verteidigungsanlagen auf der gegenüberliegenden Seite unbemerkt gingen sie schließlich hinein.

»Du hast gesagt, dass der unterirdische Gang in einer Sackgasse endet«, bemerkte Lyte grimmig. »Was also soll es also bringen, dass wir uns hier durchquälen?«

Tatsächlich war es eng und stickig. Die kalten Steinwände um sie herum machten zudem einen ziemlich brüchigen Eindruck. Gerade so, als könnten sie jederzeit in sich zusammenstürzen. Das war alles andere als vertrauenerweckend.

Vonnock blieb eine Antwort schuldig. Denn das, was er jetzt entdeckte, konnte der kleinere Terraner, der hinter ihm herging, aufgrund der Größe und der Masse der Worgunkonstruktion, die ihm den Blick versperrte, nicht sehen.

»Ich habe richtig vermutet«, verkündete Vonnock gleich darauf triumphierend. »Die Dekontaminationsmaßnahmen, die an der Oberfläche stattfanden, waren so gewaltig, dass der bereits vom Riesenmaulwurf abgegrabene, aber noch nicht endgültig durchbrochene Bereich des Tunnels wegen mangelnder Statik in sich zusammengestürzt ist. Und hinter dieser Steinwand existiert ein weiterer Stollen, der offensichtlich mit dem Landeplatz verbunden ist. Davon muss der Maulwurf gewusst haben, ansonsten hätte er wohl kaum an dieser Stelle mit seinen Grabungen begonnen.«

Tatsächlich befand sich direkt hinter dem eingestürzten Erdwall ein finster daliegender Gang. Zwar war der Wächter immer noch ziemlich geschwächt, aber dennoch konnte er die Steinbrocken, die den Weg dahin versperrten, ohne größere Anstrengung wegräumen. Danach stieg er über das lose Geröll hinweg. Lyte folgte ihm wortlos.

Aufgrund seiner Optiksensoren benötigte Vonnock kein Licht zur Orientierung. Dennoch bildete er eine Taschenlampe, um dem Terraner den Weg zu beleuchten.

Der Untergrund war mit einer dicken Schicht nassen, schweren Schlammes bedeckt. Darunter war der Boden steinhart.

Vorsichtig schritten sie den mit stählernen Stützbalken abgesicherten und somit uneinstürzbaren Stollen entlang, der sich direkt unterhalb der Landebahn befinden musste. Er zog sich beinahe endlos dahin, bis er schließlich nahtlos in einen in einer Helix nach oben führenden Weg überging.

Lyte und Vonnock hatten, seitdem sie den Stollen betreten hatten, kein Wort miteinander gewechselt. Vielmehr konzentrierten sie sich auf ihre Umgebung sowie eventuellen Gefahren, die auf sie lauern konnten.

Bislang war alles ruhig geblieben …

Jäh klang ein befremdliches Fiepen auf, das von überall herzukommen schien.

Abrupt blieben die Eindringlinge stehen. Ihre beiden, wenn auch höchst unterschiedlichen Instinkte registrierten eine unmittelbare Bedrohung.

Im selben Moment brachen aus den Steinwänden, dem Boden und aus der Decke Geschöpfe wie faustgroße Steine hervor, als lösten sie sich einfach vom Untergrund ab. Sie leuchteten so hell wie kleine Monde, wobei das nichts anderes als eine optische

Täuschung war. Denn lediglich das allumfassende Zyklopenauge war es, das dieses grelle Licht wie eine Kugellampe ausstrahlte. Dabei schienen die Sehorgane die eigentlichen Korpora der Wesen darzustellen. Aus den gallertartigen, pupillenlosen Glaskörpern wiederum wuchsen sechzehn winzige Pfoten, die mit nadelspitzen Krallen bewehrt waren.

Die seltsamen Augenratten, wie Vonnock sie benannte, stürzten sich sofort auf die beiden Störenfriede, die sie offenbar als eine willkommene Abwechslung auf ihrem Speiseplan betrachteten.

Während der Wächter sich davon wenig beeindruckt zeigte, weil die Pfotenkrallen nicht durch seine Tofiritlegierung dringen konnten, hatte Lyte größere Probleme. Obwohl er sich sozusagen mit Händen und Füßen tapfer wehrte, bedeckten die Biester schnell seinen gesamten Körper. Und als Mensch spürte er sehr wohl die Krallen, die sich überall durch seine Haut bohrten. Unter dem Gewicht der Aberdutzenden Kreaturen ging er in die Knie.

Als Vonnock das sah, wollte er ihm zu Hilfe eilen, unterließ es jedoch im selben Moment.

Es war nicht mehr nötig. Vielmehr erfassten seine Optiksensoren eine wahrhaft gespenstische Szene.

Überall auf Lytes Leib leuchteten die Zyklopenaugen. Selbst auf seinem Kopf, was diesem einen heiligenscheinartigen Eindruck verlieh. Keine Stelle schien davon ausgenommen zu sein, die die Augenratten nicht besetzt hatten.

Und was tat Lyte?

Anstatt weiter um sich zu schlagen und zu treten, kniete er jetzt völlig ruhig da, als würde er meditieren. Nicht der winzigste Muskel zuckte und auch kein Atem ging. Sämtliche Lebensfunken und Lebensimpulse schienen eingestellt zu sein. Es mutete an, als sei er geradezu in Leblosigkeit erstarrt, genauso wie das Gestein um ihn herum.

Entseelt, dahingeschieden.

Tot ...

Jäh fielen die Augenratten von ihrem Wirtskörper ab wie vertrocknete Pusteln. Das Leuchten erlosch sogleich. Kein einziges dieser Wesen schaffte es, sich wieder in die Wände, die Decke oder in den Boden zurückzuziehen, wo sie vermutlich lebten.

Allesamt waren tot. Einfach so.

Selbst jene, die auf dem Wächter wie leuchtende Kleckse klebten, stellten ihre Funktionen ein und starben, als wären sie mit den Leidensgenossen auf irgendeine Art und Weise mental verbunden.

Jedenfalls war der Untergrund des Helixganges nun von den faustgroßen Kadavern mit ihrer stumpfen und trocken anmutenden Gallertmasse bedeckt.

Offensichtlich konnten die Augenratten nur existieren, wenn sie Lebendiges anfielen, um sich an dessen Energie zu laben. War diese Nahrung jedoch tot, dann starben sie selbst. Deshalb mieden sie Nichtlebendes.

Seltsame Geschöpfe mit seltsamen Lebensregeln auf einer seltsamen Welt …

Und noch seltsamer war, dass Lyte diese Biester auf eine solche Art und Weise ausgetrickst hatte. Woher er all das wusste, blieb ihm verschlossen. Der Worgunmutant war einfach genial!

Anerkennend nickte Vonnock seinem Mitstreiter zu. Dann setzten sie ihren Weg nach oben fort.

Die Helix endete an einer unverschlossenen Stahltür. Vorsichtig zog der Wächter sie einen schmalen Spalt auf und lugte hindurch.

Vor seinem eingeengten Blick breitete sich die Landebahn aus. Im Hintergrund erhob sich der stählerne Wald der Keilschiffe.

Endlich hatten sie es geschafft! Wenigstens bis hierher. Blieb zu hoffen, dass sich nicht noch einmal ein Umgebungswechsel ereignete, der sie erneut weit von hier fortbrachte. Oder waren sie trotz allem dennoch immer in der Nähe gewesen?

Nirgends waren schwarze Roboter oder sonstige Wesen zu entdecken. Daraufhin traten Vonnock und Lyte auf die Flugpiste hinaus, stets auf der Hut vor Unvorhergesehenem. Schließlich hatte diese Welt schon mehr als eine Überraschung für sie parat gehalten.

Es dauerte einige Zeit, bis sie ein Keilschiff ausgespäht hatten, das momentan beladen wurde. Die Arbeitsroboter brachten in einer Zeitspanne von jeweils exakt acht Minuten und siebenundzwanzig Sekunden neue Güter auf Prallfeldern heran, um sie durch den Hangar in den Laderaum zu verstauen. Um was es sich dabei handelte, konnten die beiden Beobachter nicht sagen. Letztlich war das auch egal.

Als die Maschinen erneut von einem Keilschiff zu einem anderen hin- und herpendelten, um dort eine neue Ladung zu übernehmen, lösten sich Vonnock und Lyte aus ihrem Versteck. Unbemerkt schafften sie es in den Hangar hinein. Zu ihrem Glück brachten die Roboter nur noch eine Fuhre. Dann schloss sich das Hangartor hinter ihnen. Der Wächter und der Worgunmutant waren allein.

*

So einfach hatten es sich die beiden Fliehenden nicht einmal in ihren kühnsten Träumen vorgestellt. Oder aber, die Schattenhaften ließen all das zu, genau so, wie Sebastian Lyte es vermutete beziehungsweise befürchtete. Wie auch immer, sie wollten fort von diesem Planeten. So weit wie jetzt waren sie noch nicht gekommen. Sollte ihnen die Schwarze Macht indirekt dazu verhelfen, dann war es eben so. Sie durften sich nur nicht vollends vor ihren Karren spannen lassen, sondern mussten sich im entscheidenden Moment gegen den Feind wenden …

Die beiden so unterschiedlichen Wesen verharrten einige Zeit völlig ruhig, um festzustellen, ob irgendwo ein interner Alarm ausgelöst wurde. Schließlich waren sie sich sicher, dass ihre Anwesenheit nicht bemerkt worden war.

»Um von hier wegzukommen, müssen wir eine der Kommandozentralen aufsuchen«, meinte Lyte.

Vonnock stimmte zu, wobei ihm aufgefallen war, dass der Worgun von mehreren Zentralen gesprochen hatte. Das legte nahe, dass dieser nicht zum ersten Mal mit einem Keilschiff zu tun hatte. Doch für Diskussionen war jetzt keine Zeit.

Vonnock hatte die Koordinaten des aufgetretenen Weltraumphänomens gespeichert, das sie ansteuern konnten, um endlich nach ERRON-2 zurückzukehren.

In der schwachen Beleuchtung, die hier überall herrschte, verließen sie den Hangar. Das schwere Schott zum Schiffsinneren stand halb offen. Mühelos schlüpften sie hindurch, betraten zahlreiche Gänge und Korridore. Es kam es ihnen so vor, als ob sich in den Nischen und Vertiefungen an den Wänden im Zusammenspiel mit dem dunklen Metall, das in dem Keilschiff verwendet wurde, seltsame Schatten bewegen würden.

Auf ihrer Route entdeckten sie keinerlei Wegmarkierungen zu den einzelnen Abteilungen des Schiffs. Trotz der Tatsache, dass durch die fremdartige Legierung des Raumschiffes alles abgeschirmt und dadurch die Orientierung erschwert wurde, nahm Vonnock zielsicher verschiedene Korridorabzweigungen. Anhand der in den Wänden liegenden Verkabelung, die er mit seinen Messfühlern abtastete, hatte er längst das Areal ausgemacht, in dem die nächstgelegene Kommandozentrale liegen musste.

Nirgendwo stießen sie auf eine feindliche Robotermannschaft oder wurden mit sonstigen schiffsinternen Sicherheitssystemen konfrontiert. Allerdings kam der Wächter immer wieder ins Stolpern, sodass er sich an den Wänden abstützen musste. Er brauchte dringend neue Energie.

Auf ihrem Weg durch das feindliche Schiff ließen sie den Maschinenraum sprichwörtlich links liegen und erreichten dann ein weiteres Schott, das ebenfalls offenstand. Der Raum dahinter war nur schwach beleuchtet und unbesetzt. Es schien hier auch keine zusätzliche Lichtquelle zu geben. Ebenso fehlte es an Sitzmöglichkeiten oder Bildschirmen. Dafür gab es mehrere eigenartige Säulen.

»Wir sind am Ziel«, stellte Vonnock lapidar fest.

»Und woher willst du das so genau wissen?«, fragte Lyte interessiert.

»Hier liegt ein wichtiger Datenknoten, in dem eine Menge Informationen zusammenlaufen. Zudem«, der Wächter ging auf eine der Säulen zu, »sind in deren Mittelpunkten so etwas wie Hyperkalkulatoren verbaut worden. Bevor wir das alles aber näher untersuchen, muss ich mich …« Mitten im Satz unterbrach er sich selbst, um sich sogleich an einer gegenüberliegenden Ladestation anzustöpseln.

Endlich Energiezufuhr!

Natürlich beäugte Lyte diesen Vorgang weiterhin skeptisch. Er ging wohl nach wie vor davon aus, dass dadurch ein Peilsender in den Wächter eingepflanzt werden konnte. Allerdings war ihm auch klar, dass Vonnock Energie benötigte, um seine Systeme wenigstens halbwegs wieder funktionsfähig zu machen.

Wie zuletzt versiegte der Energiezufluss aus der Ladestation jedoch viel zu schnell. Damit war dem Wächter weiterhin die Möglichkeit genommen, seine Gestalt nennenswert zu ändern oder sich mit Energiewaffen zu verteidigen. Aber immerhin fühlte er sich nicht mehr ganz so schwach wie die letzten Stunden.

Natürlich waren auch Sebastian Lyte die Hände gebunden, weil ihm einfach die nötigen Werkzeuge und Analysegeräte fehlten, um Vonnock bezüglich seines konstanten Energieverlustes zu helfen.

Jetzt galt es allerdings, den Hyperkalkulator zu aktivieren. Ansonsten würden sie nie von diesem Planeten wegkommen.

Schnell stellte sich jedoch heraus, dass sie keinen direkten Zugriff auf das zentrale Bordgehirn hatten. Auch nicht auf die einzelnen Knotenpunkte, die eine Reihe von Befehlszentren bildeten.

Sie mussten also das richtige Steuermodul finden, was sich aufgrund der fortgeschrittenen Technik der Schwarzen Macht als nicht gerade einfach herausstellte.

Sebastian Lyte hatte sich bereits darangemacht, an einer der Wände eine Art Paneel zu öffnen, weil dahinter nach seinen Aussagen die Systemkomponenten liegen mussten. Das ging leichter als gedacht. Aber damit fing die Sisyphusarbeit erst richtig an.

Vor ihm lag eine breite Röhre mit einem Durchmesser von etwa einem Meter und einer Länge von sechs Metern. Die Rohrleitung schien mitten durch ein Knäuel aus einzelnen Knotenpunkten direkt in die Eingeweide des Keilschiffs zu führen. Und diese wiederum zum tatsächlichen Kommandozentrum, das für den Start und die Landung und natürlich für den eigentlichen Flug zuständig war.

Sebastian Lyte kletterte in die Röhre hinein, kroch dann bäuchlings entlang der Röhrenachse an den Leiterbahnen vorbei nach vorne. Über ihm waren voneinander unabhängige Gradientenspulen angebracht, die starke Magnetfelder erzeugten, die zur Ortskodierung der Bildinformationen das Hauptmagnetfeld überlagerten. Letztlich hieß das aber nicht, dass Lyte irgendwie »durchleuchtet« wurde, sondern dass somit die Spin-Gitter-Relaxationszeit gemessen wurde.

Damit gemeint war die Dauer der Rückkehr in das energetische Gleichgewicht. Oder anders ausgedrückt: die charakteristische Zeit für die Dauer des Übergangs eines Nichtgleichgewichtszustandes in einen Gleichgewichtszustand. Wie beispielsweise bei einem Spin-Echo-Effekt, bei dem die quantenmechanischen Eigenschaften über einen Eigendrehimpuls, der als Spin bezeichnet wurde, auf die Elektronen und bestimmte Atomkerne reagierten.

Warum das so war, konnte Sebastian Lyte nicht sagen. Allerdings stellte er fest, dass, je näher er in dem statischen Magnetfeld dem Ende der Röhre kam, die einzelnen Spins nicht mehr alle gleich schnell rotierten und somit eine Dephasierung eintrat. Eine solche hatte zur Folge, dass die Magnetisierung praktisch bis auf null abnahm.

Vielleicht wurde so die kohärente Bewegung von Teilchen gemessen, um physikalisch und chemisch identische Moleküle zu unterscheiden. Wer wusste das schon so genau?

Interessant war jedoch die Tatsache, dass das magnetische Feld ohne jegliche Energie aufrechterhalten wurde, was eigentlich nur mit der Verwendung von sogenannten permanenten Anziehungspunkten möglich war.

Neben den Leiterbahnen existierten zudem Hochfrequenzspulen und weitere technische Module, deren Nutzen und Eigenschaften sich dem Worgunmutanten verschlossen.

Endlich erreichte er das Ende der Röhre. Allerdings waren die Lichtverhältnisse mehr als bescheiden.

»Hier hinten ist es dunkel wie in einer Grabhöhle«, beschwerte sich Sebastian Lyte lauthals. »Wie soll ich da bloß die Hauptplatine finden?«

Jetzt machte sich Vonnock nützlich. Zwar konnte er keine großartigen Gestaltwandlungen mehr vornehmen, aber dennoch reichte die Energie aus, um einen Arm meterlang zu verlängern. Statt einer Hand saß dort eine Lichtkugel, die das Innere der Röhre komplett ausleuchtete.

Lyte quittierte das mit Zustimmung, während sich Vonnocks Arm, der den Umfang einer terranischen Kobra besaß, an ihm vorbeischlängelte, um auch die letzten Fugen aus dem Dunkel zu reißen.

Der Worgunmutant besah sich alles ganz genau, obwohl er das meiste dieser Konstruktion nicht verstand. Dennoch rasterten durch sein Bewusstsein sämtliche technischen Informationen und Details, derer er jemals geistig habhaft geworden war. Und schließlich, nach beinahe endloser Anstrengung, fand er das Modul, nach dem er so intensiv gesucht hatte. Zumindest ging er davon aus, dass es das richtige war.

»Dein Lampenarm ist ziemlich praktisch«, tönte es aus der Röhre in die Zentrale hinaus, wo der Wächter nach wie vor ausharrte. »Aber vielleicht kannst du mit dem anderen das Werkzeug bilden, das ich für die Modifikation der Platine benötige.«

Wächter Vonnock kam der Aufforderung sofort nach, um Sebastian Lyte so gut wie möglich weiter zu unterstützen. Hier war wahrlich Teamarbeit angesagt. Dementsprechend schob sich sein zweiter genauso dünner Metallarm mit dem gebrauchten modellierten Instrument ebenfalls wie der andere Arm durch die Röhre, bis er sein Ziel erreichte. Lyte nahm es entgegen und schraubte und drehte im Licht des ersten Wächterarms an dem Modul herum.

»Klappt alles?«, fragte Vonnock von draußen.

»Werden wir gleich sehen …«

Nach dieser lapidaren Antwort blieb der Worgunmutant für die nächsten Minuten stumm. Fieberhaft arbeitete er daran, auf der Platine eine Brücke zu konstruieren, die mit einem anderen Modul kompatibel war.

Dazu hatte er die Bauteilarchitektur genauestens analysiert, um den Informationsaustausch nicht etwa abzubrechen, sondern einfach umzuleiten.

So gelang es ihm tatsächlich, eine neue zweiteilige Modulschnittstelle zu konfigurieren, die die Geometrie des eigentlichen

Schnittstellenobjekts erhielt. Das ermöglichte Flexibilität und Agilität sowie die Fremdsteuerung aller Parameter und Konstruktionselemente, die damit verbunden waren.

Sichtlich zufrieden kroch Sebastian Lyte aus der Röhre heraus. Weiterhin wortlos ging er zu einer der Säulen hinüber. Nun fiel es ihm nicht mehr schwer, auch dort ein Paneel abzunehmen und die Hauptplatine über die neu konstruierte Brücke an diese Konsole anzuschließen. Denn um nichts anderes handelte es sich bei diesen Säulen. Erst danach erklärte er Vonnock die technischen Details.

»Es dürfte dir nicht schwerfallen, dich nun selbst mit der Konsole zu verbinden«, schloss er.

Der Wächter zögerte keine Sekunde. Und tatsächlich gelang es ihm auf Anhieb, sich dementsprechend anzuschließen und somit Zugriff auf sämtliche Funktionen des Bordrechners zu erhalten. Die simple Systemarchitektur überraschte und erleichterte ihn zugleich. Die Analyse selbiger nahm nur wenige Sekunden in Anspruch. Dabei legte er in seiner eigenen Datenbank eine Vektorfunktion an und hielt die wichtigsten Argumente in einer Liste auf Schnellabruf bereit.

Als Erstes verriegelte Vonnock das gesamte Schiff. »So verhindern wir, ungewollten Besuch zu bekommen«, merkte er dazu an. »Auch die schwarzen Roboter können nicht mehr einfach so eindringen.«

Lyte schien erneut eine Schweigeminute eingelegt zu haben. In der menschlichen Miene stand tiefe Besorgnis, trotz der Tatsache, dass sie einer Flucht von diesem verdammten Planeten so nahe wie noch nie waren.

»Was bedrückt dich?«, fragte Vonnock nach. Das Verhalten seines Gegenübers dämpfte auch seine anfängliche Euphorie.

»Wieder geht alles zu einfach. Und das macht unser gesamtes Handeln auf irgendeine Art und Weise verdächtig.«

»Du stimmst dasselbe Lied von vorhin an. Die Schattenhaften haben alles genau so im Voraus geplant? Und sie benutzen mich sozusagen als Köder?«

»Denk doch mal nach! Wie kann es sein, dass es mir binnen weniger Minuten gelungen ist, ein Rechnersystem des wohl mächtigsten bekannten Feindes des Universums zu hacken? Und das, obwohl dieser bereits seit Jahrtausenden Sternenvölker unterjocht, drangsaliert oder ausradiert, unter anderem in Orn? Ein technologisch so übermächtiger Gegner, dem es ein Leichtes ist, sogar ganze Sonnen zum Erlöschen zu bringen?

Abertausende genialer Köpfe haben in der Vergangenheit und Gegenwart versucht, die Schwarze Macht zu besiegen, was ihnen nie gelungen ist. Und wenn, dann nur mit absolut überschaubarem Erfolg. Zu skrupellos geht sie vor, zu mächtig sind ihre Flotten und Armeen, und zu ausgereift und überlegen ist ihre Technik.

Und ich schließe mir nichts, dir nichts den Hyperkalkulator eines ihrer Schiffe kurz, damit wir einfach so von ihrer Stützpunktwelt verschwinden können? Nein, Wächter Vonnock, das alles ist mehr als suspekt.«

Natürlich machte sich der Angesprochene ebenfalls seine Gedanken darüber, was ihm soeben vorgehalten worden war. Und er fühlte, wie die gesäten Zweifel immer größer wurden und die Vorfreude auf die bevorstehende Flucht dämpfte.

»Hinzu kommt ein weiterer dubioser Sachverhalt«, fuhr Lyte fort, der nach wie vor ziemlich in sich gekehrt wirkte. »Wie du selbst mitbekommen hast, fragten mich die Schergen der Schwarzen Macht über ein Balduren-Artefakt aus, dessen Aufenthaltsort ich ihrer Ansicht nach kennen soll. Und jetzt lässt man mich einfach so entkommen, als wäre das alles überhaupt nicht mehr von Bedeutung? Sogar ein Blinder mit Krückstock, um bei einem terranischen Sprichwort zu bleiben, sieht, dass hier wirklich etwas faul ist.«

Vonnock nickte. »In der Tat, das Ganze ist mehr als verdächtig.«

»Daher gehe ich nach wie vor davon aus, dass wir beide wahrscheinlich gerade jetzt genau das tun, was die Schwarze Macht von uns erwartet. Mehr noch, was wir tun *dürfen*, weil sie es *zulässt*!«

Lyte hatte mit seiner Argumentation und seinem Zwiespalt sicher recht. Dennoch war es für Vonnock nicht ganz einfach, sich einzugestehen, dass alle Schwierigkeiten, Hürden und Kämpfe, die er auf diesem verfluchten Planeten überwunden und erlebt hatte, vielleicht bloß konstruiert worden waren. Sollte das wirklich zutreffen, hätte er wie eine Marionette an den Fäden des größten Feindes des Universums agiert. Und eine solche Einsicht war niederschmetternd! Insbesondere und gerade für einen Wächter, dessen Aufgabe es war, die ihm zugeteilten Galaxien zu beschützen. Und nicht etwa als Schoßhündchen des Gegners zu handeln, wie er es mutmaßlich selbst die ganze Zeit über getan hatte.

Das war indirekter Verrat auch an den Fanjuur, obwohl er mit Sicherheit nichts dafür konnte.

Es fiel verdammt schwer, sich all das einzugestehen. Und dennoch existierte noch ein Funke Hoffnung, dass alles vielleicht doch nicht so war, wie er es sich, vorgegeben von Sebastian Lyte, in den düstersten Farben ausmalte.

»Und was schlägst du jetzt vor?«, wollte Vonnock wissen. Seine Stimme klang aufgrund der ewigen Schwarzmalerei seines Begleiters etwas schärfer als gewollt. »Sollen wir die größte Chance für eine Flucht von dieser Stützpunktwelt einfach sausen lassen?«

Lyte wusste natürlich, auf was der Wächter hinauswollte. »Und was, wenn sich das Phänomen im Weltraum, dessen Zeuge du wurdest, keineswegs als ein Portal nach ERRON-2 herausstellt?«

»Was aber, wenn doch?«, hielt Vonnock dagegen. »Wir müssen es zumindest versuchen. Falls du befürchtest, wir könnten die Schwarze Macht nach ERRON-2 bringen, dann habe ich diesbezüglich keine Bedenken. Du hast selbst gesagt, dass Wächter Simon es zurückgeschafft hat, also wird die INSTANZ inzwischen Maßnahmen ergriffen haben und sich zu verteidigen wissen. Der Plan der Schwarzen Macht wird höchstwahrscheinlich nicht aufgehen, trotz ihrer andauernden Manipulationen, vielleicht uns selbst eingeschlossen …«

In der Tat führte kein Weg daran vorbei, darauf zu warten, dass das kosmische Gebilde erneut auftauchte. Erst dann konnten sie den Versuch wagen, mit dem gekaperten Keilschiff zu entkommen.

Gerade als Sebastian Lyte Wächter Vonnock diesbezüglich beruhigen wollte, drang ein ohrenbetäubender Knall bis in die Zentrale des Keilschiffs!

16.

»Was geschieht jetzt?«, wandte sich Dhark an Simon.

»Der Hyperkalkulator der ARKAN-Station wird den Feind mit allen Mitteln angreifen, um die Station zu verteidigen«, antwortete Simon. »Die Wächter befinden sich bereits im Einsatz, die zur Verfügung stehenden Ringraumer wurden ausgeschleust. Die Keilschiffe gehören zur Schwarzen Macht. Es kommt jetzt also zur Konfrontation, wenn auch unter ganz anderen Rahmenbedingungen, als wir es uns alle erhofft haben.«

»Der Hyperkalkulator sollte davon abgehalten werden, einen Erstschlag zu führen.«

»Es tut mir leid, aber das ist unmöglich. Der Hyperkalkulator dieser Station ist keine INSTANZ. Er besitzt keine Persönlichkeit und wird auch nicht argumentieren. Er spult das Protokoll ab, das für so einen Fall vorgesehen ist.«

»Bevor es zu einem für uns möglicherweise verhängnisvollen Kampf kommt, sollten wir versuchen, zu erfahren, was die andere Seite überhaupt will.«

»Wie gesagt, dafür dürfte es zu spät sein, Dhark.«

»Ich brauche sofort eine Funkverbindung zur INSTANZ von ERRON-2!«, verlangte Dhark.

»Die kann ich dir herstellen.«

»Dann tu das! Vielleicht können wir das Schlimmste verhindern!«

Es dauerte nur ein paar Augenblicke und Simon hatte eine Funkverbindung zur INSTANZ von ERRON-2 hergestellt.

»Was willst du, Dhark?«, vernahm der Terraner die Kunststimme der INSTANZ über die Schallfelder in der Halle.

Unterdessen meldete Tino Grappa von der POINT OF aus, dass es bereits zu ersten Kampfhandlungen gekommen war. Die zur Großstation gehörenden Ringraumer griffen die Keilschiffe der Schwarzen Macht an.

Es gab Verluste auf beiden Seiten.

»Die Station ist nicht im besten Zustand«, wandte sich Dhark an die INSTANZ. »Es wird kaum möglich sein, die Angreifer auf Dauer abzuwehren und die Station zu verteidigen. Ich schlage daher eine Evakuierung vor. Alles andere würde die Fortführung des Projektes namens ›Multiversal-Transporter‹ gefährden und damit unsere Pläne insgesamt zunichtemachen.«

Es dauerte einige Augenblicke, ehe die INSTANZ antwortete. Möglicherweise musste sie erst selbst die Daten zur gegenwärtigen Lage analysieren und abwägen, was zu geschehen hatte.

»Ich stimme deiner Einschätzung zu«, erklärte die INSTANZ schließlich. »Es gibt nur noch eine Möglichkeit, das Projekt zu retten und vor dem Zugriff durch die Schwarze Macht zu schützen: eine Evakuierung nach ERRON-2. Es sollen sich alle in der Halle des Arkan-Portals versammeln: Wächter, Meeg und Terraner!«

*

Zwischen den S-Kreuzern der ARKAN-Station und den Keilschiffen war ein heftiger Raumkampf entbrannt. Es gab Verluste auf beiden Seiten. Aber für die Verteidiger wog jeder Verlust mindestens doppelt so schwer. Die feindliche Übermacht war erdrückend.

Die Keilschiffe näherten sich der ARKAN-Station von allen Seiten. Sie hüllten diese wie eine Kugelwolke ein. Ein Entkommen aus diesem Bereich war nahezu unmöglich. Hier und da flammten grelle Lichterscheinungen auf, wenn ein Intervallschirm zusammenbrach und ein S-Kreuzer unter dem feindlichen Beschuss explodierte.

Die Keilschiffe der Schwarzen Macht verfügten über eine gefährliche Waffe, der man bereits bei vorherigen Auseinandersetzungen immer wieder begegnet war. Der Beschuss durch die sogenannten Reißer konnte Intervallfelder aufreißen, was für die betroffenen Schiffe dann katastrophale Konsequenzen hatte.

Währenddessen versammelten sich die Forscher und Ingenieure von der POINT OF, die Meeg und die Wächter in der Halle des Arkan-Portals.

Nicht alle waren damit einverstanden, die POINT OF einfach in dem Großhangar an Bord der Station zurückzulassen.

Aber so, wie die Lage im Moment war, gab es keine andere Möglichkeit.

Die Übermacht der Angreifer war so überwältigend, dass es vollkommen sinnlos gewesen wäre, sich auf einen Kampf einzulassen. Und abgesehen davon ging es auch darum, das Projekt namens »Multiversal-Transporter« und das damit verbundene Wissen an einen sicheren Ort zu retten. Und das war ERRON-2 bislang noch.

Eines stand für Dhark fest: Ohne eine Rettung und Fortführung dieses Projektes gab es überhaupt keine Hoffnung im Kampf gegen die Schwarze Macht. Wenn das Projekt dem Feind in die Hände fiel, hätte die Schwarze Macht endgültig gewonnen und es gäbe keine Chance mehr, ihr irgendetwas entgegenzusetzen.

»Du wirst als Erster gehen«, sagte Dhark an Margun gewandt.

Margun hob die Augenbrauen. »Ich?«

»Sie haben Sebastian gejagt – und sie sind auch hinter dir her. Da bin ich mir sicher. Was auch immer letztlich die Ziele der Schwarzen Macht sein mögen, ihr beide spielt in ihren Plänen anscheinend eine entscheidende Rolle.«

Marguns Gesicht wirkte sehr nachdenklich. »Gut möglich, dass du recht hast, Ren«, sagte er.

*

Niemand hatte Dhark und Margun bei ihrem Wortwechsel zugehört. An der Konsole des Portals stand ein Wächter. Dhark kannte ihn nicht. Er war keiner jener vier Wächter, die ihm vertraut und anhand ihrer jeweiligen Färbung für ihn auch unterscheidbar waren. Der ihm unbekannte Wächter nahm offenbar ein paar Einstellungen vor. Die Bögen des Arkan-Portals begannen jetzt zu glühen. Das bedeutete, dass das Portal aktiviert worden war. Unter den Ersten, die den Bereich des Transportfeldes unter den Rundbögen erreichten, gehörte auch Margun. Er drehte sich vor dem Transfer noch einmal kurz um. Dann passierte er das Arkan-Portal und wurde transferiert.

Im nächsten Moment erlosch das Glühen der Bögen plötzlich.

Das Arkan-Portal nach ERRON-2 hatte sich geschlossen!

Der Grund dafür offenbarte sich im nächsten Moment: Ein Energiestrahl schoss wie eine grell leuchtende Feuerspur durch die Luft und traf jenen Wächter am Portal. Der Angriff hatte diesen offenbar völlig überraschend getroffen.

Nur Augenblicke später blieb nichts weiter als ein verformtes, eingeschmolzenes Etwas aus einer Tofiritlegierung übrig. Mehr war von dem polymetallischen Wächterkörper nicht mehr vorhanden.

Mehrere kleine Keilschiffe waren in der großen Halle des Arkan-Portals aufgetaucht. Es musste sich um Beiboote der großen Keilschiffe handeln, mit denen die Schwarze Macht angegriffen hatte. Inzwischen war es ihnen offensichtlich gelungen, an Bord der Arkan-Station zu gelangen. Eines dieser kleinen Keilschiffe hatte den Wächter an der Konsole beschossen und dessen Körper regelrecht eingeschmolzen.

Doris, Tekaro, Arlo und Simon reagierten sofort. Die vier Wächter nahmen die Eindringlinge unter Feuer. Das erste keilförmige Beiboot wurde zerstört. Die Hitze der Explosion drang bis zu den auf ihre Evakuierung wartenden Terranern und Meeg in der Nähe des Arkan-Portals hinüber. Diese versuchten, so gut es ging, in Deckung zu gehen.

Für den riesenhaften Kraval Parock auf seinen säulenartigen Beinen war das natürlich kaum möglich. Er stach sowieso schon alleine aufgrund der Größenverhältnisse aus der Besatzung der POINT OF hervor.

Immerhin bekam er nichts von dem Schusswechsel ab. Die Energiestrahlen verfehlten ihn – manchmal allerdings nur um Haaresbreite.

Ein kurzes, aber sehr heftiges Gefecht setzte ein. Die Wächter hatten danach die Angreifer entweder zerstört oder vertrieben. Eines der eingedrungenen feindlichen Beiboote wurde vernichtet, als es gerade versuchte, einige der zwei Meter großen, sehr breitschultrigen Roboter abzusetzen, mit denen die Schwarze Macht auf vielen Planeten agiert hatte.

Das Portal wurde von der INSTANZ geschlossen und wird sich auch nicht mehr öffnen!, erkannte Dhark.

Immerhin hatte es Margun geschafft, nach ERRON-2 zu gelangen. Ihn konnte die Schwarze Macht nicht mehr in ihre Hände bekommen.

Unmittelbar danach entmaterialisierten die vier Wächter Simon, Doris, Tekaro und Arlo nahezu im selben Moment. Sie hatten den absoluten Schritt ausgeführt. Möglicherweise verfolgten sie die Eindringlinge und versuchten, sie zu stellen.

Bevor die Situation vollkommen außer Kontrolle geriet, ergriff Dhark das Wort. »Wir können hier nicht ausharren!«, rief er. »Die Evakuierung ist gescheitert. Das Arkan-Portal wird sich nicht mehr öffnen. Wir müssen zurück zur POINT OF und versuchen, uns durchzuschlagen. Eine andere Möglichkeit bleibt uns gar nicht.«

*

Relativ unbehelligt erreichten die Besatzungsmitglieder der POINT OF sowie die Meeg den Großhangar, in dem sich der von Margun und Sola erbaute und bis zum Rand mit wertvoller Worgun-Technologie gefüllte Ringraumer befand. Zwischendurch waren Erschütterungen zu spüren.

Artus meldete energetische Entladungen. Die ARKAN-Station selbst hatte offenbar Treffer hinnehmen müssen, was angesichts ihrer Größe auch nahezu zwangsläufig der Fall sein musste, wenn in ihrer unmittelbaren Nähe derart ausgedehnte Kampfhandlungen stattfanden.

»Den energetischen Signaturen nach sind keine Einheiten der Schwarzen Macht in unmittelbarer Nähe«, stellte Artus fest, während er zusammen mit Dhark und Shanton die Außenschleuse der POINT OF passierte.

Der Feind war allerdings zweifellos bereits in großer Zahl in die Station eingedrungen. Dass man ihm – von dem kurzen Zusammentreffen in der Halle des Arkan-Portals abgesehen – bislang nicht begegnet war, lag einfach an der ungeheuren Größe der Station.

Die Schwarze Macht durchsucht sie, überlegte Dhark.

Die Frage war, wonach sie auf der Suche war. Nach Margun? Oder gab es da noch etwas anderes, auf das ihr Interesse ausgerichtet war?

Wenig später erreichte Dhark die Zentrale seines Ringraumers. Auf seinen Befehl hin wurde die POINT OF startklar gemacht. Noch wartete man ab, bis alle Besatzungsmitglieder sowie die Meeg an Bord waren.

Quälend lange Momente vergingen.

Dhark ließ sich äußerlich nichts anmerken. Aber natürlich war ihm bewusst, dass dies der Moment war, in dem die POINT OF und ihre Besatzung besonders verwundbar waren. Schließlich konnte man weder das doppelte Intervallfeld noch irgendwelche Waffensysteme einsetzen oder gar starten, solange nicht alle an Bord waren.

In der Bildkugel in der Mitte der Zentrale wurde nun die Situation deutlich. Tino Grappa hatte die Ortungsdaten in eine Projektion des Kampfgeschehens übertragen. Die Positionen unzähliger Keilschiffe waren ebenso markiert wie jene der S-Kreuzer, die die ARKAN-Station verteidigten. Eine Raumschlacht mit Tausenden von am Kampfgeschehen beteiligten Einheiten war im Gang. Immer wieder konnte man sehen, wie die Schiffe der Schwarzen Macht ihre Reißer einsetzten und damit Intervallfelder von S-Kreuzern zerstörten.

Inzwischen war auch die ARKANDIA in die Kampfhandlungen verwickelt. Sie war auf der Bildkugel extra markiert. Dhark vermutete, dass die vier Wächter Arlo, Doris, Tekaro und Simon dorthin transitiert waren, nachdem sie die Halle des Arkan-Portals nach dem kurzen Kampf gegen die Eindringlinge verlassen hatten.

»Das wird nicht einfach werden, aus diesem Hexenkessel zu entkommen«, wandte sich Hen Falluta an Dhark.

»Da haben Sie leider recht, Nummer Eins«, murmelte Dhark sehr nachdenklich. Sein Gesicht wirkte sorgenvoll.

»Sie sehen ja, wie die Kräfteverhältnisse sind«, fuhr Falluta fort. »Die ARKAN-Station ist nicht zu halten. Bereits vor dem Angriff war sie in keinem guten Zustand.«

»Hinhaltender Widerstand, das ist alles, was wir erwarten können«, stimmte Arc Doorn zu. »Aber so, wie es aussieht, werden wir keine andere Wahl haben, als zu kämpfen.«

»Ich frage mich, was sie wollen«, murmelte Dhark.

»Das liegt doch auf der Hand«, meinte Arc Doorn. »Sie haben erkannt, was wir vorhaben, und versuchen nun, dem Projekt namens ›Multiversal-Transporter‹ den Garaus zu machen. Erst die Invasion durch das Wurmlochportal von diesen Nanoriesen, jetzt der Angriff ihrer Raumflotte, die wohl etwas länger gebraucht hat, um sich in Stellung zu bringen.«

»Wenn sie die Station und das Projekt nur zerstören wollen, welchen Sinn hat es dann, mit eigenen Kräften in sie vorzudringen?«, fragte Dhark. »Genau das haben sie nämlich getan, als wir in der Halle des Arkan-Portals waren.«

Arc Doorn zuckte mit den Schultern. »Sie wollten verhindern, dass … wir evakuiert werden. Das passt doch mit der Entführung von Sebastian Lyte zusammen.«

Doorn gehörte zwar zu den Eingeweihten, die über die wahre Identität von Margun alias Marc Neill und Sola alias Sebastian Lyte Bescheid wussten, aber hier, in der Zentrale der POINT OF, wo auch Uneingeweihte anwesend waren, benutzte er ganz bewusst den Alias-Namen des entführten Worgunmutanten. »Immerhin befindet sich Marc Neill nun wohl in Sicherheit«, fügte er dann noch hinzu.

»Und was, wenn die Einheiten der Schwarzen Macht nur mehr oder weniger zufällig dort aufgetaucht sind?«, fragte Dhark.

»Das glaube ich nicht.«

»Warum nicht?«

»So, wie wir die Schwarze Macht bisher kennengelernt haben, geschieht dort gar nichts zufällig. Das folgt alles sehr durchdachten Plänen, auch wenn wir die vielleicht immer nur mit einer ziemlich großen Verzögerung zu erkennen vermögen.«

»Ich denke schon die ganze Zeit darüber nach, ob sie nicht etwas gesucht haben.«

»Was sollte das sein … abgesehen von Sebastian Lyte und …«

»Marc Neill?«

»Ja.«

Dhark atmete tief durch. »Die Schwarze Macht sucht doch nach Balduren-Artefakten.«

»Auf vielen Welten haben sie die geraubt«, bestätigte Arc Doorn.

Die POINT OF!, dachte Dhark. *Vielleicht suchen sie die POINT OF – oder besser gesagt: ein bestimmtes Teil von ihr!*

Der Gedanke erschien Dhark auf einmal vollkommen logisch. Vor allem konnte damit einiges erklärt werden, was bislang nur schwer zu erklären war. Das Balduren-Artefakt im Checkmaster, das unter anderem die Triebwerkssteuerung regulierte. Margun und Sola hatten vor Kurzem dieses Artefakt als Ursache für den Aussetzer des Checkmasters identifiziert, als Jimmy Daten aus dem Universum der Schwarzen Macht an das Bordgehirn der POINT OF geschickt hatte. Die beiden Konstrukteure der POINT OF hatten das Problem beheben können.

Außer Dhark wusste bislang niemand etwas über diese Details und auch nichts darüber, dass Margun und Sola dieses Balduren-Artefakt als ein zentrales technisches Element bei der Konstruktion des Raumschiffs verwendet hatten, ohne es selbst wirklich zu verstehen. Der Checkmaster – und damit die POINT OF selbst – waren gewissermaßen um dieses Artefakt herum konstruiert worden, dessen fantastische Eigenschaften die beiden Worgunmutanten seinerzeit fasziniert hatte.

Da Arc Doorn diese Einzelheiten nicht kannte, sah er Dhark in diesem Augenblick nur etwas ratlos an. »Ich weiß jetzt leider nicht, worauf Sie letztlich hinauswollen«, gestand er.

Und um ihm das jetzt zu erklären, war einfach nicht die Zeit.

»Einheiten der Schwarzen Macht nähern sich«, kam unterdessen die Meldung von der Ortung. Grappa blendete auf der Bildkugel eine Positionsübersicht ein, die jenen Teil der ARKAN-Station zeigte, in dem sich auch der Großhangar mit der POINT OF befand.

Die Positionen mehrerer keilförmiger Beiboote der Schwarzen Macht waren markiert, ebenso die Positionen von ausgeschleusten Robotern. Dass sich diese Einheiten der POINT OF näherten, war selbst ohne zusätzliche Daten zu erkennen.

»Die sind hinter uns her«, stellte Grappa fest.

»Schiff ist startklar«, meldete Hen Falluta. »Es sind alle an Bord.«

»Dann nichts wie raus hier!«, befahl Ren Dhark.

*

Das doppelte Intervallfeld wurde aktiviert. Die POINT OF startete und befand sich wenig später im freien Weltraum. Sie geriet sofort in die Kampfhandlungen.

»Beschuss von mehreren Seiten«, meldete Grappa.

»Ich kann ja mal versuchen, einen Kurs zu finden, auf dem wir mit den geringsten Schäden hier rauskommen«, schlug Leon Bebir, der Zweite Offizier, vor.

»Eine gute Idee«, sagte Dhark.

Bebir blickte auf die Anzeigen seiner Konsole. »Der Checkmaster hat ein Manöver kalkuliert, um den Angriffen auszuweichen. Aber die Keilschiffe reagieren sehr geschickt und koordiniert. Fast so, als hätten sie es vorhergesehen.«

»Sie haben anscheinend aus der Raumschlacht um ERRON-2 gelernt«, stellte Dhark fest.

»Sieht ganz so aus«, bestätigte Bebir. »Das macht unsere Aufgabe nicht gerade leichter. Aus einer Kugelwolke von Abertausenden feindlichen Schiffen zu entkommen, die außerdem noch über die Fähigkeit verfügen, Intervallfelder zu zerstören …« Er zuckte mit den Schultern.

»Eine Evakuierung wäre zweifellos die bessere Option gewesen«, ergänzte Artus. »Zumindest entspricht das dem Ergebnis meiner Berechnungen, und die werden durch den Checkmaster bestätigt. Unsere Überlebenswahrscheinlichkeit angesichts der jetzt eingetretenen Situation …«

»Jetzt nicht!«, unterbrach Shanton den Roboter.

»Wie du wünschst, Shanton. Ich habe gelernt, dass das Wissen um die Aussichtslosigkeit der eigenen Lage lähmend auf die Handlungsbereitschaft organischer Lebensformen wirken kann.«

Dhark stellte über eine Konsole eine Verbindung zur Funkzentrale her. »Morris?«

»Ja, Commander?«, meldete sich der Erste Funkoffizier prompt.

»Versuchen Sie, eine Phase zu den Keilschiffen zu öffnen.«

»Ja, Sir.«

»Melden Sie sich, sobald Sie etwas erreicht haben.«

»In Ordnung. Allerdings scheint die Kommunikationsbereitschaft auf der Gegenseite nicht erwidert zu werden.«

»Versuchen Sie es immer wieder, Morris.«

»Jawohl. Es kommt übrigens gerade eine Nachricht der ARKANDIA herein.«

»Schalten sie den Kanal frei!«

»Jawohl.«

Auf einem Nebenbildschirm erschien die Gestalt eines Wächters. An der Färbung konnte Dhark erkennen, dass es sich um Simon handelte. Das ebenfalls übertragene Identifikationssignal bestätigte dies.

»Dhark!«, sagte dieser. »Bring die POINT OF in Sicherheit, sofern du kannst!«

»Wir werden unser Bestes versuchen«, antwortete Dhark.

»Ich hoffe, dass wir uns alle irgendwann wiedersehen.«

»Die Verbindung wurde unterbrochen«, meldete Glenn Morris. »Ich versuche weiter, Kontakt zur Schwarzen Macht aufzunehmen.«

»Tun Sie das«, murmelte Dhark.

Dhark beendete die Verbindung zur Funkzentrale. Eine Meldung des Ortungsoffiziers erreichte ihn.

»Sir, die ARKANDIA scheint in große Bedrängnis geraten zu sein«, meldete Ortungsoffizier Tino Grappa.

In der Bildkugel wurde die Position der ARKANDIA gekennzeichnet. In einem Ausschnitt entstand dann eine Vergrößerung des entsprechenden Sektors.

»Die ARKANDIA ist von einer Kugelwolke aus ungefähr einhundertfünfzig Keilschiffen umgeben, die den Beschuss aufgenommen haben«, stellte Grappa fest. »Sie setzen massenhaft Reißer ein. Das Intervallum der ARKANDIA ist bereits angeschlagen. Die eigene Feuerkraft beträgt nur ein Bruchteil dessen, was nötig wäre, um sich wirksam zu verteidigen.«

Ein angreifendes Keilschiff wurde durch eine Kombination aus Mix-2 und intensivem Nadelstrahlbeschuss zur Explosion gebracht. Ein weiteres folgte. Aber diese Verluste konnte die Schwarze Macht leicht ausgleichen. Die Übermacht der Angreifer war einfach zu überwältigend.

Die eingeblendeten Ortungsdaten zeigten außerdem, dass das schützende Intervallfeld der ARKANDIA inzwischen in einem kritischen Zustand war. Ein Einsatz von Wuchtkanonen kam aufgrund der zu kurzen Distanz zum Feind nicht infrage. Die gewaltigen Explosionen hätten womöglich auch den Carborit-Ringraumer vernichtet.

»Wir können den Wächtern leider nicht helfen«, stellte Hen Falluta fest.

»Wir haben einen Treffer erhalten«, meldete Grappa. »Die Integrität des Intervallfelds ist kurzzeitig um fünfzehn Prozent gefallen. Unser Ausweichmanöver hat einen weiteren Angriff ins Leere laufen lassen.«

In diesem Moment entstand in der Bildkugel eine blitzende Lichterscheinung, die so grell war, dass sie umgehend gefiltert werden musste.

*

Die ARKANDIA mit den vier Wächtern Arlo, Tekaro, Doris und Simon an Bord explodierte und verwandelte sich in einen atomaren Glutofen, der sich rasch ausdehnte.

Dhark starrte in die Bildkugel, während ihm Grappa die Zerstörung des Carborit-Ringraumers bestätigte.

Wenn es so weitergeht, steht uns dasselbe bevor!, dachte der Kommandant der POINT OF. Über diesen Punkt gab er sich keinerlei Illusionen hin. Die Lage war ziemlich hoffnungslos. Und wenn die vier Wächter an Bord der ARKANDIA tatsächlich ihr Ende gefunden hatten, war das für den Wächterorden insgesamt und die INSTANZ ein Verlust, der kurzfristig nicht ausgeglichen werden konnte.

Die Zahl der Verluste unter den S-Kreuzern, die die ausrangierte ARKAN-Station verteidigten, stieg unterdessen in die Hunderte. Auch die Keilschiffe hatten Verluste zu verzeichnen, aber ihre Übermacht konnte das leicht ausgleichen. Der Schwarzen Macht schienen inzwischen nahezu unbegrenzte Raumflottenressourcen zur Verfügung zu stehen.

»Ich habe die Signaturen der vier Wächter der ARKANDIA orten können«, meldete unterdessen Tino Grappa.

»Dann haben sie die Explosion des Schiffs überlebt?«, fragte Dhark.

»Offenbar ja«, bestätigte der Ortungsoffizier. »Sie schweben an verschiedenen Stellen im freien Raum.«

»Mutmaßlich haben sie sich vorher ausschleusen können«, meinte Arc Doorn.

»Helfen können wir ihnen im Moment aber trotzdem nicht«, stellte Hen Falluta klar. »Wir werden alle Hände voll zu tun haben, selbst mit heiler Haut davonzukommen.«

In diesem Moment meldete sich Glenn Morris aus der Funkzentrale: »Ich habe Kontakt zu einem der Keilschiffe.«

»Dann bin ich gespannt, was die uns zu sagen haben«, meinte Dhark.

*

Auf einem Nebenbildschirm erschien ein gesichtsloser Roboter der Schwarzen Macht.

»Ich bin Ren Dhark, Kommandant der POINT OF. Ich fordere euch auf, den Angriff unverzüglich einzustellen!«

»Hier spricht Einheit 382«, stellte sich der Roboter vor.

Ein alter Bekannter also, dachte Dhark. Er wusste natürlich von der Zusammenarbeit zwischen Einheit 382 und dem verräterischen Wächter Kurtwoodharker. Die Informationen darüber hatte er von Wächter Simon und Wächterin Doris erhalten.

Eigentlich hatte er gehofft, direkt mit irgendeiner Führungsinstanz der anderen Seite reden zu können. Aber danach sah es jetzt nicht aus. Einheit 382 war wohl nur eine einfache Maschine. Ein ausführendes Organ, wie es so schön hieß, das die Befehle anderer ausführte oder Botschaften überbrachte. Das war niemand, mit dem man tatsächlich hätte verhandeln können.

»Wir verlangen die Auslieferung des zweiten Worgunmutanten«, erklärte Einheit 382 anschließend unmissverständlich. Damit konnte natürlich nur Margun alias Marc Neill gemeint sein.

»Zunächst einmal«, sagte Dhark ruhig, aber bestimmt, »verlange ich Auskunft über den Verbleib von Sebastian Lyte, der aus der ARKAN-Station entführt wurde.«

»Ich bin nicht autorisiert, darüber irgendwelche Auskünfte zu erteilen«, entgegnete Einheit 382. »Demgegenüber bin ich allerdings autorisiert, mit Nachdruck die Auslieferung des zweiten Worgunmutanten zu verlangen, die unverzüglich zu geschehen hat.«

»Mit welcher Begründung?«, fragte Dhark.

»Eine Begründung ist nicht erforderlich. Ich wiederhole: Der zweite Worgunmutant muss unverzüglich ausgeliefert werden oder es müssen uns Informationen zur Verfügung gestellt werden, die es uns ermöglichen, ihn zu ergreifen.«

»Die Informationen, die ich bis jetzt habe, sind unzureichend«, erklärte Dhark. »Wenn ihr wollt, dass ich euch helfe, dann muss ich mehr wissen. Ich bin sehr gut darin, etwas oder jemanden zu finden. Das habe ich immer wieder bewiesen. Und wenn auf eurer Seite nur ein paar Informationen über mich vorliegen sollten, dann wird man das bestätigt finden.«

Großspurigkeit war Ren Dhark eigentlich zuwider, und die Rolle, die er im Moment zu spielen hatte, widersprach völlig seiner Persönlichkeit. Aber er musste sich und seine Fähigkeiten gebührend herausstellen. Nur so konnte er vielleicht verhindern, dass sie alle vernichtet wurden. Er musste der Schwarzen Macht ein Angebot machen, das ihr Interesse weckte.

Unglücklicherweise hatte diese nur einen unbedeutenden Lakaien mit der Verhandlung beauftragt. Aber Dhark hatte die Hoffnung, dass seine Botschaft trotzdem die Entscheidungsträger der anderen Seite erreichte.

Als er merkte, dass im Moment keine Antwort von Einheit 382 kam, sprach er einfach weiter: »Ich kann mir im Übrigen nicht vorstellen, dass eine so ausgedehnte militärische Aktion wie der

Angriff auf die ARKAN-Station nur zu dem Zweck durchgeführt wurde, irgendeinen Worgunmutanten gefangen zu nehmen. Ich glaube, dass ihr noch nach etwas anderem sucht. Auch dabei kann ich vielleicht behilflich sein. Aber das geht nur, wenn ich zusätzliche Informationen erhalte.«

Es entstand erneut eine Pause.

Dhark befürchtete schon, dass die Schwarze Macht den Kontakt vielleicht einfach abbrach.

Aber das geschah nicht.

Für Dhark war das ein Zeichen dafür, dass er die Lage offenbar richtig eingeschätzt hatte.

»Zwei Worgunmutanten suchen wir – und ein Artefakt, das mit ihnen in engem Zusammenhang steht«, eröffnete Einheit 382. »Dieses Artefakt wurde zuletzt mit diesen beiden Worgunmutanten gesehen. Sie lebten lange Zeit auf dem Planeten Terra Nostra in der Galaxis Orn und bekleideten die Ämter von Senatoren. Die Namen, die sie in dieser Zeit trugen, lauteten Marcus Gurges Nauta und Socrates Laetus. Sie flüchteten später zusammen mit einem Worgun namens Gisol in die Milchstraße.«

»Du sprachst von einem Artefakt«, stellte Dhark fest.

»Es handelt sich um ein besonderes Balduren-Artefakt.«

»Was ist das Besondere an diesem Artefakt?«

Es erfolgte auf dieser Erwiderung zunächst keinerlei Äußerung von Einheit 382. Vielleicht, so mutmaßte Dhark, war dieser Roboter darüber selbst nicht so genau informiert.

»Es ist einzigartig und von besonderem Interesse«, erklärte Einheit 382 dann schließlich mehr oder weniger nichtssagend.

»Ich werde versuchen, etwas darüber herauszufinden«, bot Dhark an. »Sowohl über das Artefakt als auch über den Aufenthaltsort des zweiten Worgunmutanten.«

»Ich erwarte deine Ergebnisse.«

»Unter einer Bedingung!«

»Was für eine Bedingung?«

»Die Bedingung lautet: Sofortiger Waffenstillstand und Einstellung aller Kampfhandlungen!«

Es dauerte einige Augenblicke, bis Einheit 382 darauf eine Antwort gab. Offenbar musste sich dieser untergeordnete Roboter erst einmal von höherer Stelle aus sagen lassen, ob er darauf eingehen durfte oder nicht.

»Höre meine Antwort, Dhark: Umgerechnet auf ein dir vertrautes Zeitmaß wird dir eine halbe Stunde gegeben, um die erforderlichen Informationen zu übermitteln. Andernfalls werden die Kampfhandlungen sofort wieder aufgenommen.«

Der Roboter der Schwarzen Macht verschwand von dem Nebenbildschirm. Glenn Morris meldete von der Funkzentrale aus, dass die Verbindung von der anderen Seite aus unterbrochen worden war.

Eine halbe Stunde, dachte Dhark. Das war nicht viel. Aber immerhin gab es einen kleinen Aufschub.

*

»Mister Neill ist durch das Arkan-Portal entkommen, Mister Lyte wurde durch die Schwarze Macht entführt«, sagte Dhark.

»Dann handelt es sich bei den beiden in Wahrheit um Worgunmutanten?«, wollte Falluta wissen. »Das würde zumindest einiges erklären.«

»Inwiefern?«

»Unseren Experten in der Wissenschaftlichen Abteilung ist nicht entgangen, dass plötzlich ein frischer Wind bei dem Forschungsprojekt namens ›Multiversal-Transporter‹ wehte und teilweise ziemlich geniale Einfälle kamen, die nur von jemandem mit enormem Fachwissen über Worgun-Technologie stammen konnten. Und bei allem Respekt, Mister Taylor ist zwar ein aufgeweckter Bursche, aber gewiss kein Experte für … für …« Falluta suchte offenbar nach einem komplizierten Fachbegriff, der ihm jedoch nicht einfiel.

»Ich verstehe, was Sie meinen«, erlöste Dhark ihn.

»Das beantwortet aber nicht meine Frage.« Erwartungsvoll blickte der Erste Offizier ihn an.

»Sie wollen wissen, ob es sich bei meinen Gästen um Worgunmutanten handelt?«

Falluta nickte. »Laut der Schwarzen Macht gelangten die Gesuchten gemeinsam mit Gisol in die Milchstraße, und wir wissen, dass Gisol mit Generaloberst Huxley herkam. Das Erscheinen von Marc Neill und Sebastian Lyte fällt mit diesem Ereignis zusammen. Natürlich könnte es sich bloß um einen Zufall handeln, aber ich finde, angesichts der Umstände, sollte zumindest die Führungsmannschaft Bescheid wissen. Was denken Sie, Commander?«

Dhark ließ seinen Blick über die Gesichter der Anwesenden schweifen: Falluta, Grappa, Yell, Doorn, Shanton, Artus, Jimmy. Bebir starrte konzentriert auf die Konsole vor sich, während er die POINT OF flog, aber auch er hatte Ohren. Die Verbindung zur Funk-Z war stummgeschaltet.

Mindestens vier, die noch nicht eingeweiht sind, dachte Dhark. *Es hat keinen Sinn, es jetzt abzustreiten.*

»Also schön, Sie haben recht, Hen«, gab er zu. »Meine beiden Gäste sind tatsächlich Worgunmutanten. Das muss aber unter uns bleiben und sollte auf keinen Fall je wieder thematisiert werden. Bitte sprechen Sie sie auch weiterhin mit deren terranischen Namen Sebastian Lyte beziehungsweise Marc Neill an.«

»Verstanden, Commander.«

Dhark bedachte noch einmal nachdrücklich jeden einzelnen Anwesenden in der Zentrale mit einem Blick. Dass er Falluta, Grappa, Yell und Bebir nicht gezielt ansprach, lag daran, dass er die bereits Eingeweihten nicht in die Bredouille bringen wollte, auch wenn er sich sicher war, dass deswegen kein Streit ausbrechen würde.

Aber für die Beantwortung von Fragen, die zwangsläufig aufkommen würden, war jetzt keine Zeit. Ihm genügte fürs Erste, dass Grappa, Yell und Bebir ihm zunickten. An ihren Gesichtern erkannte er, dass auch sie den Ernst der Lage begriffen hatten.

»Und was ist mit dem ominösen Balduren-Artefakt, das erwähnt wurde?«, hakte Tino Grappa nach.

Dencil Yell war schon wieder in seine Arbeit an der Ortungskonsole vertieft.

Ren Dhark wusste, dass er jetzt ein paar weitere Dinge offenbaren musste. Aber nicht zu viel. Dass Neill und Lyte Worgunmutanten waren, war jetzt auch für diejenigen offenbar geworden, die nicht zu den Eingeweihten zählten, auch wenn sie nicht wussten, dass es sich bei den beiden in Wahrheit um Margun und Sola handelte – die sagenumwobenen Konstrukteure der POINT OF. Insbesondere Letzteres wollte Ren Dhark auch weiterhin geheim halten.

Er wechselte einen kurzen Blick mit Shanton, dann mit Doorn. Dieser Blick genügte. In diesem Punkt waren sich die drei einig, und Dhark konnte davon ausgehen, dass sie entsprechend mitspielen und nicht zu viel verraten würden.

»Die Schwarze Macht sammelt Balduren-Artefakte«, begann Arc Doorn. »Dazu passt es durchaus, auch Worgunmutanten zu entführen, deren besondere Fähigkeiten ihr sicher von Nutzen sein können. Auch ein Balduren-Artefakt ist schließlich letztlich nichts wert, wenn man damit nicht umzugehen versteht …«

»Lyte und Neill können das?«, fragte Hen Falluta.

»Das können sie«, erklärte Dhark. »Das Balduren-Artefakt, um das es der Schwarzen Macht geht, befindet sich höchstwahrscheinlich in der POINT OF. Es handelt sich um ein Steuermodul, das integraler Bestandteil des Checkmasters ist und weder entfernt noch ausgeschaltet werden kann, ohne den Checkmaster samt Modul zu zerstören.«

Falluta runzelte die Stirn. »Und was haben die beiden damit zu tun?«

»Als der Checkmaster kürzlich den Ausfall hatte, habe ich den beiden gestattet, einen Blick darauf zu werfen. Sie konnten das Problem beheben.«

»Tatsächlich?«, entfuhr es dem Ersten Offizier verblüfft. »Das hätte ich nie vermutet. Ich dachte, Mister Congollon hätte sich darum gekümmert. Alle Achtung!« Er wusste genau, dass die POINT OF kein gewöhnlicher Ringraumer war, sondern noch immer voller Geheimnisse steckte, die selbst die klügsten Köpfe an Bord bisher nicht hatten entschlüsseln können.

»Na ja, wir wollen mal nicht übertreiben«, meinte daraufhin Chris Shanton. »Wenn ich tausend Jahre Zeit gehabt hätte, um zu lernen, dann wäre ich auch so gut.« Er lächelte. »Aber davon abgesehen, sind die beiden wirklich sehr gut. Wir haben ja im Labor viel zusammengearbeitet, daher kann ich das aus eigener Erfahrung bestätigen.«

Gut mitgespielt, Chris, dachte Ren Dhark.

»Die Schwarze Macht will letztlich die POINT OF«, stellte er dann fest. »Und jenes Balduren-Artefakt, das einen integralen Bestandteil der Steuereinheit des Checkmasters bildet, ist der Grund dafür.«

»Kein Wunder, dass sie dazu auch geeignetes Bedienungspersonal haben wollen«, spielte Arc Doorn noch einmal auf die beiden Worgunmutanten an.

»Wir können ihnen leider nicht anbieten, das Artefakt auszubauen und ihnen zu übergeben«, sagte Dhark. »Erstens wäre dann der Checkmaster wohl mehr oder weniger zerstört, und zweitens haben wir ja auch keine Ahnung, welches Machtmittel wir der anderen Seite damit in die Hände geben – sofern es uns überhaupt gelingt, das Modul unbeschädigt zu entnehmen.«

»Sie meinen, die Lage könnte dann noch schlimmer werden, als sie ohnehin schon ist«, lautete Hen Fallutas Kommentar.

»Ganz genau«, bestätigte Ren Dhark. »Ich würde die POINT OF sofort aufgeben, wenn es die Galaxis samt seiner Bewohner retten würde. Natürlich nur unter der Bedingung, dass wir irgendeine handfeste Garantie dafür hätten, dass die Bedrohung durch die Schwarze Macht dann vorbei wäre. Aber das kann ich mir eigentlich nicht vorstellen.«

»Ich sehe hier ein klassisches Dilemma, das in der Tatsache besteht, dass es verschiedene Ziele gibt, die gleichzeitig aber nicht erreichbar sind«, erklärte Artus. »Ich habe den Checkmaster gebeten, dazu seine Stellungnahme abzugeben. Leider sind die Daten, die er mir daraufhin übermittelt hat, eher kryptisch.«

»Das könnte daran liegen, dass dieser Widerspruch einfach nicht aufzuheben ist«, meinte Dhark.

»Die Frage ist, was die Schwarze Macht mit diesem Balduren-Artefakt aus dem Checkmaster eigentlich vorhat und wie wichtig es letztlich ist«, äußerte sich Chris Shanton.

»Es muss sehr wichtig sein, wenn man dafür eine so große Flotte in ein anderes Universum schickt und letztlich auch erhebliche eigene Verluste in Kauf nimmt«, erwiderte Arc Doorn.

Der Checkmaster meldete sich nun – allerdings direkt bei Ren Dhark über die Gedankensteuerung: *Du wirst das Richtige tun.*

Manchmal muss man der anderen Seite den Glauben lassen, sie habe gewonnen.

17.

Ren Dhark begann zu verstehen, was Artus mit seiner Bemerkung über kryptische Daten des Checkmasters vielleicht gemeint haben konnte. Auch die letzte Äußerung per Gedankensteuerung war zweifellos kryptisch. Eine direkte Handlungsempfehlung gab das Bordgehirn der POINT OF jedenfalls nicht.

Allerdings war sich Dhark sicher, dass es dies mit Bedacht tat. Dass es bei der Forderung der Schwarzen Macht nach Übergabe des Balduren-Artefakts letztlich um seine Existenz ging, war dem Checkmaster zweifellos klar.

Noch während Dhark darüber nachdachte, wurde in der Zentrale plötzlich Alarm ausgelöst.

»Was ist los?«, fragte Dhark.

»Wir werden plötzlich von einem Kraftfeld umgeben«, meldete Tino Grappa. »Es umhüllt die gesamte POINT OF samt ihres Doppelintervallums wie ein Kokon. Genaueres ist noch nicht klar.«

»Der Checkmaster analysiert die eingehenden Daten«, stellte Artus fest. »Das Kraftfeld hat Komponenten, die rätselhaft sind und erst nach eingehender Analyse bestimmt werden können.«

»Tatsache ist, dass wir wohl vollkommen manövrierunfähig sind«, erklärte Hen Falluta.

»Dieser Auffassung kann ich mich leider nur anschließen«, ergänzte Leon Bebir, nachdem er eingehend die Anzeigen seiner Konsolen studiert hatte.

»Ich vermute, dahinter steckt die Schwarze Macht«, glaubte Arc Doorn.

»Die halbe Stunde ist noch nicht um!«, entfuhr es Dhark.

»Wie heißt es doch so schön? Traue niemals einem Roboter, den du nicht selbst programmiert hast«, meinte Shanton, woraufhin Jimmy das Fiepen eines Scotchterriers täuschend echt imitierte. »Kann natürlich sein, dass jemand aus einem anderen Universum einfach einen anderen Zeitbegriff hat.«

Dhark stellte eine Verbindung zur Funkzentrale her. »Morris? Öffnen Sie bitte sofort einen Kanal zu dem Roboter, mit dem wir gesprochen haben.«

»Ja, Commander.«

»Ich will wissen, was die Schwarze Macht dazu zu sagen hat.«

Wenig später erschien die Projektion von Einheit 382 in der Bildkugel. »Du hattest den Wunsch, Kontakt aufzunehmen«, stellte der Roboter fest. »Was ist dein Anliegen?«

»Wir werden von einem Kraftfeld umgeben. Eigentlich hatten wir die Zusage bekommen, dass eine halbe Stunde lang Waffenstillstand herrscht.«

»Die Aktivierung des Kraftfeldes, von dem die Rede ist, ist keineswegs als Angriff zu verstehen«, erklärte Einheit 382.

»Kein Angriff? Das sehe ich aber anders! Es handelt sich um den Bruch unserer Vereinbarung.«

»Ich informiere dich hiermit darüber, dass wir auf eure Mithilfe nicht mehr angewiesen sind. Die Bedingungen, die zu unserer Vereinbarung geführt haben, haben sich daher grundlegend geändert, und wir sehen uns aus diesem Grund auch nicht mehr an jedes Detail dieser Vereinbarung gebunden.«

»Ihr seid nicht mehr auf unsere Mithilfe angewiesen?«, echote Dhark. »Ich hatte angeboten, bei der Suche nach dem Artefakt und dem zweiten Worgunmutanten zu helfen!«

»Wir haben neue Berechnungen angestellt«, erklärte Einheit 382.

»Und was soll sich durch die Berechnungen verändert haben?«

»Nach unseren Berechnungen gehen wir nun davon aus, dass sich das gesuchte Artefakt mit hoher Wahrscheinlichkeit an Bord der POINT OF befindet. Insofern hat sich der Hauptteil unseres Anliegens erledigt. Eure Kooperation benötigen wir nicht mehr. Ihr erhaltet hiermit die Anweisung, umgehend euer Raumschiff zu verlassen. Anschließend werden unsere Einheiten an Bord kommen und nach dem Artefakt suchen. Jeder Widerstand ist zwecklos.«

»Das bedeutet, ihr wisst nach wie vor nicht, wo sich das Artefakt befindet. Ob es überhaupt an Bord der POINT OF ist, ist nur eine Vermutung!«, stellte Dhark fest.

»Das ist irrelevant. Ich wiederhole meine Anweisung: Das Schiff ist umgehend zu verlassen, und es sind Vorkehrungen zu treffen, die unseren Einheiten einen ungehinderten Zugang zum gesamten Schiffskörper gewähren. Die Alternative bestünde darin, die POINT OF mit Gewalt zu entern und einzunehmen. Dies würde zu erheblichen Verlusten unter eurer Besatzung führen. Ich schlage also vor, dass ihr euch für die erste Möglichkeit entscheidet.«

An der Fähigkeit der Schwarzen Macht, die POINT OF zu entern und einzunehmen, zweifelte Dhark nicht eine Sekunde. Sein Ringraumer war in dem fremdartigen Feld vollkommen manövrierunfähig. Es gab keinerlei erfolgversprechende taktische Maßnahmen, die den Feind daran hindern konnten, seinen Plan umzusetzen. Die Übermacht war einfach zu groß.

Man hätte zur Verteidigung von jedem Deck in den Nahkampf gegen Roboter gehen müssen, die hochgerüstet und waffentechnisch bestens ausgestattet waren. Zudem konnte die andere Seite ihre Verluste nahezu unbegrenzt durch neue Einsatzkräfte ausgleichen.

Die Gedanken rasten nur so in Dharks Kopf. Selten war die Lage dermaßen aussichtslos gewesen.

In diesem Moment meldete sich der Checkmaster über die Gedankensteuerung bei Dhark.

In aussichtsloser Lage hilft manchmal nur ein mutiger Sprung nach vorn!, lautete die Botschaft. *Das Wort Krise bedeutet Entscheidung oder Beurteilung. Und die Grundlage jeder Entscheidung oder Beurteilung sollte die Wahrheit sein.*

Dhark runzelte die Stirn. *Das wirklich Allerletzte, was ich jetzt brauche, ist ein philosophisches Orakel,* sendete er seinen Gedanken an den Checkmaster.

Dessen Antwort machte dann klar, dass der Checkmaster seine Botschaft keineswegs so orakelhaft gemeint hatte, wie sie von Dhark aufgefasst worden war: *Sollen sie ruhig wissen, dass das Artefakt an Bord ist. Und sollen sie ruhig kommen, um es sich zu holen. Lass es sie versuchen, Dhark. Eine andere Möglichkeit, als einzuräumen, was sowieso nicht zu bestreiten ist, existiert ohnehin nicht mehr!*

*

Dhark wandte sich also noch einmal an Einheit 382. »Eure Berechnungen entsprechen der Wahrheit«, erklärte er dann. »An Bord der POINT OF befindet sich ein Balduren-Artefakt.«

»Unseren Anweisungen ist nichts hinzuzufügen. Verlasst umgehend das Raumschiff und sorgt für ungehinderten Zugang zum Artefakt.«

»Dieses Artefakt ist so in der POINT OF verbaut, dass man es nicht entfernen kann«, fuhr Dhark fort. »Wenn man das versucht, wird es höchstwahrscheinlich zerstört. Wie sollen wir jetzt weiter verfahren? Ich denke, dass deine Herren angesichts der neuen Sachlage ihre Entscheidung über das weitere Vorgehen überdenken sollten.«

Es vergingen ein paar Augenblicke, ohne dass Dhark darauf eine Antwort erhielt. Immerhin brach die andere Seite auch nicht einfach die Funkverbindung ab. Das war ein Umstand, der ihn zumindest leicht optimistisch stimmte.

Die Projektion von Einheit 382 in der Bildkugel wirkte wie erstarrt. Der Roboter schien mit der Antwort, die Dhark ihm gegeben hatte, offenbar nicht gerechnet zu haben, und möglicherweise galt das sogar für jene ominösen Intelligenzen, die sich nach wie vor nicht zu erkennen gaben, aber die eigentliche Schwarze Macht waren.

Einheit 382 scheint wohl intensiv zu kommunizieren, überlegte Dhark.

Er schaltete die Verbindung zur Schwarzen Macht auf stumm und wandte sich an die Anwesenden in der Zentrale. »Ganz gleich, zu welchen Schritten sich die Schwarze Macht jetzt auch entscheiden mag – ich gehe davon aus, dass sie ihre Roboter auf jeden Fall an Bord schicken wird.

Daraus folgt der Befehl zur Evakuierung der gesamten Besatzung. Über die Ringtransmitter können Sie alle in Ringraumer der Wächter transportiert werden.« Er wandte sich an Hen Falluta. »Nummer Eins, leiten Sie dafür alles in die Wege und verlassen Sie danach auch selbst die Zentrale.«

»Und Sie, Commander?«

»Ich bleibe hier, um die Roboter der Schwarzen Macht zu empfangen. Vielleicht kann ich das Schlimmste verhindern.«

Einen Augenblick lang herrschte Stille in der Zentrale.

»Commander, wir werden bleiben«, stellte Tino Grappa klar. »Notfalls auch kämpfen.«

»Ohne Sie gehen wir nicht von Bord«, bekräftigte Shanton.

»Das ist auch meine Meinung«, bestätigte Dencil Yell.

»Die dreißig Minuten sind um«, stellte nun Hen Falluta fest. »Und wie man sieht, nimmt die Schwarze Macht die Kampfhandlungen gegen die Wächterschiffe und die Station selbst wieder auf. Es gibt bereits wieder erste Verluste.«

»Kann ich bestätigen!«, meldete Grappa.

»Gibt es irgendeine Möglichkeit, dass wir uns aus dem Einfluss des Kraftfeldes befreien können?«, fragte Dhark.

»Ich sehe keine«, antwortete Bebir. »Wie man das Ding auch dreht und wendet, wir sind im Moment Gefangene.«

»Der Ringtransmitter funktioniert«, sagte Falluta. »Insofern ist eine Evakuierung eine der wenigen Optionen, die überhaupt bestehen.«

»Ich habe das eben zusammen mit dem Checkmaster anhand einer Simulation durchgespielt«, ergänzte Artus. »Um das Kraftfeld aufzuheben, wäre mehr Energie notwendig, als in der POINT OF innerhalb von drei Terra-Jahren Dauerbetrieb der Triebwerke überhaupt produziert wird. Man kann also tatsächlich behaupten, dass dies keine realistische Handlungsoption darstellt.«

»Starke Einschläge von Energiestrahlen in die ARKAN-Station«, meldete unterdessen der Ortungsoffizier Tino Grappa. »Schutzschirme stehen vor dem Zusammenbruch. Der Energiestatus ist fragil. Es scheint, als wäre es zu unkontrollierten Kettenreaktionen in den Sektoren zur Energieerzeugung gekommen.«

»Das ist das Ende«, lautete die trockene Analyse des Diplom-Ingenieurs Chris Shanton.

In der Bildkugel war wenig später zu sehen, wie es auf der ausrangierten ARKAN-Station zu heftigen Explosionen kam. Die Explosionen waren so heftig, dass sie selbst von außen sichtbar waren. Ganze Stücke der unitallenen Außenhülle brachen jetzt heraus und trieben rotglühend durch das All. Dann folgte eine ganze Serie von Explosionen, die die Großstation schließlich in ein einziges atomares Flammenmeer verwandelten.

*

Die Führungsmannschaft der POINT OF stand noch ganz unter dem Eindruck des Endes der ARKAN-Station, die ihnen in den letzten Tagen als Forschungsstützpunkt gedient hatte.

Welch einen Sinn hatte dieser Akt der Zerstörung jetzt noch?

Dhark konnte diese Frage nicht beantworten. Vielleicht konnten dies nicht einmal die Angreifer selbst, bei denen es sich wohl überwiegend um Roboter handelte, deren freier Wille wohl ungefähr dem Grad an Autonomie entsprach, der bei Einheit 382 festzustellen war. Es waren Maschinen, die einfach einem vorgegebenen Plan folgten, ohne ihn zu hinterfragen.

Die letzten Trümmerteile der ARKAN-Station waren noch nicht ganz verglüht, da kam plötzlich wieder Bewegung in Einheit 382.

Bis dahin hätte man schon fast glauben können, dass die Übertragung des Kommunikationssignals zusammengebrochen oder ein dafür wichtiges Programm abgestürzt war.

Die Phase der internen Kommunikation schien auf Seiten der Schwarzen Macht nun beendet zu sein.

»Wir kommen jetzt an Bord«, kündigte Einheit 382 an. »Dass die Gelegenheit zur Evakuierung nicht genutzt wurde, ist ein Fehler. Wir tragen für die Konsequenzen keine Verantwortung.«

»Wir sind bereit, euch Zugang zum Artefakt zu gewähren«, gab Dhark zurück. »Die Anwendung von Gewalt ist dafür nicht nötig.«

»Dann erwarte unsere Ankunft, Dhark.«

»Es gibt eine Bedingung! Die Schiffe der Wächter sollen unbehelligt abziehen dürfen. Ihr vermeidet dadurch auch eigene

Verluste, die jetzt allein aus Gründen der Effizienz auch nicht mehr zu rechtfertigen wären. Unsere Seite hat eingesehen, dass jeder Widerstand sinnlos ist.«

Wieder vergingen ein paar Augenblicke. Einheit 382 brauchte auch jetzt wohl wieder die Rückendeckung seiner Herren.

»Wir sind einverstanden«, erklärte Einheit 382 schließlich. »Es werden sich nun Einheiten von uns an Bord eures Raumschiffes begeben. Ich wiederhole meine Warnung: Jeder Widerstand ist sinnlos und wird nur zu zusätzlichen Zerstörungen und Opfern führen.«

»Das habe ich verstanden«, antwortete Dhark.

»Wir werden diese Einigung über unsere Kommunikationssignale an alle Einheiten verbreiten. Tut dasselbe, sodass niemand davon ausgeht, dass es sich um eine Fehlinformation handelt.«

»In Ordnung.«

Die Verbindung wurde unterbrochen.

Dhark wandte sich an Falluta. »Sie haben alles mitbekommen?«

»Ja, Commander.«

»Dann sorgen Sie bitte dafür, dass es genau so durchgeführt wird.«

»In Ordnung, Sir.«

»Und dann warten wir ab, was geschieht.«

»Klingt ganz nach einer totalen Kapitulation, was Sie der anderen Seite da gerade angeboten haben«, stellte Judd Farell an Dhark gerichtet fest. Er war per Bordsprech mit der Zentrale verbunden und über das viel zu knappe Ultimatum der Schwarzen Macht informiert. Die gesamte Mannschaft samt Gästen hätte in der kurzen Zeit niemals evakuiert werden können. Wahrscheinlich hatte er sich längst mit seinen Männern bereitgemacht, um die POINT OF auf Befehl mit allem zu verteidigen, was das Schiff an Waffen zu bieten hatte.

Dhark drehte sich zu Farell herum. »Das klingt nur so«, sagte er. »Aber wer mich kennt, weiß, dass ich nie aufgebe.«

»Mehr war im Moment nicht herauszuholen«, stimmte Arc Doorn zu. »Ich bin mal gespannt, ob sich der Feind an das hält, was er uns versprochen hat. Bislang war in dieser Hinsicht ja nicht unbedingt Verlass auf die Schwarze Macht.«

»Wenn man von einem Kraftfeld umgeben ist, das einen mehr oder weniger völlig lähmt, ist man leider in einer denkbar schlechten Verhandlungsposition«, gestand Dhark. »In diesem Punkt muss man einfach realistisch sein.«

»Ich wage mir gar nicht vorzustellen, was die Schwarze Macht mit so einem Balduren-Artefakt anfangen wird«, meinte Chris Shanton. »Wenn ich das richtig verstanden habe, muss es ja wohl um ein ganz besonderes Artefakt gehen – und nicht nur um ein weiteres Sammlerstück aus dem Balduren-Museum, das man irgendwo in dem fremden Universum inzwischen offenbar angelegt hat und dessen Zweck wir immer noch nicht kennen.«

Glenn Morris meldete sich nun aus der Funkzentrale. »Eine Nachricht von einem S-Kreuzer kommt herein«, meldete der Funker. »Es sind die vier Wächter.«

»Schalten Sie den Kanal frei.«

»Ja, Sir.«

Wenig später erschienen die Projektionen der vier Wächter in der Bildkugel. Doris, Simon, Tekaro und Arlo waren an der Einfärbung ihrer jeweiligen Tofiritkörper sofort zu erkennen.

»Wir haben gerade von deiner Abmachung mit der Schwarzen Macht erfahren«, eröffnete Doris.

»Um es kurz zu machen: Wir sind dagegen«, fügte Wächter Simon hinzu.

»Ich hätte mir auch etwas anderes gewünscht«, antwortete Dhark. »Es ist völlig unnötig, die Verluste noch zu vergrößern. Wer weiß, wann wir die S-Kreuzer, die jetzt nicht zerstört werden, noch brauchen.«

»Dhark, du wirst der Schwarzen Macht allein gegenüberstehen«, sagte Simon.

»Wir werden schon klarkommen«, versprach Dhark. »Also zieht euch zurück. Die Gelegenheit wird sich kein zweites Mal ergeben, und ihr könnt dadurch eine ganze Flotte retten.«

Einen Augenblick lang ließ die Antwort darauf auf sich warten. Dhark hatte den Eindruck, dass die Wächter untereinander kommunizierten.

»Ich denke, sein Entschluss steht fest«, sagte Wächter Tekaro schließlich.

»Wir wünschen euch viel Glück«, meldete sich anschließend Wächter Simon zu Wort. Dann wurde die Verbindung unterbrochen.

Wenig später kam die Meldung, dass die ersten Ringraumer sich zurückzogen und dabei offensichtlich von der Schwarzen Macht nicht weiter behelligt wurden. Nach und nach entfernten sich die S-Kreuzer der Wächter von der zerstörten ARKAN-Station. Sie gingen in Transition und verschwanden.

Die POINT OF blieb allein zurück, umgeben von unzähligen Keilschiffen der Schwarzen Macht und einem Trümmerfeld, das einst eine große ARKAN-Station gewesen war. Aber auch etliche Wracks dümpelten durch das All. Sowohl S-Kreuzer als auch Keilschiffe waren darunter.

Nun erwartete man an Bord der POINT OF die Ankunft der Roboter, die die Schwarze Macht ausgesandt hatte, um ihre weitreichenden Pläne in die Tat umzusetzen.

*

»Ein Beiboot der Schwarzen Macht wurde ausgeschleust und nimmt Kurs auf die POINT OF«, meldete Ortungsoffizier Tino Grappa.

In der Bildkugel war das keilförmige Raumschiff zu sehen. Der Kurs war eindeutig. Es bestand kein Zweifel daran, dass dies die angekündigte Delegation von Robotern der Schwarzen Macht war.

Dhark wandte sich an seinen Ersten Offizier. »Lassen Sie dem ankommenden Schiff einen Hangar zuweisen und übermitteln Sie die Daten.«

»Ja, Commander.«

Dhark richtete sich nun an den Chef der Sicherheitsabteilung der POINT OF, der nach wie vor per Bordsprech zugeschaltet war. »Mister Farell, ich möchte, dass Sie und ein paar Ihrer Leute mich beim Empfang unserer Gäste begleiten.«

»In Ordnung.«

»Sorgen Sie dafür, dass weder Sie noch Ihre Leute zu auffällig bewaffnet sind. Wir wollen kein unnötiges Misstrauen erregen.«

»Sir, wenn Sie mir die Bemerkung gestatten: Die andere Seite hat uns bisher keinen Anlass dazu gegeben, besonders freundlich zu sein.«

»Nein, aber im Augenblick sind wir leider nicht in der Lage, irgendwelche Forderungen zu stellen, geschweige denn, dass wir uns Missverständnisse oder Fehler leisten können.«

»Ich weiß, Sir.«

»Jetzt kommt der Moment der Entscheidung, nicht wahr?«, meinte Hen Falluta, als Judd Farell bereits gegangen war, um seine Männer zu instruieren.

»Das ist gut möglich«, murmelte Dhark.

»Ich wundere mich, dass der Checkmaster das alles mitmacht.«

»So?«

»Immerhin geht es doch auch um seine Existenz. Wenn man ihm möglicherweise das Balduren-Artefakt entnimmt, ohne Rücksicht darauf, was das für Folgen hat, ist das vielleicht so ähnlich, als wenn man an einem Menschen eine Gehirnoperation vornimmt und ihm irgendeinen wichtigen Teil daraus entfernt. Der Betreffende ist danach vielleicht nicht mehr derselbe.«

Dhark sah seinen Ersten Offizier kurz an. »Ich denke, der Checkmaster hat seine eigene Meinung dazu.«

*

Wenig später fanden sich Ren Dhark, Judd Farell und einige Sicherheitsleute in dem Hangar ein, der dem ankommenden Keilschiff zugeteilt worden war.

Das fremde Kraftfeld, das die POINT OF umgab und wie in einem kosmischen Schraubstock gefangen hielt, schien dabei trotz des Intervallfeldes kein Hindernis darzustellen. Über die Einzelheiten der Technologie, die von der Schwarzen Macht verwendet wurde, wusste man bislang ohnehin wenig.

Das Keilschiff landete sicher im Hangar.

Eine Schleuse öffnete sich.

Drei gesichtslose Roboter entstiegen dem Beiboot. Sie waren nicht unterscheidbar und entsprachen alle drei jenem Standardtyp, den die Schwarze Macht zu bevorzugen schien. Es war derselbe breitschultrige Typ, dem auch Einheit 382 angehörte.

Die drei Roboter näherten sich Dhark und dessen Begleitern, ohne dabei irgendeine Form von erkennbarer Eile an den Tag zu legen.

»Ich bin Ren Dhark, Kommandant der POINT OF«, stellte der weißblonde Terraner sich vor.

Die Roboter blieben wie auf ein geheimes Signal hin im selben Moment stehen. Es dauerte ein paar Sekunden, ehe endlich einer von ihnen eine Antwort gab.

»Du wirst uns zu dem Artefakt führen«, äußerte sich nun einer der Roboter.

»Das habe ich versprochen«, sagte Dhark.

»Dann ist dies unverzüglich durchzuführen.«

»Selbstverständlich.«

Der robotische Wortführer schien es nicht für nötig zu halten, sich vorzustellen. Und die Worte auf Angloter, die durch die Schallfelder seines Translatorsystems akustisch abgegeben wurden, wirkten auch nicht wie eine Frage, sondern waren im Ton einer Feststellung gehalten. Aber in dieser Hinsicht gab es sicher einen breiten Interpretationsspielraum.

»Folgt mir«, sagte Dhark.

»Warum sind noch weitere biologische Einheiten anwesend?«, fragte nun der Wortführer der feindlichen Delegation.

»Weil wir gleich einen stark abgeschirmten und sicherheitstechnisch sensiblen Bereich betreten werden, und ich möchte, dass alles zufriedenstellend abläuft.«

»Zufriedengestellt sind wir, sobald sich das Artefakt in unserem Besitz befindet«, äußerte sich nun einer der anderen Roboter. »Wir erwarten, dass es nicht zu irgendwelchen Störungen kommt.«

»Das erwarte ich auch«, versicherte Ren Dhark ihnen.

Dann ging er voran.

Die Gruppe aus feindlichen Robotern und terranischen Sicherheitsleuten folgte ihm.

Auf dem Weg zum Sicherheitsbereich des Checkmasters äußerte sich das Bordgehirn mit einer Gedankenbotschaft an Dhark: *Ich bin von dem Gedanken an eine bevorstehende Inspektion durch Außenstehende nicht besonders begeistert.*

Leider haben wir keine andere Wahl, lautete Dharks Erwiderung.

Dass der Checkmaster mit seiner Situation haderte, konnte Dhark durchaus nachvollziehen. Eine Alternative bestand aber derzeit einfach nicht. Außerdem kamen die Bedenken viel zu spät.

Die Gruppe erreichte den Bereich des Checkmasters.

»Die Untersuchung beginnt«, erklärte einer der Roboter.

»Wenn es gewünscht wird, kann ich Daten zur Verfügung stellen, die die Integration des Balduren-Artefakts in den Checkmaster und die Systeme des Ringraumers in einer Projektion veranschaulichen«, sagte Dhark.

Die Roboter ignorierten ihn jedoch schlicht und einfach. Er schien für sie im Moment einfach nicht mehr wichtig zu sein.

Zweifellos wurde der Bereich des Checkmasters jetzt intensiv von ihnen abgescannt. Sie wechselten dazu mehrfach die Position, und Dhark hatte auch keinen Zweifel daran, dass sie untereinander intensiv kommunizierten.

Judd Farell stand etwas abseits und hatte die Arme verschränkt. Dhark konnte ihm die Anspannung ansehen.

Eine ganze Weile waren die Roboter der Schwarzen Macht mit ihren Untersuchungen beschäftigt.

Immer wieder hoben sie dabei ihre Arme und führten damit Bewegungen aus – ohne allerdings irgendetwas zu berühren. Sie schienen sehr vorsichtig zu sein. Dharks Warnung im Hinblick auf die Tatsache, dass das Balduren-Artefakt nicht zu entfernen war, ohne es möglicherweise irreparabel zu beschädigen, schien Wirkung zu zeigen.

Dann stellten die Roboter wie auf ein geheimes Zeichen hin plötzlich ihre Arbeiten ein. Sie schienen auf eine ähnliche Weise zu erstarren, wie Dhark dies bereits bei Einheit 382 bemerkt hatte. Ob sie mit ihren Herren kommunizierten, war nicht feststellbar.

»Ich hatte meine Kooperationsbereitschaft signalisiert«, äußerte sich Ren Dhark. »Wenn irgendwelche zusätzlichen Informationen benötigt werden, so sollte man mich darüber in Kenntnis setzen.«

Nach wie vor ignorierten die Roboter den Terraner einfach. Sie schienen einfach ihr vorgegebenes Programm abzuspulen, und in diesem spielte Dhark schlicht und ergreifend wohl gar keine Rolle mehr.

Dann kam plötzlich wieder Bewegung in das Roboter-Trio.

Die drei drehten sich wie auf ein geheimes Zeichen hin im selben Moment in Richtung des Ausgangs. Dann marschierten sie los.

»Was haben die vor?«, raunte Farell.

»Fragen Sie mich was Leichteres«, murmelte Dhark.

Die Roboter passierten den Ausgang. Dhark wollte ihnen folgen. Aber die Unitalltür schloss sich vor ihm.

»Checkmaster! Öffnen!«, befahl Dhark, denn für ihn war sofort klar, wer dahintersteckt. Das war keine gewöhnliche Fehlfunktion oder dergleichen. »Checkmaster! Die Tür öffnen!«

Aber der Checkmaster reagierte nicht.

»Sir, wir sollten diese Roboter nicht allein lassen!«, mischte sich Judd Farell ein.

»Die Tür öffnen!«, wiederholte Dhark seinen Befehl an den Checkmaster.

»Es liegt eine Sicherheitssperre vor«, äußerte sich daraufhin der Checkmaster mit seiner Kunststimme über die Schallfelder.

»Ich bin der Kommandant. Die Tür soll sofort geöffnet werden!«

»Aus Sicherheitsgründen ist die Funktion der Tür im Moment eingeschränkt«, kam die lapidare Antwort.

Die Sperre wird aufgehoben!, richtete sich Dhark dann per Gedankensteuerung an den Checkmaster, um dessen Befehl zu überschreiben.

Das funktionierte. Die Tür öffnete sich im nächsten Moment. Von den drei Robotern der Schwarzen Macht war allerdings nirgends etwas zu sehen.

»Commander, hier riecht es eigenartig«, stellte Farell fest.

Dhark hatte das auch schon bemerkt. Ein warmer Hauch lag in der Luft. Dhark fragte sich, was das wohl zu bedeuten hatte. Der warme Hauch wirkte so, als hätte jemand erst vor kurzem ein Gerät mit starker Wärmeabstrahlung benutzt und dadurch die Raumtemperatur kurzfristig so deutlich erhöht, dass das für einen Menschen sofort spürbar war. Der Geruch war undefinierbar und verflüchtigte sich schon nach Sekunden.

Checkmaster, was ist hier passiert?, wollte Dhark jetzt wissen.

»Ich habe eine Bedrohung der Sicherheit des Schiffs eliminiert«, stellte der Checkmaster mit seiner Kunststimme nun klar.

»Die Roboter wurden zerstört?«

»Sie stellten eine Bedrohung der Sicherheit dar.«

»Sie wurden von mir begleitet!«

»Darum habe ich einen Moment abgewartet, in dem niemand anderes durch die Maßnahme zu Schaden kommen konnte«, erklärte der Checkmaster.

»Die Roboter wurden von mir begleitet. Dadurch hatten sie eine Befugnis, sich im Sicherheitsbereich aufzuhalten.«

»Dann hätten sie in das vorhandene Sicherheitsprotokoll eingetragen werden müssen.«

»Das ist spitzfindig!«

»Das ist die Wahrheit. Es wurde eine Sicherheitsbedrohung ausgeschaltet und die Vorgehensweise war angemessen und effektiv, ohne unnötige Schäden oder Opfer zu verursachen.«

»Darüber kann man geteilter Meinung sein.«

»Es wäre jetzt erforderlich, dass sich der Kommandant in der Zentrale aufhält«, belehrte der Checkmaster Dhark nun. »Die Roboter haben vor ihrer Vernichtung noch ein Notsignal abgesetzt. Ich habe versucht, dieses Signal weitestgehend zu neutralisieren, bin mir aber nicht sicher, ob das auch zu einhundert Prozent erfolgreich war.«

»Das heißt, die Schwarze Macht weiß bereits über das, was hier geschehen ist, Bescheid.«

»Wir können das nicht ausschließen, Dhark.«

*

Als Dhark in die Zentrale zurückkehrte, herrschte dort helle Aufregung.

»Die Intensität des Kraftfeldes, das uns umgibt, hat sich verändert, Commander«, meldete Hen Falluta.

»Und jetzt fragen wir uns natürlich alle, was das wohl zu bedeuten hat«, ergänzte Arc Doorn. »Darf man fragen, wie das Treffen mit der Schwarzen Macht verlaufen ist?«

»Der Checkmaster hat unsere Gäste vernichtet«, brachte Dhark die Sachlage auf den Punkt. Per Gedankensteuerung stellte er eine Verbindung zur Funkzentrale her. »Mister Morris, können Sie feststellen, ob die Roboter, die vor Kurzem an Bord gekommen sind, noch irgendein Kommunikationssignal abstrahlen konnten, das die Schwarze Macht erreicht haben könnte? Der Checkmaster ist sich nicht sicher, ob das ausreichend abgeschirmt werden konnte.«

»Ich werde das untersuchen«, versprach Glenn Morris.

»Das klingt nach Komplikationen«, stellte Arc Doorn fest.

»Ganz sicher«, antwortete Dhark.

»Könnten die Veränderungen, die wir in Bezug auf das Kraftfeld festgestellt haben, unter Umständen damit zusammenhängen?«, fragte Falluta.

Dhark zuckte mit den Schultern. »Falls die Schwarze Macht noch ein Kommunikationssignal erreicht hat, bevor die Roboter vom Checkmaster vernichtet wurden, liegt die Wahrscheinlichkeit dafür sehr hoch.«

»Stärke des Kraftfeldes nimmt weiterhin zu«, meldete unterdessen der Ortungsoffizier Tino Grappa. »Ursache ist unbekannt. Die Analyse ergibt bislang kein brauchbares Ergebnis.«

»Wir werden jetzt wohl mit einem Angriff rechnen müssen«, glaubte Hen Falluta.

Das war auch Dharks Ansicht. Er nickte düster.

Fragt sich nur, wie wir uns dagegen verteidigen können, durchfuhr es ihn.

Er trat etwas vor. In der Bildkugel war jetzt eine Projektion der POINT OF zu sehen. Die Ausdehnung und Feldstärke des Kraftfeldes, das das Raumschiff seit Kurzem umhüllte, waren markiert.

»Die Zunahme der Feldstärke ist exponentiell«, erklärte Artus. »Das bedeutet, es hat mit sehr kleinen Veränderungen begonnen, wird aber jetzt sehr schnell in eine Größenordnung kommen, die erheblich sein wird.«

»Wie wird sich das auswirken?«, fragte Dhark.

»Das ist schwer zu sagen«, erklärte Artus. »Eine vernünftige Vorhersage ist angesichts der noch unvollständigen Datenlage kaum möglich. Allerdings könnte ich eine Modellrechnung aufstellen, die uns Auskunft darüber gibt, mit welchen Effekten innerhalb der nächsten halben Stunde zu rechnen ist.«

»Es ist ein Angriff«, meinte Falluta.

»Im Augenblick werden wir noch vom doppelten Intervallum geschützt«, mischte sich Chris Shanton ein. »Wenn das zusammenbrechen sollte, werden wir vermutlich einfach zerquetscht. Allerdings hat dieses fremde Kraftfeld ein paar Eigenschaften, die sich von dem unterscheiden, was wir kennen. Ich bin mir nicht sicher …«

»Feldstärke wächst erneut!«, meldete Grappa.

»Ich denke, es bleibt jetzt nur noch eine Möglichkeit«, meinte Hen Falluta. Er wandte sich an Ren Dhark. »Wenden Sie sich an die Schwarze Macht und erklären Sie, dass wir aufgeben.«

Grappa meldete sich erneut.

Gleichzeitig waren in der Bildkugel jetzt vollkommen verwirrende Anzeigen zu sehen, bevor sie dann vollkommen schwarz wurde und gar nichts mehr anzuzeigen schien.

»Commander, die Sensoren unserer Ortung spielen verrückt. Wir erhalten vollkommen widersprüchliche Daten.«

»Was ist mit der Bildkugel passiert?«, wollte Dhark wissen.

Einen Augenblick lang herrschte angespanntes Schweigen in der Zentrale der POINT OF.

»Die Bildkugel tut genau das, was sie soll«, stellte schließlich Arc Doorn fest, der sich die Daten auf seiner Konsole angesehen hatte. »Sie zeigt uns den Ort, in dem wir uns im Moment befinden: einen Raum ohne Sterne, in dem wir offensichtlich völlig allein sind.«

»Nein, nicht völlig allein«, korrigierte Dencil Yell. »Die Astronomische Abteilung hat etwas entdeckt.«

»Sofort in die Bildkugel!«, wies Dhark ihn an.

Daraufhin wurde in der holografieähnlichen Sphäre etwas sichtbar. Er vergrößerte den Ausschnitt per Gedankensteuerung. Säulen schwebten im Weltraum – und noch etwas: eine Art unförmiger Kleinplanet, der offenbar hauptsächlich aus Fels und Erde bestand. An einer Seite wuchs Gras, das einen Krater umgab, in dem ein geometrisches, tiefschwarzes Objekt steckte. Dhark ahnte, worauf seine Leute und er hier gestoßen waren.

Doch bevor er den Gedanken zu Ende bringen konnte, stellte Grappa fest: »Von den Keilschiffen ist tatsächlich weit und breit nichts zu sehen.«

Jetzt meldete sich Glenn Morris. »Hier Funk-Z. Das Notsignal der Roboter an ihre Basiseinheiten konnte nur zum Teil gefiltert werden. Es dürfte den Empfänger erreicht haben.«

»Danke, Morris«, murmelte Dhark. »Das dürfte jetzt kaum noch relevant sein.«

»Relevant ist vielleicht was anderes. Wir empfangen ein sehr schwaches, verstümmeltes Signal.«

»Was für ein Signal?«, hakte Dhark nach.

Artus hatte die eingehenden Daten anscheinend bereits analysiert. »Das Signal entspricht einem Signal, das Jimmy im Universum der Schwarzen Macht empfangen hat«, erklärte der Großserienroboter. »Es stammt von Wächter Kratyn!«

REN DHARK – Weg ins Weltall
Band 121
Im Zentrum des Universums
erscheint Mitte Februar 2024

Simulacron-3

Roman von Daniel F. Galouye

In einer nicht allzu fernen Zukunft wird jedes Produkt, bevor es in Serienproduktion geht, ausgiebig auf seine Marktakzeptanz hin getestet. Die Firma TEAG konstruiert zu diesem Zweck einen gigantischen Computer, der eine nahezu perfekte elektronische Simulation der wirklichen Welt ermöglicht, mit all ihren komplizierten Interaktionen. Bevölkert wird sie von mehreren Tausend individuell entwickelten elektronischen Kunden, die in der Illusion existieren, sich in der richtigen Welt zu bewegen.

Douglas Hall, Direktor der TEAG, kommt eines Tages auf den Gedanken, dass auch seine Wirklichkeit nichts anderes sein könnte als eine Simulation. Er beginnt, seine direkte Umwelt in Frage zu stellen und sucht nach unwiderlegbaren Beweisen für die reale Existenz seiner selbst. Je intensiver er seine Suche betreibt, umso merkwürdigere Erfahrungen macht er. Manche davon drohen ihn in den Wahnsinn zu treiben.

Der Autor Daniel F. Galouye (* 1920, † 1976) war ein US-amerikanischer Journalist und Schriftsteller. Mit »Simulacron-3« (1964) schuf er einen Meilenstein des Science-Fiction-Genres, der zweimal verfilmt wurde: 1973 von Rainer Werner Fassbinder unter dem Titel »Welt am Draht« und 1999 von Roland Emmerich unter dem Titel »The 13th Floor«.

240 Seiten, Hardcover

Alternative 3

Fantastische Dokumentation als Roman
von Leslie Watkins

In den siebziger Jahren verschwinden, insbesondere in England, massenweise Wissenschaftler. Die Mitarbeiter der TV-Sendung Science Report recherchieren für eine geplante Folge über diesen Umstand – und entdecken Ungeheuerliches. Schließlich münden alle Erkenntnisse, das Wissen um ermordete Astronauten, verschwundene Menschen und plötzlich tödlich verunfallte Zeugen in die wohl spektakulärste Fernsehsendung, die es jemals in Großbritannien gab: Alternative 3.

Waren Menschen bereits Jahre vor der angeblich ersten Mondlandung auf dem Erdtrabanten? Welche »Überlebensfrist« gestehen die Regierungen diesem Planeten und somit seinen Bewohnern zu? Gibt es eine Elite, die sich bereits Lebensräume auf dem Mond geschaffen hat? Und existiert die größte außerirdische Kolonie bereits seit Jahrzehnten auf dem Mars?

In diesem Buch schildert Leslie Watkins seine Erlebnisse um die Geschehnisse und Hintergründe einer der größten »Verschwörungstheorien«: Alternative 3.

304 Seiten, Hardcover